吕智敏　主编

名家赏析历代短篇小说系列

十大世情小说

中国和平出版社

图书编纂委员会

目录

前言

一

我国古代小说源远流长。自其作为一种独立的文学样式风行于世，至其作为一种古典美学艺术模式的终结，将近有两千年的历史。这期间，诞生了多少小说作品已经无从详细考证，即便是那些得以流传下来的，恐怕也难以计算出一个准确的数字来了。历代的藏书家、版本学家、小说史家告诉我们，中国古代小说是一座无比丰富、辉煌、瑰丽的艺术宝库，那是我们民族文化遗产中最优秀、最珍贵的部分之一。

面对这座宝库中的奇珍异宝，历数着《红楼梦》《三国演义》《水浒》《西游记》《儒林外史》这些传世家珍，每一个华夏子孙都会从内心深处升起一股民族自豪感。古典文学修养稍高一些的朋友，或许还会津津乐道于《封神演义》《金瓶梅》《镜花缘》《儿女英雄传》《官场现形记》等等名著，从中了解我们民族古代社会的历史风貌和祖先们的生活与悲欢，接受着民族传统文化与美学风范的濡染熏陶。

在这里我们注意到如下一个事实——在我国古代小说中，那些流传最广、影响最大的一般都是些长篇巨帙；而对于规模较小的短篇，除了"三言""二拍"和《聊斋志异》等少数集子和篇什外，能够为一般读者所熟知或广泛涉猎的则为数不多。这一方面是由于我国历史上皆以诗歌散文为文学正宗，认为小说只不过是"小道"，是"史之余"，而短篇则更被视为集"街谈巷语"之"短书"，故此在刊行传播上受到了影响。另一方面则由于古代小说卷帙浩繁，不但专门辑录短篇小说的集子浩如烟海，而且还有许多篇什散见于各种笔记、野史、杂事集之中，这就给一般读者的阅读带来了更大的困难。

其实，短篇小说在我国古代小说发展史中占有十分重要的地位，起过异常重要的作用。在先秦两汉时期，小说尚属"刍荛狂夫之议"而"君子弗为"① 的民间文学。适合于记录"街谈巷语""道听途说"② 的需要，其形式上自然只能是"短书"。至魏晋的志怪、唐代的传奇、宋元的话本，小说基本上是沿着孔子所谓的"小道"，即围绕着远离治国平天下大旨的"街谈巷语""道听途说""修身理家"等生活小事而进行创作的。即使是讲历史故事的小说，也只写那些传闻逸事，只能是"与正史参行"的"史之余"。故此，小说形式依然还是短篇。直至明代，随着小说反映社会生活面的不断扩展与小说自身在艺术上的愈益发展成熟，章回小说问世了。明代的有些章回小说，虽已开始分回，但就其篇幅而言，尚介于短篇与中篇之间，如《鸳鸯针》《鼓掌绝尘》等皆是，只有《三国志通俗演义》与《水浒传》才代表了我国古代长篇小说的正式诞生。而在长篇章回小说盛行发展直至其高峰时期，短篇小说依旧长盛不衰。可见，在古代小说发展的漫长历史中，短篇小说，无论是文言短篇小说还是白话短篇小说，都曾经为我国民族传统小说艺术积

---

① 班固《汉书·艺文志》
② 同①

累了丰富宝贵的经验。从上述情况出发，我们决定编写这套丛书，其目的即在于为一般读者提供一个古代短篇小说史上具有代表性的优秀作品选本。为了帮助读者阅读，我们还邀请一些专家学者对每篇作品作了注释与鉴赏评析，对文言作品还作了翻译。

二

我国古代小说起于周秦，汉魏六朝时期文人的参与创作使小说作为一种独立的文学体裁出现了第一次繁荣。然而，这一时期的小说尚处于童年时期，各方面还都很不成熟，虽有干宝《搜神记》和刘义庆《世说新语》等优秀的志怪、志人小说，但它们也都如鲁迅所说，是一些"粗陈梗概"之作。直至唐代，由于社会的安定、政治的昌明、经济的发展与文化的繁荣，整个社会生活发生了巨大的变化，小说的题材与内容也大大丰富和扩展了，六朝的志怪已与当时生气勃勃的现实生活产生了相当的距离。于是，以反映人世现实生活为主的传奇小说便应运而生了。唐传奇已经从粗陈梗概的魏晋小说雏形发展为成熟的短篇小说，它已经摆脱和超越了前代小说录闻纪实的史传手法，而充分发挥作者的想象力进行艺术虚构，这就是明代文论家胡应麟所说的"尽设幻语"①。虚构的介入给古代小说带来了新的艺术生命力。唐传奇脱出了平实简古的笔记体，转化为形象生动的故事体。它的情节曲折委婉，结构完整规饬，语言铺排华美，描写细腻传神；最主要的是，鲜明突出的人物形象已经成为小说创作的中心。基于上述特点，传奇小说的篇幅也大大加

---

① 胡应麟《少宝山房笔丛》

长，再不是"合丛残小语"的"短书"① 了。至此，中国古代
小说创作掀起了第一次高潮，达到了第一个顶峰。此后，作为
与文言的传奇相并列的通俗小说又异军突起，发展成以"说话
人"的"话本"为基本形式的短篇小说，在唐代主要是变文话
本，也有说话话本，至宋代，话本小说就形成了它的鼎盛时期。
由于说话艺术与话本小说是城市兴起与工商业繁荣的产物，故
此，话本小说从性质上看当属市民文学，又被称作"市人小
说"。话本小说的题材广泛，涉及到市民生活的各个方面。同
时，为适应说唱艺术和市民接受的需要，它具有完整的故事情
节和通俗的口语化的语言，结构形式上分为入话、头回、正话、
煞尾等固定模式，这些特点对后世通俗小说都产生了极大的影
响。明清两代，小说创作形成了新的高潮，一度衰落的文言小
说至清代又出现了新的繁荣，以蒲松龄《聊斋志异》为代表的
传奇体小说和以纪昀《阅微草堂笔记》为代表的笔记体小说都
涌现出了一批优秀新作，而文人创作的拟话本小说则是自明代
冯梦龙的《警世通言》《醒世恒言》《喻世明言》始就已如雨后
春笋，繁盛之极，题材不断扩展，篇幅也不断增长，终于由短
篇而发展成中篇、长篇，中国古代小说独特的艺术体系——文
言、通俗两大体系，笔记、传奇、话本、章回四大体裁的建构
已经彻底完成，古代小说的思想与艺术成就也已达到了最高的
峰巅。

　　回顾古代小说发展的历史，目的是在说明我们这套丛书，
其选目的时间上限为什么定在唐代而不定在小说源起之初，也
就是说，入选作品的范围包括自唐代以来直至有清一代的文言、
白话短篇小说，至于六朝及以前的粗陈梗概之作，因其只还初

---

① 桓谭《新论》

具小说雏形，就一概排除在该丛书遴选范围之外了。入选各代作品的比例，也基本依据小说发展史的自然流程及其流传情况，例如宋代传奇与唐代传奇比较，相对衰落，如鲁迅所说："多托往事而避近闻，拟古且远不逮，更无独创之可言矣。"故而所选宋代传奇数量就很少。又如，宋元两代话本小说繁荣，然而由于其形式只是说书人说话的底本，不能受到文人雅士的青睐，故散佚极为严重。后由明人洪楩汇辑成《雨窗集》等六个集子，每集各分上下卷，分别收话本小说五篇，合称"六十家小说"，不幸再次散佚。后来根据残本辑成的《清平山堂话本》，就只存有二十六篇话本小说了，而这些幸存之作又有不少被明代著名的小说家冯梦龙辑入"三言"，辑选时又都做了改写与加工，在艺术上较其原本粗糙朴拙的面目有了很大的提高。我们在辑选这套丛书时又采取了去粗取精的优选法，故此，入选的冯梦龙"三言"中的拟话本小说数量，就大大超过了宋元时期的作品。明清两代是我国古代小说创作的高峰期，入选该丛书的这两个朝代的作品也就多于唐、宋元诸代。这样的遴选原则应该算得上是符合我国古代小说发展史的实际情况的。

三

我国古代小说的分类方法颇多，按其语言形式，可分为文言小说与白话（通俗）小说；按其体裁，可分为笔记体小说、传奇体小说、话本体小说和章回体小说；按其题材内容，则分法更多，例如鲁迅在《中国小说史略》中就提到了志怪、传奇、讲史、神魔、人情、讽刺、狭邪、侠义、公案、谴责等类。后代一些学者对于题材类别的划分基本上是在鲁迅的基础上加以增删改动。例如有在此之外又增加世情小说、谐谑小说的；有将神魔、志怪混称为神怪小说的；有将人情、世情同视为专指爱情小说的；又有以言情小说称爱情小说而以人情、世情专指人情世态、伦理道德或家庭题材小说的；有以才子佳人小说专指明清两代爱情婚姻题材小说的；有将讲史小说称作历史小说或史传小说的；有将讽刺小说称为讽喻小说的；有将侠义小说称为武侠小说或与公案小说归于一类的。对于鲁迅所提出的狭邪小说，有称之为青楼小说的，也有直呼为娼妓小说的，等等。小说史研究界至今也没有提出一个公认的统一划分题材类别的标准。

中国古代短篇小说卷帙浩繁。要想编选出一套方便读者阅读鉴赏的丛书，自然应该分类立卷，而分类的最佳方法是按照题材划分。我们的原则是：博采众家之长，既参考文学史上一些分立类别的惯例，沿用一些习用的类别名称，又考虑到尽量适合当代读者的理解与接受习惯，例如，考虑到狭邪小说之称很难为今日的一般读者所理解，又兼以这类小说除了写娼妓生活，也常常夹以写优伶艺人生活的题材，所以就将这一类名之为倡优小说，且倡优一词也常在文化史和文学史上出现。又如，在当代读者心目中，世情一词的涵义已不仅限于专指爱情婚姻，而是涵盖了世风人情的各个方面，所以我们就专辟言情一类辑纳爱情题材作品，而在世情类中则辑纳那些反映世态民风、家庭人伦等题材的作品。再如，讲史小说、历史小说一般都用来指称那些讲说朝代史或大的历史事件以及演绎历史变迁的长篇作品，而古代短篇历史题材则往往是记述一些历史人物的生平或佚闻逸事。针对这种特点，该丛书将所选的十篇历史人物题材小说归于"史传小说"类。当然，史传小说在这里的意义，既与秦汉时期的史传文学有一定关联，又不能将其等同起来。它已经完全摆脱了历史散文的结构框架而具备了小说的所有特点。只是在题材上与史传文学相通罢了。这样，该丛书就依照下列十类分作了十卷：传奇小说、神魔小说、侠义小说、公案小说、世情小说、言情小说、史传小说、倡优小说、讽刺小说、幽默小说。特别需要说明的是，这样的分类只是为了适应将我国古代短篇小说按不同题材推荐介绍给一般读者的需要，而无意于在学术上提出古代短篇小说分类的一家之言。

四

中国古代短篇小说浩如烟海，即使按其题材分为十大类，各类中的篇目也是数不胜数，无法尽收，只能择优录取。在把握这"优"的标准时，丛书坚持了以下几条原则：思想内容总体倾向积极健康，艺术水准较高，具有一定的认识价值、审美价值与文化价值。具体地说，一是首先考虑传统名篇。对于那些文学史上素有定评、有重大影响、至今仍具有重要价值的不朽之作，优先辑选。"文库"中收入的这类优秀佳作不在少数，如唐传奇中的佼佼者《李娃传》《柳毅传》《莺莺传》《南柯太守传》《红线》；宋元话本中脍炙人口的《碾玉观音》《快嘴李翠莲》《错斩崔宁》；"三言""二拍"等明代拟话本中广为流传的优秀篇什《杜十娘怒沉百宝箱》《白娘子永镇雷峰塔》《金玉奴棒打薄情郎》《转运汉巧遇洞庭红　波斯胡指破鼍龙壳》等；还有清代优秀的文言短篇小说《聊斋志异》中的一些佳作，如《胭脂》《画皮》《席方平》等均属传统名篇，我们首先将它们推荐给广大读者。

除了传统名篇，丛书中还收入了一些历代广泛流传的作品。它们并不一定是传统名篇，有些或许还显得有些粗糙，存在某些缺陷，但由于其流传既广且久，对后世的小说创作和读者阅读产生过相当的影响。这一类作品中我们可举出《包龙图判百家公案》中的《五鼠闹东京》、辑入《清平山堂话本》的《董永遇仙记》以及收入《青琐高议》的秦醇所著《骊山记》。《五鼠闹东京》文意比较粗拙，然而这一包拯审判五鼠妖怪的故事流传之广几至家喻户晓。明人罗懋登的《三宝太监西洋记》，清人石玉昆的《三侠五义》，或摄入此故事，或对其进行改造，更扩大了这一故事的影响。《董永遇仙记》也属文字简古朴拙的一类，故事流传更广，曾被改编成戏曲、电影等多种艺术形式；《骊山记》写唐明皇、杨贵妃故事，其中特别细写杨贵妃与安禄山的微妙关系。作品在结构和表现上都有缺欠，然而它对后代白朴、洪升等同一题材的戏曲创作起着不可低估的作用，在宋代传奇中亦属传世之作。其他如宋代佚名的《王魁负心桂英死报》也有上述情况。辑选这些作品的目的，主要是为了充分肯定它们在古代小说史中的地位和作用，使读者对古代文学史上呈现出的某些题材系列作品现象能够有一个大概的认识。此外，不少在内容上或艺术上确有突出成就而由于某些原因在历史上未能引起特别重视的优秀之作，如唐代牛僧孺的《杜子春》、明代蔡明的《辽阳海神传》、清代浩歌子的《拾翠》、笔炼阁主人的《选琴瑟》、王韬的《玉儿小传》、毛祥鳞的《媚姝殊遇》、宣鼎的《燕尾儿》等，还有一些国内外新近发现或出版的古代小说作品，如过去仅存写刻本、近年才整理出版的明代讽刺小说集《鸳鸯针》中的作品；国内久佚、据日本佐伯文库藏本整理出版的清代拟话本《照世杯》中的篇什，以及近年于韩国发现的失传已久、堪称"三言""二拍"姊妹篇的《型世言》中的一些作品，我们都尽量选入丛书，以飨读者。

综上所述，着眼短篇，从唐代开选，按题材分类分册，从多方面、多角度择优辑选精品，这就是本丛书选目的基本原则。

至于丛书中各篇的注释，多寡不一，总的是以有助于读者阅读为准。文言文因附有译文，注释相对少些；古代白话中一些读者能意会的口语、俗语，有的也省略未注。翻译上采取直译还是意译，主要由执笔者定夺，未做统一规定。鉴赏文字的写法更无一定模式，一方面取决于作品本身的特点，一方面取决于执笔个人的鉴赏感受，有的从内容到艺术进行全面把握，有的着重于作者创作意图与客观价值之间关系的分析，有的着重抒写自己阅读的所感所获，或一目之得、一孔之见。具体写法、风格更不尽相同。然而，总的目的只有一个，那就是，启发引导读者自己去对作品进行鉴赏，给读者留下思考的余地。因为，不同的期待视野会使不同的读者对同一部作品产生不同的感受，而文学鉴赏本来就是一种读者个体的审美活动。

　　编选一套大规模的古代短篇小说鉴赏丛书，是一个极为艰难的工程。由于本人的才学和各种客观条件所限，在编撰中还存在许多缺陷与不足，特别是在选目方面定有不少疏漏和不当之处。诚恳地期望能够得到海内外专家们的赐正与教诲，也真心地期待着得到读者的批评指正。

吕智敏

2014 年 5 月

快嘴李翠莲记

元·佚　名

入话

> 出口成章不可轻，开言作对动人情；
>
> 虽无子路才能智[1]，单取人前一笑声。

此四句单道昔日东京有一员外，姓张，名俊，家中颇有金银。所生二子，长曰张虎，次曰张狼。大子已有妻室，次子尚未婚配。本处有个李吉员外，所生一女，小字翠莲，年方二八，姿容出众，女红针指，书史百家，无所不通，只是口嘴快些。凡向人前说成篇，道成溜，问一答十，问十道百。有诗为证：

> 问一答十古来难，问十答百岂非凡。
>
> 能言快语真奇异，莫作寻常当等闲。

话说本地有一王妈妈，与二边说合，门当户对，结为姻眷，选择吉日良时娶亲。三日前，李员外与妈妈论议道："女儿诸般好了，只是口快，我和你放心不下，打紧他公公难理会[2]，不比等闲的，婆婆又兜答[3]。人家又大，伯伯、姆姆手下许多人[4]。如何是好？"婆婆道："我和你也须分付他一场。"只见翠莲走到爹妈面前，观见二亲满面忧愁，双眉不展，就道：

"爷是天，娘是地，今朝与儿成婚配。男成双，女成对，大家欢喜要吉利。人人说道好女婿：有财有宝又豪贵；又聪明，又伶俐，双六象棋通六艺[5]；吟得诗，做得对，经商买卖诸般会。这门女婿要如何，愁得苦水儿滴滴地？"

员外与妈妈听翠莲说罢，大怒曰："因为你口快如刀，怕到人家多言多语，失了礼节，公婆人人不欢喜，被人笑耻，在此不乐。叫你出来，分付你少则声，颠倒说出一篇来，这个苦恁的好！"翠莲道：

"爷开怀，娘放意。哥宽心，嫂莫虑。女儿不是夸伶俐，从小生得有志气。纺得纱，绩得苎，能裁能补能绣刺。做得粗，整得细，三茶六饭一时备。推得磨，捣得碓，受得辛苦吃得累。烧卖馉饳有何难[6]，三汤两割我也会。到晚来，能仔细，大门关了小门闭；刷净锅儿掩厨柜，前后收拾自用意。铺了床，伸开被，点上灯，请婆睡，叫声'安置'进房内。如此伏侍二公婆，他家有甚不欢喜？爹娘且请放心宽，舍此之外值个屁！"

翠莲说罢，员外便起身去打。妈妈劝住，叫道："孩儿，爹娘只因你口快了愁，今番只是少说些。古人云：'多言众所忌。'到人家只是谨慎言语，千万记着！"翠莲曰："晓得。如今只闭着口儿罢。"妈妈道："隔壁张大公是老邻舍，从小儿看你大，你可过去作别一声。"员外道："也是。"翠莲便走将过去，进得门槛，高声便道：

"张公道，张婆道，两个老的听禀告：明日寅时我上轿，今朝特来说知道。年老爹娘无倚靠，早起晚些望顾照。哥嫂倘有失礼处，父母份上休计较。待我满月回门来，亲自上门叫聒噪[7]。"

张大公道："小娘子放心，令尊与我是老兄弟，当得早晚照管；令堂亦当着老妻过去陪伴。不须挂意。"作别回家，员外与妈妈道："我儿，可收拾早睡休，明日须半夜起来打点。"翠莲便道：

> "爹先睡，娘先睡，爹娘不比我班辈。哥哥嫂嫂相傍我，前后收拾自理会。后生家熬夜有精神，老人家熬了打盹睡。"

翠莲道罢，爹妈大恼，曰："罢，罢！说你不改了。我两口自去睡也。你与哥嫂自收拾，早睡早起。"翠莲见爹妈睡了，连忙走到哥嫂房门口高叫：

> "哥哥嫂嫂休推醉，思量你们忒没意[8]。我是你的亲妹妹，止有今晚在家中，亏你两口下着得，诸般事儿都不理，关上房门便要睡。嫂嫂你好不贤惠，我在家，不多时，相帮做些道怎地？巴不得打发我出门，你们两口得零利。"

翠莲道罢，做哥哥的便道："你怎生还是这等的？有父母在前，我不好说你。你自先去安歇，明日早起，凡百事我自和嫂嫂收拾打点。"翠莲进房去睡。兄嫂二人，无多时前后俱收拾停当，一家都安歇了。

员外妈妈，一觉睡醒，便唤翠莲问道："我儿，不知甚么时节了？不知天晴天雨？"翠莲便道：

> "爹慢起，娘慢起，不知天晴是下雨。更不闻[9]，鸡不语，街坊寂静无人语。只听得隔壁白嫂起来磨豆腐，对门黄公春糕米，若非四更时，便是五更矣。且待奴家先起，烧火劈柴打下水，且把锅儿刷洗起，烧些脸汤洗一洗，梳个头儿光光地。大家也是早起些，娶亲的若来慌了腿。"

员外妈妈并哥嫂一齐起来，大怒曰："这早晚东方将亮了，还不梳妆完，尚兀子调嘴弄舌！"翠莲又道：

> "爹休骂，娘休骂，看我房中巧妆画。铺两鬓，黑似鸦，调和脂粉把脸搽。点朱唇，将眉画，一对金环坠耳下。金银珠翠插满头，宝石禁步身边挂[10]，今日你们将我嫁，

想起爹娘撇不下；细思乳哺养育恩，泪珠儿滴湿了香罗帕。猛听得外面人说话，不由我不心中怕；今朝是个好日头，只管都噜都噜说甚么！"

翠莲道罢，妆办停当，直来到父母跟前，说道：

"爹拜禀，娘拜禀，蒸了馒头索了粉[11]，果盒着馔件件整。收拾停当慢慢等，看看打得五更紧。我家鸡儿叫得准，送亲从头再去请。姨娘不来不打紧，舅母不来不打紧。可耐姑娘没道理[12]，说的话儿全不准。昨日许我五更来，今朝鸡鸣不见影。歇歇进门没得说，赏他个漏风的巴掌当邀请。"

员外与妈妈敢怒而不敢言。妈妈道："我儿，你去叫你哥嫂及早起来，前后打点。娶亲的将次来了[13]。"翠莲见说，慌忙走去哥嫂房门口前，叫曰：

"哥哥嫂嫂你不小，我今在家时候少。算来也用起个早，如何睡到天大晓？前后门窗须开了，点些蜡烛香花草。里外地下扫一扫，娶亲轿子将来了。误了时辰公婆恼，你两口儿讨分晓。"

哥嫂两个忍气吞声，前后俱收拾停当。员外道："我儿，家堂并祖宗面前，可去拜一拜，作别一声。我已点下香烛了，趁娶亲的未来，保你过门平安！"翠莲见说，拿了一炷，走到家堂面前，一边拜，一边道：

"家堂一家之主；祖宗满门先贤：今朝我嫁，未敢自专。四时八节，不断香烟。告知神圣，万望垂怜！男婚女嫁，理之自然。有吉有庆，夫妇双全。无灾无难，永保百年。如鱼似水，胜蜜糖甜。五男二女，七子团圆。二个女婿，答礼通贤；五房媳妇，孝顺无边。孙男孙女，代代相传。金珠无数，米麦成仓。蚕桑茂盛，牛马揸肩，鸡鹅鸭鸟，满荡鱼鲜。丈夫惧怕，公婆爱怜，妯娌和气，伯叔忻然，奴仆敬重，小姑有缘。不上三年之内，死得一家干净，家财都是我掌管，那时翠莲快活几年。"

翠莲祝罢，只听得门前鼓乐喧天，笙歌聒耳，娶亲车马，来到门首，张宅先生念诗曰：

> "高卷珠帘挂玉钩，香车宝马到门头。
>
> 花红利市多多赏[14]富贵荣华过百秋。"

李员外便叫妈妈将钞来，赏赐先生和媒妈妈，并车马一干人。只见妈妈拿出钞来，翠莲接过手，便道："等我分！

> 爹不惯，娘不惯，哥哥嫂嫂也不惯。众人都来面前站，合多合少等我散。抬轿的合五贯，先生媒人两贯半。收好些，休嚷乱，掉下了时休埋怨！这里多得一贯文，与你这媒人婆买个烧饼，到家哄你呆老汉。"

先生与轿夫一干人听了，无不吃惊，曰："我们见千见万，不曾见这样口快的。"大家张口吐舌，忍气吞声，簇拥翠莲上轿。

一路上，媒妈妈分付："小娘子，你到公婆门首，千万不要开口！"不多时，车马一到张家前门，歇下轿子，先生念诗曰：

> "鼓乐喧天响汴州，今朝织女配牵牛。
>
> 本宅亲人来接宝，添妆含饭古来留。"

且说媒人婆拿着一碗饭，叫道："小娘子，开口接饭。"只见翠莲在轿中大怒，便道：

> "老泼狗，老泼狗，教我闭口又开口。正是媒人之口无量斗[15]，怎当你没的翻做有。你又不曾吃早酒，嚼舌嚼黄胡张口。方才跟着轿子走，分付教我休开口。甫能住轿到门首，如何又叫我开口？莫怪我今骂得丑，真是白面老母狗！"

先生道："新娘子息怒，他是个媒人，出言不可大甚，自古新人无有此等道理！"翠莲便道：

> "先生你是读书人，如何这等不聪明？当言不言谓之
> 讷，信这虔婆弄死人。说我婆家多富贵，有财有宝有金银，
> 杀牛宰马做茶饭，苏木檀香做大门，绫罗段疋无算数，猪
> 羊牛马赶成群。当门与我冷饭吃，这等富贵不如贫。可耐
> 伊家忒恁村，冷饭将来与我吞。若不看我公婆面，打得你
> 眼里鬼火生。"

翠莲说罢，恼得那媒婆一点酒也没[16]，一道烟先进去了，也不
管他下轿，也不管他拜堂。

本宅众亲簇拥新人到了堂前，朝西立定。先生曰："请新人
转身向东，今日福禄喜神在东。"翠莲便道：

> "才向西来又向东，休将新妇便牵笼。转来转去无定
> 相，恼得心头火气冲。不知那个是妈妈？不知那个是公公？
> 诸亲九眷闹丛丛，姑娘小叔乱哄哄。红纸牌儿在当中，点
> 着几对满堂红[17]。我家公婆又未死，如何点盏随身灯[18]？"

张员外与妈妈听得大怒，曰："当初只说娶□良善人家女子，谁
想娶这个没规矩、没家法、长舌顽皮村妇！"诸亲九眷面面相
觑，无不失惊。先生曰："人家孩儿在家中惯了，今日初来，须
慢慢的调理他；且请拜香案，拜诸亲。"合家大小俱相见毕。先
生念诗赋，请新人入房，坐床撒帐[19]：

> "新人挪步过高堂，神女仙郎入洞房。
>
> 花红利市多多赏，五方撒帐盛阴阳。"

张狼在前，翠莲在后，先生捧着五谷，随进房中。新人坐床，
先生拿起五谷，念道：

> "撒帐东，帘幕深围烛影红。佳气郁葱长不散，画堂日
> 日是春风。
>
> 撒帐西，锦带流苏四角垂。揭开便见姮娥面，输却仙

郎捉带枝。

撒帐南，好合情怀乐且耽。凉月好风庭户爽，双双绣带佩宜男。

撒帐北，津津一点眉间色。芙蓉帐暖度春宵，月娥苦邀蟾宫客[20]。

撒帐上，交颈鸳鸯成两两。从今好梦叶维熊[21]，行见蜻珠来入掌[22]。

撒帐中，一双月里玉芙蓉。恍若今宵遇神女，红云簇拥下巫峰。

撒帐下，见说黄金光照社[23]。今宵吉梦便相随，来岁生男定声价。

撒帐前，沉沉非雾亦非烟。香里金虬相隐映[24]，文箫今遇彩鸾仙[25]。

撒帐后，夫妇和谐长保守。从来夫唱妇相随，莫作河东狮子吼[26]。"

说那先生撒帐未完，只见翠莲跳起身来，摸着一条面杖，将先生夹腰两面杖，便骂道："你娘的臭屁！你家老婆便是河东狮子！"一顿直赶出房门外去，道：

"撒甚帐？撒甚帐？东边撒了西边样。豆儿米麦满床上，仔细思量像甚样！公婆性儿又莽撞，只道新妇不打当。丈夫若是假乖张，又道娘子垃圾相。你可急急走出门，饶你几下擀面杖。"

那先生被打，自出门去了。张狼大怒，曰："千不幸，万不幸，娶了这个村姑儿！撒帐之事，古来有之。"翠莲便道：

"丈夫丈夫你休气，听奴说得是不是，多想那人没好气，故将豆麦撒满地。到不叫人扫出去，反说奴家不贤惠。若还恼了我心儿，连你一顿赶出去。闭了门，独自睡，晏起早眠随心意。阿弥陀佛念几声，耳伴清宁倒零利。"

张狼也无可奈何，只得出去参筵劝酒。

至晚席散，众亲都去了。翠莲坐在房中，自思道："少刻丈夫进房来，必定手之舞之的，我须做个准备。"起身除了首饰，脱了衣服，上得床，将一条绵被裹得紧紧地，自睡了。且说张狼，进得房就脱衣服，正要上床，被翠莲喝一声，便道：

"堪笑乔才你好差[27]，端的是个野庄家。你是男儿我是女，尔自尔来咱自咱。你道我是你媳妇，莫言就是你浑家。那个媒人那个主？行甚么财礼下甚么茶？多少猪羊鸡鹅酒？甚么花红到我家？多少宝石金头面？几尺绫罗几尺纱？镯缠冠钗有几付？将甚插戴我奴家？黄昏半夜三更鼓，来我床前做甚？及早出去连忙走，休要恼了我们家。若是恼咱性儿起，揪住耳朵采头发，扯破了衣裳抓碎了脸，漏风的巴掌顺脸括，扯碎了网巾你休要怪，擒了你四鬓怨不得咱[28]。这里不是烟花巷，又不是小娘儿家[29]，不管三七二十一，我一顿拳头打得你满地呱。"

那张狼见妻子说这一篇，并不敢近前，声也不则，远远地坐在半边。将近三更时分，且说翠莲自思："我今嫁了他家，活是他家人，死是他家鬼，今晚若不与丈夫同睡，明日公婆若知，必然要怪。罢，罢，叫他上床睡罢。"便道：

"痴乔才，休推醉，过来与你一床睡。近前来，分付你，叉手跕着莫弄嘴。除网巾，摘帽子，靴袜布衫收拾起。关了门，下幔子，添些油在晏灯里[30]。上床来，悄悄地，同效鸳鸯偕连理。休则声，慎言语，雨散云消脚后睡。束着脚，拳着腿，合着眼儿闭着嘴。若还碰着我些儿，那时你就是个死。"

说那张狼，果然一夜不敢则声。

睡至天明，婆婆叫言："张狼，你可教娘子早起些梳妆。外面收拾。"翠莲便道：

> "不要慌，不要忙，等我换了旧衣裳。菜自菜，姜自姜，各样果子各样妆；肉自肉，羊自羊，莫把鲜鱼搅白肠；酒自酒，汤自汤，腌鸡不要混腊獐。日下天色且是凉，便放五日也不妨。待我留些整齐的，三朝点茶请姨娘。总然亲戚吃不了，剩与公婆慢慢噇[31]。"

婆婆听得，半晌无言，欲待要骂，恐怕人知笑话，只得忍气吞声。耐到第三日，亲家母来完饭[32]。两亲相见毕，婆婆耐不过，从头将打先生、骂媒人、触夫主、毁公婆，一一告诉一遍。李妈妈听得，羞惭无地，径到女儿房中，对翠莲道："你在家中，我怎生分付你来？教你到人家，休要多言多语，全不听我。今朝方才三日光景，适间婆婆说你许多不是，使我惶恐千万，无言可答。"翠莲道：

> "母亲你且休吵闹，听我一一细禀告。女儿不是村天乐[33]，有些话你不知道。三日媳妇要上灶，说起之时被人笑，两碗稀粥把盐醮，吃饭无茶将水泡。今日亲家初走到，就把话儿来诉告，不问青红与白皂，一迷将奴胡厮闹[34]。婆婆性儿忒急躁，说的话儿不大妙。我的心性也不弱，不要着了我圈套。寻条绳儿只一吊，这条性命问他要！"

妈妈见说，又不好骂得，茶也不吃，酒也不尝，别了亲家，上轿回家去了。

再说张虎，在家叫道："成甚人家！当初只说娶个良善女子，不想讨了个五量店中过卖来家[35]，终朝四言八句，弄嘴弄舌，成何以看！"翠莲闻说，便道：

> "大伯说话不知礼，我又不曾惹着你。顶天立地男子汉，骂我是个过卖嘴。"

张虎便叫张狼道："你不闻古人云：'教妇初来。'虽然不致乎打他，也须早晚训诲；再不然，去告诉他那老虔婆知道。"翠莲就道：

> "阿伯三个鼻子管[36]，不曾撚着你的碗。媳妇虽是话儿
> 多，自有丈夫与婆婆。亲家不曾惹着你，如何骂他老虔婆？
> 等我满月回门去，到家告诉我哥哥。我哥性儿烈如火，那
> 时教你认得我。巴掌拳头一齐上，着你旱地乌龟没处躲！"

张虎听了大怒，就去扯住张狼要打。只见张虎的妻施氏跑将出来道："各人妻小各自管，干你甚事！自古道：'好鞋不踏臭粪！'"翠莲便道：

> "姆姆休得要惹祸，这样为人做不过。谨自伯伯和我嚷，你
> 又走来添些言。自古妻贤夫祸少，做出事比天来大。快快
> 夹了里面去，窝风所在坐一坐[37]。阿姆我又不惹你，如何
> 将我比臭污？左右百岁也要死，和你两个做一做。我若有
> 些长和短，阎罗殿前也不放过！"

女儿听得，来到母亲房中，说道："你是婆婆，如何不管！尽着他放泼，像甚模样？被人家笑话。"翠莲见姑娘与婆婆说，就道：

> "小姑你好不贤良，便去房中唆调娘。若是婆婆打杀
> 我，活捉你去见阎王！我爷平素性儿强，不和你们善商量。
> 和尚道士一百个，七日七夜做道场。沙板棺材罗木底，公
> 婆与我烧钱纸。小姑姆姆戴盖头，伯伯替我做孝子。诸亲
> 九眷抬灵车，出了殡儿从新起。大小衙门齐下状，拿着银
> 子无处使。认你家财万万贯，弄得你钱也无来人也死！"

张妈妈听得，走出来道："早是你才来得三日的媳妇[38]，若做了二三年媳妇，我一家大小俱不要开口了！"翠莲便道：

> "婆婆休得要水性，做大不尊小不敬。小姑不要恁侥

幸。母亲面前少言论。訾些轻事□重报，老蠢听得便就信。言三语四把吾伤，说的话儿不中听。我若有些长和短，不怕婆婆不偿命！"

妈妈听了，径到房中，对员外道："你看那新媳妇，口快如刀，一家大小，逐个个都伤过。你是个阿公，便叫将出来，说他几句，怕甚么。"员外道："我是他公公，怎么好说他？也罢，待我问他讨茶吃，且看怎的。"妈妈道："他见你，一定不敢调嘴。"只见员外分付："交张狼娘子烧中茶吃。"那翠莲听得公公讨茶，慌忙走到厨下，刷洗锅儿，煎滚了茶，复到房中，打点各样果子，泡了一盘茶，托至堂前，摆下椅子，走到公婆面前道："请公公、婆婆堂前吃茶。"又到姆姆房中道："请伯伯、姆姆堂前吃茶。"员外道："你们只说新媳妇口快，如今我唤他，却怎地又不敢说甚么？"妈妈道："这般只是你使唤他便了。"

少刻，一家儿俱到堂前，分大小坐下，只见翠莲捧着一盘茶，口中道：

"公吃茶，婆吃茶，伯伯、姆姆来吃茶。姑娘、小叔若要吃，灶上两碗自去拿。两个拿着慢慢走，泼了手时哭喳喳。此茶唤做阿婆茶，名实虽村趣味佳。两个初煨黄栗子，半抄新炒白芝麻[39]。江南橄榄连皮核，塞北胡桃去壳租[40]。二位大人慢慢吃，休得坏了你们牙。"

员外见说大怒，曰"女人家须要温柔稳重，说话安详，方是做媳妇的道理。那曾见这样长舌妇人！"翠莲应曰：

"公是大，婆是大，伯伯、姆姆且坐下。两个老的休得骂，且听媳妇来禀话：你儿媳妇也不村，你儿媳妇也不诈。从小生来性刚直，说儿说了必无挂。公婆不必苦憎嫌，十分不然休了罢。也不愁，也不怕，搭搭凤子回去罢[41]。也不招[42]，也不嫁，不搽胭粉不妆画。上下穿件缟素衣，侍奉双亲过了罢。记得几个古贤人：张良、蒯文通说话[43]，陆贾、萧何快调文[44]，子建、杨修也不亚[45]，张仪、苏秦说六国[46]，吴晏、管仲说五霸[47]，六计陈平、李左车[48]十二甘罗并子夏[49]，这些古人能说话，齐家治国平天下。公公要奴不说话，将我口儿缝住罢！"

张员外道："罢罢，这样媳妇，久后必被败坏门风，玷辱上祖！"便叫张狼曰："孩儿，你将妻子休了罢！我别替你娶一个好的。"张狼口虽应承，心有不舍之意。张虎并妻俱劝员外道："且从容教训。"翠莲听得，便曰：

> 公休怨，婆休怨，伯伯、姆姆都休劝，丈夫不必苦留恋，大家各自寻方便。快将纸墨和笔砚，写了休书随我便。不曾欧公婆，不曾骂亲眷，不曾欺丈夫，不曾打良善，不曾走东家，不曾西邻串，不曾偷人财，不曾被人骗，不曾说张三，不与李四乱，不盗不妒与不淫；身无恶疾能书算，亲操井臼与庖厨，纺织桑麻拈针线。今朝随你写休书，搬去妆奁莫要怨。手印缝中七个字：'永不相逢不见面'。恩爱绝，情意断，多写几个弘誓愿。鬼门关上若相逢，别转了脸儿不厮见。"

张狼因父母做主，只得含泪写了休书，两边搭了手印。随即讨乘轿子，交人抬了嫁妆，将翠莲并休书，送至李员外家。

父母并兄嫂，都埋怨翠莲嘴快的不是。翠莲道：

> "爹休嚷，娘休嚷，哥哥嫂嫂也休嚷。奴奴不是自夸奖，从小生来志气广。今日离了他门儿，是非曲直俱休讲。不是奴家牙齿痒，挑描刺绣能绩纺，大裁小剪我都会，浆洗缝联不说谎，劈柴挑水与庖厨，就有蚕儿也会养。我今年小正当时，眼明手快精神爽。若有闲人把眼观，就是巴掌脸上响。"

李员外和妈妈道："罢罢，我两口也老了，管你不得，只怕有些一差二误，被人耻笑，可怜，可怜！"翠莲便道：

> "孩儿生得命里孤，嫁了无知村丈夫。公婆利害犹自可，怎当姆姆与姑姑。我若略略开得口，便去搬唆与舅姑。且是骂人不吐核，动脚动手便来□。生出许多情切话，就写离书休了奴。止望□家图自在，岂料爹娘也怪吾。夫家娘家着不得，剃了头发做师姑[50]。身披直裰挂葫芦，手中拿个大木鱼。白日沿门化饭吃，黄昏寺里称念佛祖，念南无，吃斋把素用工夫。头儿剃得光光地，那个不叫一声小师姑。"

说罢，卸了浓妆，换了一套绵布衣服，向父母前合掌闷信拜别[51]，转身向哥嫂也别了。哥嫂曰："你既要出家，我二人送你到前街明音寺去。"翠莲便道：

> "哥嫂休送我自去，去了你们得伶俐。曾见古人说得好：'此处不留有留处'。离了俗家门，便把头来剃。是处便为家，何但明音寺[52]。散澹又逍遥，却不倒伶俐！"
>
> 不恋荣华富贵，一心情愿出家。
>
> 身披领锦袈裟，常把数珠悬挂。
>
> 每月持斋把素，终朝酌水献花。
>
> 纵然不做得菩萨，修得个小佛儿也罢。

（选自《清平山堂话本》）

[注释]

[1] 子路——仲由，字子路，孔子的学生。他是个勇敢而有政治才干的人。

[2] 打紧——要紧。

[3] 兜答——唠叨。

[4] 伯伯——婆家的哥哥。姆姆——婆家的嫂嫂。

［5］双六——又称双陆，古代的一种棋戏。六艺——原指礼、乐、射、御、书、数，这里泛指各种技艺。

［6］烧卖——又称烧麦，一种食物，类似于肉馅包子。匾食——一种食物，类似于饺子。

［7］聒噪——打扰。

［8］忒（tè 特）——太，过甚。

［9］更不闻——听不到打更的声音了。更（gēng 庚），古时夜间的计时单位，一夜分为五更。

［10］禁步——古代妇女裙边所缀的小金铃或弓鞋上的铃。

［11］索了粉——制好了粉条。

［12］姑娘——这里指姑姑。

［13］将次——就要。

［14］花红利市——这里指喜庆时节用以赏赐的钱物。花红，插花披红以示喜庆。利市，指商人的获利。

［15］无量斗——无梁斗。宋元时流行的一句歇后语："无梁斗——休提"，提不起来的意思，这里作"不足凭信"解。

［16］一点酒也没——一点酒也没喝。原文缺一"吃"或"饮"字。

［17］满堂红——用大红彩绢做成的方形灯笼。

［18］随身灯——又称长命灯、引魂灯、闷灯，死人灵前点的灯。

［19］撒帐——宋元时婚礼仪式之一，新婚夫妇拜完天地入洞房，坐在床上，女向左，男向右，礼官散掷五谷干果。

［20］蟾宫客——这里指新郎。古时以蟾宫折桂喻指中试登科，结婚常被看作是小登科。

［21］好梦叶维熊——这里是预祝新婚夫妇早生贵子的意思。语出《诗经·小雅·斯干》，意思是梦见熊罴是生男孩的预兆。

［22］蠙珠来入掌——喻指宝贝儿子到手。蠙（bīn 滨），蚌的别名。

［23］黄金光照社——按封建迷信说法，奇人降生时有异兆，光照房室。

［24］金虬——金龙。虬（qiú 求），两角龙。

［25］"文箫"句——传说中男女定情的故事。相传唐朝进士文箫，在洪州歌场遇见仙女吴彩鸾，二人一见钟情，遂结为夫妇。

［26］河东狮子吼——这里用宋人陈慥妻子的怒呼来喻指悍妇。据载，陈慥宴客，席间有歌妓，其妻柳氏嫉妒，用木杖敲墙并怒呼。苏轼写诗取笑说："忽闻河东狮子吼，拄杖落手心茫然。"河东，暗指陈妻姓柳，杜甫有诗曰"河东女儿身姓柳"。狮子吼，佛家语，以喻气象威严。

［27］乔才——宋元时的骂人话，意为恶劣、狡猾的家伙。

［28］四鬌——满头头发都散乱了。鬌（gōng 共），头发蓬乱。

［29］小娘儿——妓女。

［30］晏灯——夜灯。

［31］噇（chuáng 床）——饮食无节制。

［32］完饭——宋代婚嫁的一种礼节。婚后三天，女家将用金银缸盛的油蜜以及鹅蛋、果品等礼物送到男家，即送三朝礼。

［33］村天乐——戏称粗俗鄙俚的人。

［34］一迷——一概。

［35］五量店——即无量店。因有"唯酒无量"的说法，故称酒店为无量店。过卖——酒店里的伙计。

［36］三个鼻子管——多出一口气，多管闲事。

［37］窝风所在——背风处，角落里。

［38］早是——幸亏。

［39］半抄——半把。

［40］柤（zhā 渣）——山楂之类的野果。

［41］凤子——蝴蝶的一种，这里指轻便的轿子。

［42］招——招婿。

［43］张良——秦汉之际人，原为韩贵族，曾在博浪沙谋刺秦始皇，后投奔刘邦，在楚汉战争中及汉朝建立后为刘邦出谋划策，被封为留侯。蒯文通——秦汉之际策士，韩信用其策而取齐地。

［44］陆贾——西汉大臣，善口辩，曾出使南越招谕赵佗臣属汉朝。萧何——西汉名相，楚汉战争中留守关中助刘邦取天下，汉朝建立后又配合刘邦消灭韩信、陈豨、英布等地方势力。

［45］子建——曹植，字子建，曹操第三子。他是建安时期成就突出的诗人。杨修——东汉末年人，聪明机敏，曾任曹操的主簿。

[46] 张仪——战国时人，游说入秦，首倡连横，秦惠王任为相。苏秦——战国时人，游说六国，合纵抗秦。

[47] 吴晏——可能是晏婴之误。晏婴，春秋时齐国名相。管仲——春秋时齐国名相，助齐桓公称霸。

[48] 陈平——西汉名相，先为项羽军的都尉，后归刘邦，汉朝建立后封曲逆侯，在惠帝、吕后、文帝在位时任相。李左车——秦末谋士，先依附赵王武臣，后归附韩信，韩信用其策而取燕、齐等地。

[49] 甘罗——战国时人，十二岁时在秦相吕不韦手下做官，因出使赵有功，被封为上卿。子夏——卜商，字子夏，孔子的学生。他于文学有突出表现。

[50] 师姑——这里指尼姑。

[51] 闷信——即问讯，指出家人向人合掌行礼的举动。

[52] 何但——何只。

[鉴赏]

李翠莲作为这篇小说的女主人公，是市民阶层壮大了的宋元社会中的新女性代表。

这篇小说并未着笔于宋元社会中的市民活动，但市民意识却不止一处地强烈表现出来。李翠莲上场后第一段顺口溜中原有"人人说道好女婿：有财有宝又豪贵；又聪明，又伶俐，双六象棋通六艺；吟得诗，做得对，经商买卖诸般会"这样的话，从中可看出当时人们已把"经商买卖诸般会"而"有财有宝"的人看重夸好了。市民阶层壮大后，汉唐时代的轻商思想已扭转。李翠莲就是在一条商业街道上成长起来的，她家隔壁的白嫂是卖豆腐的，对门的黄公是开糕点铺的。具有市民意识的李翠莲，在同仍保留着封建意识的周围人物的碰撞中，闪现出蔑视封建礼教、否定封建伦理的光彩。

李翠莲的周围人物，有娘家的父、母、哥、嫂，婆家的公、婆、丈夫和伯伯、姆姆、小姑，还有媒婆、张宅先生，等等。虽然她丈夫兄弟俩一名张虎、一名张狼，但是，她周围的人物并非虎狼一群。娘家的父母是疼爱她的，公公有时还为她说话，丈夫是"心有不舍之意"而"含泪写了休书"。李翠莲面对的不是凌辱她、迫害她的反动势力，而是封建社会中市民阶层的一些小人物。不过，封建意识将这些小人物组合在一起，也足以形成一股可怕的势力了。李翠莲的娘家父母，一开始就担心她的"口快"，说什么"女儿诸般好了，只是口快"，"因为你口快如刀，怕到人家多言多语，失了礼节"。公婆不满的是娶了个"没规矩、没家法"的媳妇，公公大怒对她说："女人家须要温柔稳重，说话安祥，方是做媳妇的道理。"李翠莲的周围人物或劝她不要"失礼节"，或怨她"没家法"，或要她照"做媳妇的道理"去做。所谓"礼节""家法""做媳妇的道理"，实际上是"三从四德"那一套，是封建礼教投向妇女的绳索。李翠莲不甘于被封建礼教的绳索束缚，并以其"快嘴"作为有力的反击，显示出封建社会中市民阶层新女性的本质特征。

小说题目中特别标出"快嘴"，点明李翠莲性格上的特异之处。在小说开篇"入话"之后，随着介绍李翠莲这一人物，又强调了一次"只是口嘴快些"，并在"有诗为证"中称赞道："能言快语真奇异，莫作寻常当等闲。"一个即将出嫁的女子，一个大闹婚礼的新娘，一个新婚刚过的少妇，不像封建礼教所要求的妇女那样"谨慎言语""温柔稳重"，而是"向人前说成篇，道成溜，问一答十，问十道百"，仅"快嘴"这性格上的特异之处就不寻常了。当然，作为新女性代表的李翠莲，不仅是性格上的"快嘴"，小说对这一人物的塑造，也未停留在嘴快的性格特征上，而是通过"快嘴"说出的"真奇异"的话语，时时迸射出新女性的思想异彩。

整篇小说，除"入话"至"有诗为证"的开篇外，主要内容分"出嫁前夕""成亲之日""新婚之夜""被休前后""归家出家"五层。在每层中，李翠莲都有"能言快语"的表现，而这一一的表现是相连贯的，但又不是重复的。蔑视封建礼教，否定封建伦理，是之所以相连贯的精髓。

"出嫁前夕"，写李翠莲在父、母、哥、嫂面前的"能言快语"。

父母按"古人云：'多言众所忌。'"的信条限制她，她却强调自己"从小生得有志气"，说出了自己的诸般长处。对出嫁的妇女怎样做才是好媳妇的问题，她同父母的认识显然是不一致的。封建意识浓厚的父母，让她出嫁后不要"多言多语，失了礼节"；她则认为凭自己心灵手巧又勤快，婆家人"有甚不欢喜"的？在这里，还为最后她被休的不合理作了铺垫。如此一个"诸般好"的女儿，在出嫁上轿的当天早晨还"烧火劈柴打下水"，但出嫁后没几天便被休，从而指出了封建礼教所规定的"做媳妇的道理"是多么不合理。

"成亲之日"，写李翠莲在媒婆、张宅先生面前的"能言快语"。对媒婆、李抓住媒婆先说"闭口"、后说"开口"的不一致而加以嘲弄。媒婆说的"闭口"，是指做媳妇要"谨慎言语"，是"三从四德"中"妇言"一条规定的；而媒婆说的"开口"，是让"开口接饭"，是婚礼仪式中的一项。李巧妙地将"闭口""开口"连在一起，嘲弄媒婆道："老泼狗，老泼狗，教我闭口又开口。正是媒人之口无量斗。"这一嘲弄，既是对"三从四德"之类的封建礼教的蔑视，又披露出封建婚礼仪式的可笑，更是对封建婚姻制度中的"媒妁之言"的讽刺。对张宅先生，先恼他的"才向西来又向东"的折腾，后骂他在撒帐仪式中说的"莫作河东狮子吼"。这里继续披露封建婚礼仪式的可笑，单刀直入地挑明："撒甚帐？撒甚帐？东边撒了西边样。豆儿米麦满床上，仔细思量像甚样！"张宅先生的撒帐念词，重复而冗长，并宣扬了重男轻女、出嫁从夫等封建思想。李赶走张宅先生，不仅冲散了封建婚礼仪式，而且也是对重男轻女、出嫁从夫等封建思想的批判。李的丈夫以"撒帐之事，古来有之"的话教训她，她"快嘴"反击，表现出勇于同"古来有之"的封建传统对抗到底的精神。

"新婚之夜"，写李翠莲在丈夫面前的"能言快语"。她极度蔑视"三从四德"中的出嫁从夫那一套，并响亮呼出"你是男儿我是女，尔自尔来咱自咱。你道我是你媳妇，莫言就是你浑家"的口号。就是说，男和女虽在性别上有差异，但各自有各自的权利，做了媳妇的不一定就是围着男人转的浑家。这里已萌芽了男女平等的主张。李翠莲的反封建，显然已有别于宋元之前文学作品中反封建女性的言行了。

"被休前后"，写李翠莲在伯伯、姆姆、婆婆、公公面前的"能言快语"。伯伯指教李的丈夫说："你不闻古人云：'教妇初来。'虽然不致乎打他，也须早晚训诲。"刚出嫁的妇女要受到丈夫的"早晚训诲"，自然是从早到晚灌输"三从四德"，而李不听邪，直言反击"教妇初来"的传统做法。姆姆是经历过"教妇初来"的，已就范于"三从四德"的训诲了，这是可悲的；而更可悲的是，反转来做帮凶。李提出"阿姆我又不惹你，如何将我比臭污"的质问，显示出独立于愚昧人群中的不妥协精神。对婆婆，李先是对"打先生、骂媒人、触夫主、毁公婆"的归罪不服，继而不满其听信小姑的调唆。婆婆将"新媳妇，口快如刀，一家大小，逐个个都伤过"的罪过摆在公公面前时，公公开始还因李的手巧、勤快为她说话，但终因"口快"的触犯而大怒，并提出了"做媳妇的道理"。出嫁的妇女怎样做才是好媳妇？封建意识浓厚的公公自然要从封建礼教中找标尺，抓住"口快"不合"三从四德"规定的"温柔稳重"而抹掉了李的诸般长处。李则抓住能否说话反驳公公，她列举了张良等十四位历史人物，质问公公为什么"这些古人能说话"而"公公要奴不说话"呢？张良等十四位人物虽也为封建统治者所推崇，但李与之比并的目的是要争说话的权利，争回被"三从四德"夺去的妇女应享有的权利。这里又再次提出男女平等的问题，即在社会参与上也要平等，男子可以"齐家治国平天下"，女子为什么不能呢？李翠莲当听到自己被休的时候，又是"能言快语"一番，这不是一般的反驳了，而是对封建礼教的控诉。封建礼教规定的"七出"，已是不合理地对待妇女了，而李的行为并未涉及到"七出"的哪一条，却也被休了，这简直就是不公平了。对封建礼教的批判，不仅体现在李的"能言快语"中，而且也从这不公平的结局中反映出来。

"归家出家"，仍写李翠莲在父、母、哥、嫂面前的"能言快语"，与开头的"出嫁前夕"前后照应。被休归家的李翠莲，如同"出嫁前夕"一般，在对待封建礼教的态度上仍不能与父、母、哥、嫂一致。李的被休是不合理的，而父、母、哥、嫂"都埋怨翠莲嘴快的不是"。李的出家为尼，本非皈依佛教的结果，而是出于寻求理想境地的愿望。小说作者可以在李的"能言快语"中写出反封建的惊人之声，但却不能为李安排一个在那个社会可以实现的胜利结局，出家为尼是带着时代局限的理想。

李翠莲这一新女性，横冲直撞于被封建意识毒害的愚昧人群中，她的言行显然是被夸张了的。因为有此夸张，才强化了市民意识同封建意识的对抗；也因为夸张的失当，出现了有损于李翠莲形象的败笔，比如，让李在出嫁前就说出"不上三年之内，死得一家干净，家财都是我掌管，那时翠莲快活几年"，又如，李不满小姑的调唆，说出"若是婆婆打杀我，活捉你去见阎王"，"认你家财万万贯，弄得你钱也无来人也死"，还有，让李动不动就说出"赏他个漏风的巴掌当邀请""漏风的巴掌顺脸括""就是巴掌脸上响"之类的话。

为了突出"快嘴"这李翠莲性格上的特异之处，小说中的大量篇幅是李翠莲的"说成篇，道成溜"。这篇小说在宋元小说话本中是属于诗赞系词话一类的，有说有唱的是词话，而所唱为通俗诗则归诗赞系。说话人在将这篇小说作底本进行表演时，是依说、念、吟、数四种形式进行的。说，不追求节奏感的正常叙说；念，有节奏的诵读；吟，富于音乐旋律的咏唱；数，伴以击器作节的数板叙说。故事情节是靠"说"叙述出来的，而李翠莲的"能言快语"非"念"即"数"，尤其是击器作节的"数"，恰到好处地突出了李的"快嘴"。

李翠莲因其"快嘴"，不仅为婆家所不容，而且也不容于娘家，最终出家为尼。这实在是李翠莲的悲剧，是被封建礼教束缚的广大妇女的悲剧。即使李翠莲以其"快嘴"表明同封建意识的对抗，拼命摆脱封建礼教的束缚，但在封建意识充斥的社会里，她不可能取得胜利。且不说封建统治者对反封建言行的压抑、摧残，就是李翠莲周围那些并不甚凶恶的人，因为完全按封建礼教的规范行事，自然视李为不可容的怪物。悲剧的产生是不可避免的，而小说作者为张扬市民意识，不仅安排李的"能言快语"在主要位置上，而且让李一次又一次地占上风，将悲剧作喜剧处理。李的"能言快语"，夸张之外，还不乏诙谐、嘲讽，更添了喜剧气氛。

在情节、结构方面，这篇小说有着与多数宋元小说话本不同的艺术处理。故事情节并不复杂，故事发生的地点仅是从娘家到婆家再回娘家这两个地点，故事发生的时间仅是从出嫁前夕到被休归家的这四五天中。然而，因为小说作者抓住了嫁前、成亲、被休这最能揭示女主人公内心的关键时刻，展开了一系列的相连贯而不重复的矛盾冲突，使女主人公及其周围人物在矛盾冲突中都有充分表现，从而完成了人物形象的塑造，开掘出深刻的主题。

这篇小说所叙故事在南宋已开始演说，作为话本成型于元代，至明代编入《清平山堂话本》。其影响深远，有的地方戏曲加以改编上演，如秦腔《李翠莲上吊》。

（刘福元）

玉堂春落难逢夫[1]

明·冯梦龙

公子初年柳陌游，玉堂一见便绸缪；

黄金数万皆消费，红粉双眸枉泪流。

财货拐，仆驹休，犯法洪同狱内囚；

按临骢马冤愆脱，百岁姻缘到白头。

话说正德年间[2]，南京金陵城有一人，姓王名琼，别号思竹，中乙丑科进士，累官至礼部尚书。因刘瑾擅权，劾了一本。圣旨发回原籍。不敢稽留，收拾轿马和家眷起身。王爷暗想有几两俸银，都借在他人名下，一时取讨不及。况长子南京中书，次子时当大比[3]，踌躇半晌，乃呼公子三官前来。那三官双名景隆，字顺卿，年方一十七岁。生得眉目清新，丰姿俊雅，读书一目十行，举笔即便成文，元是个风流才子。王爷爱惜胜如心头之气，掌上之珍。当下王爷唤至分付道："我留你在此读书，叫王定讨帐，银子完日，作速回家，免得父母牵挂。我把这里帐目，都留与你。"叫王定过来："我留你与三叔在此读书讨帐，不许你引诱他胡行乱为。吾若知道，罪责非小。"王定叩头说："小人不敢。"次日收拾起程，王定与公子送别，转到北京，另寻寓所安下。公子谨依父命，在寓读书。王定讨帐。

不觉三月有余，三万银帐，都收完了。公子把底帐扣算，分厘不欠。分付王定，选日起身。公子说："王定，我们事体俱已完了，我与你到大街上各巷口，闲耍片时，来日起身。"王定遂即锁了房门，分付主人家用心看着生口。房主说："放心，小人知道。"二人离了寓所，至大街观看皇都景致。但见：

> 人烟凑集，车马喧阗。人烟凑集，合四山五岳之音；车马喧阗，尽六部九卿之辈。做买做卖，总四方土产奇珍；闲荡闲游，靠万岁太平洪福。处处胡同铺锦绣，家家杯斝醉笙歌。

公子喜之不尽。忽然又见五七个宦家子弟，各拿琵琶弦子，欢乐饮酒。公子道："王定，好热闹去处。"王定说："三叔，这等热闹，你还没到那热闹去处哩！"二人前至东华门，公子睁眼观看，好锦绣景致。只见门彩金凤，柱盘金龙。王定道："三叔，好么？"公子说："真个好所在！"又走前面去，问王定："这是那里？"王定说："这是紫金城。"公子往里一视，只见城内瑞气腾腾，红光闪闪。看了一会，果然富贵无过于帝王，叹息不已。离了东华门往前，又走多时，到一个所在，见门前站着几个女子，衣服整齐。公子便问："王定，此是何处？"王定道："此是酒店。"乃与王定进到酒楼上。公子坐下。看那楼上有五七席饮酒的，内中一席有两个女子，坐着同饮。公子看那女子，人物清楚，比门前站的，更胜几分。公子正看中间，酒保将酒来，公子便问："此女是那里来的？"酒保说："这是一秤金家丫头翠香翠红。"三官道："生得清气。"酒保说："这等就说标致；他家里还有一个粉头，排行三姐，号玉堂春，有十二分颜色。鸨儿索价太高，还未梳栊[4]。"公子听说留心。叫王定还了酒钱，下楼去，说："王定，我与你春院胡同走走[5]。"王定道："三叔不可去，老爷知道怎了！"公子说："不妨，看一看就回。"乃走至本司院门首[6]。果然是：

> 花街柳苍，绣阁朱楼。家家品竹弹丝，处处调脂弄粉。
> 黄金买笑，无非公子王孙；红袖邀欢，都是妖姿丽色。正
> 疑香雾弥天霭，忽听歌声别院娇。总然道学也迷魂，任是
> 真僧须破戒。

公子看得眼花撩乱，心内踌躇，不知那是一秤金的门。正思中间，有个卖瓜子的小伙叫做金哥走来，公子便问："那是一秤金的门？"金哥说："大叔莫不是要耍？我引你去。"王定便道："我家相公不嫖，莫错认了。"公子说："但求一见。"那金哥就报与老鸨知道。老鸨慌忙出来迎接，请进待茶。王定见老鸨留茶，心下慌张，说："三叔可回去罢！"老鸨听说，问道："这位何人？"公子说："是小价[7]。"鸨子道："大哥，你也进来吃茶去，怎么这等小器？"公子道："休要听他。"跟着老鸨往里就走。王定道："三叔不要进去，俺老爷知道，可不干我事。"在后边自言自语。公子那里听他，竟到了里面坐下。老鸨叫丫头看茶。茶罢，老鸨便问："客官贵姓？"公子道："学生姓王，家父是礼部正堂。"老鸨听说拜道："不知贵公子，失瞻休罪。"公子道："不碍，休要计较。久闻令爱玉堂春大名，特来相访。"老鸨道："昨有一位客官，要梳栊小女，送一百两财礼，不曾许他。"公子道："一百两财礼小哉！学生不敢夸大话，除了当今皇上，往下也数家父。就是家祖，也做过侍郎。"老鸨听说，心中暗喜。便叫翠红请三姐出来见尊客。翠红去不多时，回话道："三姐身子不健，辞了罢！"老鸨起身带笑说："小女从幼养娇了，直待老婢自去唤他。"王定在傍喉急[8]，又说："他不出来就罢了，莫又去唤。"老鸨不听其言，走进房中，叫："三姐，我的儿，你时运到了！今有王尚书的公子，特慕你而来。"玉堂春低头不语。慌得那鸨儿便叫："我儿，王公子好个标致人物，

年纪不上十六七岁，囊中广有金银。你若打得上这个主儿，不但名声好听，也勾你一世受用。"

玉姐听说，即时打扮，来见公子。临行，老鸨又说："我儿，用心奉承，不要怠慢他。"玉姐道："我知道了。"公子看玉堂春果然生得好：

> 鬓挽乌云，眉弯新月。肌凝瑞雪，脸衬朝霞。袖中玉笋尖尖，裙下金莲窄窄。雅淡梳妆偏有韵，不施脂粉自多姿。便数尽满院名姝，总输他十分春色。

玉姐偷看公子，眉清目秀，面白唇红，身段风流，衣裳清楚，心中也是暗喜。当下玉姐拜了公子。老鸨就说："此非贵客坐处，请到书房小叙。"公子相让，进入书房，果然收拾得精致。明窗净几，古画古炉，公子却无心细看，一心只对着玉姐。鸨儿帮衬，教女儿捱着公子肩下坐了，分付丫环摆酒。王定听见摆酒，一发着忙，连声催促三叔回去。老鸨丢个眼色与丫头："请这大哥到房里吃酒。"翠香翠红道："姐夫请进房里，我和你吃钟喜酒。"王定本不肯去，被翠红二人，拖拖拽拽扯进去坐了。甜言美语，劝了几杯酒。初时还是勉强，以后吃得热闹，连王定也忘怀了，索性放落了心，且偷快乐。正饮酒中间，听得传语公子叫王定。王定忙到书房，只见杯盘罗列，本司自有答应乐人[9]，奏动乐器。公子开怀乐饮。王定走近身边，公子附耳低言："你到下处取二百两银子，四疋尺头[10]，再带散碎银二十两，到这里来。"王定道："三叔要这许多银子何用？"公子道："不要你闲管。"王定没奈何，只得来到下处，开了皮箱，取出五十两元宝四个，并尺头碎银，再到本司院说："三叔有了。"公子看也不看，都教送与鸨儿，说："银两尺头，权为令爱初会之礼；这二十两碎银，把做赏人杂用。"王定只道公子要讨那三姐回去，用许多银子；听说只当初会之礼，吓得舌头吐出三寸。却说鸨儿一见许多东西，就叫丫头转过一张空桌。王定将银子尺头，放在桌上，鸨儿假意谦让了一回。叫玉姐："我儿，拜谢了公子。"又说："今日是王公子，明日就是王姐夫了。"叫丫头收了礼物进去。"小女房中还备得有小酌，请公子开怀畅饮。"公子与玉姐肉手相搀，同至香房，只见围屏小桌，果品珍羞，俱已摆设完备。公子上坐，鸨儿自弹弦子，玉堂春清唱侑酒。弄得三官骨松筋痒，神荡魂迷。王定见天色晚了，不见三官动身，连催了几次。丫头受鸨儿之命，不与他传。王定又不得进房。等了一个黄昏，翠红要留他宿歇，王定不肯，自回下处去了。公子直饮到二鼓方散。玉堂春殷勤伏侍公子上床，解衣就寝，不在话下。

天明，鸨儿叫厨下摆酒煮汤，自进香房，叫一声："王姐夫，可喜可喜。"丫头小厮都来磕头。公子分付王定每人赏银一两。翠香翠红各赏衣服一套，折钗银三两。王定早晨本要来接公子回寓，见他撒漫使钱，有不然之色。公子暗想："在这奴才手里讨针线[11]，好不爽利，索性将皮箱搬到院里，自家便当。"鸨儿见皮箱来了，愈加奉承。真个朝朝寒食[12]，夜夜元宵，不觉住了一个多月。老鸨要生心科派[13]，设一大席酒，搬戏演乐，专请三官玉姐二人赴席。鸨子举杯敬公子说："王姐夫，我女儿与你成了夫妇，地久天长，凡家中事务，望乞扶持。"那三官心里只怕鸨子心里不自在，看那银子犹如粪土，凭老鸨说谎，欠下许多债负，都替他还。又打若干首饰酒器，做若干衣服，又许他改造房子。又造百花楼一座，与玉堂春做卧房。随其科派，件件许了。正是

酒不醉人人自醉，色不迷人人自迷。

急得家人王定手足无措，三回五次，催他回去。三官初时含糊答应，以后逼急了，反将王定痛骂。王定没奈何，只得到

求玉姐劝他。玉姐素知虔婆利害，也来苦劝公子道："'人无千日好，花有几日红！'你一日无钱，他番了脸来，就不认得你。"三官此时手内还有钱钞，那里信他这话。王定暗想："心爱的人还不听他，我劝他则甚？"又想："老爷若知此事，如何了得！不如回家报与老爷知道，凭他怎么裁处，与我无干。"王定乃对三官说："我在北京无用，先回去罢！"三官正厌王定多管，巴不得他开身，说："王定，你去时，我与你十两盘费，你到家中禀老爷，只说帐未完，三叔先使我来问安。"玉姐也送五两，鸨子也送五两。王定拜别三官而去。正是：

　　　　各人自扫门前雪，莫管他家瓦上霜。

　　且说三官被酒色迷住，不想回家。光阴似箭，不觉一年。亡八淫妇，终日科派。莫说上头，做生，讨粉头，买丫环，连亡八的寿圹都打得到[14]。三官手内财空。亡八一见无钱，凡事疏淡，不照常答应奉承。又住了半月，一家大小作闹起来。老鸨对玉姐说："'有钱便是本司院，无钱便是养济院[15]。'王公子没钱了，还留在此做甚！那曾见本司院举了节妇，你却呆守那穷鬼做甚！"玉姐听说，只当耳边之风。一日三官下楼往外去了，丫头来报与鸨子。鸨子叫玉堂春下来："我问你，几时打发王三起身？"玉姐见话不投机，复身向楼上便走。鸨子随即跟上楼来。说："奴才，不理我么？"玉姐说："你们这等没天理，王公子三万两银子，俱送在我家。若不是他时，我家东也欠债，西也欠债，焉有今日这等足用？"鸨子怒发，一头撞去。高叫："三儿打娘哩！"亡八听见，不分是非，便拿了皮鞭，赶上楼来，将玉姐撞跌在楼上[16]，举鞭乱打。打得髻偏发乱，血泪交流。且说三官在午门外，与朋友相叙，忽然面热肉颤，心下怀疑，即辞归，径走上百花楼。看见玉姐如此模样，心如刀割，慌忙抚摩，问其缘故。玉姐睁开双眼，看见三官，强把精神挣着说：

"俺的家务事，与你无干！"三官说："冤家，你为我受打，还说无干？明日辞去，免得累你受苦！"玉姐说："哥哥，当初劝你回去，你却不依我。如今孤身在此，盘缠又无，三千余里，怎生去得？我如何放得心？你若不能还乡，流落在外，又不如忍气且住几日。"三官听说，闷倒在地。玉姐近前抱住公子。说："哥哥，你今后休要下楼去，看那亡八淫妇怎么样行来？"三官说："欲待回家，难见父母兄嫂；待不去，又受不得亡八冷言热语。我又舍不得你；待住，那亡八淫妇只管打你。"玉姐说："哥哥，打不打你休管他，我与你是从小的儿女夫妻，你岂可一旦别了我！"看看天色又晚，房中往常时丫头秉灯上来，今日火也不与了。玉姐见三官痛伤，用手扯到床上睡了。一递一声长吁短气。三官与玉姐说："不如我去罢！再接有钱的客官，省你受气。"玉姐说："哥哥，那亡八淫妇，任他打我，你好歹休要起身。哥哥在时，奴命在；你真个要去，我只一死。"二人直哭到天明，起来，无人与他碗水。玉姐叫丫头："拿钟茶来与你姐夫吃。"鸨子听见，高声大骂："大胆奴才，少打。叫小三自家来取。"那丫头小厮都不敢来。玉姐无奈，只得自己下楼，到厨下，盛碗饭，泪滴滴自拿上楼去。说："哥哥，你吃饭来。"公子才要吃，又听得下边骂，待不吃，玉姐又劝。公子方才吃得一口，那淫妇在楼下说："小三，大胆奴才，那有'巧媳妇做出无米粥'？"三官分明听得他话，只索隐忍。正是：

> 囊中有物精神旺，手内无钱面目惭。

却说亡八恼恨玉姐，待要打他，倘或打伤了，难教他挣钱；待不打他，他又恋着王小三。十分逼的小三极了，他是个酒色迷了的人，一时他寻个自尽，倘或尚书老爷差人来接，那时把泥做也不干。左思右算，无计可施。鸨子说："我自有妙法，叫他离咱门去。明日是你妹子生日，如此如此，唤做'倒房计'。"

亡八说："倒也好。"鸨子叫丫头楼上问："姐夫吃了饭还没有？"鸨子上楼来说："休怪！俺家务事，与姐夫不相干。"又照常摆上了酒。吃酒中间，老鸨忙陪笑道："三姐，明日是你姑娘生日，你可禀王姐夫，封上人情，送去与他。"玉姐当晚封下礼物。第二日清晨，老鸨说："王姐夫早起来，趁凉可送人情到姑娘家去。"大小都离司院，将半里，老鸨故意吃一惊。说："王姐夫，我忘了锁门，你回去把门锁上。"公子不知鸨子用计，回来锁门不题。且说亡八从那小巷转过来。叫："三姐，头上吊了簪子。"哄的玉姐回头，那亡八把头口打了两鞭，顺小巷流水出城去了。三官回院，锁了房门，忙往外赶看，不见玉姐，遇着一伙人。公子躬身便问："列位曾见一起男女，往那里去了？"那伙人不是好人，却是短路的[17]，见三官衣服齐整，心生一计，说："才往芦苇西边去了。"三官说："多谢列位。"公子往芦苇里就走。这人哄的三官往芦苇里去了，即忙走在前面等着。三官至近，跳起来喝一声，却去扯住三官，齐下手剥去衣服帽子，拿绳子捆在地上。三官手足难挣，昏昏沉沉，捱到天明，还只想了玉堂春，说："姐姐，你不知在何处去，那知我在此受苦！"——不说公子有难，且说亡八淫妇拐着玉姐，一日走了一百二十里地，野店安下。玉姐明知中了亡八之计，路上牵挂三官，泪不停滴。——再说三官在芦苇里，口口声声叫救命。许多乡老近前看见，把公子解了绳子。就问："你是那里人？"三官害羞不说是公子，也不说嫖玉堂春。浑身上下又无衣服，眼中吊泪说："列位大叔，小人是河南人，来此小买卖，不幸遇着歹人，将一身衣服尽剥去了，盘费一文也无。"众人见公子年少，舍了几件衣服与他，又与了他一顶帽子。三官谢了众人，拾起破衣穿了，拿破帽子戴了。又不见玉姐，又没了一个钱，还进北京来，顺着房檐，低着头，从早至黑，，水也没得口。三官饿的眼黄，到天晚寻宿，又没人家下他。有人说："想你这个模样子，谁家下你？你如今可到总铺门口去，有觅人打梆子，早晚勤谨，可以度日。"三官径至总铺门首，只见一个地方来雇人打更。三官向前叫："大叔，我打头更。"地方便问："你姓甚么？"公子说："我是王小三。"地方说："你打二更罢！失了更，短了筹，不与你钱，还要打哩！"三官是个自在惯了的人，贪睡了，晚间把更失了。地方骂："小三，你这狗骨头，也没造化吃这自在饭，快着走。"三官自思无路，乃到孤老院里去存身。正是：

> 一般院子里，苦乐不相同。

却说那亡八鸨子，说："咱来了一个月，想那王三必回家去了，咱们回去罢。"收拾行李，回到本司院。只有玉姐每日思想公子，寝食俱废。鸨子上楼来，苦苦劝说："我的儿，那王三已是往家去了，你还想他怎么？北京城内多少王孙公子，你只是想着王三不接客，你可知道我的性子，自讨分晓[18]，我再不说你了。"说罢自去了。玉姐泪如雨滴。想王顺卿手内无半文钱，不知怎生去了？"你要去时，也通个信息，免使我苏三常常挂牵。不知何日再得与你相见？"不说玉姐想公子。且说公子在北京院讨饭度日。北京大街上有个高手王银匠，曾在王尚书处打过酒器。公子在虔婆家打首饰物件，都用着他。一日往孤老院过，忽然看见公子，唬了一跳。上前扯住，叫："三叔！你怎么这等模样？"三官从头说了一遍。王银匠说："自古狠心亡八！三叔，你今到寒家，清茶淡饭，暂住几日。等你老爷使人来接你。"三官听说大喜，随跟至王匠家中。王匠敬他是尚书公子，尽礼管待，也住了半月有余。他媳妇见短，不见尚书家来接，只道丈夫说谎，乘着丈夫上街，便发说话："自家一窝子男女，那有闲饭养他人！好意留吃几日，各人要自达时务，终不然在此养老送终。"三官受气不过，低着头，顺着房檐往外，出来信步而行。走至关王庙，猛省关圣最灵，何不诉他？乃进庙，跪于神前，诉以亡八鸨儿负心之事。拜祷良久，起来闲看两廊画的三国功劳。却说庙门外街上，有一个小伙儿叫云："本京瓜子，一分一桶；高邮鸭蛋，半分一个。"此人是谁？是卖瓜子的金哥。金哥说道："原来是年景消疏，买卖不济。当时本司院有王三叔在时，一时照顾二百钱瓜子，转的来，我父母吃不了。自从三叔回家去了，如今谁买这物？二三日不曾发市，怎么过？我到庙里歇歇再走。"金哥进庙里来，把盘子放在供桌上，跪下磕头。三官却认得是金哥，无颜见他，双手掩面坐于门限侧边。金哥磕了头，起来，也来门限上坐下。三官只道金哥出庙去了。放下手来，却被金哥认出说："三叔！你怎么在这里？"三官含羞带泪，将前事道了一遍。金哥说："三叔休哭，我请你吃些饭。"三官说："我得了饭。"金哥又问："你这两日，没见你三婶来？"三官说："久不相见了！金哥，我烦你到本司院密密的与三婶说，我如今这等穷，看他怎么说？回来复我。"金哥应允，端起盘，往外就走。三官又说："你到那里看风色，他若想我，你便题我在这里如此。若无真心疼我，你便休话，也来回我。他这人家有钱的一样待，无钱的另一样待。"金哥说："我知道。"辞了三官，往院里来，在于楼外边立着。说那玉姐手托香腮，将汗巾拭泪，声声只叫："王顺卿，我的哥哥！你不知在那里去了？"金哥说："呀，真个想三叔哩！"咳嗽一声，玉姐听见，问："外边是谁？"金哥上楼来，说："是我。我来买瓜子与你老人家磕哩"玉姐眼中吊泪。说："金哥，纵有羊羔美酒，吃不下，那有心绪磕瓜仁！"金哥说："三婶！你这两日怎么淡了？"玉姐不理。金哥又问："你想三叔，还想谁？你对我说，我与你接去。"玉姐说："我自三叔去后，朝朝思想，那里又有谁来？我曾记得一辈古人。"金哥说："是谁？"玉姐说："昔有个亚仙女，郑元和为他黄金使尽，去打莲花落。后来收心勤读诗书，一举成名。那亚仙风月场中显大名。我常怀亚仙之心，怎得三叔他像郑元和方好。"金哥听说，口中不语，心内自思："王三到也与郑元和相像了，虽不打莲花落，也在孤老院讨饭吃。"金哥乃低低把三婶叫了一声，说："三叔如今在庙中安歇，叫我密密的报与你，济他些盘费，好上南京。"玉姐唬了一惊，"金哥休要哄我。"金哥说："三婶，你不信，跟我到庙中看看去。"玉姐说："这里到庙中有多少远？"金哥说："这里到庙中有三里地。"玉姐说："怎么敢去？"又问："三叔还有甚话？"金哥说："只是少银子钱使用，并没甚话。"玉姐说："你去对三叔说：'十五日在庙里等我。'"金哥去庙里回复三官，就送三官到王匠家中，"倘若他家不留你，就到我家里去。"幸得王匠回家，又留住了公子不题。

却说老鸨又问："三姐！你这两日不吃饭，还是想着王三哩！你想他，他不想你。我儿好痴，我与你寻个比王三强的，你也新鲜些。"玉姐说："娘！我心里一件事不得停当。"鸨子说："你有甚么事？"玉姐说："我当初要王三的银子，黑夜与他说话，指着城隍爷爷说誓，如今等我还了愿，就接别人。"老鸨问："几时去还愿？"玉姐道："十五日去罢！"老鸨甚喜。预先备下香烛纸马。等到十五日，天未明，就叫丫头起来："你与姐姐烧下水洗脸。"玉姐也怀心，起来梳洗，收拾私房银两，并钗钏首饰之类，叫丫头拿着纸马，径往城隍庙里去。进的庙来，天还未明，不见三官在那里。那晓得三官却躲在东廊下相等。先已看见玉姐，咳嗽一声。玉姐就知，叫丫头烧了纸马，"你先去，我两边看看十帝阎君。"玉姐叫了丫头转身，径来东廊下寻三官。三官见了玉姐，羞面通红。玉姐叫声："哥哥王顺卿，怎么这等模样？"两下抱头而哭。玉姐将所带有二百两银子东西，付与三官，叫他置办衣帽买骡子，再到院里来，"你只说是从南京才到，休负奴言。"二人含泪各别。玉姐回至家中，鸨子见了，欣喜不胜。说："我儿还了愿了？"玉姐说："我还了旧愿，发下新愿。"鸨子说："我儿，你发下甚么新愿？"玉姐说："我要再接王三，把咱一家子死的灭门绝户，天火烧了。"鸨子说："我儿这愿，忒发得重了些。"从此欢天喜地不题。

且说三官回到王匠家，将二百两东西，递与王匠，王匠大喜。随即到了市上，买了一身衲帛衣服[19]，粉底皂靴，绒袜，瓦楞帽子[20]，青丝绦，真川扇，皮箱骡马，办得齐整。把砖头瓦片，用布包裹，假充银两，放在皮箱里面，收拾打扮停当。雇了两个小厮，跟随就要起身。王匠说："三叔！略停片时，小子置一杯酒饯行。"公子说："不劳如此，多蒙厚爱，异日须来报恩。"三官遂上马而去。

> 妆成圈套入胡同，鸨子焉能不强从；
> 亏杀玉堂垂念永，固知红粉亦英雄。

却说公子辞了王匠夫妇，径至春院门首。只见几个小乐工，都在门首说话。忽然看见三官气象一新，唬了一跳。飞风报与老鸨。老鸨听说，半晌不言："这等事怎么处！向日三姐说：他是宦家公子，金银无数，我却不信，逐他出门去了。今日到带有金银，好不惶恐人也！"左思右想，老着脸走出来见了三官，说："姐夫从何而至？"一手扯住马头。公子下马唱了半个喏，就要行，说："我伙计都在船中等我。"老鸨陪笑道："姐夫好狠心也。就是寺破僧丑，也看佛面，纵然要去，你也看看玉堂春。"公子道："向日那几两银子值甚的？学生岂肯放在心上！我今皮箱内，见有五万银子，还有几船货物。伙计也有数十人。有王定看守在那里。"鸨子一发不肯放手了。公子恐怕掣脱了，将机就机，进到院门坐下。鸨儿分付厨下忙摆酒席接风。三官茶罢，就要走。故意搋出两定银子来[21]，都是五两头细丝。三官检起，袖而藏之。鸨子又说："我到了姑娘家酒也不曾吃，就问你，说你往东去了，寻不见你，寻了一个多月，俺才回家。"公子乘机便说："亏你好心，我那时也寻不见你。王定来接我，我就回家去了。我心上也欠挂着玉姐，所以急急而来。"老鸨忙叫丫头去报玉堂春。丫头一路笑上楼来，玉姐已知公子到了。故意说："奴才笑甚么？"丫头说："王姐夫又来了。"玉姐故意唬了一跳，说："你不要哄我！"不肯下楼。老鸨慌忙自来。玉姐故意回脸往里睡。鸨子说："我的亲儿！王姐夫来了，你不知道么？"玉姐也不语，连问了四五声，只不答应。这一时待要骂，又用着他。扯一把椅子拿过来，一直坐下，长吁了一声气。玉姐见他这模样，故意回过头起来，双膝跪在楼上。说："妈妈！今日饶我这顿打。"老鸨忙扯起来说："我儿！你还不知道王姐夫又来了。拿有五万两花银，船上又有货物并伙计数十人，比前加倍。你可去见他，好心奉承。"玉姐道："发下新愿了，我不去接他。"鸨子道："我儿！发愿只当取笑。"一手挽玉姐下楼来，半路就叫："王姐夫，三姐来了。"三官见了玉姐，冷冷的作了一揖，全不温存。老鸨便叫丫头摆桌，取酒斟上一钟，深深万福，递与王姐夫："权当老身不是。可念三姐之情，休走别家，教人笑话。"三官微微冷笑。叫声妈妈："还是我的不是。"老鸨殷勤劝酒，公子吃了几杯，叫声多扰，抽身就走。翠红一把扯住，叫："玉姐，与俺姐夫陪个笑脸。"老鸨说："王姐夫，你忒做绝了。丫头把门顶了，休放你姐夫出去。"叫丫头把那行李抬在百花楼去。就在楼下重设酒席，笙琴细乐，又来奉承。吃了半更，老鸨说："我先去了，让你夫妻二人叙话。"三官玉姐正中其意，携手登楼。

如同久旱逢甘雨，好似他乡遇故知。

二人一晚叙话，正是"欢娱嫌夜短，寂寞恨更长。"不觉鼓打四更，公子爬将起来，说："姐姐！我走罢！"玉姐说："哥哥！我本欲留你多住几日，只是留君千日，终须一别。今番作急回家，再休惹闲花野草。见了二亲，用意攻书。倘或成名，也争得这一口气。"玉姐难舍王公子，公子留恋玉堂春。玉姐说："哥哥，你到家，只怕娶了家小不念我。"三官说："我怕你在北京另接一人，我再来也无益了。"玉姐说："你指着圣贤爷说了誓愿[22]。"两人双膝跪下。公子说："我若南京再娶家小，五黄六月害病死了我。"玉姐说："苏三再若接别人，铁锁长枷永不出世。"就将镜子拆开，各执一半，日后为记。玉姐说："你败了三万两银子，空手而回，我将金银首饰器皿，都与你拿去罢。"三官说："亡八淫妇知道时，你怎打发他？"玉姐说："你莫管我，我自有主意。"玉姐收拾完备，轻轻的开了楼门，送公子出去了。

　　天明鸨儿起来，叫丫头烧下洗脸水，承下净口茶，"看你姐夫醒了时，送上楼去。问他要吃甚么？我好做去。若是还睡，休惊醒他。"丫头走上楼去，见摆设的器皿都没了。梳妆匣也出空了，撇在一边。揭开帐子，床上空了半边。跑下楼，叫："妈妈罢了！"鸨子说："奴才！慌甚么？惊着你姐夫。"丫头说："还有什么姐夫？不知那里去了。俺姐姐回脸往里睡着。"老鸨听说，大惊，看小厮骡脚都去了。连忙走上楼来，喜得皮箱还在。打开看时，都是个砖头瓦片。鸨儿便骂："奴才！王三那里去了？我就打死你！为何金银器皿他都偷去了？"玉姐说："我发过新愿了，今番不是我接他来的。"鸨子说："你两个昨晚说了一夜说话，一定晓得他去处。"亡八就去取皮鞭，玉姐拿个首帕，将头扎了。口里说："待我寻王三还你。"忙下楼来，往外就走。鸨子乐工，恐怕走了，随后赶来。

玉姐行至大街上，高声叫屈，"图财杀命！"只见地方都来
了。鸨子说："奴才，他到把我金银首饰尽情拐去，你还放刁！"
亡八说："由他，咱到家里算帐。"玉姐说："不要说嘴，咱往那
里去？那是我家？我同你到刑部堂上讲讲，怎家里是公侯宰相，
朝郎驸马，你那里的金银器皿！万物要平个理。一个行院人
家[23]，至轻至贱，那有什么大头面，戴往那里去坐席？王尚书
公子在我家，费了三万银子，谁不知道他去了就开手。你昨日
见他有了银子，又去哄到家里，图谋了他行李。不知将他下落
在何处？列位做个证见。"说得鸨子无言可答。亡八说："你叫
王三拐去我的东西，你反来图赖我。"玉姐舍命，就骂："亡八
淫妇，你图财杀人，还要说嘴？见今皮箱都打开在你家里，银
子都拿过了。那王三官不是你谋杀了是那个？"鸨子说："他那
里有什么银子？都是砖头瓦片哄人。"玉姐说："你亲口说带有
五万银子，如何今日又说没有？"两下厮闹。众人晓得三官败过
三万银子是真，谋命的事未必。都将好言劝解。玉姐说："列
位，你既劝我不要到官，也得我骂他几句，出这口气。"众人
说："凭你骂罢！"玉姐骂道：

> "你这亡八是喂不饱的狗，鸨子是填不满的坑。不肯思
> 量做生理，只是排局骗别人。奉承尽是天罗网，说话皆是
> 陷人坑。只图你家长兴旺，那管他人贫不贫。八百好钱买
> 了我，与你挣了多少银。我父叫做周彦亨，大同城里有名
> 人。买良为贱该甚罪？兴贩人口问充军。哄诱良家子弟犹
> 自可，图财杀命罪非轻！你一家万分无天理，我且说你两
> 三分。"

众人说："玉姐，骂得勾了。"鸨子说："让你骂许多时，如今该
回去了。"玉姐说："要我回去，须立个文书执照与我。"众人

说："文书如何写？"玉姐说："要写'不合买良为娼，及图财杀命'等话。"亡八那里肯写。玉姐又叫起屈来。众人说："买良为娼，也是门户常事。那人命事不的实，却难招认。我们只主张写个赎身文书与你罢！"亡八还不肯。众人说："你莫说别项只王公子三万银子也勾买三百个粉头了。玉姐左右心不向你了，舍了他罢！"众人都到酒店里面，讨了一张锦纸，一人念，一人写，只要亡八鸨子押花[24]。玉姐道："若写得不公道，我就扯碎了。"众人道："还你停当。"写道：

> "立文书本司乐户苏淮，同妻一秤金，向将钱八百文，讨大同府人周彦亨女玉堂春在家，本望接客靠老，奈女不愿为娼。……"

写到"不愿为娼"，玉姐说："这句就是了。须要写收过王公子财礼银三万两。"亡八道："三儿！你也拿些公道出来，这一年多费用去了，难道也算？"众人道："只写二万罢。"又写道：

> "……南京公子王顺卿，与女相爱，淮得过银二万两，凭众议作赎身财礼。今后听凭玉堂春嫁人，并与本户无干。立此为照。"

后写"正德年月日，立文书乐户苏淮同妻一秤金"，见人有十余人[25]。众人先押了花。苏淮只得也押了，一秤金也画个十字。玉姐收讫。又说："列位老爹！我还有一件事，要先讲个明。"众人曰："又是甚事？"玉姐曰："那百花楼，原是王公子盖的，拨与我住。丫头原是公子买的，要叫两个来伏侍我。以后米面柴薪菜蔬等项，须是一一供给，不许揹勒短少[26]，直待我嫁人方止。"众人说："这事都依着你。"玉姐辞谢先回。亡八又请众人吃过酒饭方散。正是：

> 周郎妙计高天下，赔了夫人又折兵[27]。

话说公子在路，夜住晓行，不数日，来到金陵自家门首下骂。王定看见，唬了一惊。上前把马扯住，进的里面。三官坐下，王定一家拜见了。三官就问："我老爷安么？"王定说："安。""大叔、二叔、姑爷、姑娘何如？"王定说："俱安。"又问："你听得老爷说我家来，他要怎么处？"王定不言，长吁一口气，只看看天。三官就知其意："你不言语，想是老爷要打死我。"王定说："三叔！老爷誓不留你，今番不要见老爷了。私去看看奶奶和姐姐兄嫂讨些盘费，他方去安身罢！"公子又问："老爷这二年，与何人相厚？央他来与我说个人情。"王定说："无人敢说。只除是姑娘姑爹，意思间稍题题，也不敢直说。"三官道："王定，你去请姑爹来我与他讲这件事。"王定即时去请刘斋长、何上舍到来[28]。叙礼毕，何刘二位说："三舅，你在此，等俺两个与咱爷讲过，使人来叫你。若不依时，捎信与你，作速逃命。"二人说罢，竟往潭府来见了王尚书。坐下，茶罢，王爷问何上舍："田庄好么？"上舍答道："好！"王爷又问刘斋长："学业何如？"答说："不敢，连日有事，不得读书。"王爷笑道："'读书过万卷，下笔如有神'。秀才将何为本？'家无读书子，官何处来？'今后须宜勤学，不可将光阴错过。"刘斋长唯唯谢教。何上舍问："客位前这墙几时筑的？一向不见。"王爷笑曰："我年大了，无多田产，日后恐怕大的二的争竞，预先分为两分。"二人笑说："三分家事，如何只做两分？三官回来，叫他那里住？"王爷闻说，心中大恼："老夫平生两个小儿，那里又有第三个？"二人齐声叫："爷，你如何不疼三官王景隆？当初还是爷不是，托他在北京讨帐，无有一个去接寻，休说三官十六七岁，北京是花柳之所，就是久惯江湖，也迷了心。"二人双膝跪下，吊下泪来。王爷说："没下稍的狗畜生，不知死在那里了，再休题起了！"正说间，二位姑娘也到。众人都知三官到家，只哄着王爷一人。王爷说："今日不请都来，想必有甚事情?"即叫家奴摆酒。何静庵欠身打一躬曰："你闺女昨晚作一梦,梦三官王景隆身上蓝缕,叫他姐姐救他性命。三更鼓做了这个梦,半夜捶床捣枕哭到天明,埋怨着我不接三官,今日特来问问三舅的信音。"刘心斋亦说："自三舅在京,我夫妇日夜不安,今我与姨夫凑些盘费,明日起身去接他回来。"王爷含泪道："贤婿,家中还有两个儿子,无他又待怎生?"何刘二人往外就走。王爷向前扯住问:"贤婿何故起身?"二人说:"爷撒手,你家亲生子还是如此,何况我女婿也?"大小儿女放声大哭,两个哥哥一齐下跪,女婿跪在地上;奶奶在后边吊下泪来。引得王爷心动,亦哭起来。王定跑出来说:"三叔,如今老爷在那里哭你,你好过去见老爷,不要待等恼了。"王定推着公子进前厅跪下说:"爹爹!不孝儿王景隆今日回了。"那王爷两手擦了泪眼,说:"那无耻畜生,不知死的往那里去了。北京城街上最多游食光棍,偶与畜生面庞厮像,假充畜生来家,哄骗我财物,可叫小厮拿送三法司问罪[29]!"那公子往外就走。二位姐姐赶至二门首拦住说:"短命的!你待往那里去?"三官说:"二位姐姐,开放条路与我逃命罢!"二位姐姐不肯撒手,推至前来双膝跪下,两个姐姐手指说:"短命的!娘为你痛得肝肠碎,一家大小为你哭得眼花,那个不牵挂!"众人哭在伤情处,王爷一声喝住众人不要哭。说:"我依着二位姐夫,收了这畜生,可叫我怎么处他?"众人说:"消消气再处。"王爷摇头。奶奶说:"凭我打罢。"王爷说:"可打多少?"众人说:"任爷爷打多少?"王爷道:"须依我说,不可阻我,要打一百。"大姐二姐跪下说:"爹爹严命,不敢阻当,容你儿待替罢!"大哥二哥每人替上二十,大姐二姐每人亦替二十。王爷说:"打他二十。"大姐二姐说:"叫他姐夫也替他二十,只看他这等黄瘦,一棍打在那里?等他瞟满肉肥,那时打他不迟。"王爷笑道:"我儿,你也说得是。想这畜生，天理已绝，良心已丧，打他何益？我问你：'家无生活计，不怕斗量金。'我如今又不做官了，无处挣钱，作何生意以为糊口之计？要做买卖，我又无本钱与你。"二位姐夫问："他那银子还有多少？"何刘便问三舅："银子还有多少？"王定抬过皮箱打开，尽是金银首饰器皿等物。王爷大怒，骂："狗畜生！你在那里偷的这东西？快写首状[30]，休要玷辱了门庭。"三官高叫："爹爹息怒，听不肖一言。"遂将初遇玉堂春，后来被鸨儿如何哄骗尽了。如何亏了王银匠收留。又亏了金哥报信，"玉堂春私将银两赠我回乡，这些首饰器皿，皆玉堂春所赠。"备细述了一遍。王爷听说骂道："无耻狗畜生！自家三万银子都花了，却要娼妇的东西，可不羞杀了人。"三官说："儿不曾强要他的，是他情愿与我的。"王说："这也罢了，看你姐夫面上，与你一个庄子，你自去耕地布种。"公子不言。王爷怒道："王景隆，你不言怎么说？"公子说，"这事不是孩儿做的。"王爷说："这事不是你做的。你还去嫖院罢！"三官说："儿要读书。"王爷笑曰，"你已放荡了，心猿意马，读甚么书？"公子说："孩儿此回笃志用心读书。"王爷说："既知读书好，缘何这等胡为？"何静庵立起身来说："三舅受了艰难苦楚，这下来改过迁善，料想要用心读书。"王爷说："就依你众人说，送他到书房里去，叫两个小厮去伏侍他。"即时就叫小厮送三官往书院里去。两个姐夫又来说："三舅久别，望老爷留住他，与小婿共饮则可。"王爷说："贤婿，你如此乃非教子之方，休要纵他。"二人道："老爷言之最善。"于是翁婿大家痛饮，尽醉方归。这一出父子相会，分明是：

　　　　月被云遮重露彩，花遭霜打又逢春。

　　却说公子进了书院，清清独坐，只见满架诗书，笔山砚海。叹道："书呵！相别日久，且是生涩。欲待不看，焉得一举成名，却不辜负了玉姐言语；欲待读书，心猿放荡，意马难收。"公子寻思一会，拿着书来读了一会，心下只是想着玉堂春，忽然鼻闻甚气？耳闻甚声？乃问书童道，"你闻这书里甚么气？听听甚么响？"书童说："三叔，俱没有。"公子道："没有？呀，原来鼻闻乃是脂粉气，耳听即是筝板声。"公子一时思想起来："玉姐当初嘱付我，是什么话来？叫我用心读书。我如今未曾读书，心意还丢他不下，坐不安，寝不宁，茶不思，饭不想，梳洗无心，神思恍忽。"公子自思："可怎么处他？"走出门来，只见大门上挂着一联对子："'十年受尽窗前苦，一举成名天下闻。'这是我公公作下的对联[31]。他中举会试，官至侍郎。后来咱爹爹在此读书，官到尚书。我今在此读书，亦要攀龙附凤，以继前人之志。"又见二门上有一联对子："不受苦中苦，难为人上人。"公子急回书房，心中回转，发志勤学。一日书房无火，书童往外取火。王爷正坐，叫书童。书童近前跪下。王爷便问："三叔这一会用功不曾？"书童说："禀老爷得知，我三叔先时通不读书，胡思乱想，体瘦如柴；这半年整日读书，晚上读至三更方才睡，五更就起，直至饭后，方才梳洗。口虽吃饭，眼不离书。"王爷道："奴才！你好说谎，我亲自去看他。"书童叫："三叔，老爷来了。"公子从从容容迎接父亲。王爷暗喜。观他行步安详，可以见他学问。王爷正面坐下，公子拜见。王爷曰："我限的书你看了不曾？我出的题你做了多少？"公子说："爹爹严命，限儿的书都看了，题目都做完了，但有余力旁观子史。"王爷说："拿文字来我看。"公子取出文字。王爷看他所作文课，一篇强如一篇，心中甚喜。叫："景隆，去应个儒士科举罢！"公子说：."儿读了几日书，敢望中举？"王爷说，"一遭中了虽多，两遭中了甚广。出去观观场，下科好中。"王爷就写书与提学察院，许公子科举。竟到八月初九日，进过头场，写出文字与父亲看。王爷喜道："这七篇，中有何难？"到二场三场俱完，王爷又看他后场，喜道："不在散举，决是魁解。"

　　话分两头。却说玉姐自上了百花楼，从不下梯。是日闷倦，叫丫头："拿棋子过来，我与你下盘棋。"丫头说："我不会下。"玉姐说："你会打双陆么？"丫头说："也不会。"玉姐将棋盘双陆一皆撒在楼板上。丫头见玉姐眼中吊泪，即忙掇过饭来，说："姐姐，自从昨晚没用饭，你吃个点心。"玉姐拿过分为两半。右手拿一块吃，左手拿一块与公子。丫头欲接又不敢接。玉姐猛然睁眼见不是公子，将那一块点心掉在楼板上。丫头又忙掇过一碗汤来，说："饭干燥，吃些汤罢！"玉姐刚呷得一口，泪如涌泉，放下了。问："外边是甚么响？"丫头说："今日中秋佳节，人人玩月，处处笙歌，俺家翠香翠红姐都有客哩！"玉姐听说，口虽不言，心中自思："哥哥今已去了一年了。"叫丫头拿过镜子来照了一照，猛然唬了一跳："如何瘦的我这模样？"把那镜丢在床上，长吁短叹，走至楼门前，叫丫头："拿椅子过来，我在这里坐一坐。"坐了多时，只见明月高升，谯楼敲转，玉姐叫丫头，"你可收拾香烛过来，今日八月十五日，乃是你姐夫进三场日子，我烧一炷香保佑他。"玉姐下楼来，当天井跪下，说："天地神明，今日八月十五日，我哥王景隆进了三场，愿他早占鳌头，名扬四海。"祝罢，深深拜了四拜。有诗为证：

> 对月烧香祷告天，何时得泄腹中冤；
> 王郎有日登金榜，不枉今生结好缘。

　　却说西楼上有个客人，乃山西平阳府洪同县人，拿有整万银子，来北京贩马，这人姓沈名洪，因闻玉堂春大名，特来相访。老鸨见他有钱，把翠香打扮当作玉姐，相交数日，沈洪方知不是，苦求一见。是夜丫头下楼取火，与玉姐烧香。小翠红忍不住多嘴，就说了："沈姐夫！你每日间想玉姐，今夜下楼，在天井内烧香，我和你悄悄地张他。"沈洪将三钱银子买嘱了丫头，悄然跟到楼下，月明中，看得仔细。等他拜罢，趋出唱喏。玉姐大惊，问："是甚么人？"答道："在下是山西沈洪，有数万本钱，在此贩马，久慕玉姐大名，未得面睹。今日得见，如拨云雾见青天。望玉姐不弃，同到西楼一会。"玉姐怒道："我与你索不相识，今当亥夜，何故自夸财势，妄生事端？"沈洪又哀告道："王三官也只是个人，我也是个人。他有钱，我亦有钱。那些儿强似我？"说罢，就上前要搂抱玉姐。被玉姐照脸啐一口，急急上楼关了门，骂丫头："好大胆，如何放这野狗进来？"沈洪没意思自去了。玉姐思想起来，分明是小翠香小翠红这两个奴才报他。又骂："小淫妇，小贱人，你接着得意孤老也好了[32]，怎该来罗唣我？"骂了一顿，放声悲哭，"但得我哥哥在时，那个奴才敢调戏我！"又气又苦，越想越毒。正是：

可人去后无日见，俗子来时不待招。

却说三官在南京乡试终场，闲坐无事，每日只想玉姐。南京一般也有本司院，公子再不去走。到了二十九关榜之日，公子想到三更以后，方才睡着。外边报喜的说："王景隆中了第四名。"三官梦中闻信，起来梳洗，扬鞭上马。前拥后簇，去赴鹿鸣宴。父母兄嫂，姐夫姐姐，喜做一团。连日做庆贺筵席。公子谢了主考，辞了提学。坟前祭扫了。起了文书。"禀父母得知，儿要早些赴京，到僻静去处安下，看书数月，好入会试。"父母明知公子本意牵挂玉堂春，中了举，只得依从。叫大哥二哥来。"景隆赴京会试，昨日祭扫。有多少人情？"大哥说："不过三百余两。"王爷道："那只勾他人情的，分外再与他一二百两拿去。"二哥说："禀上爹爹，用不得许多银子。"王爷说："你那知道，我那同年门生，在京颇多，往返交接，非钱不行。等他手中宽裕，读书也有兴。"叫景隆收拾行装，有知心同年，约上两三位。分付家人到张先生家看了良辰。公子恨不的一时就到北京。邀了几个朋友，雇了一只船，即时拜了父母，辞别兄嫂。两个姐夫，邀亲朋至十里长亭，酌酒作别。公子上的船来，手舞足蹈，莫知所之。众人不解其意，他心里只想着玉姐玉堂春。不则一日到了济宁府，舍舟起岸，不在话下。

再说沈洪自从中秋夜见了玉姐，到如今朝思暮想，废寝忘食。叫声："二位贤姐！只为这冤家害的我一丝两气，七颠八倒，望二位可怜我孤身在外，举眼无亲，替我劝化玉姐，叫他相会一面，虽死在九泉之下，也不敢忘了二位活命之恩。"说罢，双膝跪下。翠香翠红说："沈姐夫！你且起来，我们也不敢和他说这话。你不见中秋夜骂的我们不耐烦。等俺妈妈来，你央浼他。"沈洪说："二位贤姐！替我请出妈妈来。"翠香姐说："你跪着我，再磕一百二十个大响头。"沈洪慌忙跪下磕头。翠香即时就去，将沈洪说的言语述与老鸨。老鸨到西楼见了沈洪。问："沈姐夫唤老身何事？"沈洪说："别无他事，只为不得玉堂春到手。你若帮衬我成就了此事，休说金银，便是杀身难保。"老鸨听说，口内不言，心中自思："我如今若许了他，倘三儿不肯，教我如何？若不许他，怎哄出他的银子？"沈洪见老鸨踌躇不语。便看翠红。翠红丢了一个眼色，走下楼来。沈洪即跟他下去。翠红说："常言'姐爱俏，鸨爱钞。'你多拿些银子出来打动他，不愁他不用心。他是使大钱的人，若少了，他不放在眼里。"沈洪说："要多少？"翠香说："不要少了！就把一千两与他，方才成得此事。"也是沈洪命运该败，浑如鬼迷一般，即依着翠香，就拿一千两银子来。叫："妈妈！财礼在此。"老鸨说："这银子，老身权收下，你却不要性急。待老身慢慢的偎他。"沈洪拜谢说："小子悬悬而望。"正是：

请下烟花诸葛亮，欲图风月玉堂春。

且说十三省乡试榜都到午门外张挂，王银匠邀金哥说："王三官不知中了不曾？"两个跑在午门外南直隶榜下，看解元是书经，往下第四个乃王景隆。王匠说："金哥好了，三叔已中在第四名。"金哥道："你看看的确，怕你识不得字。"王匠说："你说话好欺人，我读书读到孟子，难道这三个字也认不得，随你叫谁看。"金哥听说大喜。二人买了一本乡试录，走到本司院里去报玉堂春说："三叔中了。"玉姐叫丫头将试录拿上楼来，展开看了，上刊"第四名王景隆"，注明"应天府儒士，礼记"。玉姐步出楼门，叫丫头忙排香案，拜谢天地。起来先把王匠谢了，转身又谢金哥。唬得亡八鸨子魂不在体。商议说："王三中了举，不久到京，白白地要了玉堂春去，可不人财两失？三儿向他孤老，决没甚好言语，搬斗是非，教他报往日之仇，此事如何了？"鸨子说："不若先下手为强。"亡八说："怎么样下手？"老鸨说："咱已收了沈官人一千两银子，如今再要了他一千，贱些价钱卖与他罢。"亡八道："三儿不肯如何？"鸨子说："明日杀猪宰羊，买一桌纸钱，假说东岳庙看会，烧了纸，说了誓，合家从良，再不在烟花巷里。小三若闻知从良一节，必然也要往岳庙烧香。叫沈官人先安轿子，径抬往山西去，公子那时就来，不见他的情人，心下就冷了。"亡八说："此计大妙。"即时暗暗地与沈洪商议。又要了他一千银子。次早，丫头报与玉姐："俺家杀猪宰羊，上岳庙哩。"玉姐问："为何？"丫头道："听得妈妈说：'为王姐夫中了，恐怕他到京来报仇，今日发愿，合家从良。'"玉姐说："是真是假？"丫头说："当真哩！昨日沈姐夫都辞去了。如今再不接客了。"玉姐说："既如此，你对妈妈说，我也要去烧香。"老鸨说："三姐，你要去，快梳洗，我唤轿儿抬你。"玉姐梳妆打扮，同老鸨出的门来。正见四个人，抬着一顶空轿。老鸨便问："此轿是雇的？"这人说："正是，"老鸨说："这里到岳庙要多少雇价？"那人说："抬去抬来，要一钱银子。"老鸨说："只是五分。"那人说，"这个事小，请老人家上轿。"老鸨说："不是我坐，是我女儿要坐。"玉姐上轿，那二人抬着，不往东岳庙去，径往西门去了。走有数里，到了上高转折去处，玉姐回头，看见沈洪在后骑着个骡子。玉姐大叫一声："吖！想是亡八鸨子盗卖我了？"玉姐大骂："你这些贼狗奴，抬我往那里去？"沈洪说："往那里去？我为你去了二千两银子，买你往山西家去。"玉姐在轿中号啕大哭，骂声不绝。那轿夫抬了飞也似走。行了一日，天色已晚。沈洪寻了一座店房，排合卺美酒，指望洞房欢乐。谁知玉姐题着便骂，触着便打。沈洪见店中人多，恐怕出丑。想道："瓮中之鳖，不怕他走了，权耐几日，到我家中，何愁不从。"于是反将好话奉承，并不去犯他。玉姐终日啼哭，自不必说。

却说公子一到北京，将行李上店，自己带两个家人，就往王银匠家，探问玉堂春消息。王匠请公子坐下："有见成酒，且吃三杯接风，慢慢告诉。"王匠就拿酒来斟上。三官不好推辞，连饮了三杯。又问："玉姐敢不知我来？"王匠叫："三叔开怀，再饮三杯。"三官说："勾了，不吃了。"王匠说："三叔久别，多饮几杯，不要太谦。"公子又饮了几杯。问："这几日曾见玉姐不曾？"王匠又叫："三叔且莫问此事，再吃三杯。"公子心疑，站起说："有甚或长或短，说个明白，休闷死我也！"王匠只是劝酒。却说金哥在门首经过，知道公子在内，进来磕头叫喜。三官问金哥："你三婶近日何如？"金哥年幼多嘴说："卖了。"三官急问说："卖了谁？"王匠瞅了金哥一眼，金哥缩了口。公子坚执盘问，二人瞒不过。说："三婶卖了。"公子问："几时卖了？"王匠说："有一个月了。"公子听说：一头撞在尘埃，二人忙扶起来。公子问金哥："卖在那里去了？"金哥说：

"卖与山西客人沈洪去了。"三官说："你那三婶就怎么肯去？"金哥叙出"鸨儿假意从良，杀猪宰羊上岳庙，哄三婶同去烧香，私与沈洪约定，雇下轿子抬去，不知下落。"公子说："亡八盗卖我玉堂春，我与他算帐！"那时叫金哥跟着，带领家人，径到本司院里，进的院门，亡八眼快，跑去躲了。公子问众丫头："你家玉姐何在？"无人敢应。公子发怒，房中寻见老鸨，一把揪住，叫家人乱打。金哥劝住。公子就走在百花楼上，看见锦帐罗帏，越加怒恼，把箱笼尽行打碎，气得痴呆了。问："丫头，你姐姐嫁那家去？可老实说，饶你打。"丫头说："去烧香，不知道就偷卖了他。"公子满眼落泪，说："冤家，不知是正妻，是偏妾？"丫头说："他家里自有老婆。"公子听说，心中大怒，恨骂"亡八淫妇，不仁不义！"丫头说："他今日嫁别人去了，还疼他怎的？"公子满眼流泪，正说间，忽报朋友来访。金哥劝："三叔休恼，三婶一时不在了，你纵然哭他，他也不知道。今有许多相公在店中相访，闻公子在院中，都要来。"公子听说，恐怕朋友笑话，即便起身回店。公子心中气闷，无心应举。意欲束装回家。朋友闻知，都来劝说："顺卿兄，功名是大事，表子是末节，那里有为表子而不去求功名之理？"公子说："列位不知，我奋志勤学，皆为玉堂春的言语激我。冤家为我受了千辛万苦，我怎肯轻舍？"众人叫："顺卿兄，你倘联捷，幸在彼地，见之何难？你若回家，忧虑成病，父母悬心，朋友笑耻，你有何益？"三官自思言之最当，倘或侥幸，得到山西，平生愿足矣。数言劝醒公子。会试日期已到。公子进了三场，果中金榜二甲第八名，刑部观政。三个月，选了真定府理刑官[33]。即遣轿马迎请父母兄嫂。父母不来。回书说："教他做官勤慎公廉，念你年长未娶，已聘刘都堂之女，不日送至任所成亲。"公子一心只想玉堂春，全不以聘娶为喜。正是：

　　　　已将路柳为连理，翻把家鸡作野鸯。

　　且说沈洪之妻皮氏，也有几分颜色，虽然三十余岁，比二八少年，也还风骚。平昔间嫌老公粗蠢，不会风流，又出外日多，在家日少，皮氏色性太重，打熬不过，间壁有个监生，姓赵名昂，自幼惯走花柳场中，为人风月。近日丧偶。虽然是纳粟相公[34]，家道已在消乏一边。一日，皮氏在后园看花，偶然撞见赵昂，彼此有心，都看上了。赵昂访知巷口做歇家的王婆[35]，在沈家走动识熟，且是利口，善于做媒说合。乃将白银二十两，贿赂王婆，央他通脚[36]。皮氏平昔间不良的口气，已有在王婆肚里，况且今日你贪我爱，一说一上，幽期密约，一墙之隔，梯上梯下，做就了一点不明不白的事。赵昂一者贪皮氏之色，二者要骗他钱财，枕席之间，竭力奉承。皮氏心爱赵昂，但是开口，无有不从，恨不得连家当都津贴了他。不上一年，倾囊倒箧，骗得一空。初时只推事故，暂时挪借，借去后，分毫不还。皮氏只愁老公回来盘问时，无言回答。一夜与赵昂商议，欲要跟赵昂逃走他方。赵昂道：“我又不是赤脚汉，如何走得？便走了，也不免吃官司。只除暗地谋杀了沈洪，做个长久夫妻，岂不尽美。”皮氏点头不语。却说赵昂有心打听沈洪的消息，晓得他讨了院妓玉堂春一路回来，即忙报与皮氏知道。故意将言语触恼皮氏。皮氏怨恨不绝于声，问，“如今怎么样对付他说好？”赵昂道：“一进门时，你便数他不是，与他寻闹，叫他领着娼根另住，那时凭你安排了。我央王婆赎得些砒霜在此，觑便放在食器内，把与他两个吃。等他双死也罢！单死也罢！”皮氏说：“他好吃的是辣面。”赵昂说：“辣面内正好下药。”两人圈套已定，只等沈洪入来。不一日，沈洪到了故乡，叫仆人和玉姐暂停门外。自己先进门，与皮氏相见，满脸陪笑说：“大姐休怪，我如今做了一件事。”皮氏说：“你莫不是娶了个小老婆?"沈洪说:"是了。"皮氏大怒,说:"为妻的整年月在家守活孤孀,你却花柳快活,又带这泼淫妇回来,全无夫妻之情。你若要留这淫妇时,你自在西厅一带住下,不许来缠我。我也没福受这淫妇的拜,不要他来。"昂然说罢,啼哭起来,拍台拍凳,口里"千亡八,万淫妇"骂不绝声。沈洪劝解不得。想道:"且暂时依他言语在西厅住几日,落得受用。等他气消了时,却领玉堂春与他磕头。"沈洪只道浑家是吃醋,谁知他有了私情,又且房计空虚了,正怕老公进房,借此机会,打发他另居。正是:

> 你向东时我向西,各人有意自家知。

不在话下。

却说玉堂春曾与王公子设誓,今番怎肯失节于沈洪,腹中一路打稿[37]:"我若到这厌物家中,将情节哭诉他大娘子,求他做主,以全节操。慢慢的寄信与三官,教他将二千两银子来赎我去,却不好。"及到沈洪家里,闻知大娘不许相见,打发老公和他往西厅另住,不遂其计,心中又惊又苦。沈洪安排床帐在厢房,安顿了苏三[38]。自己却去窝伴皮氏,陪吃夜饭。被皮氏三回五次催赶,沈洪说:"我去西厅时,只怕大娘着恼。"皮氏说:"你在此,我反恼,离了我眼睛,我便不恼。"沈洪唱个淡喏,谢声:"得罪。"出了房门,径望西厅而来。原来玉姐乘着沈洪不在,检出他铺盖撒在厅中,自己关上房门自睡了。任沈洪打门,那里肯开。却好皮氏叫小段名到西厅看老公睡也不曾。沈洪平日原与小段名有情,那时扯在铺上,草草合欢,也当春风一度。事毕,小段名自去了。沈洪身子困倦,一觉睡去直至天明。却说皮氏这一夜等赵昂不来,小段名回后,老公又睡了。番来复去,一夜不曾合眼。天明早起,赶下一轴面,煮熟分作两碗。皮氏悄悄把砒霜撒在面内,却将辣汁浇上。叫小段名送去西厅，"与你爹爹吃。"小叚名送至西厅，叫道："爹爹！大娘欠你[39]，送辣面与你吃。"沈洪见是两碗，就叫："我儿，送一碗与你二娘吃。"小叚名便去敲门。玉姐在床上问："做什么？"小叚名说："请二娘起来吃面。"玉姐道："我不要吃。"沈洪说："想是你二娘还要睡，莫去闹他。"沈洪把两碗都吃了。须臾而尽。小叚名收碗去了。沈洪一时肚疼，叫道："不好了，死也死也！"玉姐还只认假意，看看声音渐变。开门出来看时，只见沈洪九窍流血而死。正不知什么缘故。慌慌的高叫："救人！"只听得脚步响，皮氏早到，不等玉姐开言，就变过脸，故意问道："好好的一个人，怎么就死了？想必你这小淫妇弄死了他，要去嫁人？"玉姐说："那丫头送面来，叫我吃，我不要吃，并不曾开门。谁知他吃了，便肚疼死了。必是面里有些缘故。"皮氏说："放屁！面里若有缘故，必是你这小淫妇做下的，不然，你如何先晓得这面是吃不得的，不肯吃？你说并不曾开门，如何却在门外？这谋死情由，不是你，是谁？"说罢，假哭起"养家的天"来。家中僮仆养娘都乱做一堆。皮氏就将三尺白布摆头，扯了玉姐往知县处叫喊。

正直王知县升堂，唤进问其缘故。皮氏说："小妇人皮氏，丈夫叫沈洪，在北京为商，用千金娶这娼妇，叫做玉堂春为妾。这娼妇嫌丈夫丑陋，因吃辣面，暗将毒药放入，丈夫吃了，登时身死。望爷爷断他偿命。"王知县听罢，问："玉堂春，你怎么说？"玉姐说："爷爷，小妇人原籍北直隶大同府人氏，只因年岁荒旱，父亲把我卖在本司院苏家，卖了三年后，沈洪看见，娶我回家。皮氏嫉妒，暗将毒药藏在面中，毒死丈夫性命。反倚刁泼，展赖小妇人。"知县听玉姐说了一会。叫："皮氏，想你见那男子弃旧迎新，你怀恨在心，药死亲夫，此情理或有之。"皮氏说："爷爷！我与丈夫，从幼的夫妻，怎忍做这绝情的事。这苏氏原是不良之妇，别有个心上之人，分明是他药死，要图改嫁。望青天爷爷明镜。"知县乃叫苏氏，"你过来，我想你原系娼门，你爱那风流标致的人，想是你见丈夫丑陋，不趁你意，故此把毒药药死是实。"叫皂隶："把苏氏与我夹起来。"玉姐说："爷爷！小妇人虽在烟花巷里，跟了沈洪又不曾难为半分，怎下这般毒手？小妇人果有恶意，何不在半路谋害？既到了他家，他怎容得小妇人做手脚？这皮氏昨夜就赶出丈夫，不许他进房。今早的面，出于皮氏之手，小妇人并无干涉。"王知县见他二人各说有理。叫皂隶暂把他二人寄监。"我差人访实再审。"二人进了南牢不题。却说皮氏差人密密传与赵昂，叫他快来打点。赵昂拿着沈家银子，与刑房吏一百两，书手八十两，掌案的先生五十两，门子五十两，两班皂隶六十两，禁子每人二十两，上下打点停当。封了一千两银子，放在镡内，当酒送与王知县。知县受了。次日清晨升堂，叫皂隶把皮氏一起提出来。不多时到了，当堂跪下。知县说："我夜来一梦，梦见沈洪说：'我是苏氏药死，与那皮氏无干。'"玉堂春正待分辨，知县大怒，说："人是苦虫，不打不招。"叫皂隶："与我挣起着实打。问他招也不招？他若不招，就活活敲死。"玉姐熬刑不过，说："愿招。"知县说："放下刑具。"皂隶递笔与玉姐画供。知县说："皮氏召保在外。玉堂春收监。"皂隶将玉姐手肘脚镣，带进南牢。禁子牢头都得了赵上舍银子，将玉姐百般凌辱。只等上司详允之后，就递罪状，结果他性命。正是：

安排缚虎擒龙计，断送愁鸾泣凤人。

且喜有个刑房吏，姓刘名志仁，为人正直无私，素知皮氏与赵昂有奸，都是王婆说合。数日前撞见王婆在生药铺内赎砒霜，说："要药老鼠。"刘志仁就有些疑心。今日做出人命来，赵监生使着沈家不疼的银子来衙门打点，把苏氏买成死罪，天理何在？踌躇一会，"我下监去看看。"那禁子正在那里逼玉姐要灯油钱。志仁喝退众人，将温言宽慰玉姐，问其冤情。玉姐垂泪拜诉来历。志仁见四傍无人，遂将赵监生与皮氏私情及王婆赎药始末，细说一遍。分付："你且耐心守困，待后有机会，我指点你去叫冤。日逐饭食，我自供你。"玉姐再三拜谢。禁子见刘志仁做主，也不敢则声。此话阁过不题。

　　却说公子自到真定府为官，兴利除害，吏畏民悦。只是想念玉堂春，无刻不然。一日正在烦恼，家人来报，老奶奶家中送新奶奶来了。公子听说，接进家小。见了新人，口中不言，心内自思："容貌到也齐整，怎及得玉堂春风趣？"当时摆了合欢宴，吃下合卺杯，毕姻之际，猛然想起多娇，"当初指望白头相守，谁知你嫁了沈洪，这官诰却被别人承受了。"虽然陪伴了刘氏夫人，心里还想着玉姐，因此不快。当夜中了伤寒。又想当初与玉姐别时，发下誓愿，各不嫁娶。心下疑感，合眼就见玉姐在傍。刘夫人遣人到处祈禳，府县官都来问安，请名药切脉调治。一月之外，才得痊可。公子在任年余，官声大著，行取到京。吏部考选天下官员，公子在部点名已毕，回到下处，焚香祷告天地，只愿山西为官，好访问玉堂春消息。须臾马上人来报："王爷点了山西巡按。"公子听说，两手加额："趁我平生之愿矣。"次日领了敕印，辞朝，连夜起马，往山西省城上任讫。即时发牌，先出巡平阳府[40]。公子到平阳府，坐了察院，观看文卷。见苏氏玉堂春问了重刑，心内惊慌，其中必有跷蹊。随叫书吏过来："选一个能干事的，跟着我私行采访。你众人在内，不可走漏消息。"公子时下换了素巾青衣，随跟书吏，暗暗出了察院。雇了两个骡子，往洪同县路上来。这赶脚的小伙，在路上闲问："二位客官往洪同县有甚贵干？"公子说："我来洪同县要娶个妾，不知谁会说媒？"小伙说："你又说娶小，俺县里一个财主，因娶了个小，害了性命。"公子问："怎的害了性命？"小伙说："这财主叫沈洪，妇人叫做玉堂春。他是京里娶来的。他那大老婆皮氏与那邻家赵昂私通，怕那汉子回来知道，一服毒药把沈洪药死了。这皮氏与赵昂反把玉堂春送到本县，将银买嘱官府衙门，将玉堂春屈打成招，问了死罪，送在监里。若不是亏了一个外郎，几时便死了。"公子又问："那玉堂春如今在监死了？"小伙说："不曾。"公子说："我要娶个小，你说可投着谁做媒？"小伙说："我送你往王婆家去罢，他极会说媒。"公子说："你怎知道他会说媒？"小伙说："赵昂与皮氏都是他做牵头。"公子说："如今下他家里罢。"小伙竟引到王婆家里，叫声："干娘！我送个客官在你家来，这客官要娶个小，你可与他说媒。"王婆说："累你，我转了钱来[41]，谢你。"小伙自去了。公子夜间与王婆攀话。见他能言快语，是个积年的马泊六了[42]。到天明，又到赵监生前后门看了一遍：与沈洪家紧壁相通，可知做事方便。回来吃了早饭，还了王婆店钱。说："我不曾带得财礼，到省下回来，再作商议。"公子出的门来，雇了骡子，星夜回到省城，到晚进了察院，不题。次早，星火发牌，按临洪同县。各官参见过。分付就要审录。王知县回县，叫刑房吏书，即将文卷审册，连夜开写停当，明日送审不题。

却说刘志仁与玉姐写了一张冤状，暗藏在身，到次日清晨，王知县坐在监门首，把应解犯人点将出来。玉姐披枷带锁，眼泪纷纷。随解子到了察院门首，伺候开门。巡捕官回风已毕[43]，解审牌出。公子先唤苏氏一起。玉姐口称冤枉，探怀中诉状呈上。公子抬头见玉姐这般模样，心中凄惨，叫听事官接上状来。公子看了一遍，问说："你从小嫁沈洪，可还接了几年客？"玉姐说："爷爷！我从小接着一个公子，他是南京礼部尚书三舍人。"公子怕他说出丑处，喝声："住了，我今只问你谋杀人命事，不消多讲。"玉姐说："爷爷！若杀人的事，只问皮氏便知。"公子叫皮氏问了一遍。玉姐又说了一遍。公子分付刘推官道："闻知你公正廉能，不肯玩法徇私，我来到任，尚未出巡，先到洪同县访得这皮氏药死亲夫，累苏氏受屈，你与我把这事情用心问断。"说罢，公子退堂。刘推官回衙，升堂，就叫："苏氏，你谋杀亲夫，是何意故？"玉姐说："冤屈！分明是皮氏串通王婆，和赵监生合计毒死男子，县官要钱，逼勒成招。今日小妇拚死诉冤，望青天爷爷做主。"刘爷叫皂隶把皮氏采上来。问："你与赵昂奸情可真么？"皮氏抵赖没有。刘爷即时拿赵昂和王婆到来面对。用了一番刑法，都不肯招。刘爷又叫小段名："你送面与家主吃，必然知情！"喝教夹起。小段名说："爷爷，我说罢！那日的面，是俺娘亲手盛起，叫小妇人送与爹爹吃。小妇人到西厅，爹叫新娘同吃。新娘关着门，不肯起身，回道：'不要吃。'俺爹自家吃了。即时口鼻流血死了。"刘爷又问赵昂奸情。小段名也说了。赵昂说："这是苏氏买来的硬证。"刘爷沉吟一会，把皮氏这一起分头送监，叫一书吏过来："这起泼皮奴才，苦不肯招。我如今要用一计，用一个大柜，放在丹墀内，凿几个孔儿，你执纸笔暗藏在内，不要走漏消息。我再提来问他，不招，即把他们锁在柜左柜右，看他有什么说话，你与我用心写来。"刘爷分付已毕，书吏即办一大柜，放在丹墀，藏身于内。刘爷又叫皂隶，把皮氏一起提来再审。又问："招也不招？"赵昂、皮氏、王婆三人齐声哀告，说："就打死小的那呈招？"刘爷大怒。分付："你众人各自去吃饭来，把这起奴才着实拷问。把他放在丹墀里，连小段名四人锁于四处。不许他交头接耳。"皂隶把这四人锁在柜的四角。众人尽散。却说皮氏抬起头来，四顾无人，便骂："小段名！小奴才！你如何乱讲？今日再乱讲时，到家中活敲杀你。"小段名说："不是夹得疼，我也不说。"王婆便叫："皮大姐，我也受这刑杖不过，等刘爷出来，说了罢。"赵昂说："好娘，我那些亏着你，倘捱出官司去，我百般孝顺你，即把你做亲母。"王婆说："我再不听你哄我。叫我圆成了，认我做亲娘；许我两石麦，还欠八升；许我一石米，都下了糠秕；段衣两套，止与我一条蓝布裙；许我好房子，不曾得住。你干的事，没天理，教我只管与你熬刑受苦。"皮氏说："老娘，这遭出去，不敢忘你恩。捱过今日不招，便没事了。"柜里书吏把他说的话尽记了，写在纸上。刘爷升堂，先叫打开柜子。书吏跑将出来，众人都唬软了。刘爷看了书吏所录口词，再要拷问，三人都不打自招。赵昂从头依直写得明白。各各画供已完，递至公案。刘爷看了一遍。问苏氏："你可从幼为娼，还是良家出身？"苏氏将"苏淮买良为贱，先遇王尚书公子，挥金三万，后被老鸨一秤金赶逐，将奴赚卖与沈洪为妾，一路未曾同睡，"备细说了。刘推官情知王公子就是本院。提笔定罪：

> 皮氏凌迟处死，赵昂斩罪非轻。王婆赎药是通情，杖责段名示警。王县贪酷罢职，追赃不恕衙门。苏淮买良为贱合充军，一秤金三月立枷罪定。

刘爷做完申文，把皮氏一起俱已收监。次日亲捧招详，送解察院。公子依拟。留刘推官后堂待茶。问："苏氏如何发放？"刘推官答言："发还原籍，择夫另嫁。"公子屏去从人，与刘推官吐胆倾心，备述少年设誓之意："今日烦贤府密地差人送至北京王银匠处暂居，足感足感。"刘推官领命奉行，自不必说。却说公子行下关文[44]，到北京本司院提到苏淮一秤金依律问罪。苏淮已先故了。一秤金认得是公子，还叫："王姐夫。"被公子喝教重打六十，取一百斤大枷枷号。不勾半月，呜呼哀哉！正是：

> 万两黄金难买命，一朝红粉已成灰。

再说公子一年任满，复命还京。见朝已过，便到王匠处问信。王匠说有金哥伏侍，在顶银胡同居住。公子即往顶银胡同，见了玉姐。二人放声大哭。公子已知玉姐守节之美，玉姐已知王御史就是公子，彼此称谢。公子说："我父母娶了个刘氏夫人，甚是贤德，他也知道你的事情，决不妒忌。"当夜同饮同宿，浓如胶漆。次日，王匠金哥都来磕头贺喜。公子谢二人昔日之恩，分付：本司院苏淮家当原是玉堂春置办的，今苏淮夫妇已绝，将遗下家财，拨与王匠金哥二人管业，以报其德。上了个省亲本，辞朝和玉堂春起马共回南京。到了自家门首，把门人急报老爷说："小老爷到了。"老爷听说甚喜。公子进到厅上，排了香案，拜谢天地，拜了父母兄嫂，两位姐夫姐姐都相见了。又引玉堂春见礼已毕。玉姐进房，见了刘氏说："奶奶坐上，受我一拜。"刘氏说："姐姐怎说这话？你在先，奴在后。"玉姐说："奶奶是名门宦家之子，奴是烟花，出身微贱。"公子喜不自胜。当日正了妻妾之分，姊妹相称，一家和气。公子又叫："王定，你当先在北京三番四复规谏我，乃是正理，我今与老老爷说将你做老管家。"以百金赏之。后来王景隆官至都御史，妻妾俱有子，至今子孙繁盛。有诗叹云：

> 郑氏元和已著名，三官嫖院是新闻；
> 风流子弟知多少，夫贵妻荣有几人？

（选自《警世通言》）

[注释]

[1] 玉堂春落难逢夫——出自冯梦龙《警世通言》第二十四卷。

[2] 正德年间——明武宗朱厚照年号（1506—1521）。

[3] 大比——明清时期特指乡试为大比，各地应试者齐集省城，由朝廷派官主考，考中者为举人。

[4] 梳栊——指妓女第一次接客。

［5］春院胡同——妓院汇聚的地方。

［6］本司院——妓院。明代的娼妓均属乐籍，归教坊司管理，本司即指教坊司。

［7］小价——对别人称自己仆从的谦词。

［8］喉急——着急。

［9］答应乐人——承应伺候豪富权贵饮酒助兴的乐工。

［10］尺头——绸缎等衣料。

［11］讨针线——索要供养之物。针线，针头线脑，形容琐屑、吝啬。

［12］寒食——节令名，为清明节的前一天。相传春秋时晋国介子推曾跟随晋文公流亡，立有大功，晋文公即位后，介子推不就官职，避居山林，晋文公为逼他出来，放火烧山，介子推仍不肯出，而被烧死。晋文公为纪念他，规定此日禁火寒食。这里不是说禁火，而是说天天像过节一样，大肆挥霍，吃喝玩乐。

［13］科派——假借名目摊派钱物。

［14］上头——古代女子到十五岁开始把头发挽起用簪别上，称上头。男子成年加冠，也称上头。做生——做生日，庆祝诞辰。寿圹——墓穴。古人往往于生前便修造坟墓。

［15］养济院——亦称孤老院，旧时专门收养老弱和鳏寡孤独者的处所。名为慈善机构，实际类同乞丐的收容所。

［16］撑（táng 唐）跌——踢倒。

［17］短路——拦路打劫。

［18］讨分晓——弄明白，心里有数的意思.

［19］衲帛衣服——织绣花样图案的绸缎衣服。

［20］瓦楞帽子——一种带折角形似瓦楞的帽子。明时多为商人等阶层所戴，读书人则戴头巾。此因是王银匠去置买，未顾及王景隆的身分。

［21］捋（lì 力）——甩掉，脱落。

［22］圣贤爷——这里指天上的神灵。

［23］行院——妓院。

［24］押花——即画押，在文书上签字。不识字者则在他人代写的名字下画十字或圈等，以示认可。

［25］见人——见证人。

［26］揹勒——推阻，刁难。

［27］"周郎"二句——周郎，指周瑜，三国时代东吴总督。他为讨还荆州，骗刘备过江招亲。刘备在诸葛亮巧妙安排下，娶了孙夫人平安返回。这里借以嘲讽老鸨。

［28］斋长——学舍的领班。上舍——国子监中年限长、成就高的监生居上舍，其他则居内舍外舍，因此上舍又作监生的别称。斋长、上舍是学中的生员（秀才）、监生的优秀者，故后作为对读书人的尊称。

［29］三法司——指掌管监察、诉讼、刑狱的刑部、都察院、大理寺，明代于北京、南京设此三个机构。

［30］首状——有罪自陈或出面告发的状纸。

［31］公公——这里指祖父。

［32］孤老——妓女称所接的客人。

［33］真定府——治所在真定（今河北省定县），辖区相当于今河北井陉、栾城、新乐、阜平、深县、定县等地。理刑——府的属官，掌管刑狱，又称推官。

［34］纳粟相公——拿出钱粮买得监生的名分。

［35］歇家——休歇之家，客店。

［36］通脚——做内线，从中勾通牵合。

［37］打稿——盘算，思量。

［38］窝伴——陪伴，抚慰。

［39］欠——牵挂，想念，关切。

［40］平阳府——在山西省，治所在临汾，辖境相当今临汾、洪洞、浮山、霍县、汾西、安泽等市县地。

［41］转——转换。这里作赚得讲。

［42］马泊六——旧指为搞不正当的男女关系者撮合牵线的人。

［43］回风——旧时高级官员升堂的一种仪式，下属向主官报告一切准备妥当，无异常情况。

［44］关文——旧时各级官府间相互查询或委托处理事件的文书。

[鉴赏]

《玉堂春落难逢夫》是"三言"中最优秀的篇章之一，通过玉堂春和王景隆间悲欢离合的故事，赞美了二人之间的纯真爱情，并一定程度地揭露了官场的腐败。其故事后演为戏剧至今仍活跃于舞台、屏幕上，在民间流传甚广。

本篇所写的爱情具有一定特殊性，这就在于女主人公是并无人身自由的青楼妓女，男主人公王景隆最初是以追欢买笑的嫖客身分出现的。娼妓制度是病态社会的畸形产物，在中国最早出现于春秋时期，据说是齐桓公为安抚久羁军旅的军人而设，因其适应了富有者满足淫欲的需要，并成为封建婚姻制的补充，此后历代不衰。妓女自身不事物质、精神生产与流通，属于社会寄生阶层，但需作区分。那些老鸨妓院老板，以不同形式买来少女，逼迫她们做人肉生意，是最不为人齿的剥削者；而那些妓女们，虽姿质高下有别，均不脱倚门卖笑、人尽可夫的境遇，肉体遭摧残，精神受侮辱，失去人身自由，其命运是悲惨的。但其思想感情是自由的，其中也有志向高洁，出污泥而不染者，渴望能过上正常人的生活，得遇知心识意之人，获得理想的婚姻和归宿。即使醉生梦死麻木不仁者，也有清醒感叹红颜易老、漂泊无依的时候。与良家女子比，她们处风月场中，较少受礼教的束缚，有较广泛的阅历，选择机会较多，但也有三难：一是知音难遇。接触者以追欢买笑者居多，春风一度，各别西东，少有以真心相待，愿终身相伴者。如杜十娘早有从良（妓女嫁人）之志，多年遴选，仅得一薄倖李甲，明珠投暗，怒而自沉。二是乐籍难脱。老鸨视妓女为摇钱树，借以揽客生财，不惜敲骨吸髓，非榨到山穷水尽不肯罢手，如欲从良，必先赎身，多有虽遇真心怜爱者，而无力相赎，两情牵挂，抱恨终身的。三是境遇难安。不说有的养成花柳心性，从良后不安于室，甚至重操旧业；又因不事生计，仅习歌舞书画娱人，如何适应家庭生活？仅就封建社会婚姻讲求门当户对而言，妓女地位卑贱，即使有人真心相爱，能否为家庭接纳、社会承认，仍是问题。要如本篇开篇所言"百岁姻缘到白头"，完满结合，长相厮守，便要克服这种特殊性，解决这三难。在玉堂春和王景隆，便是凭借他们的真情，凭借其才智和共同努力。

　　篇中所写的玉堂春，是因年岁荒旱，生活所迫，被卖到妓院的。虽为妓女，如她自己所说："从小接着一个公子"，这是其不幸之幸，知音难遇，在她则唾手而得。她"不愿为娼"，不肯听从老鸨摆布轻易接客，与王景隆一见，便真心相待。妓院中每每"姐夫"相称，老鸨开口也是"我女儿与你成了夫妻"云云，但这不过是骗钱的圈套，嫖客与妓女都明白当不得真，不过是难以长久的"露水夫妻"。而她则从一开始便看作是真的，"从小儿的儿女夫妻"。全身心相待，相处中感情日深。送旧迎新，虚与逶迤，有钱贴体相亲，财空翻脸不认，是妓女的生意经。她虽热恋着王景隆，却为对方考虑，在其腰缠万贯时，苦劝早日离开这个"天罗网""陷人坑"，三官巨万银两挥霍一空，她也毫不变心，为了能与"心爱的人"在一起，她忍受老鸨的种种折磨。老鸨逼之"打发王三起身"，她不予理睬；将她"撞跌在楼上，举鞭乱打，打得髻偏发乱，血泪交流"，仍不肯屈从，对三官说："哥哥，那亡八淫妇，任他打我，你好歹休要起身。哥哥在时，奴命在；你真个要去，我只有一死。"当老鸨背着她施"倒房计"将三官逐出，致其穷困潦倒，"到孤老院里去存身"时，她仍念念不忘，"每日思想公子，寝食俱废"。闻知其下落，便借口烧香还愿，约其庙中相会，以私房银两相赠，设计让公子置办衣帽行装，再到院中来，对老鸨则声称誓不再接王三。当三官按其所嘱气象一新的来到，老鸨又换成笑脸挽留时，她表面冷漠，老鸨一再催逼才下楼相见，夜静之际却诉不尽衷情，与之盟誓永不相负，并将室内财物全部相赠。天明老鸨发现人去财空，要拷问她下落，她却反咬老鸨图财害命，并于大街上当众揭露老鸨买良为娼，设局骗人等恶迹，逼老鸨在赎身文书上画押，以王公子在其家耗费掉的三万两银子作赎身钱，暂居百花楼中，等候公子到来。这样，她既资助了公子返乡，又摆脱了老鸨牢笼，取得人身自由。乐籍难脱的问题，在她也轻而易举。作者以诗赞美说："妆成圈套入胡同，鸨子焉能不强从；亏杀玉堂垂念永，固知红粉亦英雄。"

"垂念永"便指玉堂春的一片深情，不是对公子落魄的同情，而是终身相倚，全心全意。《杜十娘怒沉百宝箱》中，杜十娘以一百五十两散银交李甲赎身，书生柳遇春便惊赞道："此妇真有心人也！既系真情，不可相负。""钟情所欢，不以贫窭易心，此乃女中豪杰。"完全可以称赞玉堂春。这种真情，是她不同于一般娼妓心性之处，又因其处风月场中，更懂得爱，更珍惜爱，更知真诚之可贵，因此比一般良家妇女更执著，更强烈，特别令人赞叹，这也是她"百岁姻缘到白头"的基础。她后来被骗卖给山西商人沈洪为妾，仍不断斗争。先是沈趁其于天井烧香调戏，她便又啐又骂；后于去山西路上，她终日啼哭，"题着便骂，触着便打"，使沈不得近身，到山西后，她将沈行李抛出，独自关门睡，还指望求助于大娘子，以全节操。老鸨曾经扬言："那曾见本司院举了节妇，你却呆守那穷鬼做甚！"对于人尽可夫的一般妓女，确无贞操可言，而玉堂春则信守盟誓，作为一个孤立无援的弱女子，只能这样尽可能的保护自己，这里不是宣扬节烈，而体现她对爱情的执著和忠诚。后于团圆之日，三官知其守节之美，也对之称谢不止。

王景隆是宦家公子，其父为致仕的礼部尚书，宦资富厚。他年方十七，丰姿俊雅，有才有貌，厮守着玉堂春，在一秤金妓院中住了一年有余，撒漫使钱，其父让他讨得的三万两银子挥霍殆尽。此固然体现其豪富公子心性，恃仗家中富有，不以钱财为意，也因他一心在玉姐身上，爱屋及乌，有求必应，"怕鸨子心里不自在"，影响他与玉堂春相处。最先打动他的，是玉堂春不同寻常的美貌，"雅淡梳妆偏有韵，不施脂粉自多姿"。他陶醉于酒色之中，"朝朝寒食，夜夜元宵"，并无长远考虑，而在相处中，感情不断发展、净化，日渐加深地热恋玉堂春全人，由色情升华为爱情。当他身边银尽，老鸨逼玉堂春打发他起身时，眼见玉姐为他挨打，"心如刀割"，甚至说："不如我去罢！再接有钱的客，省你受气。"离去非他所愿，更不欲玉堂春另接他客，"省你受气"则完全是为对方考虑。当其被老鸨设计甩掉，经过一段飘泊困苦的日子，已不像先前那样幼稚，托金哥去看玉姐，嘱咐说："你到那里看风色，他若想我，你便题我在这里如此。若无真心疼我，你便休话，也来回我。他这人家有钱的一样待，无钱的另一样待。"玉姐设计使他重返妓院，他更感玉堂春的深情，与之对天盟誓，带着所赠钱物，牢记着"用意攻书"，"争得这一口气"的嘱咐，重返故里。经过一番周旋，得到家庭收容，不愿管理庄园，而要"笃志用心读书"，玉姐的嘱咐，成为他的动力，中举后便以会试为名，迫不及待地赶往北京，以图与时时思念的玉堂春相会。由于老鸨骗卖，玉堂春被劫往山西，他在朋友的激励下，又中进士。后来做了山西巡抚，亲自昭雪了玉堂春的冤狱，二人才得团团圆圆。

　　本篇原注："与旧刻《王公子奋志记》不同。"此旧刻未见，估计是单篇的文言小说，重点写王景隆浪子回头，发愤读书。本篇的"不同"，是以玉堂春为重点，王公子的发愤和得官，都基于玉堂春的激励及对之的挚爱，他自己就说："我奋志勤学，皆为玉堂春的言语激我。冤家为我受了千辛万苦，我怎肯轻舍？"这在玉堂春，是传鉴唐传奇《李娃传》。李娃即篇中所说的亚仙女，郑元和为她黄金使尽，沦落为丐，她供养扶持，使郑读书成名，后被封汧国夫人。玉堂春自称："我常怀亚仙之心，怎得三叔他像郑元和方好。"她激励三官，既包含目前因财尽备受老鸨冷落，希望他发达，不致被人小觑；更在于如此才能摆脱对家庭的依赖而自立，她自己也能为家庭接纳、社会承认，取得合法地位的长远考虑。妓女从良境遇难安的问题，虽费周折，也终于解决，二人成为名正言顺的夫妻。只是已非正妻，而为偏妾。就公子论，似违盟誓之言，这是因为发生老鸨骗嫁玉堂春的波折，在他赴京会试时，其父明知他意在玉堂春而不加阻止，如无意外，当为所接纳。其父作主另娶，是在玉堂春另嫁后，何况他仍"一心只想玉堂春，全不以聘娶为喜"，仍是忠于盟誓。后来妻妾姊妹相称。

　　篇中对老鸨亡八、奸夫淫妇、贪官污吏等腐朽势力，作为男女主人公爱情婚姻的对立面，是极力鞭挞的。老鸨一秤金虚伪势利，阴险狡猾，凶狠恶毒。买良为娼，养以赚钱，摧残折磨，不顾死活。对嫖客钱多时笑脸奉承，科派需索；财尽日冷若冰霜，驱逐出门，那管你王孙公子，不计你曾付重金。这些还是天下老鸨通病，尤其可恨的是，玉堂春本已脱籍，王景隆也得中举，他们却不放过，怕人财两空，怕三官报复，便先手为强，借口往岳庙设誓合家从良，将玉姐骗出，以二千两银子卖给沈洪，使之羊入虎口，遭受更多磨难。作者借玉堂春之口痛快淋漓地斥骂其丧尽天良，让三官将其枷号致死。赵昂、皮氏这对狗男女，轻浮放荡，蝇营狗苟，狼狈为奸，合谋毒死沈洪，以图作长远夫妻，却嫁祸于玉堂春，并买通官府，欲置之死地。王知县开始还问个事理，要差人访察，受了赵昂千两银子，便不问是非曲直，毒打成招，草菅人命。其他刑吏书手、衙役禁子，也都贪图贿赂，为虎作伥。从中可见明代中后期邪恶势力横行无忌，与贪官污吏相勾结，给善良无辜的百姓带来无穷灾难的惨酷现实，作者使其一一遭到惩罚，也是大快人心的。

在王景隆与玉堂春的悲欢离合中，篇中还特别写了王银匠和金哥二人，写他们的忠厚善良，富于同情心，在三官与玉姐困顿落魄中热情相助。二人一个是打造银器首饰的手工匠人，一个是沿街卖瓜子的小商小贩，都属于市民阶层，虽非主要人物，却很值得注意。通过这两个形象的描写，肯定了市民阶层的种种美德。与"三言"中其他篇章相呼应，反映了市民阶层的壮大，并在文学作品中逐渐取得自己的地位，是富有时代特色的。

本篇在艺术上也是成功的。笑花主人赞许"三言""极摹人情世态之歧，备写悲欢离合之致"（《今古奇观序》），也概括了本篇的特点。作为短篇小说，虽说"极摹""备写"，不可能像长篇小说那样纵横开合，而必须相对集中。本篇以玉堂春和王景隆的爱情婚姻离合悲欢为主线，故事从王景隆写起，由于他只身在外，无人拘束，又挟巨资，使之有可能涉足妓院，与玉堂春才貌年岁相仿，自初见便你贪我爱，为此不惜重金，虽日日寒食，夜夜元宵，毕竟是风月场中假夫妻，

"合"中潜存"离"的危机。等到床头金尽，妓院中卖笑买欢交易失去基础，"离"便成了必然之势，只是由于玉姐的痴情和护持，得到延缓。老鸨施"倒房计"以拆散二人，穿插公子路遇歹徒，使之不可能追寻，并由豪富公子迅即沦落为丐，其再来妓院，出玉堂春的安排，意在资助公子还乡，不过是情感上能够接受的分离，暂合而长离，此举足见其不同一般妓女的深情，促成小楼盟誓，为日后重合作了铺垫。此后二人分居两地，藕断丝连。作品在结构上便采取了双线交叉并进的方式。在王景隆，因其挥霍嫖妓，与家庭矛激化，但其耗掉的巨资并未动摇家庭根本，其与玉堂春特殊形式的婚恋并非"弑君弑父"（《红楼梦》贾政语），大逆不道，而属富有者的风流韵事，在亲属劝说和回心发奋的情况下，矛盾得到解决，而他的发愤读书和中举成名，正是实现"合"的途径。在玉堂春，凭借才智，得以脱籍赎身，独居小楼，专待团圆，却狂澜陡起，被骗嫁到山西，并惨遭冤狱，使在即的"合"又远远荡开，几乎成为不可能，只是借一个不肯失节，一个时刻想念维系着。接着又拓展写及沈洪的家庭矛盾及奸夫淫妇与贪官污吏的勾结，不离主线，又扩大了小说的反映面，增强其社会意义。到王景隆巡按山西，冤狱昭雪，两条线索并到一起，由离而合，故事也便完成。"备写悲欢离合之致"，体现在全篇情节曲折生动，波澜起伏，结构紧凑自然，摇曳多姿。虽有穿插，而主线突出，故有条不紊；曲折波澜，而合乎情理，亦真实可信。

作品在描摹人情世态上，也值得称道。中国古典小说在发展中，曾有偏倚故事，追求传奇化的倾向。本篇的情节固然感人，但非纯讲故事，而是以淋漓酣畅的笔墨，致力于人物形象的刻画，展示人情世态的美丑善恶。此固然与题材是言情有关，也体现中国小说艺术水平的提高。其人物描写，均取动态方式，与情节紧密结合，而非孤立静止地述说，情节的发展，基于性格的矛盾，又显示相关人物性格。如有玉堂春的痴情和老鸨的贪财，才有老鸨驱逐摆脱公子的倒房计和玉姐暗约资助三官的巧安排，有这些情节，又使相关人物性格更加鲜明。

作者注重以细节描写展示人物性格，如写公子进京，向王银匠、金哥打听玉姐消息，王银匠只是劝酒，"金哥年幼多嘴说：'卖了。'三官急问说：'卖了谁？'王银匠瞅了金哥一眼，金哥缩了口。"二人都关心公子，但王匠历练老成，故尽量隐瞒，金哥心直口快，故直接道出。一个眼神，暗含责备，一个缩口，自知失误，均在不言中。而公子历尽磨难，切盼团圆，一个急问，更见其在所关心，迫不及待。三个细节，活画出三人性格。外貌描写是刻画形象的重要手段，本篇仅用于男女主人公而未及其他人，因男女间恋慕往往始于容颜美打动，在写法上也十分灵活。对玉堂春，先由酒保口中道出"有十二分颜色"，引起"公子听说留心"，见面之时，也是"公子看玉堂春果然生得好"，与前照应，并以一连串的比喻，具体描述其发眉、肌脸、手脚、韵态，给读者以丰富联想。写王公子也是如此。篇中的心理描写也很有特色，不是长篇大论，而是与情节相结合，融汇人物的见闻言行思想，使读者洞见其情态和内心隐秘，达到了中国古典美学所推崇的传神境界。最突出的是公子读书一段：

却说公子进了书院，只见满架图书，笔山砚海，叹道："书呵！相别日久，且是生涩。欲待不看，焉得一举成名，却不辜负了玉姐言语，欲待读书，心猿放荡，意马难收。"公子寻思一会，拿着书来读了一会，心下只是想着玉堂春。忽然鼻闻甚气，耳闻甚声，乃向书童道："你闻这书里甚么气，听听甚么响？"书童道，"三叔，俱没有。"公子道："没有？呀，原来鼻闻乃是脂粉气，耳听即是筝板声。"公子一时思想起来："玉姐当初嘱咐我，是甚么话来！叫我用心读书。我如今未曾读书，心意还丢他不下，坐不安，寝不宁，茶不思，饭不想，梳洗无心，神思恍惚。"

这里有感叹独白，有思绪剖述，有声味感受，有人物对话，有情态动作，活画出王景隆初离温柔乡独进冷清书房的坐立不安、矛盾犹移的心境，从鼻闻耳听意想不离玉姐到"心中回转，发志勤学"，展示了两个不同层次，写来生动活泼，神态活现。玉堂春独过中秋一段，与此异曲同工。还应一提的是，本篇的语言成就也是很高的。冯梦龙十分注重语言的通俗化，其通俗并非粗陋拖沓，而是提炼民间口语，恰当运用俗谚，推敲加工形成文学语言，晓畅明快，清新活泼，生动形象，富于表现力。亦举一例，以见一般：

却说亡八恼恨玉姐，待要打他，倘或打伤了，难教他挣钱；待不打他，他又恋着王小三。十分逼的小三极了，他是个酒色迷了的人，一时他寻个自尽，倘或尚书老爷差人来接，那时把泥做也不干。

娓娓道来，既非艰深晦涩，也不拖泥带水，"小三"之称，已变恭维为鄙薄，"泥做不干"的比喻，更觉形象别致。

（杨晓雷）

李玉英狱中讼冤

明·冯梦龙

人间夫妇愿白首，男长女大无疾疢，男娶妻兮女嫁夫，频见森孙会行走[1]，若还此愿遂心怀，百年瞑目黄泉台，莫教中道有差跌，前妻晚妇情离乖。晚妇狠毒胜蛇蝎，枕边谮语无休歇。自己生儿似宝珍，他人子女遭磨灭[2]。饭不饭兮茶不茶，蓬头垢面徒伤嗟。君不见大舜历山终夜泣，闵骞十月衣芦花[3]！

这篇言语，大抵说人家继母心肠狠毒，将亲生子女胜过一颗九曲明珠，乃希世之宝，何等珍重。这也是人之常情，不足为怪。单可恨的，偏生要把前妻男女，百般凌虐，粪土不如。若年纪在十五六岁，还不十分受苦。纵然磨灭，渐渐长大，日子有数。惟有十岁内外的小儿女，最为可怜。然虽如此，其间原有三等。那三等？第一等，乃富贵之家，生时自有乳母养娘伏侍，到五六岁便送入学中读书。况且亲族蕃盛，手下婢仆，耳目众多，尚怕被人谈论，还要存个体面。不致有饥寒打骂之苦。或者自生得有子女，就要独吞家财，也只在枕上挑拨唆弄。正是：

焚廪损阶事可伤，申生遭谤伯奇殃[4]。

后妻煽处从来有，几个男儿肯直肠。

第二等，乃中户人家，虽则体面还有，料道幼时，未必有乳母养娘伏侍，诸色尽要在继母手内出放。那饥寒打骂就不能勾免了。若父亲是个硬挣的，定然卫护儿女，与老婆反目厮闹，不许他凌虐。也有惧怕丈夫利害，背着眼方敢施行。倘遇了那不怕天，不怕地，也不怕羞，也不怕死，越杀越上的泼悍婆娘，动辄便拖刀弄剑，不是刎颈上吊，定是奔井投河，惯把死来吓老公，常有弄假成真，连家业都完在他身上。俗语道得好，逆子顽妻，无药可治。遇着这般泼妇，难道终日厮闹不成？少不得闹过几次，奈何他不下，到只得诈瞎装聋，含糊忍痛。也有将来过继与人，也有送去为僧学道，或托在父兄外家寄养。这还是有些血气的所为。又有等逆种，横肚腹，烂心肝，忍心害理，无情义的汉子。前妻在生时，何等恩爱，把儿女也何等怜惜。到得死后，娶了晚妻，或奉承他妆奁富厚，或贪恋颜色美丽，或中年娶了少妇，因这几般上，弄得神魂颠倒，意乱心迷，将前妻昔日恩义，撇向东洋大海。儿女也渐渐做了眼中之钉，肉内之刺。到得打骂，莫说护卫劝解，反要加上一顿，取他的欢心。常有后生儿女都已婚嫁，前妻之子，尚无妻室。公论上说不去时，胡乱娶个与他。后母还千方百计，做下魇魅[5]，要他夫妻不睦。若是魇魅不灵，便打儿子，骂媳妇，撺掇老公告忤逆，赶逐出去。那男女之间，女儿更觉苦楚。孩子家打过了，或向学中攻书，或与邻家孩子们顽耍，还可以消遣。做了女儿时，终日不离房户，与那夜叉婆挤做一块，不住脚把他使唤，还要限每日做若干女工。做得少，打骂自不必说。及至趱足了，却又嫌好道歉，也原脱白不过[6]，生下儿女，恰像写着包揽文书的，日夜替他怀抱。倘若啼哭，便道是不情愿，使性儿难为他孩子。偶或有些病症，又道是故意惊吓出来的。就是身上有个蚊虫疤儿，一定也说是故意放来钉的。更有一节苦处，任你滴水成冰的天气，少不得向水孔中洗浣污秽衣服，还要憎嫌洗得不洁净，加一场咒骂。熬到十五六岁，渐渐成人。那时打骂，就把污话来肮脏了。不骂要趁汉，定说想老公。可怜女子家无处伸诉，只好向背后吞声饮泣！倘或听见，又道装这许多妖势。多少女子当不起恁般羞辱，自去寻了一条死路。有诗为证：

> 不正夫纲但怕婆，怕婆无奈后妻何！
>
> 任他打骂亲生女，暗地心疼不敢诃。

第三等，乃朝趁暮食，肩担之家，此等人家儿女，纵是生母在时，只好苟免饥寒，料道没甚丰衣足食。巴到十来岁，也就要指望教去学做生意，趁三文五文帮贴柴火。若又遇着凶恶继母，岂不是苦上加苦。口中吃的，定然有一顿没一顿，担饥忍饿。就要口热汤，也须请问个主意，不敢擅专。身上穿的，不是前拖一块，定是后破一片。受冻捱寒，也不敢在他面前说个冷字。那几根头发，整年也难得与梳子相会。胡乱挽个角儿，还不是挦得披头盖脸。两只脚久常赤着，从不曾见鞋袜面。若得了双草鞋，就胜如穿着粉底皂靴。专任的是劈柴烧火，担水提浆，稍不如意，软的是拳头脚尖，硬的是木柴棍棒。那咒骂乃口头言语，只当与他消闲。到得将就挑得担子，便限着每日要赚若干钱钞。若还缺了一文，少不得敲个半死。倘肯撺掇老公，卖与人家为奴，这就算他一点阴骘[7]。所以小户人家儿女，经着后母，十个到有九个磨折死了。有诗为证：

> 小家儿女受难辛，后母加添妄怒嗔。
>
> 打骂饥寒浑不免，人前一样唤娘亲。

说话的为何只管絮絮叨叨，道后母的许多短处？只因在下今日要说一个继母谋害前妻儿女，后来天理昭彰，反受了国法，与天下的后母做个榜样，故先略道其概。这段话文，若说出来时：

直教铁汉也心酸，总是石人亦泪洒！

你道这段话文，出在那里？就在本朝正德年间，北京顺天府旗手卫[8]，有个荫籍百户李雄。他虽是武弁出身，却从幼聪明好学，深知典籍。及至年长，身材魁伟，膂力过人，使得好刀，射得好箭，是一个文武兼备的将官。因随太监张永征陕西安化王有功[9]，升锦衣卫千户。娶得个夫人何氏。夫妻十分恩爱。生下三女一男：儿子名曰承祖，长女名玉英，次女名桃英，三女名月英。元来是先花后果的。倒是玉英居长，次即承祖。不想何氏自产月英之后，便染了个虚怯症候，不上半年，呜呼哀哉。可怜：

留得旧时残锦绣，每因肠断动悲伤。

那时玉英刚刚六岁，承祖五岁，桃英三岁，月英止有五六个月。虽有养娘奶子伏侍，到底像小鸡失了鸡母，七慌八乱，啼啼哭哭。李雄见儿女这般苦楚，心下烦恼。只得终日住在家中窝伴。他本是个官身，顾着家里，便担阁了公事。到得干办了公事，却又没工夫照管儿女。真个公私不能两尽。捱了几个月日，思想终不是长法，要娶个继室。遂央媒寻亲。那媒婆是走千家踏万户的，得了这句言语，到处一兜，那些人家闻得李雄年纪止有三十来岁，又是锦衣卫千户，一进门就称奶奶，谁个不肯。三日之间，就请了若干庚帖送来，任凭李雄选择。俗语有云：姻缘本是前生定，不许今人作主张。李雄千择万选，却拣了个姓焦的人家女儿，年方一十六岁，父母双亡，哥嫂作主。那哥哥叫做焦榕，专在各衙门打干，是一个油里滑的光棍。李雄一时没眼色，成了这头亲事，少不得行礼纳聘。不则一日，娶得回家，花烛成亲。那焦氏生得有六七分颜色，女工针指，却也百伶百俐；只是心肠有些狠毒，见了四个小儿女，便生嫉妒之念。又见丈夫十分爱惜，又不时叮嘱好生抚育。越发不怀好意。他想道："若没有这一窝子贼男女，那官职产业好歹是我生子女来承受。如今遗下许多短命贼种，纵挣得泼天家计，少不得被他们先拔头筹。设使久后，也只有今日这些家业，派到我的子女，所存几何，可不白白与他辛苦一世？须是哄热了丈夫，后然用言语唆冷他父子，磨灭死两三个，止存个把，就易处了。"你道天下有恁样好笑的事！自己方才十五六岁，还未知命短命长，生育不生育中，就算到几十年后之事，起这等残忍念头，要害前妻儿女：可胜叹哉！有诗为证：

娶妻原为生儿女，见成儿女反为仇。

不是妇人心最毒，还因男子没长筹。

自此之后，焦氏将着丈夫百般殷勤趋奉。况兼正在妙龄，打扮得如花朵相似。枕席之间，曲意取媚。果然哄得李雄千欢万喜，百顺百依，只有一件不肯听。你道是那一件？但说到儿女面上，便道："可怜他没娘之子，年幼娇痴。倘有不到之处，须将好言训诲，莫要深责。"焦氏撺咬了几次，见不肯听，忍耐不住。一日趁老公不在家，寻起李承祖事过，揪来打骂。不道那孩子头皮寡薄，他的手儿又老辣。一顿乱打，那头上却如酵到馒头，登时肿起几个大疙瘩。可怜打得那孩子无个地孔可钻，号淘痛哭。养娘奶子解劝不住。那玉英年纪虽小，生性聪慧；看见兄弟无故遭此毒打，已明白晚母不是个善良之辈，心中苦楚，泪珠乱落。在旁看不过，向前道声："母亲，兄弟年幼无知，望乞饶恕则个！"焦氏喝道："小贱人！谁要你多言？难道我打不得么？你的打也只就在头上滴溜溜转了，却与别人讨饶？"玉英闻得这语，愈加哀楚，正打之间，李雄已回。那孩子抱住父亲，放声号恸。李雄见打得这般光景，暴躁如雷，翻天作地，闹将起来。那婆娘索性抓被脸皮，反要死要活，分毫不让。早有人报知焦榕，特来劝慰。李雄告诉道："娶令妹来，专为要照管这几个儿女，岂是没人打骂，娶来凌贱不成！况又几番嘱付，可怜无母娇幼。你即是亲母一般，凡事将就些。反故意打得如此模样！"焦榕假意埋怨了妹子几句，陪个不是，道："舍妹一来年纪小，不知世故；二来也因从幼养娇了性子，在家任意惯了。妹丈不消气得！"又道："省得在此不喜欢，待我接回去住几日，劝喻他下次不可如此。"道罢，作别而去。少顷，雇乘轿子，差个女使接焦氏到家。那婆娘一进门，就埋怨焦榕道："哥哥，奴总有甚不好处，也该看爹娘分上访个好对头匹配才是，怎么胡乱肮脏送在这样人家，误我的终身？"焦榕笑道："论起嫁这锦衣卫千户，也不算肮脏了，但是你自己没有见识，怎么抱怨别人？"焦氏道："那见得我没有见识？"焦榕道："妹夫既将儿女爱惜，就顺着他性儿，一般着些痛热。"焦氏嚷道："又不是亲生的，教我着疼热，还要算计哩！"焦榕笑道："正因这上，说你没见识。自古道，'将欲取之，必固与之[10]。你心下越不喜欢这男女，越该加意爱护。"焦氏道："我恨不得顷刻除了这几个冤孽，方才干净，为何反要将他爱护？"焦榕道："大抵小儿女，料没甚大过失。况婢仆都是他旧人，与你恩义尚疏。稍加责罚，此辈就到家主面前轻事重报，说你怎地凌虐。妹夫必然着意防范，何由除得？他存了这片疑心，就是生病死了，还要疑你有甚缘故，可不是无丝有线！你若将就容得，落得做好人。抚养大了，不怕不孝顺你。"焦氏把头三四摇道："这是断然不成！"焦榕道："毕竟容不得，须依我说话。今后将他如亲生看待，婢仆们施些小惠，结为心腹，暗地察访，内中倘有无心向你，并口嘴不好的，便赶逐出去。如此过了一年两载，妹夫信得你真了，婢仆又皆是心腹，你也必然生下子女，分了其爱，那时觑个机会，先除却这孩子，料不疑虑到你。那几个丫头，等待年长，叮嘱童仆们一齐驾起风波，只说有私情勾当。妹夫有官职的，怕人耻笑，自然逼其自尽。是恁样阴唆阳劝做去，岂不省了目下受气？又见得你是好人。"焦氏听了这片言语，不胜喜欢道："哥哥言之有理！是我错埋怨你了。今番回去，依此而行。倘到紧要处，再来与哥哥商量。"

不题焦榕兄妹计议。且说李雄因老婆凌贱儿女，反添上一顶愁帽儿，想道："指望娶他来看顾儿女，却到增了一个魔头！后边日子正长，教这小男女怎生得过？"左思右算，想出一个道理。你道是什么道理？元来收拾起一间书室，请下一个老儒，把玉英、承祖送入书堂读书。每日茶饭俱着人送进去吃。直至晚方才放学。教他远了晚娘，躲这打骂。那桃英、月英自有奶子照管，料然无妨。常言：夫妻是打骂不开的。过了数日，只得差人去接焦氏。焦榕备些礼物，送将回来。焦氏知得请下先生，也解了其意，更不道破。这番归来，果然比先大不相同，一味将笑撮在脸上，调引这几个小男女，亲亲热热，胜如亲生。莫说打骂，便是气儿也不再呵一口。待婢仆们也十分宽恕，不常赏赐小东西。但凡下人，肚肠极是窄狭，得了须微之利，便极口称功诵德，欢声溢耳。李雄初时甚觉奇异，只道惧怕他闹吵，当面假意殷勤，背后未必如此。几遍暗地打听，冷眼偷瞧，更不见有甚别样做作。过了年余，愈加珍爱。李雄万分喜悦，想道："不知大舅怎生样劝喻，便能改过从善。如此可见好人原容易做的，只在一转念耳。"从此放下这片肚肠。夫妻恩爱愈笃。那焦氏巴不能生下个儿子。谁知做亲二年，尚没身孕。心中着急，往各处寺观庵堂，烧香许愿，那菩萨果是有些灵验。烧了香，许过愿，真个就身怀六甲[11]。到得十月满足，生下一个儿子，乳名亚奴。你道为何叫这般名字？元来民间有个俗套，怕小儿养不大，常把贱物为名，取其易长的意思。因此每每有牛儿狗儿之名。那焦氏也恐难养，又不好叫恁般名色，故只唤做亚奴，以为比奴仆尚次一等，即如牛儿狗儿之意。李雄只道焦氏真心爱惜儿女，今番生下亚奴，亦十分珍重。三朝满月，遍请亲友吃庆喜筵宴，不在话下。常言说得好：只愁不养，不愁不长。睫眼间，不觉亚奴忽又已周岁。那时玉英已是十龄，长得婉丽飘逸，如画图中人物。且又赋性敏慧，读书过目成诵，善能吟诗作赋。其他描花刺绣，不教自会。兄弟李承祖，虽然也是个聪明孩子，到底赶不上姐姐，会咏绿萼梅，诗曰：

> 并是调羹种，偏栽碧玉枝。
>
> 不夸红有艳，兼笑白无奇。
>
> 蕊绽万忘象，宛香作沐建。
>
> 陇头羌笛奏，芳草碧云山[12]。

因有了这般才藻，李雄倍加喜欢。连桃英、月英也送入书堂读书。又尝对焦氏说道："玉英女儿，有如此美才，后日不舍得嫁他出去。访一个有才学的秀士入赘家来，待他夫妇唱和，可不好么？"焦氏口虽赞美，心下越增妒忌。正要设计下手。不想其年乃正德十四年，陕西杨九儿据皋兰山起事。累败官军，地方告急。朝廷遣都指挥赵忠充总兵官，统领兵马前去征讨。赵忠知得李雄智勇相兼，特荐为前部先锋。你想军情之事，火一般紧急，可能勾少缓？半月之间，择日出师，李雄收拾行装器械，带领家丁起程。临行时又叮嘱焦氏，好生看管儿女。焦氏答道："这事不消分付！但愿你阵面上神灵护佑，马到成功，博个封妻荫子。"夫妻父子正在分别，外边报："赵爷特令教场相会。"李雄洒泪出门。急急上马，直至教场中演武厅上与诸将参谒已毕，朝廷又差兵部官犒劳，三军齐向北关谢恩，口称万岁三声。赵爷传令李雄带领前部军马先行。李雄领了将令，放起三个轰天大炮，众军一声呐喊，遍地锣鸣，离了教场，望陕西而进。军容整齐，器仗鲜明，一路上逢山开径，遇水叠桥，不则一日，已至陕西地面，安营下寨，等大军到来，一齐进发。与杨军连战数阵，互相胜负。到七月十四，杨军挑战。赵爷令李雄出阵。那李雄统领部下精兵，奋勇杀入。杨军抵挡不住，大败而走。李雄乘胜追逐数里。不想杨军伏兵四起，团团围住，左冲右突，不能得脱。外面救兵又被截断。李雄部下虽然精勇，终是众寡不敌。鏖战到晚，全军尽没。可怜李雄盖世英雄，到此一场春梦！正是：

> 正气千寻横宇宙，孤魂万里占清寒。

赵忠出征之事，按下不题。却说焦氏方要下手，恰好遇丈夫出征，可不天凑其便。李雄去了数日，一乘轿子，抬到焦榕家里，与他商议。焦榕道："据我主意，再缓几时。"焦氏道"却是为何？"焦榕道："妹夫不在家，死了定生疑惑。如今还把他倍加好好看承，妹夫回家知道，越信你是个好人。那时出个不意，弄个手脚，必无疑虑。可不妙哉！"焦氏依了焦榕说话，真个把玉英姊妹看承比前又胜几分。终日盼望李雄得胜回朝。谁知已到八月初旬，陕西报到京中，说七月十四日与贼交锋，部千户李雄恃勇深入，先胜后败，全军尽没。焦榕是幼在各衙门当干的，猛然却得这个消息，吃了一惊，如飞报与妹子。焦氏闻说丈夫战死，放声号哭。那玉英姊妹尤为可怜，一个个哭得死而复苏。焦氏与焦榕商议，就把先生打发出门，合家挂孝，招魂设祭，摆设灵座。亲友尽来吊唁。那时焦氏将脸皮翻转，动辄便是打骂。又过了月余，焦氏向焦榕道："如今丈夫已死，更无别虑。动了手罢。"焦榕道："到有个妙策在此，不消得下手。只教他死在他乡外郡，又怨你不着。"焦氏忙问有何妙策。焦榕道："妹夫阵亡，不知尸首下落。再捱两月，等到严寒天气，差一个心腹家人，同承祖到陕西寻觅妹夫骸骨。他是个孩子家，那曾经途路风霜之苦。水土不服，自然中道病死。设或熬得到彼处，叮嘱家人撇了他，暗地自回。那时身畔没了盘缠，进退无门，不是冻死，定然饿死。这几个丫头，饶他性命，卖与人为妾作婢，还值好些银子。岂非一举两得！"焦氏连称有理。捱至腊月初旬，焦氏唤过李承祖说道："你父亲半世辛勤，不幸丧于沙场，无葬身之地。虽在九泉，安能瞑目！昨日闻得舅舅说，近日赵总兵连胜数阵，敌兵退去千里之外，道路已是宁静。我欲亲往陕西寻觅你父亲骸骨归葬，少尽夫妻之情。又恐我是个少年寡妇，出头露面，必被外人谈耻。故此只得叫家人苗全服事你去走遭。倘能寻得回来，也见你为子的一点孝心。行囊都已准备下了，明早便好登程。"承祖闻言，双眼流泪道："母亲言之有理！孩儿明早便行。"玉英料道不是好意，大吃一惊，乃道："告母亲：爹爹暴弃沙场，理合兄弟前去寻觅。但他年纪幼小，路途跋涉，未曾经惯。万一有些山高水低，可不枉送一死？何不再差一人，与苗全同去，总是一般的。"焦氏大怒道："你这逆种！当初你父在日，将你姐妹如珍宝一般爱惜。如今死了，便忘恩背义，连骸骨也不要了！你读了许多书，难不晓得昔日木兰代父征西[13]，缇萦上书代刑[14]。这两个一般也是幼年女子，有此孝顺之心。你不能够学他恁般志气，也去寻觅父亲骸骨，反阻当兄弟莫去！况且承祖还是个男子汉，一路又有人服事，须不比木兰女上阵征战，出生入死。那见得有什么山高水低，枉送性命！要你这般样不孝女何用！"一顿乱嚷，把玉英羞得满面通红，哭告道，"孩儿岂不念爹爹生身大恩，寻访骸尸归葬？止因兄弟们年纪尚幼，恐受不得辛苦。孩儿情愿代兄弟一行。"焦氏道："你便想要到外边去游山玩景快活，只怕我心里还不肯哩。"当晚玉英姊妹挤在一处言别，呜呜的哭了半夜。李承祖道："姐姐，爹爹骸骨暴弃在外，就死也说不得。待我去寻觅回来，也教母亲放心。不必你忧虑。"到了次早，焦氏催促起程。姊妹们洒泪而别。焦氏又道："你若寻不着父亲骸骨，也不必来见我。"李承祖哭道："孩儿如不得爹爹骨殖，料然也无颜再见母亲。"苗全扶他上生口了，经出京师。你道那苗全是谁？乃是焦氏赠嫁的家人中第一个心腹，已暗领主母之命，自在不言之表。主仆二人离了京师，望陕西进发。此时正是隆冬天气，朔风如箭，地上积雪有三四尺高。往来生口，恰如在锦花堆里行走。那李承祖不上十岁孩子，况且从幼娇养的，何曾受这般苦楚！在生口背上把不住的寒颤，常常望着雪窝里颠将下来。在路晓行夜宿，约走了十数日。李承祖渐渐饮食减少，生起病来。对苗全道"我身子觉得不好，且将息两日再行。"苗全道："小官人，奶奶付的盘缠有限，忙忙赶到那边，只怕转去还用度不来。路上若再阻阁两日，越发弄不来了。且勉强捱到省下，那时将养几日罢。"李承祖又问："到省下还有几多路？"苗全笑道："早哩！极快还要二十个日子。"李承祖无可奈何，只得熬着病体，含闷而行。有诗为证：

> 可怜童稚离家乡，匹马迢迢去路长！
> 遥望沙场何处是？乱云衰草带斜阳。

又行了两日。李承祖看看病体转重，生口甚难坐。苗全又不肯暂停，也不雇脚力，故意扶着步行。明明要送他上路的意思。又捱了半日，来到一个地方名唤保安村。李承祖道："苗全，我半步移不动了，快些寻个宿店歇罢。"苗全闻言，暗想道："看他这个模样，料然活不成了。若到店客中住下，便难脱身。不如撇在此间，回家去罢。"乃道："小官人，客店离此尚远。你既行走不动，且坐在此，待我先去放下包裹，然后来背你去，何如？"李承祖道："这话说得有理。"遂扶到一家门首，阶沿上坐下。苗全拽开脚步，走向前去，问个小路抄转，买些饭食吃了，雇个生口，原从旧路回家去了。不在话下。

且说李承祖坐在阶沿上，等了一回，不见苗全转来。自觉身子存坐不安，倒身卧下，一觉睡去。那个人家却是个孤孀老妪，住得一间屋儿，坐在门口纺纱。初时见一汉子扶个小厮，坐于门口，也不在其意，直至傍晚，拿只桶儿要去打水，恰好拦门熟睡，叫道："兀那小官人快起来！让我们打水。"李承祖从梦中惊醒，只道苗全来了。睁眼看时，乃是那屋里的老妪。便挣扎坐起道："老婆婆有甚话说？"那老妪听得语言不是本地上人物，问道："你是何处来的，却睡在此间？"李承祖道："我是京中来的。只因身子有病，行走不动，借坐片时。等家人来到，即便去了。"老妪道："你家人在那里？"李承祖道："他说先至客店中，放下包裹，然后来背我去。"老妪道："哎呦！我见你那家人去时，还是上午。如今天将晚了，难道还走不到？想必包裹中有甚银两，撇下你逃走去了。"李承祖因睡得昏昏沉沉，不曾看天色早晚，只道不多一回。闻了此言，急回头仰天观望，果然日已矬西。吃了一惊，暗想道："一定这狗才料我病势渐凶，懒得伏侍，逃走去了。如今教我进退两难，怎生是好！"禁不住眼中流泪，放声啼哭。有几个邻家俱走来观看。那老妪见他哭的苦楚，亦觉孤恓，倒放下水捅，问道："小官人，你父母是何等样人？有甚紧事，恁般寒天冷月，随个家人行走？还要往那里去？"李承祖带泪说道："不瞒老婆婆说，我父亲是锦衣卫千户，因随赵总兵往陕西征讨，不幸父亲阵亡。母亲着我同家人苗全到战场上寻觅骸骨归葬。不料途中患病，这奴才就撇我而逃。多分也做个他乡之鬼了。"说罢，又哭。众人闻言，各各嗟叹。那老妪道："可怜，可怜！元来是好人家子息，些些年纪，有如此孝心，难得，难得！只是你身子既然有病，还在这冷石上，愈加不好了。且阐阓起来[15]。到我铺上去睡睡。

或者你家人还来也未可知。"李承祖道:"多谢婆婆美情!恐不好打搅。"那老妪道:"说那里话!谁人没有患难之处。"遂向前扶他进屋里去。邻家也各自散了。承祖跨入门槛,看时,侧边便是个火炕,那铺儿就在坑上。老妪支持他睡下,急急去汲水烧汤,与承祖吃。到半夜间,老妪摸他身上,犹如一块火炭。至天明看时,神思昏迷,人事不省。那老妪央人去请医诊脉,取出钱钞,赎药与他吃,早晚伏侍。那些邻家听见李承祖病凶,在背后笑那老妪着甚要紧,讨这样烦恼!老妪听见,只做不知,毫无倦怠。这也是李承祖未该命绝,得遇恁般好人。有诗为证:

家中母子犹成怨,路次闲人反着疼!

美恶性生天壤异,反教陌路笑亲情。

李承祖这场大病,捱过残年,直至二月中方才稍可。在铺上看着那老妪谢道:"多感婆婆慈悲,救我性命!正是再生父母。若能挣扎回去,定当厚报大德。"那老妪道:"小官人何出此言!老身不过见你路途孤苦,故此相留,有何恩德,却说厚报二字!"光阴迅速,倏忽又三月已尽,四月将交。那时李承祖病体全愈,身子碍挣[16],遂要别了老妪,去寻父亲骸骨。那老妪道:"小官人,你病体新痊,只怕还不可劳动。二来前去不知尚有几多路程,你孤身独自,又无盘缠,如何去得。不如住在这里,待我访问近边有入京的,托他与你带信到家,放个的当亲人来同去方好。"承祖道:"承婆婆过虑。只是家里也没有甚亲人可来。二则在此久扰,于心不安。三则恁般温和时候,正好行走。倘再捱几时,天道炎热,又是一节苦楚。我的病症,觉得全妥,料也无妨。就是一路去,少不得是个大道,自然有人往来。待我慢慢求乞前去,寻着了父亲骸骨,再来相会。"那老妪道:"你纵到彼寻着骸骨,又无银两装载回去,也是枉然。"李承祖道:"那边少不得有官府。待我去求告,或者可怜我父为国身亡，设法装送回家，也未可知。"那老妪再三苦留不住，又去寻凑几钱银子相赠。两下凄凄惨惨，不忍分别，到像个嫡亲子母。临别时，那老妪含着眼泪嘱道："小官人转来，是必再看看老身，莫要竟自过去！"李承祖喉间哽咽，答应不出，点头涕泣而去。走两步，又回头来观看。那老妪在门首，也直至望不见了，方才哭进屋里。这些邻家没一个不笑他是个痴婆子："一个远方流落的小厮，白白里赔钱赔钞，伏侍得才好，急松松就去了。有甚好处，还这般哭泣！不知他眼泪是何处来的？"遂把这事做笑话传说。看官，你想那老妪乃是贫穷寡妇，倒有些义气。一个从不识面的患病小厮，收留回去，看顾好了，临行又赍赠银两，依依不舍。像这班邻里，都是须眉男子，自己不肯施仁仗义，及见他人做了好事，反又撅唇簸嘴。可见人面相同，人心各别。闲话休题。

且说李承祖又无脚力，又不认得路径，顺着大道，一路问讯，捱向前去。觉道劳倦，随分庵堂寺院，市镇乡村，即便借宿。又亏着那老妪这几钱银子，将就半饥半饱，度到临洮府。那地方自遭兵火之后，道路荒凉，人民稀少。承祖问了向日争战之处，直至皋兰山相近，思想要祭莫父亲一番。怎奈身边止存着十数文铜钱，只得单买了一陌纸钱，讨个火种，向战场一路跑来。远远望去，只见一片旷野，并无个人影来往，心中先有五分惧怯。便立住脚，不敢进步。却又想道："我受了千辛万苦，方到此间。若是害怕，怎能够寻得爹爹骸骨？须索拚命前去。"大着胆飞奔到战场中。举目看时，果然好凄惨也！但见：

　　荒原漠漠，野草萋萋；四郊荆棘交横，一望黄沙无际。髑髅暴露，远胜昔日英雄；白骨抛残，可惜当年壮士！阴风习习，惟闻鬼哭神号；寒露濛濛，但见狐奔兔走。猿啼夜月肠应断，雁唤秋云魂自消。

李承祖吹起火种，焚化纸钱，望空哭拜一回。起来仔细寻觅，团团走遍，但见白骨交加，并没一个全尸。元来赵总兵杀退杨军，看见尸横遍野，心中不忍，即于战场上设祭阵亡将士，收拾尸骸焚化，因此没有全尸遗存。李承祖寻了半日。身子困倦，坐于乱草之中，歇息片时，忽然想起："征战之际，遇着便杀，即为战场。料非只此一处。正不知爹爹当日死于那个地方？我却专在此寻觅，岂不是个呆子？"却又想道："我李承祖好十分懵懂！爹爹身死已久，血肉定自腐坏，骸骨纵在目前，也难厮认。若寻认不出，可不空受劳碌！"心下苦楚，又向空祷告："爹爹阴灵不远：孩儿李承祖千里寻访至此，收取骸骨。怎奈不能厮认。爹爹，你生前尽忠报国，死后自是为神。乞显示骸骨所在，奉归安葬，免使暴露荒丘，为无祀之鬼。"祝罢，放声号哭。又向白骨丛中，东穿西走一回。看看天色渐晚，料来安身不得，随路行走，要寻个歇处。行不上一里田地，斜插里林中，走出一个和尚来。那和尚见了李承祖，把他上下一相，道："你这孩子，好大胆！此是什么所在，敢独自行走？"李承祖哭诉道："小的乃京师人氏，只因父亲随赵总兵出征阵亡，特到此寻觅骸骨归葬。不道没个下落，天又将晚，要觅个宿处。师父若有庵院，可怜借歇一晚，也是无量功德！"那和尚道："你这小小孩子，反有此孝心，难得，难得！只是尸骸都焚化尽了，那里去寻觅！"李承祖见说这话，哭倒在地。那和尚扶起道："小官人，哭也无益。且随我去住一晚，明日打点回家去罢。"李承祖无奈，只得随着和尚，又行了二里多路，来到一个小小村落。看来只有五六家人家。那和尚住的是一座小茅庵。开门进去，吹起火来，收拾些饭食，与李承祖吃了。问道："小官人，你父亲是何卫军士？在那个将官部下？叫甚名字？"李承祖道："先父是锦衣卫千户，姓李名雄。"和尚大惊道："元来是李爷的公子!"李承祖道:"师父,你如何晓得我先父?"和尚道:"实不相瞒,小僧原是羽林卫军人,名叫曾虎二,去年出征,拨在老爷部下。因见我勇力过人,留我帐前亲随,另眼看承,许我得胜之日,扶持一官。谁知七月十四,随老爷上阵,先斩了数百余级,敌人败去。一时恃勇,追逐十数里,深入重地。敌人伏兵四起,围裹在内。外面救兵又被截住,全军战没。止存老爷与小僧二人,各带重伤。只得同伏在乱尸之中。到深夜起来逃走,不想老爷已死。小僧望见傍边有一带土墙,随负至墙下,推倒墙土掩埋。那时敌兵反拦在前面,不能归营。逃到一个山湾中,遇一老僧,收留在庵。亏他服事,调养好了金疮。朝暮劝化我出家。我也想:死里逃生,不如图个清闲自在。因此依了他,削发为僧。今年春间,老师父身故。有两个徒弟道我是个泒来僧,不容住在庵中。我想既已出家,争甚是非?让了他们,要往远方去,行脚经过此地,见这茅庵空闲,就做个安身之处,往远近村坊抄化度日,不想公子亲来,天遣相遇。"李承祖见说父亲尸骨尚在,倒身拜谢。和尚连忙扶住,又问道:"公子恁般年娇力弱,如何家人也不带一个,独自行走?"李承祖将中途染病,苗全抛弃逃回,亏老妪救济前后事细细说出。又道:"若寻不见父亲骨殖,已拚触死沙场。天幸得遇吾师,使我父子皆安。"和尚道:"此皆老爷英灵不泯,公子孝行感格,天使其然,只是公子孑然一身,又没盘缠,怎能够装载回去?"公子道:"意欲求本处官府设法,不知可肯?"和尚笑道:"公子差矣!常言道:官情如纸薄。总然极厚相知,到得死后,也还未可;何况素无相识?却做恁般痴想!"李承祖道:"如此便怎么好?"和尚沉吟半响,乃道,"不打紧!我有个道理在此。明日将核骨盛在一件家伙之内,待我负着,慢慢一路抄化至京,可不是好么?"李承祖道:"吾师若肯用情,生死衔恩不浅!"和尚道："我蒙老爷识拔之恩，少效犬马之劳，何足挂齿！"

　　到了次日，和尚向邻家化了一只破竹笼，两条索子，又借了柄锄头，又买了几陌纸钱，锁上庵门，引李承祖前去。约有数里之程，也是一个村落，一发没个人烟。直到土墙边放下竹笼，李承祖就哭啼起来。和尚将纸钱焚化，拜祝一番，运起锄头，掘开泥土，露出一堆白骨。从脚上逐节儿收置笼中，掩上笼盖，将索子紧紧捆牢。和尚负在背上。李承祖掮了锄头，回至庵中，和尚收拾衣钵被窝，打个包儿，做成一担，寻根竹子，挑出庵门，把锄头还了，又与各邻家作别，央他看守。二人离了此处，随路抄化，盘缠仅是有余。不则一日，已至保安村。李承祖想念那老妪的恩义，经来谢别。谁知那老妪自从李承祖去后，日夕挂怀，染成病症，一命归泉。有几个亲戚，与他备办后事，送出郊外，烧化久矣。李承祖问知邻里，望空遥拜，痛哭一场，方才上路。共行了三个多月，方达京都。离城尚有十里之远，见旁边有个酒店。和尚道："公子且在此少歇。"齐入店中，将竹笼放于桌上。对李承祖说道："本该送公子到府，向灵前叩个头儿才是。只是我原系军人，虽则出家，终有人认得。倘被拿作逃军，便难脱身。只得要在此告别，异日再图相会。"李承祖垂泪道："吾师言虽有理，但承大德，到我家中，或可少尽。今在此处，无以为报，如之奈何？"和尚道："何出此言！此行一则感老爷昔日恩谊，二则见公子穷途孤弱，故护送前来。那个贪图你的财物？"正说间，酒保将过酒肴。和尚先摆在竹笼前祭奠，一连叩了四五个头，起来又与李承祖拜别。两下各各流泪。饮了数杯，算还酒钱，又将钱雇个生口，与李承祖乘坐。把竹笼教脚夫背了。自己也背上包裹，齐出店门，洒泪而别。有诗为证：

欲收父骨走风尘，千里孤穷一病身。

老妪周旋僧作伴，皇天不负孝心人。

话分两头。却说苗全自从撇了李承祖，雇着生口赶到家中，只说已至战场，无处寻觅骸骨。小官人患病身亡。因少了盘缠，不能带回，就埋在彼。暗将真信透与焦氏。那时玉英姊妹一来思念父亲，二来被焦氏日夕打骂，不胜苦楚。又闻了这个消息，愈加悲伤。焦氏也假意啼哭一番。那童仆们见家主阵亡，小官人又死，各寻旺处飞去。单单剩得苗全夫妻和两个养娘，门庭冷如冰炭。焦氏恨不得一口气吹大了亚奴，袭了官职，依然热闹。又闻得兵科给事中上疏[17]，奏请优恤阵亡将士。圣旨下在兵部查覆。焦氏多将金银与焦榕，到部中上下使用，要谋升个指挥之职。那焦榕平日与人干办，打惯了偏手，就是妹子也说不得也要下只手儿。一日，焦榕走来回覆妹子说话。焦氏安排酒肴款待。元来他兄妹都与酒瓮同年，吃杀不醉的。从午后吃起直至申牌时分，酒已将竭，还不肯止。又教苗全去买酒。苗全提个酒瓶走出大门，刚欲跨下阶头，远远望见一骑生口，上坐一个小厮，却是小主人李承祖。吃这惊不小！暗道："元来这冤家还在！"掇转身跑入里边，悄悄报知焦氏。焦氏即与焦榕商议停当，教苗全出后门去买砒霜。二人依旧坐着饮酒。等候李承祖进来，不题。

且说李承祖到了自家门首，跳下生口，赶脚的背着竹笼，跟将进来。直至堂中，静悄悄并不见一人。心内伤感道："爹爹死了，就弄得这般冷落！"教赶脚的把竹笼供在灵座上，打发自去，李承祖向灵前叩拜，转念去时的苦楚，不觉泪如泉涌，哭倒在拜台之上。焦氏听得哭声，假意教丫头出来观看。那丫头跑至堂中，见是李承祖，惊得魂不附体，带脚而奔。报道："奶奶，公子的魂灵来家了！"焦氏照面一口涎沫，道："啐！青天白日这样乱说!"丫头道:"见在灵前啼哭。奶奶若不信,一同去看。"焦榕也假意说道:"不信有这般奇事!"一齐走出外边。李承祖看见,带着眼泪向前拜见。焦榕扶住道:"途路风霜,不要拜了。"焦氏挣下几点眼泪,说道:"苗全回来,说你有不好的信息。日夜想念。懊悔当初教你出去。今幸无事,万千之喜了!只是可曾寻得骸骨?"李承祖指着竹笼道:"这个里边就是。"焦氏捧竹笼,便哭起天来。玉英姊妹,已是知得李承祖无恙,又惊又喜。奔至堂前,四个男女,抱做一团而哭。哭了一回,玉英道:"苗全说你已死,怎地却又活了?"李承祖将途中染病,苗全不容暂停,直至遇见和尚送归始末,一一道出。焦榕怒道:"苗这奴才恁般可恶!待我送他到官,活活敲死,与贤甥出气。"李承祖道:"若得舅舅主张,可知好么!"焦氏道:"你途中辛苦了,且进去吃些酒饭,将息身子。"遂都入后边。焦榕扯李承祖坐下,玉英姊妹,自避过一边。焦氏一面教丫头把酒去热,自已踅到后门首。恰好苗全已在那里等候。焦氏接了药,分付他停一回进来。焦氏到厨下,将丫头使开,把药倾入壶内。依原走来坐下。少顷,丫头将酒旋汤得飞滚,拿至桌边。焦榕取过一只茶瓯,满斟一杯,递与承祖道:"贤甥,借花献佛,权当与你洗尘。"承祖道:"多谢舅舅!"接过手放下,也要斟一杯回敬。焦榕又拿起,直推至口边道:"我们饮得多了,这壶中所存有限,你且乘热饮一杯。"李承祖不知好歹,骨都都饮个干净。焦蓉又斟过一杯道:"小年人家须要饮个双杯。"又推到口边。那李承祖因是尊长相劝,不敢推托,又饮干了。焦榕再把壶斟时,只有小半杯,一发劝李承祖饮了。那酒不饮也罢,才到腹中,便觉难过。连叫肚痛。焦氏道:"想是路上触了臭气了。"李承祖道:"也不曾触甚臭气。"焦氏道:"或者三不知,那里觉得!"须臾间药性发作,犹如钢枪钻刺,烈火焚烧,疼痛难忍。叫声："痛死我也!"跌倒在地。焦榕假惊道："好端端地，为何痛得恁般利害?"焦氏道："一定是绞肠沙了[18]。"急教丫头扶至玉英床上睡下，乱撺乱跌，只叫难过。慌得玉英姊妹手足无措，那里按得他住。不消半个时辰，五脏迸裂，七窍流红，大叫一声，命归泉府。旁边就哭杀了玉英姊妹，喜杀了焦氏婆娘，也假哭几声，焦榕道："看这模样，必是触范了神道的，被丧煞打了。如今幸喜已到家里，还好。只是占了甥女卧房，不当稳便。就今夜殓过，省得他们害怕。"焦氏便去取出些银钱。那里苗全已转进前门，打探听得里边哭声鼎沸，量来已是完帐。径走入来。焦氏恰好看见，把银递与苗全，急忙去买下一具棺木，又买两壶酒，与苗全吃够一醉。先把棺木放在一门厢房里，然后揎拳裸臂，跨入房中，教玉英姊妹走开。向床上翻那尸首，也不揩抹去血污，也不换件衣服，伸着双手，便抱起来。一则那厮有些蛮力，二则又趁着酒兴，三则十数岁孩子，原不甚重，轻轻托在两臂，一直到厢房内盛殓。玉英姊妹，随后哭泣。谁知苗全落了银子，买小了棺木，尸首放下去，两只腿露出了五六寸。只得将腿儿竖起，却又顶浮了棺盖。苗全扯来拽去，没做理会。玉英姊妹看了只个光景，越发哭得惨伤。焦氏沉吟半晌，心生一计。把玉英姊妹并丫头都打发出外，掩上门儿，教苗全将尸首拖在地上，提起斧头，砍下两只小腿，横在头下，倒好做个枕儿。收拾停当，钉上棺盖，开门出来。焦榕自回家去。玉英觑见棺已钉好，暗想道："适来放不下，如何打发我姊妹出来了，便能钉上棺盖?难道他们有甚法术，把棺木化大了，尸首缩小了?"好生委决不下。过了两日，焦氏备起衣衾棺椁，将丈夫骸骨重新殓检过。择日安葬祖茔。恰好优恤的覆本已下，李雄止赠忠勇将军，不准升袭指挥。焦氏用费若干银两，空自送在水里。到了安葬之日，亲邻齐来相送。李承祖也就埋在坟侧。偶有人问及，只说路上得了病症，到家便亡。那亲戚都不是切己之事，那个去查他细底。可怜李承祖沙场内倒阘闾得性命，家庭中反断送了残生。正是：

> 非故翻如故，宜亲却不亲。
>
> 万般皆是命，半点不由人。

常言道：痛定思痛。李承祖死时，玉英慌张慌智[19]，不暇致详。到葬后渐渐想出疑惑来。他道："如何不前不后，恰恰里到家便死，不信有恁般凑巧！况兼口鼻中又都出血，且又不拣个时辰，也不收拾个干净；棺木小了，也不另换，哄了我们转身，不知怎地，胡乱送入里面。那苗全应说要送他到官，今半句不题，比前反觉亲密，显系是母亲指使他的。看起那般做作，我兄弟这死，必定蹊跷！"心中虽则明白，然亦无可奈何。只索付之涕泣而已。那焦氏谋杀了李承祖之后，却又想道："这小杀才已除，那几个小贱人，日常虽受了些磨折，也只算与他拂养。须是教他大大吃些苦楚，方不敢把我轻觑。"自此日逐寻头讨脑。动辄便是一顿皮鞭，打得体无完肤。却又不许啼哭。若还则一则声[20]，又重新打起。每日止给两餐稀汤薄粥，如做少了生活，打骂不消再说，连这稀汤薄粥也没有得吃了。身上的好衣服，尽都剥去。将丫头们的旧衣旧裳，换与穿着。腊月天气，也只三四层单衣，背上披一件旧绵絮。夜间止有一条藁荐，一条破被单遮盖，寒冷难熬，如蛆虫般，搅做一团，苦楚不能尽述。玉英姊妹捱忍不过，几遍要寻死路。却又指望还有个好日，舍不得性命，互相劝解。真个求生不能，求死不得。

看看过了残岁，又是新年。玉英已是十二岁了。那年二月间，正德爷晏驾，嘉靖爷嗣统。下速诏遍选嫔妃。府司着令民间挨家呈报。如有隐匿，罪坐邻里。那焦氏的邻家，平日晓得玉英才貌兼美，将名具报本府。一张上选的黄纸帖在门上。那时焦氏就打张了做皇亲国戚的念头，掉过脸来，将玉英百般奉承，通身换了绫罗锦绣，肥甘美味，与他调养。又将银两教焦榕到礼部使用。那玉英虽经了许多磨折，到底骨格犹存。将息数日，面容顿改。又兼穿起华丽衣服，便似画图中人物。府司选到无数女子，推他为第一。备文齐送到礼部选择。礼部官见玉英这个容仪，已是万分好了。但只年纪幼小，恐不谙侍御，发回宁家。那焦氏因用了许多银钱，不能够中选，心中懊悔气恼。原翻过向日嘴脸，好衣服也剥去了，好饮食也没得吃了，打骂也更觉勤了，常言说得好：坐吃山空，立吃地陷。当初李雄家业，原不甚大。自从阵亡后，焦氏单单算计这几个小儿女，那个思想去营运。一窝子坐食，能够几时。况兼为封荫选妃二事，又用空了好些。日渐日深，看看弄得罄尽。两个丫头也卖来，完在肚里。那时没处出豁，只得将住房变卖。谁知苗全这厮，见家中败落，亚奴年纪正小，袭职日子尚远，料想目前没甚好处。趁焦氏卖得房价，夜间捥入卧房，偷了银两，领着老婆，逃往远方受用去了。到次早，焦氏方才觉得。这股闷气无处发泄，又迁怒到玉英姊妹，说道："如何不醒睡，却被他偷了东西去？"又都奉承一顿皮鞭。一面教焦榕告官缉押。过了两月，那里有个踪迹。此时买主又来催促出房。无可奈何，与焦榕商议，要把玉英出脱。焦榕道："玉英这个模样儿，慢慢的觅个好主顾，怕道不是一大注银子。如今急切里寻人，能值得多少？不若先把小的胡乱货一个来使用。"焦氏依了焦榕，便把桃英卖与一个豪富人家为婢。姊妹分别之时，你我不忍分舍，好不惨伤！焦氏赁了一处小房，择日迁居。玉英想起祖父累世安居，一旦弃诸他人，不胜伤感。走出堂前，抬头看见梁间燕子，补缀旧垒，旁边又营一个新巢，暗叹道："这燕儿是个禽鸟，秋去春来，倒还有归巢之日！我李玉英今日离了此房，自没个再来之期了！"抚景伤心，托物喻意，乃作别诗一首，诗云：

新巢泥落旧巢欹，尘半疏帘欲掩迟。

愁对呢喃终一别，画堂依旧主人非。

元来焦氏要依傍焦榕，却搬在他侧边小巷中，相去只有半箭之远，间壁乃是贵家的花园。那房屋止得两间，诸色不便。要桶水儿，直要到邻家去汲。那焦氏平日受用惯的，自去不成。少不得通在玉英、月英两个身上。姊妹此时也难顾羞耻，只得出头露面，又过了几时，桃英的身价渐渐又将摸完。一日傍晚，焦氏引着亚奴在门首闲立。见一个乞丐女儿，止有十数岁，在街上求讨，声音叫得十分惨伤。有个邻家老妪对他说道："这般时候，那个肯舍！不时回去罢。"那叫化女儿哭道："奶奶，你那里晓得我的苦楚！我家老的，限定每日要讨五十文钱。若少一文，便打个臭死。夜饭也不与我吃。又要在明日补足。如今还少六七文，怎敢回去！"那老妪听说得苦恼，就舍了两文，旁边的人，见老妪舍了，一时助兴，你一文，我一文，登时到有十数文。那叫化女儿，千恩万谢，转身去了。焦氏听了这片言语，那知反拨动了个贪念，想道："这个小化子，一日倒讨得许多钱。我家月英那贱人，面貌又不十分标致，卖与人，也直得有限。何不教他也做这桩道路，倒是个永远利息？"正在沉吟，恰好月英打水回来。焦氏道："小贱人，你可见那叫街的丫头么？他年纪比你还小，每日倒趁五十文钱。你可有处寻得三文五文哩？"月英道："他是个乞丐，千爷爷，万奶奶，叫来的。孩儿怎比得他！"焦氏喝道，"你比他有甚么差！自明日为始，也要出去寻五十文一日，若少一文，便打下你下半截来。"玉英姊妹见说要他求乞，惊得他面面相觑，满眼垂泪，一齐跪下，说道，"母亲，我家世代为官，多有人认得，也要存个体面。若教出去求乞，岂不辱抹门风，被人耻笑！"焦氏道："现今饭也没有得吃了，还要甚么体面，怕甚么耻笑!"月英又苦告道："任凭母打死了，我决不去的。"焦氏怒道："你这贱人，恁般不听教训!先打个样儿与你尝尝。"即去寻了一块木柴，揪过来，没头没脑乱敲。月英疼痛难忍，只得叫道："母亲饶恕则个!待我明日去便了。"焦氏放下月英，向玉英道："不教你去，是我的好情了，反来放屁阻烧?"拖翻在地，也吃一顿木柴，到次早，即赶逐月英出门求乞。月英无奈，忍耻依随。自此日逐沿街抄化。若足了这五十文，还没得开口。些儿欠缺，便打个半死。光阴如箭，不觉玉英年已一十六岁。时直三月下旬，焦榕五十寿诞，焦氏引着亚奴同往祝寿。月英自向街坊抄化去了。止留玉英看家。玉英让焦氏去后，掩上门儿，走入里边，手中拈着针指，思想道："爹爹当年生我姊妹，犹如掌上之珠，热气何曾轻呵一口。谁道遇着这个继母，受万般凌辱。兄弟被他谋死，妹子为奴为丐，一个家业弄得瓦解冰消。沦落到恁样地位，真个草菅不如!尚不知去后，还是怎地结果?"又想道："在世料无好处，不如早死为幸。趁他今日不在家，何不寻个自尽，也省了些打骂之苦?"却又想道："我今年已十六岁了，再忍耐几时，少不得嫁个丈夫，或者有个出头日子。岂可枉送这条性命?"把那前后苦楚事，想了又哭，哭了又想。直哭得个有气无力，没情没绪。放下针指，走至庭中，望见间壁园内，红稀绿暗，燕语莺啼，游丝斜袅，榆荚乱坠。看了这般景色，触目感怀。遂吟送春诗一首。诗云：

柴扉寂寞锁残春，满地榆钱不疗贫。

云鬓衣裳半泥土，野花何事独撩人。

玉英吟罢，又想道："自爹爹亡后，终日被继母磨难，将那吟咏之情，久已付之流水。自移居时，作了别燕诗，倏忽又经年许。时光迅速如此!"嗟叹了一回，又恐误了女工，急走入来趱赶。见桌上有个帖儿，便是焦榕请妹子吃寿酒的。玉英在后边裁下两摺，寻出笔砚，将两首诗录出，细细展玩。更叹口气道："古来多少聪明女子，或共姊妹赓酬，或是夫妻唱和，成千秋佳话。偏我李玉英恁般命薄！埋没至此，岂不可惜可悲！"又伤感多时，愈觉无聊。将那纸左折右折，随手折成个方胜儿，藏于枕边。却将所做针指，忙忙的赶完，看看天色傍晚，刚是月英到家。焦氏恰好撞着。见他泪痕未干，便道："那个难为了你，又在家做妖势？"玉英不敢回答。将做下女工与他点看。月英也把钱交过，收拾些粥汤吃了。又做半夜生活，方才睡卧。到了明日，焦氏见桌上摆着笔砚，检起那帖儿，后边已去了几摺，疑惑玉英写他的不好处，问道："你昨日写的是何事？快把来我看。"玉英道："偶然写首诗儿，没甚别事。"焦氏嚷道："可是写情书约汉子，坏我的帖儿？"玉英被这两句话，羞得彻耳根通红。焦氏见他脸涨红了，只道真有私情勾当，逼他拿出这纸来。又见摺着方胜，一发道是真了。寻根棒子；指着玉英道："你这贱人恁般大胆！我刚不在家，便写情书约汉子。快些实说是那个？有情几时了？"玉英哭道："那哩说起！却将无影丑事来肮脏！可不屈杀了人！"焦氏怒道："赃证现在，还要口硬！"提起棒子，没头没脑乱打。打得玉英无处躲闪。挣脱了往门首便跑。焦氏道："想是要去叫汉子，相帮打我么？"随后来赶。不想绊上一交，正磕在一块砖上，磕碎了头脑，鲜血满面，嚷道："打得我好！只教你不要慌！"月英上前扶起，又要赶来。到亏亚奴紧紧扯住道："娘，饶了姐姐罢。"那婆娘恐带跌了儿子，只得立住脚，百般辱骂。玉英闪在门旁啼哭。那邻家每日听得焦氏凌虐这两个女儿，今日又听得打得利害，都在门首议论。恰好焦榕撞来，推门进去。那婆娘一见焦榕，便嚷道："来得好！玉英这贱人偷了汉子，反把我打得如此模样！"焦榕看见他满面是血，信以为实，不问情由，抢过焦氏手中棒子，赶近前，将玉英揪过来便打。那邻家抱不平，齐走来说道："一个十五六岁女子家，才打得一顿大棒，不指望你来劝解，反又去打他！就是做母舅的，也没有打甥女之理！"焦榕自觉乏趣，撇下棒子，径自去了。那邻家又说道："也不见这等人家，无一日不打骂这两个女儿！如今一发连母舅都来助兴了。看起来，这两个女子也难存活。"又一个道："若死了，我们就具个公呈，不怕那姓焦的不偿命！"焦氏一句句听见，邻家发作，只得住口。喝月英推上大门。自去揩抹血污，依旧打发月英出去求乞。玉英哭了一回，忍着疼痛，原入里边去做针指。那焦氏恨声不绝。到了晚间，吞声饮泣。想道："人生百岁，总是一死，何苦受恁般耻辱打骂！"等至焦氏熟睡，悄悄抽身起去，扯了脚带，悬梁高挂。也是命不该绝。这到亏了晚母不去料理他身上，不但衣衫褛不堪，就是这脚带不知缠过多少年头，因所以玉英才一用力[21]，就断了。刚刚上吊，扑通的跌下地来。惊觉月英，身边不见了阿姐，情知必走这条死路。叫声："不好了！"急跳起身，救醒转来。兀自呜呜而哭。那焦氏也不起身，反骂道："这贱人！你把死来诈我么？且到明日与你理会。"

至次早，分付月英在家看守，叫亚奴引着到焦榕家里，将昨日邻家说话，并夜来玉英上吊事说与。又道："倘然死了，反来连累着你。不如先送到官，除了这个根罢。"焦榕道："要摆布他也不难。那锦衣卫堂上，昔年曾替他打干，与我极是相契。你家又是卫籍[22]，竟送他到官，这个衙门谁个敢来放屁！"焦氏大喜，便教焦榕央人写下状词，说玉英奸淫忤逆，将那两首诗做个执证，一齐至锦衣卫衙门前。焦榕与衙门中人，都是厮熟的，先央进去道知其意。少顷升堂，准了焦氏状词，差四个校尉前去，拘拿玉英到来。那问官听了一面之词，不论曲直，便动刑具。玉英再三折辩，那里肯听。可怜受刑不过，只得屈招，拟成剐罪，发下狱中。两个禁子扶出衙门，正遇月英妹子。元来月英见校尉拿去阿姐，吓得魂飞槐散，急忙锁上门儿，随后跟来打探。望见禁子扶了出来，月英正要钻赶过去问，只见旁边转过焦氏，一把扯开道："你这贱人，家里也不顾了，来此做甚！"月英见了焦氏，犹如老鼠见猫，胆丧心惊，不敢不跟着他走。到家又打勾半死，恨道："你下次若又私地去看了这贱人，查访着实，好歹也送你到这所在去！"月英口虽答应，终是同胞情分，割舍不下。过了两三日，多求乞得而十文钱[23]，悄地趱到监门口，来探望不题。再说玉英下到狱中，那禁子头见他生得标致，怀个不良之念，假慈悲，照顾他。住在一个好房头，又将些饮食调养，玉英认做好人，感激不尽。叮嘱他："有个妹子月英，定然来看，千万放他进来，相见一面。"那禁子紧紧记在心上，至第四日午后，月英到监门口道出姓名，那禁子流水开门引见玉英。两下悲号，自不必说。渐至天晚，只得分别。自此月英不时进监看觑。不在话下。且说那禁子贪爱玉英容貌，眠思梦想，要去奸他。一来耳目众多，无处下手，一则恐玉英不从，喊叫起来，坏了好事，提空就走去说长问短，把几句风话撩拨，玉英是聪明女子，见话儿说得蹊跷，已明白是个不良之人，留心提防，便不十分招架。一日，正在槛上闷坐，忽见那禁子轻手轻脚走来，低声哑气，笑嘻嘻的说道："小娘子可晓得我一向照顾你的意思么？"玉英知其来意，即立起身道："奴家不晓得是甚意思。"那禁子又笑道："小娘子是个伶俐人，难道不晓得？"便向前搂抱。玉英着了急，乱喊"杀人！"那禁子见不是话头，急忙转身。口内说道："你不从我么？今晚就与你个辣手。"玉英听了这话，捶胸跌脚的号哭，惊得监中人俱来观看。玉英将那禁子调戏情由，告诉众人，内中有几个抱不平的，叫过那禁子说道："你强奸犯妇，也有老大的罪名。今后依旧照顾他，万事干休；倘有些儿差错，我众人连名出首，但凭你去计较。"那禁子情亏理虚，满口应承，陪告不是："下次再不敢去惹他。"正是：

　　　　羊肉馒头没得吃，空教惹得一身膻。

　　玉英在狱不觉又经两月有余，已是六月初旬。元来每岁夏间，在朝廷例有宽恤之典，差太监审录各衙门未经发落之事。凡事枉人冤，许诸人陈奏。比及六月初旬，玉英闻得这个消息，想起一家骨肉，俱被焦氏陷害，此番若不伸冤，再无昭雪之日矣。遂草起辨冤奏章，将合家受冤始末，细细详述。教月英赍奏，其奏云：

　　　　臣闻先正有云：五刑以不孝为先[24]，四德以无义为耻。故窦氏投崖，云华坠井[25]，是皆毕命于纲常，流芳于后世也。臣父锦衣卫千户李雄，先娶臣母，生臣姊妹三人，及弟李承祖。不幸丧母之日，臣等俱在孩提，父每见怜，仍娶继母焦氏抚养。臣父于正德十四年七月十四日征陕西阵亡。天祸臣家，流移日甚。臣年十六，未获结褵。姊妹伶仃，孑无依荷，标梅已过，红叶无凭。有送春诗一绝云云。又有别燕诗一绝云云。是皆有感而言，情非得已。奈母氏不察臣衷，疑为外遇，逼舅焦榕，拿送锦衣卫，诬臣奸淫不孝等情。问官昧臣事理，坐臣极刑。臣女流难辨，俯首听从。盖不敢逆继母之情，以重不孝之罪也。迩蒙圣恩熟审，凡事枉人冤，许诸人陈奏。钦此钦遵。故臣不禁生乐生之心，以冀超脱。臣父本武人，颇知典籍。臣虽妾妇，幸领遗教。臣继母年二十，有弟亚奴，生方周岁。母图亲儿荫袭，故当父方死之时，计令臣弟李承祖十岁孩儿，亲往战场，寻父遗骨。陷之死地，以图己私，幸赖天佑父灵，抱骨以归。前计不成，仍将臣弟毒药身死，支解弃埋。又将臣妹李桃英卖为人婢，李月英屏去衣食，沿街抄化。今将臣诬陷前情。臣设有不才，四邻何不纠举？又不曾经获某人，只凭数句之语，望空捉影，以陷臣罪。臣之死，固当矣。十岁之弟，有何罪乎？数岁之妹，有何辜乎？臣母之过，臣不敢言，凯风有诗[26]，臣当自责。臣死不足惜，恐天下后世之为继母者，得以肆其奸妒而无忌也！伏望陛下俯察臣心，将臣所奏付诸有司。先将臣速斩，以快母氏之心。次将臣诗委勘，有无事情。推详臣母之心，尽在不言之表。则臣之生平获雪，而臣父之灵亦有感于地下矣！

这一篇章疏奏上，天子重瞳亲照，怜其冤抑，倒下圣旨，着三法司严加鞫审[27]。三法司官不敢怠慢，会同拘到一干人犯，连桃英也唤至当堂，逐一细问。焦氏、焦榕初时抵赖。动起刑法，方才吐露真情，与玉英所奏无异。勘得焦氏叛夫杀子，逆理乱伦，与无故杀子孙轻律不同。宜加重刑，以为继母之戒。焦榕通同谋命，亦应抵偿。玉英、月英、亚奴发落宁家。又令变卖焦榕家产，赎回桃英。覆本奏闻，请旨。圣天子怒其凶恶，连亚奴俱敕即日处斩。玉英又上疏恳言："亚奴尚在襁褓，无所知识，且系李氏一线不绝之嗣，乞赐矜宥。"天子准其所奏，诏下刑部，止将焦榕、焦氏二人绑付法场，即日双双受刑。亚奴终身不许袭职。另择嫡枝次房承荫，以继李雄之嗣。玉英、月英、桃英俱择士人配嫁。至今列女传中载有李玉英辨冤奏本[28]，又为赞云：

> 李氏玉英，父死家倾。送春别燕，母疑外情。
> 置之重狱，险罹非刑。陈情一疏，冤滞始明。

后人又有诗叹云：

昧心晚母曲如钩，只为亲儿起毒谋。

假饶血化西江水，难洗黄泉一段羞。

（选自《醒世恒言》）

［注释］

［1］森孙——许多子孙。森，众多。

［2］磨灭——此处是受折磨的意思。

［3］"大舜"二句——舜，传说中的古帝王，历山，山名，名历山者甚多，大都附会是舜曾经耕作过的地方，舜的后母多次想害他，他总是设法躲避，忍耐过去。"终夜泣"，指舜受了后母的陷害而彻夜哭泣，闵骞，即闵子骞，孔子弟子，名损，字子骞，春秋时鲁国人。少时，后母虐待他，冬天，把棉絮装在亲生的两个儿子的衣服里，却把芦花装在闵子骞及其弟弟的衣服中，他的父亲知道了，准备休弃他的后母，他说："母在一子寒，母去四子单。"劝他的父亲不要那样做。见《史记·仲尼弟子列传》。

［4］"申生"句——申生，春秋时晋献公的太子。他的父亲献公宠幸骊姬，骊姬欲立自己的儿子奚齐做太子，便想方设法陷害申生，申生终被迫自杀，伯奇，周宣王的大臣尹吉甫之子，受继母谗害，被放逐，他感伤自己的遭遇，作《履霜操》曲。

［5］魇魅——同厌魅，用迷信的方法祈祷鬼神，或暗中诅咒来害人的一种巫术。

［6］脱白——推脱，解说。

［7］阴骘——阴德。

［8］旗手卫——明代，在重镇要害的地方设卫，上十二卫，中有旗手卫、锦衣卫等名目。一卫约五千六百个兵士，设指挥统率；卫下面设所，一千一百二十人为千户所，设千户统率；一百一十二人为百户所，设百户统率。

［9］张永征陕西安化王——张永，明正德时宦官，神机营的头目。安化王，即明宗室朱寘鐇。正德五年（1510年）起反对明武宗（朱厚照），武宗派张永讨伐，兵还未到，寘鐇已被人擒获。

［10］将欲取之，必固与之——语见《老子》。意思是要取得他的东西，必须先给与他一些东西。文中的意思是：想要毒害前妻的子女，就事先故意装

出对他们关心，便于将来达毒害的目的。

[11] 身怀六甲——旧时称妇女有孕为身怀六甲。

[12] 芳草碧云山——以上四句文义不明，韵亦不叶，疑误。

[13] 木兰——古诗《木兰辞》中女主角，她女扮男装，替父从军打仗。

[14] 缇（tí提）萦——汉太仓令淳于意的女儿。汉文帝四年，淳于意有罪入狱，缇萦随父入长安，上书皇帝，愿作官婢以赎父罪，皇帝怜之，意遂得免，见《史记·仓公传》。

[15] 阐阓（zhèng chuài 征踹）——同"挣揣"，谓勉强支撑。

[16] 碍挣——"硬挣"的音转，身体强健之意。

[17] 兵科给事中——官名。明代有吏、户、礼、兵、刑、工六科给事中，掌侍从、规谏、稽察六部百官的事。

[18] 绞肠沙——即"霍乱症"的俗名。

[19] 慌张慌智——慌里慌张的意思。

[20] 则一则声——则声，作一声之转。则一则声，作一作声，哭叫一声意。

[21] 因——此字疑有误。

[22] 卫籍——军籍之意。明代户口分为民、军、匠三类。

[23] 多求乞得而十文钱——"而"字疑有误。

[24] 五刑——五种轻重不等的刑法，历代具体内容不一。

[25] 窦氏投崖——唐代永泰（唐代宗李豫）时，窦家有两个女儿，到山中避难，为贼人所逼迫，她们不愿受辱，投崖而死。　云华坠井——事迹不详。

[26] 凯风有诗——凯风，《诗经·邶风》篇名，内容讲的是七个儿子皆能尽孝、自责，感动了母亲。

[27] 三法司——明代以刑部、都察院、大理寺为"三法司"。遇有重大案件，由三法司共同审核。

[28] 李玉英——"玉"原本误作"月"，据文意改。

[鉴赏]

宋元以后的话本小说成为市民群众自我表现、自我娱乐的文学样式，不再仅仅是文人骚客们发泄情感的工具。在作者和读者的相互反馈中，读者越来越发挥着重要的作用，因此，小说的作者就不得不去精心设计丰富而新奇、紧张而曲折的故事情节，以满足读者特殊的审美需要。这样，追求丰富而曲折的故事情节也就成了话本小说的一个最为突出的审美特点。一般而言，话本小说是一种典型的情节小说。

在明代许许多多的话本、拟话本小说中，《李玉英狱中讼冤》在体现故事情节的丰富性和曲折性上，堪称上乘之作。小说写的是一位天良丧尽的后母百般凌辱前妻所遗儿女的家庭悲剧故事。就作品的题材而言，是一个常见的话题，故事发生在明正德年间。北京顺天府旗手卫荫籍百户李雄，先娶夫人何氏，夫妻十分恩爱。谁知好景不长，何氏一场大病，命归黄泉，遗下三女一男，四子皆幼，无人照管。李雄又为官，公私不能两尽，十分苦楚，便又娶继室焦氏，不料焦氏年纪虽小，心肠极为毒辣，容不下前妻所生儿女，便存了个不良之心，想折磨死他们，使将来自己所生儿女，既能承受全部家产，又能荫袭官职。便撺掇李雄，冷落折磨前妻子女，只是李雄小心防护，焦氏一时下手不得。事有凑巧，这时陕西乱起，李雄被荐为前部先锋，不日起程。战事变化多端，谁知李雄血洒疆场，为国捐躯。焦氏看时机已到，与其兄焦榕密议一条毒计，以收李雄骸骨为由，让李雄之子、不足十岁的李承祖前去，意欲消除这个"祸根"。李承祖跋涉千山万水，路途之辛苦不可尽言，终将李雄之遗骨运回。焦氏一计不成，便下了毒手，用砒霜将承祖药死，胡乱埋葬了事。随后，又将桃英卖与富家为婢，逼迫三女月英沿街乞讨，诬告玉英奸淫忤逆，拟成剐罪，这时，朝廷派宦官审录案情，玉英趁机辩屈伸冤，天网恢恢，天理昭彰，焦氏兄妹双双被处死，终于惩治了恶人。

这篇小说，情节之丰富曲折在话本中实属罕见，作品的确能够给予读者以情节上的满足，这是本篇最为突出的特色之一。我们若稍加敷衍就足以构成几个场次的连台戏：李雄怒斥焦氏、焦氏兄妹密谋、李承祖千里寻骸骨、老妪尽心待承祖、焦氏鸩杀李承祖、桃英沿街乞讨、玉英被冤入狱、狱卒调戏玉英等。小说的故事情节犹如羊肠小道，曲曲弯弯，似无尽头；又如海上行船，忽而风平浪静，忽而波涛汹涌，变化多端，引人入胜。真是环环相扣，悬念丛生，将李玉英一家的酸甜苦辣，悲欢离合，淋漓尽致地描写了出来。读者自始至终紧紧地被情节吸引着，一颗悬空的心，始终在观注着事情的进程和结果，直到故事敷演结束，读者的心才平静下来。

情节的巧合是本篇的另一特色。可以说，整个情节全是巧合，巧得有如"鬼使神差"。这正是小说的作者要用复杂曲折的情节吸引读者，因此往往用偶然的巧合编造故事，所谓"无巧不成书"是也。人世间的事确有不少偶然的巧合，但在文学作品中，不能一味依仗巧，巧也必须巧得入情入理，才能造成艺术真实感。过分巧合，就会陷入虚假，就会导致艺术真实感的丧失，艺术也就不复成为艺术了。

这篇小说在情节设计上以巧为关节，但情节的发展却不失情理，并不是一味生凑硬拼。这些偶然性的巧合，有时确会改变事态的演进和结果，小说中生活的逻辑性便在这里。李雄娶了继室焦氏以后，焦氏想达到自己的目的，几次撺掇无效后，便趁李雄不在家，对前妻子女寻故打骂，李雄得知后，便大发雷霆，焦氏之兄焦榕便领妹子回家密议了一番计策，从此焦氏面带笑容，再不打骂，胜如亲生，李雄初时不信，半年过后，便信以为真，从此放却这桩心事，这都符合生活中常理，并不算巧。巧就巧在这时陕西乱起，因李雄"智勇相兼"，特荐为前部先锋，这一偶发事件，却改变了这个家庭中许多成员的命运。李雄阵亡，焦氏派李承祖前去寻尸，这个不满十岁的孩子，从未经过风霜之苦，路上水土不服，饮食减少，生起病来，这是很自然的。家人苗全奉主母之命，半路撇下承祖，承祖重病在身，又无盘缠，进退无门，被一位好心肠的老太太收养在家中，延医治疗，这也是生活中常有的事。承祖病愈以后，风餐露宿，好不容易寻到战场，"但见白骨相加，并无一个全尸"，且"爹爹身死已久，血肉定自腐坏，骸骨纵在目前，也难厮认"。时已黄昏，恰好走来一位和尚，询问情由，得知小小年纪，为寻父骸骨千里而来，怜其有一片孝心，领回茅庵，这也合情合理，当知道孩子所寻之父是李雄时，和尚道出其情，因李雄对这位和尚曾"另眼看承"，李雄死后，和尚"推倒土墙掩埋"，并帮承祖送尸骨回京，这也在情理之中。苗全诈称承祖"患病身亡"，现在承祖活着回来，焦氏没有达到目的，便狗急跳墙，药杀承祖，胡乱埋葬了事。揆情度理，既符合焦氏的性格，也符合生活逻辑。后边的诸多情节，如焦氏坐吃山空，正无计可使时，一日傍晚，在门首闲立，突然见一个十数岁的乞丐女儿沿街乞讨，并哭诉每日必得乞讨五十文钱，立刻想到让月英也走这条路。再如李承祖死后，苗全私扣了银子，买小了棺木，放不下承祖尸首，焦氏便剁下承祖两只小腿，以及玉英上吊，刚刚用力，便跌下地来等等。虽然情节之巧如"天工"，但从小说的细节来说，是真实的，从人物的性格发展逻辑来说，也是真实的。焦氏吝啬非常，不可能花钱再去买一个大棺材，玉英上吊时用的脚带也不知缠过多少年头，之所以不死，并不像书中所言"命不该绝"，而是事态发展的必然，所以，这篇小说的情节，巧则巧矣，但巧得合理，能够站得住脚，并非全赖巧合。

与"三言"中别的情节小说相比，本篇绝不是为情节而情节，也不是为了满足读者的好奇心，片面追求离奇曲折的情节而忽略人物性格的内在逻辑。小说的人物塑造十分成功，性格也极为鲜明。

焦氏是一个典型的泼妇。她嫁李雄时，年方十六岁，虽有六七分颜色，女工针指，却也百伶百俐，只是"心肠有些狠毒"。这是她性格的基本底色。为了达到自己的目的，任何卑鄙龌龊的手段都能使得出来。刚过门不久，便想折磨死前妻所遗儿女，好为将来自己所生子女打算。初时撺掇李雄没有奏效，便趁李雄不在家，借故凌辱，李雄得知后，索性"抓破脸皮，要死要活"。其兄焦榕是一个比焦氏更坏的"油里滑的光棍"，将焦氏接回娘家后，密授一条毒计——将欲取之，必固与之，焦氏真的言听计从，一改过去所为，改换另一个面目出现。李雄初时不信，后察其迹，也信以为真，便不加防备。李雄出征，千叮咛、万嘱咐，焦氏满口答应。李雄阵亡，焦氏旧性复发，更加肆无忌惮。让一个不满十岁的孩子，寒冬腊月，千里迢迢去寻父骨，这是一条貌似合情却极为阴险的毒计，焦氏暗告家人苗全，半路撒下承祖，承祖"水土不服，自然中道病死"，或"没有盘缠，进退无门，不是冻死就是饿死"，死在外乡他郡，这样，既能达到害人的目的，又能推卸责任，掩人耳目，可谓一举两得。随后，再把玉英三姊妹，卖与他人为妾作婢，还能赚许多银钱。真是天良丧尽。在这里，人性之恶被淋漓尽致地暴露了出来。无奈天不佑恶人，李承祖在许多好心人的帮助下，终将父骸骨背回。焦氏此计不成，便撕下脸面，一不做，二不休，索性药杀了李承祖，清除了心中大患。接着卖掉了桃英，逼迫月英像乞丐一般沿街乞讨，又将玉英诬告奸淫忤逆，拟成剐罪。一家骨肉，竟这样死的死，散的散。通过李雄一家人的遭遇，刻画出焦氏这个初只十六七的小妇人习性的刁泼，心肠的狼毒和焦氏兄妹为人自私、阴险的嘴脸，可以说焦氏兄妹也是当时社会一些阴险小人的代表。好在天子聪明仁慈，为民作主，终于惩治了恶人。结局虽不免落入俗套，但却反映了人们的愿望和信念：善良的人们虽然遭受冤屈，但一定会得到最后的胜利，恶人们或者可能得逞于一时，而最终必将得到应有的惩罚，这至少在心理上是一种满足和补偿。

李玉英的性格也很鲜明，她年纪虽小，却十分聪明，明辨事理，秉性善良，大有才女的品性，但与焦氏的形象相比，未免单薄了一些。

受话本小说特点的限制，这类小说很少有心理描写，特别是静止的心理剖析。说起"三言"，人们往往称道《卖油郎独占花魁》中，秦重看见了花魁娘子后的一种心理描写，其实，本篇在心理描写方面比之有过之而无不及。比如李玉英感叹自家的悲惨遭遇和自身的境况时的一段心理描写：

> 玉英……手中拈着针指，思想道："爹爹当年生我姊妹，犹如掌上之珠，热气何曾轻呵一口。谁道遇着这个继母，受万般凌辱，兄弟被他谋死，妹子为奴为丐，一个家业弄得瓦解冰消，沦落到怎样地位，真个草菅不如！尚不知去后，还是怎地结果？"又想

到："在世料无好处，不如早死为幸。趁他（指焦氏——笔者注）今日不在家，何不寻个自尽，也省了些打骂之苦?"却又想道："我今年已十六岁了，再忍耐几时，少不得嫁个丈夫，或者有个出头日子，岂可枉送这条性命?"把那前后苦楚事，想了又哭，哭了又想……

这大段的心理描写，曲曲折折，层层叠叠，把一个前后地位骤变，由受宠到被凌贱、摧残的少女的内心活动刻划得细致入微，也把小说的心理描写的长处发挥得淋漓尽致。

最后值得提出的一点是：本篇的主旨虽在入话里已说得非常明白："与天下的后母做个榜样"。但我们透过表面现象，挖掘它的更为深刻之处在于：官吏昏聩，顺人情而枉法是造成李玉英冤案的真正原因，朱彝尊早已看到了这一点："按玉英二诗本无关涉，而缇帅坐以极刑，由是推之，冤狱难以悉数矣。"（《静志居诗话》卷二十三"闺门李玉英"条）结合作品就可证实。焦榕道："要摆布他也不难，那锦衣卫堂上，昔年曾替他打干，与我极是相契……"如此有恃无恐，不能不令人追究到其社会根源。玉英的被冤，不能不说是对封建官吏的强有力讽刺。

（霍现俊）

金玉奴棒打薄情郎

枝在墙东花在西，自从落地任风吹。

枝无花时还再发，花若离枝难上枝。

这四句，乃昔人所作《弃妇词》，言妇人之随夫，如花之附于枝；枝若无花，逢春再发，花若离枝，不可复合。劝世上妇人，事夫尽道，同甘同苦，从一而终；休得慕富嫌贫，两意三心，自贻后悔。

且说汉朝一个名臣，当初未遇时节，其妻有眼不识泰山，弃之而去，到后来，悔之无及。你说那名臣何方人氏？姓甚名谁？那名臣姓朱，名买臣，表字翁子，会稽郡人氏。家贫未遇，夫妻二口，住于陋巷蓬门。每日买臣向山中砍柴，挑至市中，卖钱度日。性好读书，手不释卷，肩上虽挑却柴担，手里兀自擒着书本[1]，朗诵咀嚼，且歌且行，市人听惯了，但闻读书之声，便知买臣挑柴担来了，可怜他是个儒生，都与他买，更兼买臣不争价钱，凭人估值，所以他的柴比别人容易出脱。一般也有轻薄少年，及儿童之辈，见他又挑柴，又读书，三五成群，把他嘲笑戏侮，买臣全不为意。一日其妻出门汲水，见群儿随着买臣柴担，拍手共笑，深以为耻。买臣卖柴回来，其妻劝道，

"你要读书，便休卖柴；要卖柴，便休读书，许大年纪，不痴不颠，却做出恁般行径，被儿童笑话，岂不羞死！"买臣答道，"我卖柴以救贫贱，读书以取富贵，各不相妨，由他笑话便了。"其妻笑道："你若取得富贵时，不去卖柴了，自古及今，那见卖柴的人做了官？却说这没把鼻的话！"买臣道："富贵贫贱，各有其时。有人算我八字，到五十岁上，必然发迹。常言'海水不可斗量'，你休料我。"其妻道："那算命先生，见你痴颠模样，故意耍笑你，你休听信。到五十岁时，连柴担也挑不动，饿死是有分的，还想做官！除是阎罗王殿上，少个判官，等你去做！"买臣道："姜太公八十岁，尚在渭水钓鱼，遇了周文王，以后车载之，拜为尚父。本朝公孙弘丞相，五十九岁上还在东海牧豕，整整六十岁，方才际遇今上[2]，拜将封侯。我五十岁上发迹，比甘罗虽迟[3]，比那两个还早，你须耐心等去。"其妻道："你休得攀今吊古，那钓鱼牧豕的，胸中都有才学；你如今读这几句死书，便读到一百岁，只是这个嘴脸，有甚出息？晦气做了你老婆！你被儿童耻笑，连累我也没脸皮。你不听我言抛却书本，我决不跟你终身，各人自去走路，休得两相担误了。"买臣道："我今年四十三岁了，再七年，便是五十，前长后短，你就等耐，也不多时。直恁薄情，舍我而去，后来须要懊悔！"其妻道："世上少甚挑柴担的汉子，懊悔甚么来？我若再守你七年，连我这骨头不知饿死于何地了，你倒放我出门，做个方便，活了我这条性命。"买臣见其妻决意要去，留他不住，叹口气道："罢，罢，只愿你嫁得丈夫，强似朱买臣的便好。"其妻道："好歹强似一分儿。"说罢，拜了两拜，欣然出门而去，头也不回。买臣感慨不已，题诗四句于壁上云：

"嫁犬逐犬，嫁鸡逐鸡。

妻自弃我，我不弃妻。"

买臣到五十岁时，值汉武帝下诏求贤，买臣到西京上书，待诏公车[4]。同邑人严助荐买臣之才，天子知买臣是会稽人，必知本土民情利弊，即拜为会稽太守，驰驿赴任。会稽长吏闻新太守将到，大发人夫，修治道路。买臣妻的后夫亦在役中，其妻蓬头跣足，随伴送饭，见太守前呼后拥而来，从旁窥之，乃故夫朱买臣也。买臣在车中，一眼瞧见，还认得是故妻，遂使人招之，载于后车。到府第中，故妻羞惭无地，叩头谢罪。买臣教请他后夫相见。不多时，后夫唤到，拜伏于地，不敢仰视。买臣大笑，对其妻道："似此人，未见得强似我朱买臣也。"其妻再三叩谢，自悔有眼无珠，愿降为婢妾，伏事终身。买臣命取水一桶，泼于阶下，向其妻说道："若泼水可复收，则汝亦可复合。念你少年结发之情，判后园隙地，与汝夫妇耕种自食。"其妻随后夫走出府第，路人都指着说道："此即新太守夫人也。"于是羞极无颜，到于后园，遂投河而死。有诗为证：

漂母尚知怜饿士，亲妻忍得弃贫儒。

早知覆水难收取，悔不当初任读书。

又有一诗，说欺贫重富，世情皆然，不止一买臣之妻也。诗曰：

尽看成败说高低，谁识蛟龙在污泥？

莫怪妇人无法眼，普天几个负羁妻[5]？

这个故事，是妻弃夫的。如今再说一个夫弃妻的，一般是欺贫重富，背义忘恩，后来徒落得个薄幸之名，被人讲论。

话说故宋绍兴年间，临安虽然是个建都之地，富庶之乡，其中乞丐的依然不少。那丐户中有个为头的，名曰"团头"，管着众丐。众丐叫化得东西来时，团头要收他日头钱。若是雨雪时，没处叫化，团头却熬些稀粥，养活这伙丐户，破衣破袄，也是团头照管。所以这伙丐户，小心低气，服着团头，如奴一般，不敢触犯。那团头见成收些常例钱，一般在众丐户中放债盘利，若不嫖不赌，依然做起大家事来。他靠此为生，一时也不想改业。只是一件："团头"的名儿不好。随你挣得有田有地，几代发迹，终是个叫化头儿，比不得平等百姓人家。出外没人恭敬，只好闭着门，自屋里做大。虽然如此，若数着"良贱"二字，只说娼、优、隶、卒，四般为贱流，到数不着那乞丐。看来乞丐只是没钱，身上却无疤瘢。假如春秋时伍子胥逃难[6]，也曾吹箫于吴市中乞食；唐时郑元和做歌郎[7]，唱《莲花落》；后来富贵发达，一床锦被遮盖，这都是叫化中出色的。可见此辈虽然被人轻贱，到不比娼、优、隶、卒。

闲话休题，如今且说杭州城中一个团头，姓金，名老大，祖上到他，做了七代团头了，挣得个完完全全的家事。住的有好房子，种的有好田园，穿的有好衣，吃的有好食；真个廒多积粟[8]，囊有余钱，放债使婢。虽不是顶富，也是数得着的富家了。那金老大有志气，把这团头让与族人金癞子做了，自己见成受用，不与这伙丐户歪缠。然虽如此，里中口顺，还只叫他是团头家，其名不改。金老大年五十余，丧妻无子，止存一女名唤玉奴。那玉奴生得十分美貌，怎见得？有诗为证：

> 无瑕堪比玉，有态欲羞花。
> 只少宫妆扮，分明张丽华[9]。

金老大爱此女如同珍宝，从小教他读书识字。到十五六岁时，诗赋俱通，一写一作，信手而成。更兼女工精巧，亦能调筝弄管，事事伶俐。金老大倚着女儿才貌，立心要将他嫁个士人。论来就名门旧族中，急切要这一个女子也是少的，可恨生于团头之家，没人相求。若是平常经纪人家，没前程的，金老大又不肯扳他了。因此高低不就，把女儿直捱到一十八岁，尚未许人。

偶然有个邻翁来说："太平桥下有个书生，姓莫名稽，年二十岁，一表人才，读书饱学。只为父母双亡，家穷未娶。近日考中，补上太学生，情愿入赘人家。此人正与令爱相宜，何不招之为婿？"金老大道："就烦老翁作伐何如？"邻翁领命，径到太平桥下，寻那莫秀才，对他说了："实不相瞒，祖宗曾做个团头的，如今久不做了。只贪他好个女儿，又且家道富足，秀才若不弃嫌，老汉即当玉成其事。"莫稚口虽不语，心下想道："我今衣食不周，无力婚娶，何不俯就他家，一举两得？也顾不得耻笑。"乃对邻翁说道："大伯所言虽妙，但我家贫乏聘，如何是好？"邻翁道："秀才但是允从，纸也不费一张，都在老汉身上。"邻翁回覆了金老大，择个吉日，金家到送一套新衣穿着，莫秀才过门成亲。莫稚见玉奴才貌，喜出望外，不费一钱，白白的得了个美妻，又且丰衣足食，事事称怀。就是朋友辈中，晓得莫稚贫苦，无不相谅，到也没人去笑他。

到了满月，金老大备下盛席，教女婿请他同学会友饮酒，荣耀自家门户，一连吃了六七日酒，何期恼了族人金癞子。那癞子也是一班正理，他道："你也是团头，我也是团头，只你多做了几代，挣得钱钞在手，论起祖宗一脉，彼此无二。侄女玉奴招婿，也该请我吃杯喜酒。如今请人做满月，开宴六七日，并无三寸长一寸阔的请帖儿到我。你女婿做秀才，难道就做尚书、宰相，我就不是亲叔公？坐不起凳头？直恁不觑人在眼里[10]！我且去蒿恼他一场，教他大家没趣！"叫起五六十个丐户，一齐奔到金老大家里来。但见：

开花帽子，打结衫儿。旧席片对着破毡条，短竹根配着缺糙碗。叫爹叫娘叫财主，门前只见喧哗；弄蛇弄狗弄猢狲，口内各呈伎俩。敲板唱杨花，恶声聒耳；打砖搽粉脸，丑态逼人。一班泼鬼聚成群，便是钟馗收不得。

金老大听得闹吵，开门看时，那金癞子领着众丐户，一拥而入，嚷做一堂。癞子径奔席上，拣好酒好食只顾吃，口里叫道："快教侄婿夫妻来拜见叔公！"唬得众秀才站脚不住，都逃席去了，连莫稽也随着众朋友躲避。金老大无可奈何，只得再三央告道："今日是我女婿请客，不干我事，改日专治一杯，与你陪话。"又将许多钱钞分赏众丐户，又抬出两瓮好酒和些活鸡、活鹅之类，教众丐户送去癞子家，当个折席。直乱到黑夜，方才散去。玉奴在房中气得两泪交流。这一夜，莫稽在朋友家借宿，次早方回。金老大见了女婿，自觉出丑，满面含羞，莫稽心中未免也有三分不乐，只是大家不说出来，正是：

> 哑子尝黄柏，苦味自家知。

却说金玉奴只恨自己门风不好，要挣个出头，乃劝丈夫刻苦读书。凡古今书籍，不惜价钱，买来与丈夫看；又不吝供给之费，请人会文会讲；又出资财，教丈夫结交延誉。莫稽由此才学日进，名誉日起，二十三岁发解连科及第。这日琼林宴罢，乌帽官袍，马上迎归。将到丈人家里，只见街坊上一群小儿争先来看，指道："金团头家女婿做了官也。"莫稽在马上听得此言，又不好揽事，只得忍耐。见了丈人，虽然外面尽礼，却包着一肚子忿气，想道："早知有今日富贵，怕没王侯贵戚招赘成婚？却拜个团头做岳丈，可不是终身之玷！养出儿女来，还是团头的外孙，被人传作话柄。如今事已如此，妻又贤慧，不犯七出之条[11]，不好决绝得。正是事不三思，终有后悔。"为此心中怏怏，只是不乐。玉奴几遍问而不答，正不知甚么意故。好笑那莫稽，只想着今日富贵，却忘了贫贱的时节，把老婆资助成名一段功劳，化为春水，这是他心术不端处。

不一日，莫稽谒选，得授无为军司户[12]，丈人治酒送行。此时众丐户，料也不敢登门闹吵了。喜得临安到无为军，是一水之地，莫稽领了妻子，登舟赴任。行了数日，到了采石江边，维舟北岸。其夜月明如昼，莫稽睡不能寐，穿衣而起，坐于船头玩月。四顾无人，又想起团头之事，闷闷不悦。忽然动一个恶念，除非此妇身死，另娶一人，方免得终身之耻。心生一计，走进船舱，哄玉奴起来看月华。玉奴已睡了，莫稽再三逼他起身。玉奴难逆丈夫之意，只得披衣，走至马门口[13]，舒头望月，被莫稽出其不意，牵出船头，推堕江中。悄悄唤起舟人，分付快开船前去，重重有赏，不可迟慢。舟子不知明白，慌忙撑篙荡桨，移舟于十里之外，住泊停当，方才说：“适间奶奶因玩月坠水，捞救不及了。”却将三两银子赏与舟人为酒钱。舟人会意，谁敢开口？船中虽跟得有几个蠢婢子，只道主母真个坠水，悲泣了一场，丢开了手，不在话下。有诗为证：

> 只为“团头”号不香，忍因得意弃糟糠。
>
> 天缘结发终难解，赢得人呼薄幸郎。

你说事有凑巧，莫稽移船去后，刚刚有个淮西转运使许德厚，也是新上任的，泊舟于采石北岸，正是莫稽先前推妻坠水处。许德厚和夫人推窗看月，开怀饮酒，尚未曾睡。忽闻岸上啼哭，乃是妇人声音，其声哀怨，好生不忍。忙呼水手打看，果然是个单身妇人，坐于江岸。便教唤上船来，审其来历。原来此妇正是无为军司户之妻金玉奴，初坠水时，魂飞魄荡，已拚着必死。忽觉水中有物，托起两足，随波而行，近于江岸。玉奴挣扎上岸，举目看时，江水茫茫，已不见了司户之船，才悟道丈夫贵而忘贱，故意欲溺死故妻，别图良配。如今虽得了性命，无处依栖，转思苦楚，以此痛哭。见许公盘问，不免从头至尾细说一遍。说罢，哭之不已，连许公夫妇都感伤堕泪，劝道：“汝休得悲啼，肯为我义女，再作道理。”玉奴拜谢。许公分付夫人取干衣替他通身换了，安排他后舱独宿。教手下男女都称他小姐，又分付舟人，不许泄漏其事。

不一日，到淮西上任。那无为军正是他所属地方，许公是莫司户的上司，未免随班参谒。许公见了莫司户，心中想道"可惜一表人才，干恁般薄幸之事。"约过数月，许公对僚属说道："下官有一女，颇有才貌，年已及笄，欲择一佳婿赘之。诸君意中，有其人否？"众僚属都闻得莫司户青年丧偶，齐声荐他才品非凡，堪作东床之选。许公道："此子吾亦属意久矣，但少年登第，心高望厚，未必肯赘吾家。"众僚属道："彼出身寒门，得公收拔，如兼葭倚玉树，何幸如之，岂以入赘为嫌乎？"许公道："诸君既酌量可行，可与莫司户言之。但云出自诸君之意，以探其情，莫说下官，恐有妨碍。"众人领命，遂与莫稽说知此事，要替他做媒。莫稽正要攀高，况且联姻上司，求之不得，便欣然应道："此事全仗玉成，当效衔结之报。"众人道："当得，当得。"随即将言回复许公，许公道："虽承司户不弃，但下官夫妇，钟爱此女，娇养成性，所以不舍得出嫁。只怕司户少年气概，不相饶让，或致小有嫌隙，有伤下官夫妇之心。须是预先讲过，凡事容耐些，方敢赘入。"众人领命，又到司户处传话，司户无不依允。此时司户不比做秀才时节，一般用金花彩币为纳聘之仪，选了吉期，皮松骨痒，整备做转运使的女婿。

却说许公先教夫人与玉奴说，老相公怜你寡居，欲重赘一少年进士，你不可推阻。玉奴答道："奴家虽出寒门，颇知礼数。既与莫郎结发，从一而终。虽然莫郎嫌贫弃贱，忍心害理，奴家各尽其道，岂肯改嫁，以伤妇节？"言毕，泪如雨下。夫人察他志诚，乃实说道："老相公所说少年进士，就是莫郎。老相公恨其薄幸，务要你夫妻再合，只说有个亲生女儿，要招赘一婿，却教众僚属与莫郎议亲，莫郎欣然听命，只今晚入赘吾家。等他进房之时，须是……"如此如此，"与你出这口呕气。"玉奴方才收泪，重匀粉面，再整新妆，打点结亲之事。

到晚，莫司户冠带齐整，帽插金花，身披红锦，跨着雕鞍骏马，两班鼓乐前导，众僚属都来送亲。一路行来，谁不喝采！正是：

鼓乐喧阗白马来，风流佳婿实奇哉。

团头喜换高门眷，采石江边未足哀。

是夜，转运司铺毡结彩，大吹大擂，等候新女婿上门。莫司户到门下马，许公冠带出迎，众官僚都别去。莫司户直入私宅，新人用红帕覆首，两个养娘扶将出来。掌礼人在槛外喝礼，双双拜了天地，又拜了丈人、丈母，然后交拜礼毕，送归洞房做花烛筵席。莫司户此时心中，如登九霄云里，欢喜不可形容，仰着脸，昂然而入。才跨进房门，忽然两边门侧里走出七八个老妪、丫环，一个个手执篱竹细棒，劈头劈脑打将下来，把纱帽都打脱了，肩背上棒如雨下，打得叫喊不迭，正没想一头处。莫司户被打，慌做一堆蹭倒，只得叫声："丈人，丈母，救命！"只听房中娇声宛转分付道："休打杀薄情郎，且唤来相见。"众人方才住手，七八个老妪、丫环，扯耳朵，拽胳膊，好似六贼戏弥陀一般[14]，脚不点地，拥到新人面前。司户口中还说道："下官何罪？"开眼看时，画烛辉煌，照见上边端端正正坐着个新人，不是别人，正是故妻金玉奴。莫稽此时魂不附体，乱嚷道："有鬼！有鬼！"众人都笑起来。只见许公自外而入，叫道："贤婿休疑，此乃吾采石江头所认之义女，非鬼也。"莫稽心头方才住了跳，慌忙跪下，拱手道："我莫稽知罪了，望大人包容之。"许公道："此事与下官无干，只吾女没说话就罢了。"玉奴唾其面，骂道："薄幸贼！你不记宋弘有言[15]：'贫贱之交不可忘，糟糠之妻不下堂。'当初你空手赘入吾门，亏得我家资财，读书延誉，以致成名，侥幸今日。奴家亦望夫荣妻贵，何期你忘恩负本，就不念结发之情，恩将仇报，将奴推堕江心。幸然天天可怜，得遇恩爹提救，收为义女。倘然葬江鱼之腹，你别娶新人，于心何忍？今日有何颜面，再与你完聚？"说罢，放声而哭，千薄幸，万薄幸，骂不住口。莫稽满面羞惭，闭口无言，只顾磕头求恕。

许公见骂得够了，方才把莫稽扶起，劝玉奴道："我儿息怒，如今贤婿悔罪，料然不敢轻慢你了。你两个虽然旧日夫妻，在我家只算新婚花烛，凡事看我之面，闲言闲语，一笔都勾罢。"又对莫稽说道："贤婿，你自家不是，休怪别人。今宵只索忍耐，我教你丈母来解劝。"说罢，出房去。少刻夫人来到，又调许多说话，两个方才和睦。

次日许公设宴，管待新女婿，将前日所下金花彩币，依旧送还，道："一女不受二聘，贤婿前番在金家已费过了，今番下官不敢重叠收受。"莫稽低头无语，许公又道："贤婿常恨令岳翁卑贱，以致夫妇失爱，几乎不终。今下官备员如何？只怕爵位不高，尚未满贤婿之意。"莫稽涨得面皮红紫，只是离席谢罪。有诗为证：

> 痴心指望缔高姻，谁料新人是旧人？
>
> 打骂一场羞满面，问他何取岳翁新？

自此莫稽与玉奴夫妇和好，比前加倍。许公共夫人待玉奴如真女，待莫稽如真婿，玉奴待许公夫妇，亦与真爹妈无异。连莫稽都感动了，迎接团头金老大在任所，奉养送终。后来许公夫妇之死，金玉奴皆制重服，以报其恩。莫氏与许氏世世为通家兄弟，往来不绝。诗云：

> 宋弘守义称高节，黄允休妻骂薄情[16]。
>
> 试看莫生婚再合，姻缘前定枉劳争。

（选自《古今小说》）

［1］擒——此谓"拿""捧"之意。

［2］今上——当朝皇帝，指汉武帝。

［3］甘罗——战国时代秦国人，十二岁时即被封为上卿。

［4］待诏公车——在公车署中等待皇帝诏见。公车，汉代官署名，其职为掌管官家车马。

［5］负羁妻——即指春秋时曹国大夫僖负羁之妻。当时晋公子重耳出亡，负羁妻知其必将有归国封公之日，遂劝负解善待重耳，后重耳封晋文公，攻入曹国时，负羁得全其家族。

［6］假如——此谓"譬如"。

［7］郑元和——为唐代白行简《李娃传》中的男主人公郑生。他曾沦为乞丐，丧殡时替人唱挽歌。

［8］廒（áo 熬）——粮仓。

［9］张丽华——五代陈后主姬，聪慧多才，貌美若仙。

［10］直恁——竟然如此。恁（nèn 嫩），那么。

［11］七出——我国封建时代休弃妻子的七种理由，即无子、淫泆、不事舅姑、口舌、盗窃、妒忌、恶疾。

［12］无为军——地名，即今安徽无为县。司户——唐代官名，主管县中民户。

［13］马门——船舱门。

［14］六贼戏弥陀——一种游戏名称。佛教称色、声、香、味、触、法为六贼。

［15］宋弘——后汉人，光武帝时任大司空。帝欲将其寡姊嫁弘，弘拒绝说："贫贱之交不可忘，糟糠之妻不下堂。"

［16］黄允休妻——后汉献帝时太傅袁隗为其侄女择婿，见黄允才貌双全，便说："得婿如是足矣。"黄允立即将自己的妻子休弃。

［鉴赏］

这篇作品选自冯梦龙所编短篇小说集《古今小说》（即《喻世名言》），大约由明代嘉庆年间田汝成辑录宋元杭州旧事的《西湖游览志余》卷二十三《委巷丛谈》中讲述金玉奴与莫稽故事的话本衍化而成。因为从情节和语言看，这两篇作品极为相近。而同样被冯梦龙收入其所编《情史》的另一篇《绍兴士人》，却与本篇有诸多差异。由此可见，金玉奴棒打薄情郎的故事从宋元时代开始就在社会上有着极为广泛的流传了。

描写痴心女子负心汉这类题材，在宋元话本小说及明清拟本小说中比比皆是。《莺莺传》《霍小玉传》《王魁负心桂英死报》《杜十娘怒沉百宝箱》等，可谓这类作品中的杰出代表。一般地说，这类题材的作品大都是悲剧结局，全作沉浸在一种悲剧氛围之中。这沉重的悲剧氛围——或悲惨、或悲愤、或悲壮，就是作者惩恶扬善的一种美学模式。《金玉奴棒打薄情郎》所选取的也是这一类题材。然而，整篇小说的氛围基调却不是悲剧式的，结尾竟是喜剧式的大团圆。作者扬善惩恶的意图是寄寓于与悲剧截然不同的美学模式——幽默之中来实现的。

乞丐"团头"家庭出身的、才貌双全的金玉奴嫁给了穷儒生莫稽。玉奴不吝资财，一心相夫读书，渴望他仕途有成，荣耀门第。可是莫稽一旦连科及第，布衣换成了乌帽宫袍，马上就心生悔意，觉得团头女婿的身份沾污了他的声名，于是这负心汉遂生歹意，将玉奴推入江中，以期另攀高枝，专俟"王侯贵戚招赘成婚"。这故事本身就是悲剧，即令玉奴落江不死，甚至亦如本作那样，后来又得相见，按照一般结构作品的逻辑，按照作者惩恶扬善的劝诫喻世主题和故事的发展，也应该是玉奴痛斥薄情郎负心汉之后的彻底绝诀，如崔莺莺、霍小玉、杜十娘等节烈女子那样，至少也应该让这负心汉得到恶报，像王魁那样发狂自刎。然而，作者并没有沿袭这些著名悲剧惩恶扬善的模式，而是另辟蹊径，用幽默笔法，对薄情负心的莫稽给予了有力的揭露嘲讽，让那卑劣丑恶的灵魂在被尽情地嘲谑、揶揄、戏弄中暴露于光天化日之下，在读者的嘲笑和蔑视中受尽鞭挞与杖刺。这样的惩恶，其深度与力度并不亚于惨烈的悲剧，而且别具一番情趣。

作者用情节的奇巧性助成了以幽默戏谑的审美手段来实现惩治罪恶的目的。玉奴落水后"忽觉水中有物，托起两足随波而行，近于江岸"，被"凑巧"泊船于此的淮西转运使许公搭救，并认为义女，带到任所一同居住；而那莫稽恰恰又就是许公的下属；许公怜惜义女，有成人之美的打算，而他偏偏又是个有招数、善计谋的诙谐之士。于是这奇巧的情节引出了幽默的手段，策划导演了一出"新婚花烛"照"旧日夫妻"，"篙竹细棒"打薄幸新郎的活剧。戏一开场，当许公计请众僚属为女向莫稽提婚以"探其情"时，莫稽即刻落入了许公的圈套，成为许公戏弄于指掌中的玩偶了。就在他"皮松骨痒"如热锅上的蚂蚁一般焦急地等待成为转运使的贵婿之时，许公家里已"如此如此"，埋好了底线，设好了机关。而当莫稽身披红锦，帽插金花地跨进铺毡结彩、大吹大擂的转运司大门，出尽了风头，仰首步入洞房之时，突如一盆冷水浇头，"两边门侧里走出七八个老姬、丫环，一个个手执细棒，劈头盖脑打将下来，把纱帽都打脱了，肩背上棒如雨下，打得叫喊不迭。"接着，又被老姬、丫环们"扯耳朵、拽胳膊，好似六贼戏弥陀一般，脚不点地，拥到了新人面前"。喜气洋洋进入洞房去领略香软温存之梦的新郎官，却遭到一顿暴打；堂堂的司户在仆妇丫环的棍棒之下帽飞身倒，苦苦求饶，其梦想与现实形成了多么强烈的反差，怎能不令人捧腹大笑？让莫稽丢人现丑，斯文扫地，还只是这活剧的第一场。接着，当被提到新人面前的莫稽发现那花烛辉煌端坐着的正是"故妻"金玉奴时，已吓得"魂不附体"，乱嚷"有鬼"，其丑态已令众人哂笑不止；待许公捅破谜底，说明此即被他惨害于采石江头的金玉奴，又被玉奴一一历数其忘恩负义、恩将仇报的罪名，千薄幸，万薄幸，骂不停口时，他唯有伏跪于地捣头如蒜的份了。作者一支诙谐老辣的妙笔恣肆无忌地在莫稽身上泼染，极尽戏谑耍弄之能事，让莫稽出尽了洋相丢尽了丑。这戏谑与耍弄，一层层地扒光了他身上的官袍礼服，剖开了他的肉体躯壳，使他在无处藏身的尴尬与狼狈中暴露了肮脏、丑恶、卑劣的灵魂。如此激发出的读者的笑，必然是一种嘲笑，耻笑，开心的笑，解恨的笑。人们（包括作品中人物与读者）在拍手称快中吐尽恶气，正义得到了伸张，扬眉吐气；恶行被嘲谑逼拷得灵魂出壳，无地自容。这样，作品在获得莫大的喜剧效果的同时，也实现了其惩恶扬善的道德谕世目的，自然，其所显示出的幽默的美学风貌也别有洞天了。

小说题为《金玉奴棒打薄情郎》，其实，作者所着力描写的主要人物并不是金玉奴，而是莫稽，金玉奴只不过是作为莫稽的衬托而已。

父母双亡，穷书生出身的莫稽，连衣食都很艰难，更不必说有钱娶妻了。他之所以肯入赘金家，完全是为贫穷所迫，所以即使是"白白的得了个美妻，又且丰衣足食，事事称怀"，他内心深处却总觉得是委屈了自己——"读书饱学"的书生才子配了乞丐头的女儿，终是门不当户不对，所以虽是在这场婚姻中捡了个大大的便宜，却只肯承认自己是以高就低，是"俯就"。由此看来，莫稽思想之中的门第观念是根深蒂固的，对所谓的低贱之辈充满鄙视。他自视甚高，然而又清高不起来，丝毫没有读书人"贫困不移"的傲介之气。为了"不费一钱"获得衣食美妇，就宁可违心行事，而且"顾不得耻笑"，可见，这是一个典型的嫌贫爱富、唯利是图，又最没有骨气的那种白面书生胚子。他和金玉奴的婚姻从一开始就预伏着危险的祸根了。婚后三年中莫稽之所以能够安于"俯就"金家，甚至金癞子领着一群乞丐大闹了他的会友宴席，他也只是忍气吞声，主要原因在于他在经济上还必须依赖金家，吃穿不说，就是购置古今书籍，请人会文会讲，结交延誉等，皆靠妻子不惜金钱，全力供给。他虽然"才学日进"，却还没有功成名就，背叛的翅膀还没有长全。可是，一旦"连科及第"，着上了"乌帽宫袍"，得授了朝廷命官，已经成了"富贵之人"，那乞丐团头的岳丈和团头女儿的妻子立刻就成了自己的"终身之玷"。尊卑贵贱的等级观念在完全不同于当初的特定情境下，在他心中无限地膨胀起来，忘恩负义的邪念顿起，恩将仇报的恶行骤生。为了"免得终身之耻"，他狠毒地将玉奴推堕江中，还买通舟人扬帆而去，以残酷恶毒地谋杀亲妻之举为他实现"王侯贵戚招入赘成婚"的野心扫平了道路。

莫稽不但是一个嫌贫弃贱、恩将仇报的负心汉、薄幸郎，还是一个媚上邀宠、攀权附贵的势利小人。一听得众僚属要替他与转运使小姐做媒，简直是如闻天外飞来的喜讯，便急不可耐地欣然应允，又丑态百出地讨好众人："此事全仗玉成，当效衔结之报。"对许公提出的必须容耐忍让小姐娇惯脾性的要求，他都"无不依允"，可见他看重的并不是娶什么样的妻子，而是依附一个什么样的岳丈。作者写他"皮松骨痒"地等待做转运使女婿的"吉期"，趾高气扬地跨入转运司大门，"如登九霄云里，欢喜不可形容地"昂然步入洞房，逼真地刻画了这个势利小人利欲熏心、得意忘形的卑鄙嘴脸和丑恶灵魂。

作品最后写在仆妇的"棒打"和玉奴的"唾骂"下莫稽羞渐悔过，"与玉奴和好，比前加倍"，还把乞丐团头岳丈金老大接到任所，养老送终，企图把他写成一个知错改过的回头浪子，这是不符合人物性格的逻辑的。一阵"篱竹细棒"，几声哭诉唾骂怎能就轻而易举地打掉这心黑手辣的杀人犯的罪愆和灵魂中的毒垢？这简单化的处理显然是作者夸大道德说教的力量，追求大团圆结局所导致的败笔。但总的来说，作者抓住人物复杂矛盾的心理活动流程所塑造的莫稽这一形象，具有较强的社会意义和较高的典型性，基本上还是成功的。

淮西转运使许德厚是作品中另一个重要人物。作者是把他作为一个替天昭示公理、执掌惩恶扬善义法的代表来塑造的。既是担负着如此重大的使命，作者就极力把他写的超卓不凡，具有封建社会所尊奉的一切美德。他是仁德的化身——在采石江边救了金玉奴，认他为义女，还费心安排她夫妻团聚；他身为高官，视人却不以贵贱高低而分。他是正义的化身——卫护天理，主持公道，惩治恶行，弘扬善举，他都道义在肩，当仁不让。他更是智慧的化身——巧设圈套，令逐利者自投罗网；计牵红线，令不仁者束手就擒。许公本是莫稽的上司，要想惩治他，教训他，法办他，或令玉奴喊冤，与他对薄公堂；或依律令公办，将他绳之以法，都顺理成章，易如反掌。然而许公并没有这样做。他利用自己特殊的双重身份——金玉奴的义父与莫稽的上司，把一件杀人未遂的刑事公案巧妙地化解为一场道德公案，把断案从府衙大堂巧妙地移到了新婚洞房，把审案断案的主宰由县令、府尹换成了受害者金玉奴本人，把执法行刑的县吏、狱卒换成了家中的仆妇丫环。而他自己——真正的第一大法官只是一个幕后的策划者，台下的导演而已。他的整体方案是那样地缜密周详，使案犯一步步自投罗网；他的计谋策略是那样地机智巧妙，自始至终都是即以其人之道，还治其人之身——你莫稽轻视"卑贱"之辈，现在就让你受辱于仆妇环婢的"棒打"之下，而这一通棒打又是替被你抛害的妻子金玉奴行使的；你嫌弃糟糠之妻金玉奴出身低贱而欲害其葬身鱼腹，现在就让玉奴端坐"法官席"上揭露审判你的罪行……在这洞房里的道德法庭之上，刑具虽只是"篱竹细棒"，没有什么重刑利器，刑者虽只是婢妇人等，手无缚鸡之力，"法官"只是娇弱女子，更无威颜厉色，在局外人看来，这全部审判几近儿戏玩笑，但它对负心薄情的莫稽来说，却具有无穷的威慑力。这威慑力来自于嘲讽、戏谑、耍弄、揶揄，使他羞愧难当，无地自容，声名狼藉，人格扫地，最后才被逼上改过自新的道路。道德的谴责，心灵的惩罚，其惩恶扬善的谕世价值即在于此。更何况，这样做的结果，还保全了金玉奴的面子，挽救了一个家庭呢。许公靠着幽默与智慧，弘扬了善良与正义，惩处了邪恶罪行。淮西转运使许德厚这个人物是理想化了的，但却充满了机智与谐趣。作者主要通过语言行动描写来塑造这一形象。他的行动都略带诡谲神秘色彩，突出了他的足智多谋与策划之机巧。他的语言多是幽默谐谑，不失儒雅却又暗露锋芒。这些精彩的语言行动描写，突出显示了人物的性格，使许公这一人物不失为一个成功的艺术形象。

除了宣示主题和人物塑造上的成功之外，本作独特的题材开掘，还为我们揭示了南宋都市生活中鲜为人知的一幕——市民阶层中乞丐这一特殊群体的地位、境况和生活遭际。从乞丐群落内部的组织方式、经济关系及丐群与一般市民（如穷苦书生）的各种关系中，展示了当时的世态民情。所以这篇作品对今天的读者还具有一定的历史认识意义。

（吕智敏）

转运汉遇巧洞庭红
波斯胡指破鼍龙壳

明·凌濛初

词云：

　　日日深杯酒满，朝朝小圃花开。自歌自舞自开怀，且喜无拘无碍。青史几番春梦，红尘多少奇材？不须计较与安排，领取而今见在。

这首词乃宋朱希真所作[1]，词寄《西江月》[2]，单道着人生功名富贵，总有天数，不如图一个见前快活[3]。试看往古来今，一部十七史中[4]，多少英雄豪杰，该富的不得富，该贵的不得贵！能文的倚马千言，用不着时，几张纸盖不完酱瓿[5]；能武的穿杨百步[6]，用不着时，几竿箭煮不熟饭锅。极至那痴呆懵董，生来有福分的，随他文学低浅，也会发科发甲，随他武艺庸常，也会大请大受[7]。真所谓时也，运也，命也。俗语有两句道得好："命若穷，掘着黄金化做铜；命若富，拾着白纸变成布。"总来只听掌命司颠之倒之。所以吴彦高又有词云[8]："造化小儿无定据。翻来覆去，倒横直竖，眼见都如许。"僧晦庵亦有词云："谁不愿黄金屋？谁不愿千钟粟[9]？算五行不是这般题目[10]。枉使心机闲计较，儿孙自有儿孙福。"苏东坡亦有词云：

"蜗角虚名，蝇头微利[11]，算来着甚干忙！事皆前定，谁弱又谁强？"这几位名人，说来说去，都是一个意思，总不如古语云："万事分已定，浮生空自忙。"

说话的[12]，依你说来，不须能文善武，懒惰的也只消天掉下前程；不须经商立业，败坏的也只消天挣与家缘。却不把人间向上的心都冷了？看官有所不知[13]，假如人家出了懒惰的人，也就是命中该贱；出了败坏的人，也就是命中该穷。此是常理。却又自有转眼贫富，出人意外，把眼前事分毫算不得准的哩。

且听说一人，乃是宋朝汴京人氏，姓金，双名维厚。乃是经纪行中人[14]。少不得朝晨起早，晚夕眠迟，睡醒来千思想、万算计，拣有便宜的才做。后来家事挣得从容了[15]，他便思想一个久远方法：手头用来用去的，只是那散碎银子，若是上两块头好银，便存着不动，约得百两，便熔成一大锭，把一综红线，结成一绦，系在锭腰，放在枕边，夜来摩弄一番方才睡下。积了一生，整整熔成八锭，以后也就随来随去，再积不成百两，他也罢了。

金老生有四子。一日，是他七十寿旦，四子置酒上寿，金老见了四子跻跻跄跄，心中喜欢。便对四子说道："我靠皇天覆庇，虽则劳碌一生，家事尽可度日。况我平日留心，有熔成八大锭银子，永不动用的，在我枕边，见将绒线做对儿结着[16]。今将拣个好日子，分与尔等，每人一对，做个镇家之宝。"四子喜谢，尽欢而散。

是夜金老带些酒意，点灯上床。醉眼模糊，望去八个大锭，白晃晃排在枕边。摸了几摸，哈哈地笑了一声，睡下去了。睡未安稳，只听得床前有人行走脚步响，心疑有贼。又细听看，恰像欲前不前相让一般。床前灯火微明，揭帐一看，只见八个大汉，身穿白衣，腰系红带，曲躬而前，曰："某等兄弟，天数派定，宜在君家听令。今蒙我翁过爱，抬举成人，不烦役使，珍重多年；冥数将满。待翁归天后，再觅去向。今闻我翁目下将以我等分役诸郎君。我等与郎君辈原无前缘，故此先来告别，往某县某村王姓某者投托[17]。后缘未尽，还可一面。"语毕，回身便走。金老不知何事，吃了一惊。翻身下床，不及穿鞋，赤脚赶去。远远见八人出了房门，金老赶得性急，绊了房槛，扑的跌倒。飒然惊醒，乃是南柯一梦[18]。

急起挑灯明亮，点照枕边，已不见了八个大锭。细思梦中所言，句句是实。叹了一口气，哽咽了一会，道："不信我苦积一世，却没分与儿子每受用[19]，倒是别人家的！明明说有地方姓名，且慢慢跟寻下落则个[20]。"一夜不睡。

次早起来，与儿子每说知。儿子中也有惊骇的，也有疑惑的。惊骇的道："不该是我们手里东西，眼见得作怪。"疑惑的道："老人家欢喜中说话，失许了我们。回想转来，一时间就不割舍得分散了，造此鬼话，也不见得。"

金老看见儿子们疑信不等，急急要验个实话。遂访至某县某村，果有王姓某者。叩门进去，只见堂前灯烛荧煌，三牲福物[21]，正在那里献神。金老便开口问道："宅上有何事如此？"家人报知，请主人出来。

主人王老，见金老揖坐了，问其来因。金老道："老汉有一疑事，特造上宅来问消息。今见上宅正在此献神，必有所谓，敢乞明示。"王老道："老拙偶因寒荆小恙买卜[22]，先生道移床即好。昨寒荆病中，恍惚见八个白衣大汉，腰系红束，对寒荆道：'我等本在金家，今在彼缘尽，来投身宅上。'言毕，俱钻入床下。寒荆惊出了一身冷汗，身体爽快了。及至移床，灰尘中得银八大锭，多用红绒系腰，不知是那里来的。此皆神天福祐，故此买福物酬谢。今我丈来问[23]，莫非晓得些来历么？"金老跌跌脚道："此老汉一生所积。因前日也做了一梦，就不见了。也道出老丈姓名居址的确，故得访寻到此。可见天数已定，老汉也无怨处。但只求取出一看，也完了老汉心事。"王老道："容易。"笑嘻嘻地走进去，叫安童四人托出四个盘来[24]，每盘两锭，多是红绒系束，正是金家之物，金老看了，眼睁睁无计所奈，不觉扑簌簌吊下泪来。抚摩一番道："老汉直如此命薄，消受不得。"

王老虽然叫安童仍旧拿了进去，心里见金老如此，老大不忍。另取三两零银封了，送与金老作别。金老道："自家的东西尚无福，何须尊惠？"再三谦让，必不肯受。王老强纳在金老袖中。金老欲待摸出还了，一时摸个不着，面儿通红。又被王老央不过，只得作揖别了。直至家中，对儿子们一一把前事说了，大家叹息了一回。因言王老好处，临行送银三两。满袖摸遍，并不见有；只说路中掉了。却元来金老推逊时，王老往袖里乱塞，落在着外面一层袖中。袖有断线处，在王老家摸时，已自在脱线处落出在门槛边了。客去扫门，仍旧是王老拾得。可见一饮一啄，莫非前定。不该是他的东西，不要说八百两，就是三两也得不去。该是他的东西，不要说八百两，就是三两也推不出。原有的倒无了，原无的倒有了，并不由人计较。

而今说一个人，在实地上行，步步不着，极贫极苦的，却在渺渺茫茫、做梦不到的去处，得了一主没头没脑钱财，变成巨富。从来希有，亘古新闻。有诗为证。

诗曰：

> 分内功名匣里财，不关聪惠不关呆。
>
> 果然命是财官格，海外犹能送宝来。

话说国朝成化年间[25]，苏州府长洲县阊门外有一人[26]，姓文，名实，字若虚。生来心思慧巧，做着便能，学着便会。琴棋书画，吹弹歌舞，件件粗通，幼年间曾有人相他有巨万之富。他亦自恃才能，不十分去营求生产，坐吃山空，将祖上遗下千金家事，看看消下来。以后晓得家业有限，看见别人经商图利的，时常获利几倍，便也思量做些生意，却又百做百不着。

一日，见人说北京扇子好卖，他便合了一个伙计，置办扇子起来。上等金面精巧的，先将礼物求了名人诗画，免不得是沈石田[27]、文衡山[28]、祝枝山[29]，揭了几笔[30]，便直上两数银子[31]。中等的，自有一样乔人[32]，一只手学写了这几家字画，也就哄得人过，将假当真的买了；他自家也兀自做得来的[33]。下等的，无金无字画，将就卖几十钱，也有对合利钱[34]，是看得见的。拣个日子，装了箱儿，到了北京。岂知北京那年，自交夏来，日日淋雨不晴，并无一毫暑气，发市甚迟。交秋早凉，虽不见及时，幸喜天色却晴，有妆晃子弟[35]，要买把苏做的扇子，袖中笼着摇摆。来买时，开箱一看，只叫得苦。元来北京历涉却在七八月[36]，更加日前雨湿之气，斗着扇上胶墨之性，弄做了个"合而言之[37]"，揭不开了。用力揭开，东粘一层，西缺一片，但是有字有画值价钱者，一毫无用。止剩下等没字白扇，是不坏的，能值几何？将就卖了做盘费回家。本钱一空。

频年做事，大概如此。不但自己折本[38]，但是搭他做伴，连伙计也弄坏了。故此人起他一个混名，叫做倒运汉，不数年，把个家事干圆洁净了[39]，连妻子也不曾娶得。终日间靠着些东涂西抹，东挨西撞，也济不得甚事。但只是嘴头子诌得来，会说会笑，朋友家喜欢他有趣，游耍去处少他不得，也只好趁口[40]，不是做家的。况且他是大模大样过来的，帮闲行里又不十分入得队。有怜他的，要荐他坐馆教学，又有诚实人家嫌他是个杂板令[41]。高不凑，低不就，打从帮闲的、处馆的两项人见了他，也就做鬼脸，把"倒运"两字笑他，不在话下。

一日，有几个走海泛货的邻近，做头的无非是张大、李二、赵甲、钱乙一班人，共四十余人，合了伙将行。他晓得了，自家思忖道："一身落魄，生计皆无，便附了他们航海，看看海外风光，也不枉人生一世。况且他们定是不却我的，省得在家忧柴忧米，也是快活。"

正计较间，恰好张大踱将来。元来这个张大，名唤张乘运，专一做海外生意，眼里认得奇珍异宝，又且秉性爽慨，肯扶持好人，所以乡里起他一个混名，叫张识货。文若虚见了，便把此意一一与他说了。张大道："好，好。我们在海船里头不耐烦寂寞，若得兄去，在船中说说笑笑，有甚难过的日子？我们众兄弟料想多是喜欢的。只是一件：我们多有货物将去，兄并无所有，觉得空了一番往返，也可惜了。待我们大家计较，多少凑些出来助你，将就置些东西去也好。"文若虚便道："多谢厚情。只怕没人如兄肯周全小弟。"张大道："且说说看。"一竟自去了。

恰遇一个瞽目先生，敲着报君知走将来[42]。文若虚伸手顺袋里摸了一个钱，扯他一卦，问问财气看。先生道："此卦非凡，有百十分财气，不是小可。"文若虚自想道："我只要搭去海外耍耍，混过日子罢了，那里是我做得着的生意？要甚赍助[43]？就赍助得来，能有多少？便直恁地财爻动[44]！这先生也是混帐。"

只见张大气忿忿走来，说道："说着钱，便无缘，这些人好笑！说道你去，无不喜欢；说到助银，没一个则声。今我同两个好的弟兄，拼凑得一两银子在此，也办不成甚货，凭你买些果子，船里吃罢。口食之类[45]，是在我们身上。"若虚称谢不尽，接了银子。张大先行，道："快些收拾，就要开船了。"若虚道："我没甚收拾，随后就来。"

手中拿了银子，看了又笑，笑了又看，道："置得甚货么？"信步走去，只见满街上篓篮内盛着卖的：

> 红如喷火，巨若悬星。皮未皱[46]，尚有余酸；霜未降，不可多得。元殊苏井诸家树[47]，亦非李氏千头奴[48]。较广似曰难兄[49]，比福亦云具体[50]。

乃是太湖中有一洞庭山，地暖土肥，与闽广无异，所以广橘、福橘播名天下，洞庭有一样橘树，绝与他相似，颜色正同，香气亦同，止是初出时味略少酸，后来熟了，却也甜美，比福橘之价，十分之一，名曰洞庭红。若虚看见了，便思想道："我一两银子，买得百斤有余，在船可以解渴，又可分送一二，答众人助我之意。"买成，装上竹篓，雇一闲的[51]，并行李挑了下船。众人都拍手笑道："文先生宝货来也。"文若虚羞渐无地，只得吞声上船，再也不敢提起买橘的事。

开得船来，渐渐出了海口，只见：

> 银涛卷雪，雪浪翻银。湍转则日月似惊，浪动则星河如覆。

三五日间，随风漂去，也不觉过了多少路程。忽至一个地方，舟中望去，人烟凑聚，城郭巍峨，晓得是到了甚么国都了。舟人把船撑入藏风避浪的小港内，钉了桩橛，下了铁锚，缆好了。船中人多上岸，打一看，元来是来过的所在，名曰吉零国。元来这边中国货物，拿到那边，一倍就有三倍价。换了那边货物，带到中国，也是如此。一往一回，却不便有八九倍利息？所以人都拼死走这条路。众人多是做过交易的，各有熟识经纪[52]、歇家、通事人等，各自上岸找寻，发货去了，只留文若虚在船中看船。——路径不熟，也无走处。

正闷坐间，猛可想起道[53]："我那一篓红橘，自从到船中不曾开看，莫不人气蒸烂了？趁着众人不在，看看则个。"叫那水手在舱板底下翻将起来，打开了篓看时，面上多是好好的。放心不下，索性搬将出来，都摆在舱板上面[54]。也是合该发迹，时来福凑，摆得满船红焰焰的，远远望来，就是万点火光，一天星斗。岸上走的人都拢将来，问道："是甚么好东西呀？"文若虚只不答应。看见中间有个把一点头的[55]，拣了出来，掐破就吃。岸上看的一发多了，惊笑道："元来是吃得的！"就中有个好事的，便来问价："多少一个？"文若虚不省得他们说话，船上人却晓得，就扯个谎哄他，竖起一个指头，说："要一钱一颗"。那问的人揭开长衣，露出那兜罗绵红裹肚来，一手摸出银钱一个来道："买一个尝尝。"文若虚接了银钱，手中等等看，约有两把重。心下想道："不知这些银子要买多少，也不见秤秤，且先把一个与他看样。"拣个大些的，红得可爱的，递一个上去，只见那个人接上手，擤了一擤道："好东西呀！"扑地就劈开来，香气扑鼻。连旁边闻（问）着的许多人，大家喝一声采。那买的不知好歹，看见船上吃法，也学他去了皮，却不分囊，一块塞在口里，甘水满咽喉，连核都不吐，吞下去了。哈哈大笑道："妙哉！妙哉！"又伸手到裹肚里，摸出十个银钱来，说："我要买十个进奉去。"文若虚喜出望外，拣十个与他去了。

那看的人见那人如此买去了，也有买一个的，也有买两个三个的，都是一般银钱。买了的都千欢万喜去了。元来彼国以银为钱，上有文采，有等龙凤文的最贵重，其次人物，又次禽兽，又次树木，最下通用的是水草，却都是银铸的，分两不异。适才买橘的都是一样水草纹的，他道是把下等钱了好东西去了，所以欢喜，也只是要小便宜肚肠，与中国人一样。须臾之间[56]，三停里卖了二停[57]。有的不带钱在身边的，老大懊悔，急忙取了钱转来，文若虚已此剩不多了[58]，拿一个班道[59]："而今要留着自家用，不卖了。"其人情愿再增一个钱，四个钱买了二颗，口中哓哓说："悔气！来得迟了。"旁边人见他增了价，就埋怨道："我每还要买个，如何把价钱增长了他的？"买的人道："你不听得他方才说兀自不卖了？"

正在议论间，只见首先买十颗的那一个人，骑了一匹青骢马，飞也似奔到船边，下了马，分开人丛，对船上大喝道："不要零卖！不要零卖！是有的俺多要买。俺家头目要买去进克汗哩[60]！"。看的人听见这话，便远远走开，站住了看。文若虚是个伶俐的人，看见来势，已此瞧科在眼里[61]，晓得是个好主顾了，连忙把篓里尽数倾出来，止剩五十余颗，数了一数，又拿起班来，说道："适间讲过，要留着自用，不得卖了。今肯加些价钱，再让几颗去罢。适间已卖出两个钱一颗了。"其人在马背上拖下一大囊，摸出钱来，另是一样树木纹的，说道："如此钱一个罢了。"文若虚道："不情愿，只照前样罢了。"那人笑了一笑，又把手去摸出一个龙凤纹的来道："这样的一个如何？"文若虚又道："不情愿，只要前样的。"那人又笑道："此钱一个抵百个，料也没得与你，只是与你耍。你不要俺这一个，却要那等的，是个傻子。你那东西肯都与俺了，俺再加你一个那等的也不打紧。"文若虚数了一数，有五十二颗，准准的要了他一百五十六个水草银钱。那人连竹篓都要了，又丢了一个钱，把篓拴在马上，笑吟吟地一鞭去了。看的人见没得卖了，一哄而散。

文若虚见人散了，到舱里把一个钱秤一秤，有八钱七分多重。秤过数个，都是一般。总数一数，共有一千个差不多。把两个赏了船家，其余收拾在包里了。笑一声道："那盲子好灵卦也。"欢喜不尽，只等同船人来对他说笑则个。

说话的，你说错了！那国里银子这样不值钱，如此做买卖，那久惯漂洋的带去多是绫罗段匹，何不多卖了些银钱回来？一发百倍了！看官有所不知，那国里见了绫罗等物，都是以货交兑，我这里人也只是要他货物，才有利钱，若是卖他银钱时，都把龙凤、人物的来交易，作了好价钱，分两也只得如此，反不便宜。如今是买吃口东西，他只认做把低钱交易，我却只管分两，所以得利了。说话的，你又说错了。依你说来，那航海的何不只买吃口东西，只换他低钱，岂不有利？用着重本钱置他货物怎地？看官，又不是这话。也是此人偶然有此横财[62]，带去着了手，若是有心第二遭再带去，三五日不遇巧，等得希烂。那文若虚运未通时卖扇子就是榜样。扇子还是放得起的，尚且如此，何况果品？是这样执一论不得的。

　　闲话休题。且说众人领了经纪主人到船发货，文若虚把上头事说了一遍[63]，众人都惊喜道："造化[64]！造化！我们同来。倒是你没本钱的先得了手也。"张大便拍手道："人都道他倒运，而今想是运转了。"便对文若虚道："你这些银钱，此间置货，作价不多。除是转发在伙伴中，回他几百两中国货物[65]，上去打换些土产珍奇，带转去有大利钱，也强如虚藏此银钱在身边，无个用处。"文若虚道："我是倒运的，将本求财，从无一遭不连本送的。今承诸公挈带，做此无本钱生意，偶然侥幸一番，真是天大造化了，如何还要生利钱，妄想甚么？万一如前再做折了，难道再有洞庭红这样好卖不成？"众人多道："我们用得着的是银子，有的是货物，彼此通融，大家有利，有何不可？"文若虚道："一年吃蛇咬，三年怕草索。说着货物，我就没胆气了。只是守了这些银钱回去罢！"众人齐拍手道："放着几倍利钱不取，可惜可惜。"

　　随同众人一齐上去，到了店家，交货明白，彼此兑换。约有半月光景，文若虚眼中看过了若干好东好西[66]，他已自志得意满，不放在心上。众人事体完了，一齐上船。烧了神福，吃了酒，开洋。

行了数日，忽然间天变起来，但见：

> 乌云蔽日，黑浪掀天，蛇龙戏舞起长空，鱼鳖惊惶潜水底。艨艟泛泛[67]，只如栖不定的数点寒鸦；岛屿浮浮，便似没不煞的几双水鹈[68]。舟中是方扬的米籭，舷外是正熟的饭锅。总因风伯太无情，以致篙师多失色。

那船上人见风起了，扯起半帆，不问东西南北，随风势漂去。隐隐望见一岛，便带住篷脚，只看着岛边使来。看看渐近，恰是一个无人的空岛。但见：

> 树木参天，草莱遍地。荒凉径界，无非些兔迹狐踪；坦迤土壤，料不是龙潭虎窟。混茫内未识应归何国辖，开辟来不知曾否有人登。

船上人把船后抛了铁锚[69]，将桩橛泥犁上岸去钉停当了，对舱里道："且安心坐一坐，候风势则个。"

那文若虚身边有了银子，恨不得插翅飞到家里，巴不得行路，却如此守风呆坐，心里焦燥。对众人道："我且上岸去岛上望望则个。"众人道："一个荒岛，有何好看？"文若虚道："总是闲着，何碍？"众人都被风颠得头晕，个个是呵欠连天的，不肯同去。文若虚便自一个抖擞精神，跳上岸来。只因此一去，有分交：十年败壳精灵显，一介穷神富贵来。若是说话的同年生，并时长，有个未卜先知的法儿，便双脚走不动，也挂个拐儿随他同去一番，也不枉的。

却说文若虚见众人不去，偏要发个狠，扳藤附葛，直走到岛上绝顶。那岛也苦不甚高，不费甚大力，只是荒草蔓延，无好路径。到得上边打一看时，四望漫漫，身如一叶，不觉凄然吊下泪来。心里道："想我如此聪明，一生命蹇，家业消亡，剩得只身，直到海外。虽然侥幸，有得千来个银钱在囊中，知他命里是我的不是我的？——今在绝岛中间，未到实地，性命也还是与海龙王合着的哩！”

正在感怆，只见望去远远草丛中一物突高。移步往前一看，却是床大一个败龟壳。大惊道：“不信天下有如此大龟！世上人那里曾看见？说也不信的。我自到海外一番，不曾置得一件海外物事[70]，今我带了此物去，也是一件希罕的东西，与人看看，省得空口说着，道是苏州人会调谎。又且一件：锯将开来，一盖一板，各置四足，便是两张床，却不奇怪？”遂脱下两只裹脚[71]，接了[72]，穿在龟壳中间，打个扣儿，拖了便走。

走至船边，船里人见他这等模样，都笑道：“文先生那里又跐了纤来[73]？”文若虚道：“好教列位得知，这就是我海外的货了。”众人抬头一看，却便似一张无柱有底的硬脚床，吃惊道：“好大龟壳！你拖来何干？”文若虚道：“也是罕见的，带了他去。”众人笑道：“好货不置一件，要此何用？”有的道：“也有用处。有甚么天大的疑心事，灼他一卦；只没有这样大龟药。”又有的道是：“医家要煎龟膏，拿去打碎了煎起来，也当得几百个小龟壳。”文若虚道：“不要管有用没用，只是希罕，又不费本钱，便带了回去。”当时叫个船上水手，一抬抬下舱来。初时山下空阔，还只如此，舱中看来，一发大了，若不是海船，也着不得这样狼犺东西[74]。众人大家笑了一回，说道：“到家时有人问，只说文先生做了偌大的乌龟买卖来了。”文若虚道：“不要笑，我好歹有一个用处，决不是弃物。”随他众人取笑，文若虚只是得意。取些水来内外洗一洗净，抹干了，却把自己钱包行李都塞在龟壳里面，两头把绳一绊，却当了一个大皮箱子。自笑道：“兀的不眼前就有用起了[75]？”众人都笑将起来，道：“好算计[76]，好算计！文先生到底是个聪明人。”

当夜无词，次日风息了，开船一走。不数日又到了一个去处，却是福建地方了。才住定了船，就有一伙惯伺候接海客的小经纪牙人攒将拢来[77]，你说张家好，我说李家好，拉的拉，扯的扯，嚷个不住。海船上众人拣一个一向熟识的跟了去，其余的也就住了。

众人到了一个波斯胡大店中坐定[78]。里面主人见说海客到了，连忙先发银子，唤厨户包办酒席几十桌。分付停当，然后踱将出来。这主人是个波斯国里人，姓个古怪姓，是玛瑙的玛字，叫名玛宝哈，专一与海客兑换珍宝货物，不知有多少万数本钱。众人走海过的，都是熟主熟客，只有文若虚不曾认得。抬眼看时，元来波斯胡住得在中华久了，衣帽言动都与中华不大分别，只是剃眉剪须，深目高鼻，有些古怪。出来见了众人，行宾主礼，坐定了。两杯茶罢，站起身来，请到一个大厅上，只见酒筵多完备了，且是摆得济楚。元来旧规：海船一到，主人家先折过这一番款待，然后发货讲价的。

主人家手执着一付法浪菊花盘盏[79]，拱一拱手道："请列位货单一看，好定坐席。"看官，你道这是何意？元来波斯胡以利为重，只看货单上有奇珍异宝值得上万者，就送在先席，余者看货轻重，挨次坐去，不论年纪，不论尊卑，一向做下的规矩。船上众人，货物贵的贱的，多的少的，你知我知，各自心照，差不多领了酒杯，各自坐了。单单剩得文若虚一个，呆呆站在那里。主人道："这位老客长不曾会面，想是新出海外的，置货不多了。"众人大家说道："这是我们好朋友，到海外耍去的，身边有银子，却不曾肯置货。今日没奈何，只得屈他在末席坐了。"文若虚满面羞惭，坐了末位。主人坐在横头。

饮酒中间，这一个说道我有猫儿眼多少[80]，那一个说道我有祖母绿多少[81]，你夸我逞。文若虚一发嘿嘿无言，自心里也微微有些懊悔道："我前日该听他们劝，置些货来的是，今枉有几百银子在囊中，说不得一句说话。"又自叹了口气道："我原是一些本钱没有的，今已大幸，不可不知足。"自思自忖，无心发兴吃酒。众人却猜拳行令，吃得狼藉。主人是个积年，看出文若虚不快活的意思来，不好说破，虚劝了他几杯酒。众人都起身道："酒勾了[82]，天晚了，趁早上船去，明日发货罢。"别了主人去了。

主人撤了酒席，收拾睡了。明日起个清早，先走到海岸船边，来拜这伙客人。主人登舟，一眼瞅去，那舱里狼狼犺犺这件东西早先看见了，吃了一惊道："这是那一位客人的宝货？昨日席上并不曾见说起。莫不是不要卖的？"众人都笑指道："此敝友文兄的宝货。"中有一人衬道："又是滞货。"主人看了文若虚一看，满面挣得通红，带了怒色，埋怨众人道："我与诸公相处多年，如何恁地作弄我？教我得罪于新客，把一个末坐屈了他，是何道理？"一把扯住文若虚，对众客道："且慢发货，容我上岸谢过罪着。"众人不知其故，有几个与文若虚相知些的，又有几个喜事的，觉得有些古怪，共十余人赶了上来，重到店中，看是如何。

只见主人拉了文若虚，把交椅整一整，不管众人好歹，纳他头一位坐下了，道："适间得罪得罪，且请坐一坐。"文若虚也心中镤铎[83]，忖道："不信此物是宝贝，这等造化不成？"主人走了进去，须臾出来，又拱众人到先前吃酒去处，又早摆下几桌酒，为首一桌比先更齐整。把盏向文若虚一揖，就对众人道："此公正该坐头一席。你每枉自一船的货，也还赶他不来。先前失敬失敬。"众人看见，又好笑，又好怪，半信不信的，一带儿坐了。

酒过三杯，主人就开口道："敢问客长，适间此宝可肯卖否？"文若虚是个乖人，趁口答应道："只要有好价钱，为甚不卖?"那主人听得肯卖，不觉喜从天降，笑逐颜开，起身道："果然肯卖，但凭分付价钱，不敢吝惜。"文若虚其实不知道多少，讨少了怕不在行，讨多了怕吃笑，忖了一忖，面红耳热，颠倒讨不出价钱来。

张大便与文若虚丢个眼色，将手放在椅子背后，竖着三个指头，再把第二个指空中一撇，道："索性讨他这些。"文若虚磊头，竖一指道："这些我还讨不出口在这里。"却被主人看见道："果是多少价钱?"张大捣一个鬼道："依文先生手势，敢象要一万哩。"主人呵呵大笑道："这是不要卖，哄我而已，此等宝物岂止此价钱?"众人见说，大家目睁口呆，都立起了身来，扯文若虚去商议道："造化，造化。想是值得多哩! 我们实实不知如何定价，文先生不如开个大口，凭他还罢。"文若虚终是碍口识羞，待说又止。众人道："不要不老气[84]。"主人又催道："实说说何妨?"文若虚只得讨了五万两。主人还摇头道："罪过罪过，没有此话。"

扯着张大，私问他道："老客长们海外往来，不是一番了，人都叫你是张识货，岂有不知此物就里的? 必是无心卖他，奚落小肆罢了[85]。"张大道："实不瞒你说，这个是我的好朋友，同了海外顽耍的，故此不曾置货。适间此物，乃是避风海岛，偶然得来，不是出价置办的，故此不识得价钱。若果有这五万与他，勾他富贵一生，他也心满意足了。"主人道："如此说，要你做个大大保人，当有重谢，万万不可翻悔。"遂叫店小二拿出文房四宝来[86]，主人家将一张供单绵料纸折了一折，拿笔递与张大道："有烦老客长做主，写个合同文书，好成交易。"张大指着同来一人道："此位客人褚中颖写得好。"把纸笔让与他。

褚客磨得墨浓，展好纸，提起笔来写道：

立合同议单张乘运等。今有苏州客人文实，海外带来

> 大龟壳一个，投至波斯玛宝哈店；愿出银五万两买成。议
> 定立契之后，一家交货，一家交银，各无翻悔。有翻悔者
> 罚契上加一，合同为照。

一样两纸。后边写了年月日，下写张乘运为头，一连把在坐客
人十来个写去。褚中颖因自己执笔，写了落末。年月前边空行
中间，将两纸凑着，写了骑缝一行，两边各半，乃是"合同议
约"，四字。下写"客人文实，主人玛宝哈"，各押了花押。单
上有名，从后头写起，写到张乘运，道："我们押字钱重些，这
买卖才弄得成。"主人笑道："不敢轻，不敢轻。"

写毕，主人进内，先将银一箱抬出来道："我先交明白了甩
钱[87]，还有说话。"众人攒将拢来。主人开箱，却是五十两一
包，共总二十包，整整一千两，双手交与张乘运道："凭老客长
收明，分与众位罢。"众人初然吃酒、写合同，大家撺哄鸟乱，
心下还有些不信的意思，如今见他拿出精晃晃白银来做用钱，
方知是实。文若虚恰象梦里醉里，话都说不出来，呆呆地看。
张大扯他一把道："这用钱如何分散，也要文兄主张。"文若虚
方说一句道："且完了正事慢处。"

只见主人笑嘻嘻的，对文若虚说道："有一事要与客长商
议。价银现在里面阁儿上，都是向来兑过的，一毫不少，只消
请客长一两位进去，将一包过一过目，兑一兑为准，其余多不
消兑得。却又一说：此银数不少，搬动也不是一时功夫，况且
文客官是个单身，如何好将下船去？又要泛海回还，有许多不
便处。"文若虚想了一想道："见教得极是，而今却待怎么？"主
人道："依着愚见，文客官目下回去未得。小弟此间有一个段匹
铺，有本三千两在内，其前后大小厅屋楼房共百余间，也是个
大所在，价值二千两，离此半里之地。愚见就把本店货物及房
屋文契作了五千两，尽行交与文客官，就留文客官在此住下了，

做此生意。其银也做几遭搬了过去，不知不觉。日后文客官要回去，这里可以托心腹伙计看守，便可轻身往来。不然，小店交出不难，文客官收贮却难也。愚意如此。"说了一遍，说得文若虚与张大跌足道："果然是客纲客纪[88]，句句有理。"文若虚道："我家里元无家小，况且家业已尽了，就带了许多银子回去，没处安顿。依了此说，我就在这里立起个家缘来，有何不可？此番造化，一缘一会，都是上天作成的，只索随缘做去。便是货物房产价钱未必有五千，总是落得的[89]。"便对主人说："适间所言，诚是万全之算，小弟无不从命。"

主人便领文若虚进去阁上看，又叫张、褚二人："一同来看看。其余位列不必了，请略坐一坐。"他四人去了。众人不进去的，个个伸头缩颈，你三我四说道："有此异事！有此造化！早知这样，懊悔岛边泊船时节也不去走走，或者还有宝贝也不见得。"有的道："这是天大的福气，撞将来的，如何强得？"正欣羡间，文若虚已同张、褚二客出来了。众人都问："进去如何了？"张大道："里边高阁是个土库，放银两的所在，都是桶子盛着。适间进去看了十个大桶，每桶四千，又五个小匣，每个一千，共是四万五千。已将文兄的封皮记号封好了，只等交了货，就是文兄的了。"主人出来道："房屋文书、段匹帐目俱已在此，凑足五万之数了。且到船上取货去。"一拥都到海船来。

文若虚于路对众人说："船上人多，切勿明言，小弟自有厚报。"众人也只怕船上人知道，要分了用钱去，各各心照。文若虚到了船上，先向龟壳中把自己包裹被囊取出了。手摸一摸壳，口里暗道："侥幸！侥幸！"主人便叫店内后生二人来抬此壳[90]，分付道："好生抬进去，不要放在外边。"船上人见抬了此壳去，便道："这个滞货也脱手了，不知卖了多少？"文若虚只不做声，一手提了包裹，往岸上就走。这起初同上来的几个，又赶到岸上，将龟壳从头至尾细细看了一遍，又向壳内张了一张，挣了一挣[91]，面面相觑道："好处在那里？"

主人仍拉了这十来个一同上去。到店里，说道："而今且同文客官看了房屋铺面来。"众人与主人一同走到一处，正是闹市中间，一所好大房子。门前正中是个铺子。傍有一弄，走进转个湾，是两扇大石板门，门内大天井[92]，上面一所大厅，厅上有一匾，题曰"来琛堂"。堂旁有两楹侧屋，屋内三面有橱，橱内都是绫罗各色段匹。以后内房楼房甚多。文若虚暗道："得此为住居，王侯之家不过如此矣。况又有段铺营生，利息无尽，便做了这里客人罢了，还思想家里做甚？"就对主人道："好却好，只是小弟是个孤身，毕竟还要寻几房使唤的人才住得。"主人道："这个不难，都在小店身上。"

文若虚满心欢喜，同众人走归本店来。主人讨茶来吃了，说道："文客官今晚不消船里去，就在铺中下了。使唤的人，铺中现有，逐渐再讨便是。"众客人多道："交易事已成，不必说了。只是我们毕竟有些疑心：此壳有何好处，值价如此？还要主人见教一个明白。"文若虚道："正是，正是。"主人笑道："诸公枉了海上走了多遭，这些也不识得！列位岂不闻说龙有九子乎？内有一种是鼍龙[93]，其皮可以幪鼓，声闻百里，所以谓之鼍鼓。鼍龙万岁，到底蜕下此壳成龙。此壳有二十四肋，按天上二十四气，每肋中间节内有大珠一颗。若是肋未完全时节，成不得龙，蜕不得壳。也有生捉得他来，只好将皮幪鼓，其肋中也未有东西。直待二十四肋肋肋完全，节节珠满，然后蜕了此壳变龙而去。故此是天然蜕下，气候俱到，肋节俱完的，与生擒活捉、寿数未满的不同，所以有如此之大。这个东西，我们肚中虽晓得，知他几时蜕下，又在何处地方守得他着？壳不值钱，其珠皆有夜光，乃无价宝也。今天幸遇巧，得之无心耳。"

众人听罢，似信不信。只见主人走将进去了一会，笑嘻嘻的走出来，袖中取出一西洋布的包来，说道："请诸公看看。"解开来，只见一团绵裹着寸许大一颗夜明珠，光彩夺目，讨个黑漆的盘，放在暗处，其珠滚一个不定，闪闪烁烁，约有尽余亮处。众人看了，惊得目瞪口呆，伸了舌头收不进来。主人回身转来，对众逐个致谢道："多蒙列位作成[94]了。只这一颗，拿到咱国中，就值方才的价钱了；其余多是尊惠。"众人个个心惊，却是说过的话又不好翻悔得。

主人见众人有些变色，收了珠子，急急走到里边，又叫抬出一个段箱来。除了文若虚，每人送与段子二端[95]，说道："烦劳了列位，做两件道袍穿穿，也见小肆中薄意。"袖中又摸出细珠十数串，每送一串，道："轻鲜，轻鲜[96]，备归途一茶罢了。"文若虚处另是粗些的珠子四串，段子八匹，道是："权且做几件衣服。"文若虚同众人欢喜作谢了。

主人就同众人送了文若虚到段铺中，叫铺里伙计后生们都来相见，说道："今番是此位主人了。"主人自别了去，道："再到小店中去去来。"只见须臾间数十个脚夫扛了好些扛来，把先前文若虚封记的十桶五匣都发来了，文若虚搬在一个深密谨慎的卧房里头去处。出来对众人道："多承列位挈带，有此一套意外富贵，感谢不尽。"走进去把自家包裹内所卖洞庭红的银钱倒将出来，每人送他十个，止有张大与先前出银助他的两三个分外又是十个，道："聊表谢意。"此时文若虚把这些银钱看得不在眼里了，众人却是快活，称谢不尽。文若虚又拿出几十个来，对张大说道："有烦老兄将此分与船上同行的人，每位一个，聊当一茶。小弟住在此间，有了头绪，慢慢到本乡来。此时不得同行，就此为别了。"张大道："还有一千两用钱，未曾分得，却是如何？须得文兄分开，方没得说。"文若虚道："这倒忘了。"就与众人商议，将一百两散与船上众人，余九百两照现在人数，另外添出两股，派了股数，各得一股，张大为头的，褚中颖执笔的，多分一股。众人千欢万喜，没有说话。

内中一人道："只是便宜了这回回，文先生还该起个风，要他些不敷才是[97]。"文若虚道："不要不知足。看我一个倒运汉，做着便折本的，造化到来，平空地有此一主财爻，可见人生分定，不必强求。我们若非这主人识货，也只当得废物罢了，还亏他指点晓得，如何还好昧心争论？"众人都道："文先生说得是。存心忠厚，所以该有此富贵。"大家千恩万谢，各各赍了所得东西，自到船上发货。

从此，文若虚做了闽中一个富商，就在那边取了妻小，立起家业。数年之间，才到苏州走一遭，会会旧相识，依旧去了。至今子孙繁衍，家道殷富不绝。正是：

> 运退黄金失色，时来顽铁生辉。
>
> 莫与痴人说梦，思量海外寻鬼。

（选自《拍案惊奇》）

[注释]

[1] 朱希真（1081—1159）——名敦儒，号岩壑，河南洛阳人。南宋词人。早年清高，以布衣负盛名。南渡后应召出仕，历任秘书省正字兼兵部郎官、两浙东路提点刑狱等职。后寓居嘉禾城南放鹤洲别墅，其词风旷逸俊迈，多为隐居生活的闲适情趣，又多达观狂放之语。著有《猎校集》，《岩壑老人诗文》一卷。词集名《樵歌》，约二百五十余首。

[2] 西江月——唐教坊曲名，后用作词牌。李白《苏台览古》诗有"只今唯有西江月，曾照吴王宫里人"之句，因之得名。又称《江月令》《步虚词》。清末敦煌发现的琵琶谱，犹存此调，但虚谱无词。双调五十字。唐五代词本为平仄韵异部间协，宋以后变为上下阕各用两平韵，末转仄韵，例须同部。

〔3〕见前——同"眼前"。

〔4〕十七史——指《史记》《汉书》《后汉书》《三国志》《晋书》《宋书》《南齐书》《梁书》《陈书》《魏书》《北齐书》《周书》《隋书》《南史》《北史》《新唐书》《新五代史》等十七部史书。

〔5〕瓿（bù 布）——小瓮。古代器皿，青铜或陶制，圆口、深腹、圆足。"酱瓿"，语出《汉书·杨雄传》："吾恐后人用复酱瓿也。"

〔6〕穿杨百步——又作百步穿杨，形容射箭技术高强，能在百步之外射中杨树叶子。《战国策·西周策》："楚有养由基者，善射，去柳叶者百步而射之，百发百中。"

〔7〕大请大受——领取高薪。据《宋史·职官志》十二，"请受"指职官所领的衣粮料钱，亦即薪俸。大，指多。

〔8〕吴彦高——名激，字彦高，金代词人。建州（今福建建瓯一带）人，初仕于宋，后出使金邦，以知名被留，命为翰林待制。激为北宋著名书画家米芾之婿，善书画，俊逸得芾笔意。工诗能文，所作多故国之思。有《东山集》行世。

〔9〕僧晦庵——南宋时的一个和尚。这里引用的是其《满江红》词下片中的前几句。个别用字上与原词有出入。全词是："胶扰劳生，待足后，何时是足？据见定随家丰俭，便堪龟缩。得意浓时休进步，须知世事多翻覆。漫教人，白了少年头，徒碌碌。谁不爱，黄金屋？谁不美，千钟禄？奈五行不是这般题目。枉费心神空计较，儿孙自有儿孙福。也不须，采药访神仙，惟寡欲。"（见《鹤林玉露》）黄金屋——即"金屋"，指华丽的房子。《汉武帝故事》载，武帝为太子时，长公主想把姜儿嫁给他，问曰："得阿娇好否？"他回答说："若得阿娇，当以金屋贮之。"千钟粟——"钟"，古量名，容六斛四斗。千钟粟，指高薪俸。

〔10〕算五行——指算命。五行，指金、木、水、火、土五种物质。我国古代思想家企图用这五种物质来说明世界万物的起源。算命先生用五行相生相克的道理来推算人的命运，预测吉凶祸福，实为迷信行为。

〔11〕蜗角虚名，蝇头微利——蜗牛之角，苍蝇之头，极喻其虚名之渺小，利益之微薄。"蜗角"一词，语出《庄子·则阳》："有国于蜗之左角者，曰'触氏'；有国于蜗之右角者，曰'蛮氏'，时相与争地而战。"

［12］说话的——这是作者模拟"说话人"（说书艺人）口吻的自称，话本和拟话本中多用此语。

［13］看官——话本和拟话本中通常用此称"读者"。

［14］经纪行中人——经纪行，是专门从事商务手续办理的行业，为商贸的成交服务，从中提取佣金。"经纪行中人"就是指做买卖这个行业中的人员。

［15］从容——指经济富裕，不紧迫的意思。

［16］见——通"现"。

［17］投托——投靠，依附。这里是另找主人的意思。

［18］南柯一梦——唐·李公佐《南柯太守传》载：淳于棼酒后醉卧，梦中做了大槐安国的驸马，到南柯郡任太守二十年，一生享尽了荣华富贵。醒后发现大槐安国就是自己住宅南面槐树下的大蚁穴，南柯郡就是槐树的南枝处。后来人们就用"南柯梦"泛指一切幻梦，或比喻一场空欢喜。

［19］儿子每——即"儿子们"。据《通俗编》三十三"们"字条载："北宋时先借'懣'字用之，南宋则借为'们'，而元时则又借为'每'。"现在人称复数通行"们"字，"每"字已不再通行。

［20］则个——语助词，相当于现代汉语中的"吧""呀"或"哩"。

［21］三牲福物——"三牲"，原指牛、羊、豕，俗指鸡、鱼、肉。"福物"，指祭祀神灵时使用的牲物。本文即指祭神用的鸡、鱼、肉。

［22］寒荆小恙——妻子得了点小病。"寒荆"，旧时对人谈话谦称自己的妻子为寒荆。"恙"，病。

［23］丈——即老丈，古时对老年人（男性）或前辈的尊称。

［24］安童——童仆。旧时小说、戏曲中称书童或小厮（男性仆人）为安童。

［25］国朝成化年间——指明宪宗朱见深统治时期（1465—1487），"成化"是其年号。说书人把本朝称为"国朝"。

［26］长洲县——即苏州市。明时与吴县同为苏州府管辖。

［27］沈石田（1427—1509）——沈周，明代画家。字启南，号石田，晚号白石翁，长州（今江苏苏州）相城人。善画山水，笔墨坚实豪放、沉着浑厚。书学黄庭坚，诗学白居易、苏轼。名重于明代中叶画坛，后人把他和文征明、唐寅、仇英合称"明四家"。

［28］文衡山（1470—1559）——明书画家。初名璧（亦作壁），字征明，号衡山居士，长州（江苏苏州）人。曾学画于沈周。与祝允明、唐寅、徐祯卿相切磋，人称"吴中四才子"。五十四岁以贡生荐入京师，任翰林院待诏，三年辞归。书仿黄庭坚，尤工小楷。擅长山水画，多写江南湖山庭园，构图平稳，笔墨苍润秀雅。著有《甫田集》。

　［29］祝枝山（1460—1526）——名允明，字希哲，长洲（江苏苏州）人，明代文学家、书画家。因其生而枝指，故自号枝山，又号枝指生。工书法，能诗画，名动海内。曾任广东兴宁知县、应天府通判。其人文思敏捷，诗文清奇，又恃才傲物，有风流才子之誉。著有《怀星堂集》。

　［30］搨了几笔——搨（tà），通"拓"。吴地方言，指随随便便地写上几笔，画上几笔。

　［31］直——通"值"。　两数——一两多。

　［32］乔人——乔，装假。这里指善于装假的狡诈奸滑的人。

　［33］兀自——尚且，还。

　［34］对合利钱——可赚一倍的钱。

　［35］妆晃子弟——喜欢装门面的子弟。晃，亦作"幌"。"妆晃"即特意地装饰、打扮。北方人讥讽专事外表装饰的人或事叫"妆幌子"。

　［36］历渗——类似江南梅雨季节中的发霉状态。渗（lì历），灾气，恶气。

　［37］合而言之——粘连在一起的意思。这是旧时文人套用书句的俏皮话。

　［38］折本——赔了本钱。折（shé），亏损。

　［39］干圆洁净——吴地俗语，指钱财已花费完了，干干净净分毫不剩。

　［40］趁口——这里用作逗笑、逗趣儿的意思。

　［41］杂板令——指什么都会一点，又什么都不精通的人。俗称"混混儿""杂扮脚"。

　［42］报君知——算命盲人所敲击的一种金属薄片，敲击叮当作响，以引起人们的注意。

　［43］赍助——资助。赍（jī），把东西送给人，赠送。

　［44］恁地——这样的。　财爻——预示发财的卦象。"爻"，指卜卦的"爻象"。

〔45〕口食——指饮食。

〔46〕皲（jūn）——原指手、足的皮肤因寒冷干燥而裂开。这里借用描述橘子皮并未皲裂，意指新采摘下来时间不久。

〔47〕苏井诸家树——有神仙故事云：汉朝苏耽种橘、凿井，替人治病，用井水服一片橘叶，病就可以治好。后人将所凿水井称为"苏井"。

〔48〕李氏千头奴——据宋高承《事物纪原》卷十载：后汉时，吴丹阳太守李衡种橘千树，号千头木奴。

〔49〕广——广橘的略称。

〔50〕福——福橘的略称。

〔51〕闲的——闲汉，没有什么职业的人。

〔52〕经纪——经纪人，协助办理产商务事宜的中间人。参见注〔14〕。

〔53〕猛可——猛然间，突然的。

〔54〕艎板——船板。"艎"（huáng 皇），古代大船。

〔55〕有个把一点头的——个把，即一两个。一点头，橘子要坏的时候，在表皮上就会出现白色斑点。这里指的是上面有了点子的一两个橘子。

〔56〕须臾——片刻，一会儿。

〔57〕三停——三份。

〔58〕已此——同"已是"。

〔59〕拿一个班——拿班，即拿架子；装腔作势，用以抬高身价的意思。

〔60〕克汉——即可汗。我国古代北方少数民族鲜卑、突厥、回纥、蒙古等对君主的称呼。

〔61〕瞧科——看着，瞧出来。"科"古典戏曲剧本里指示角色表演动作或音响效果的用语，这里用作"瞧"的意思。

〔62〕横财——横作意外解，这里指意外的财富。

〔63〕上头事——同"上面事"，或"前面事"。

〔64〕造化——旧时迷信的人所说的福分、运气。

〔65〕回——吴地方言，相当于北方语中的"匀"。意指自己需要，别人又多余，向他照原价分一些的意思。

〔66〕好东好西——吴方言，即"好东西"。

〔67〕艨艟（méng chōng 盟充）——也作"蒙冲"，古代的一种战船。

《释名·释船》："狭而长者曰蒙冲，以冲突敌船也。"

　　[68] 没不煞——吴方言，即"淹不死"之意。没，淹没，沉没；煞，同"杀"，消除。

　　[69] 把船后抛了铁锚——把，在。在船后把铁锚抛下去。

　　[70] 物事——吴方言，即"东西"之意。

　　[71] 裹脚——"裹脚布"的略称。出门行远路的人多用裹脚，相当于近代军人使用的"裹腿"。

　　[72] 接了——联结在一起。

　　[73] 跎了纤——跎，通"拖"；纤（qiàn 欠），拖船的绳子。船行逆水、逆风时，需船夫上岸用纤绳拉船前进。此处是指商人们见文若虚拖来一个巨大的龟壳，对他的揶揄取笑。

　　[74] 狼犺——即"狼抗"，形容物巨大，而无处放置。

　　[75] 兀的不——兀的，同"这"或"那"。兀的不……，同"这不是……"。

　　[76] 好算计——好计划，好打算。

　　[77] 牙人——指代销货物的人。参见注 [52]。　攒——聚集的意思。

　　[78] 波斯胡——伊朗籍外国人。波斯，伊朗的古称；胡，指来自外国或外族的人。

　　[79] 法浪——即"珐琅"，用石英、长石、硝石和碳酸纳等加上铅和锡的氧化物烧制成的像釉子的物质。涂在金属器物表面作为装饰，又可起防锈作用。

　　[80] 猫儿眼——矿物名，亦称猫睛石或猫眼石，因其所现光彩就像猫眼睛一样而得名。色灰、绿、青、褐、黄不等，用作宝石。

　　[81] 祖母绿——一种珍贵的宝石，即"绿柱玉"。

　　[82] 勾——同"够"。

　　[83] 镬铎（huò duó 或夺）——本是形容声音喧闹的。这里形容心事不定，七上八下。

　　[84] 不老气——面嫩，害羞，脸上抹不开。

　　[85] 奚落——用尖刻的话数说人的短处，使人难堪。此处是用作"开……玩笑"，相戏耍的意思。

　　[86] 文房四宝——指笔、墨、纸、砚等旧时书房中必备的四种文具。

[87] 用钱——即"佣金",拿来酬谢经纪人的费用。

[88] 客纲客纪——作客经商的人会经营、会计划，犹言"惯常出门的人处理事物的方法、经验之谈"。因治丝者，张之为"纲"，理之为"纪"，故此。二字连用则指"治理"的意思。

[89] 落得的——吴方言。"落得"二字含义很多，此处含有"意外得到"的意思。

[90] 后生——吴语，称年轻男子为后生。

[91] 抨——同"捞"，用力摸。

[92] 天井——吴语，相当于北方人所说的"院子"。

[93] 鼍龙——鼍（tuó），爬行动物。体长二米多，有鳞甲，穴居江河岸边。皮可制鼓。"鼍龙"，亦称"扬子鳄"，通称"猪婆龙"。文中实指巨龟。

[94] 作成——吴语，此处作"玉成"解。

[95] 二端——二四。

[96] 轻鲜——微少。对人表示礼物不重，客气的意思。

[97] 起个风，要他些不数——就是节外生枝，说价钱太少。要买主另外出一笔钱的意思。

[鉴赏]

"转运汉遇巧洞庭红，波斯胡指破鼍龙壳"是明代作家凌濛初撰写的白话短篇小说集《拍案惊奇》中的第一篇，选入《今古奇观》第九卷后，改题为"转运汉巧遇洞庭红"。

凌濛初（1580—1644），字玄房，号初成，浙江乌程人。早年屡试不第，郁郁不得志，因而仿冯梦龙作拟话本小说，"取古今杂碎事，可新听睹、佐谈谑者，演而畅之。"小说取材于前人作品，《太平广记》《夷坚志》《剪灯新话》等文言小说集多为其所本。崇祯初，曾以副贡生授上海县丞、徐州通判等微职，因其敌视农民起义，镇压李自成起义军，被围困后呕血而死。其作品除《拍案惊奇》（初、二刻）外，尚有杂剧《虬髯翁》《北红拂》等。

《拍案惊奇》中的故事，依托江浙，以运河为背景，描绘出明代末年孕育在中国封建社会内部的资本主义生产关系开始萌芽，商品经济得到发展，市民阶层已经形成的复杂的社会图景。由于作者思想的局限，作品中出现了大量的宣扬封建道德、因果报应、迷信思想的描写，以及露骨的猥亵描写，因而，《拍案惊奇》比冯梦龙的"三言"就大为逊色了。但是，在反映市民生活意识和商人的生活情状中，仍不失其独特的艺术色彩，直至今日，依然有其可读性与认识意义。本篇即为其中具代表性的佳作之一。

《转运汉遇巧洞庭红 波斯胡指破鼍龙壳》这个描写商人出海经商的故事，反映了明代资本主义萌芽时期，商人为开拓海外贸易市场，希求发迹的迷狂心态和冒险精神。同时也表现了新生的市民阶层，不再看重仕途，而更多的是转向了对那些一本万利、横财致富、投机取巧、囤积居奇的商人的羡慕。

《转运汉遇巧洞庭红》，也和其他话本、拟话本小说一样，分为入话和正文两部分，用以互为比照。入话部分，作者过分宣扬了宿命论观点，以白银化为白衣大汉自行出走到有缘之家（故事源于明·周晖《金陵琐记》），宣扬一切皆为命中注定，非人力所能改变的封建迷信思想。与正文中描写并非经商里手的落拓书生文若虚竟然胡里胡涂地在海外贸易中撞上了大运，奇迹般地发了大财相比衬，相照应。这一方面反映出作者已敏锐地发现了社会生活的新动向，社会发展的新趋势，一方面也反映出作者对这股迅猛社会潮流的迷惘困惑，故只能以"万事命已定，浮生空自忙"的宿命论观点加以解释。

作品的正文，叙述主人公文若虚在国内经商失败，陷于破产境地，生计无着，心灰意冷。一个偶然的机会，搭乘一伙"拼死"走海道的商人的货船到海外去观光，因无本钱备货，只带了一篓在国内仅值一两银子的"洞庭红"橘子。到海外一个陌生的国家之后，红橘竟出乎意料地成了抢手货，一下子卖了八百多两银子。返航途中，遇到风浪，货船停泊在一座荒无人烟的孤岛边避风，文若虚独自上岛游览，无意中发现一个巨大的龟壳（鼍龙壳），捡了回来，被一位识货的波斯商人看中，卖了五万两白银，遂成巨富。

《转运汉遇巧洞庭红》，充分体现了中国古代白话小说的民族风格。主要体现在：

一、刻画人物紧扣他们的社会地位、社会联系和所处的特定环境，通过人物的语言和行动表现人物的思想情感。

文若虚这个与仕宦之途无缘的书生，虽"生来心思慧巧"，"琴棋书画，吹弹歌舞，件件粗通"，但他自恃才能，不肯认真对待事务，故而"百做百不着"。在商贸勃兴的社会潮流下，他也像一些文人一样，混迹于商伍，然而，丝毫没有做生意经验的他却连卖扇子都蚀了本。由于他出身于有钱人家，祖上曾"遗下千金"，因此他"高不凑，低不就"，什么事情也做不来。就在"一身落魄，生计皆无"的时候，还要去"看看海外风光"。他走不通科举之路，却要试试海外冒险的商旅之途，这不能不说和他家族传统的"不劳而获""坐吃山空"的观念相关，也是这种观念和通过海外贸易撞大运、发奇财的社会思潮相撞击的产物。

由富有到没落，是文若虚前期的实况。无钱办货本不算什么羞耻，可是，当船上的人"拍手笑道：'文先生宝货来也。'"的时候，却触动了他那过分的自尊，"羞惭无地，只得吞声上船，再也不敢提起买橘的事。"当然就更不敢再说"分送一二，答谢众人"的话了。待到卖完红橘，意外赚了几百两银子，众人劝他办点货回国时，他却说："偶然侥幸一番，真是天大造化了，如何还要生利钱，妄想什么？"这又与他买卖屡次亏本，"一年吃蛇咬，三年怕草索"的思想合拍。从文若虚的身上，我们可以明显地看到资本主义经济萌芽初期中国商人的商品经济意识尚不成熟，畏险求稳的封建保守生意经还牢牢地据守于他们的观念之中。在这一点上，文若虚的思想具有很强的典型意义。当五万两银子卖掉捡来的鼍龙壳，成为巨富之后，文若虚就在闽中做起了富商，"娶了家小，立起家业"，"子孙繁衍，家道殷富"起来。作者对文若虚发迹前后所处的社会环境，诸如生活方式、生存状态、人际关系、海外异国风光等的描写，都紧扣着人物命运及地位的变化，把文若虚由"倒运汉"到"转运汉"的全部历程真实生动地展现在读者面前,从而完成了这一人物形象的塑造,使文若虚的形象成为了那一时代希图靠经商、靠海外贸易、靠冒险、靠运气而暴发致富的市民阶层自我奋斗的写照。而文若虚发迹后的听凭天命、知足常乐思想,又给这一形象抹上了一笔浓重的时代与民族特色,只有在封建农业文化观念长期统治的中国,在其资本主义萌芽期的经济骚动中,才会有文若虚这样的商人典型。

波斯商人玛宝哈的价值观念和道德观念,也体现了资本主义发展初期的社会特征:待客以货单上奇珍异宝价值的多少定坐次,"重利轻人";看货以实定价,并不欺诈,对文若虚捡来的龟壳竟出五万两的高价买下,并明言仍觉便宜,不因客人不识货而刹价巧取。这里刻画的是一个外国商贾,但作者还是在他身上寄托了自己的观念与理想。他的精明干练、才识兼备、诚实忠厚、热情待人等性格特征,展示出作者心目中一个成熟的、正直的商人的理想形象,同时也表现出新兴的市民阶层的平等观念、新价值观念及道德准则。

除了上述两个主要人物,小说对其他人物的塑造也是随着情节的发展逐步突出的。作者没有对人物作静止的描写、刻画,也很少用过多的笔墨进行心理描述,也没有抽象的议论评价,而是让人物活动于当时的社会环境之中,让人物自己表现自己,充分显示了中国古典小说塑造人物形象的传统手法。

二、重视情节结构的曲折、复杂,故事离奇、完整,引人入胜。

这里叙述的文若虚的经商故事,跌宕起伏,错落有致,主人公的得失成败,无不吸引读者随之喜悦哀愁。文若虚京城做扇子生意赔光了本钱,在穷困潦倒,无路可走的时候,偏偏碰到了热情的张乘运答应带他出海去经商;谁知张在发动众商人为他资助一些本钱时,商人们多是"说着钱,便无言"的悭吝人,只凑得一两银子,什么货也办不成,仅仅买得百斤红橘,预备船上解渴;不料到了吉零国,当地人不识橘子,竟被抬高了价钱,卖到一块银子一个,使文若虚发了笔不大不小的财；这情节已是够离奇曲折的了；而返程途中遇到风浪，泊船荒岛，守风呆坐，令人"心里焦燥"，文若虚上岛之后，"四望漫漫，身如一叶，不觉凄然吊下泪来"，又感到了"一生命蹇，家业消亡"的痛苦，真有"山重水复疑无路"之慨；捡回一个败龟壳，也不过是为了让人看个希罕，作为曾到讨海外的明证。出乎意外的是居然碰到了识货的波斯商人玛宝哈，使文若虚一跃而变为了万金家私的巨富，恰如"柳岸花明又一村"。这许许多多戏剧性的变化，不仅增强了故事的离奇、曲折，寄托了市民阶层企盼奇迹般地改变社会地位的愿望，而且充分体现了古代小说中大胆想象、夸张的浪漫主义色彩，增强了引人入胜的艺术效果。

与此同时，在波澜起伏的情节变化中，进一步加深了人物性格的刻画。同船商人对文若虚的前倨后恭：开始嘲笑他无货，到吉零国让他看船；得知是卖橘后又说："造化，造化"，又要"彼此通融"，向他借钱；待到他拖回龟壳，皆打趣他是拖纤的，拖来个废物；当鼍龙壳被识为宝物，卖了大价钱后，又恭维说："文先生存心忠厚，该有此富贵"。张承运的精明、直爽：答应带文若虚出海并帮助筹集资金；出主意让文若虚换货回国赚钱；见玛宝哈要买龟壳，"便与文若虚丢个眼色，将手放在椅子背后，竖着三个指头"，帮助议价成交，合同签押时，不失时机地提出："我们押字钱重些，这买卖才弄得成"。分配佣金时，前后两次提醒："这钱如何分散，也要文兄主张"。玛宝哈的慧眼识宝，商务调度的井井有条，以及文若虚卖橘时的"随行就市"、见机行事的抬高物价，巨富后的满足心理，对"人生分定"的笃信不移，都突现了不同人物形象的性格特征，真实地表现出了那一历史时期的社会心态。

三、写景、状物描述形象生动，是古代白话小说的一大特点，本文清晰地表现出了这个特色。

在写景、状物的描述中，细腻、生动的语言，情景逼真的记叙，不能不令读者赞叹钦羡。写洞庭橘"红如喷火，巨若悬星。皮未皱，尚有余酸；霜未降，不可多得。"将橘子摆在船板上时，又是"满船红焰焰的，远远望去，就是万点火光，一天星斗。"这就把橘子的形、色、味呈现在了读者面前，这形象的描述，既有助于情节的发展，又增加了文章的活力。写鼍龙壳中取出的珍珠，"寸许大一颗夜明珠，光彩夺目，讨个黑漆的盘，放在暗处，其珠滚一个不定，闪闪烁烁，约有尺余亮处。"虽有夸张，却描摹得真实可信，怪不得使商人们"目睁口呆，伸了舌头收不进来"惊讶不已呢！这描写生动形象又细致入微，不愧为大家手笔。另外，写"乌云蔽日，黑浪掀天"的海上风暴，"木树参天，草莱遍地"的空旷荒岛，无一不细致生动，令人读后如置身其地，目睹其情，足见作者匠心独运的技巧和文学修养的功底，令人悦服，

（张志英）

赵六老舐犊丧残生
张知县诛枭成铁案

明·凌濛初

诗曰：

> 从来父子是天伦，离暴何当逆自亲？
>
> 为说慈乌能反哺，应教飞鸟骂伊人。

话说人生极重的是那孝字，盖因为父母的，自乳哺三年，直盼到儿子长大，不知费尽了多少心力。又怕他三病四痛，日夜焦劳。又指望他聪明成器，时刻注想。抚摩鞠育，无所不至。《诗》云："哀哀父母，生我劬劳。欲报之德，昊天罔极[1]。"说到此处，就是卧冰[2]、哭竹[3]，扇枕温衾[4]，也难报答万一。况乃锦衣玉食，归之自己，担饥受冻，委之二亲，漫然视若路人，甚而等之仇敌，败坏彝伦，灭绝天理，真狗彘之所不为也。

如今且说一段不孝的故事，从前寡见，近世罕闻。

正德年间，松江府城有一富民，姓严，夫妻两口儿过活。三十岁上无子。求神拜佛，无时无处不将此事挂在念头上。忽一夜，严娘子似梦非梦间，只听得空中有人说道："求来子，终没耳。添你丁，减你齿。"严娘子分明听得，次日即对严公说知，却不解其意。自此以后，严娘子便觉得眉低眼慢，乳胀腹高，有了身孕。怀胎十月，历尽艰辛。生下一子，眉清目秀。夫妻二人欢喜倍常。万事多不要紧，只愿他易长易成。

光阴荏苒，又早三年。那时也倒聪明伶俐，做爷娘的百依百顺，没一事违拗了他。休说是世上有的物事，他要时定要寻来，便是天上的星，河里的月，也恨不爬上天捉将下来，钻入河捞将出去。似此情状，不可胜数。又道是："棒头出孝子，箸头出忤逆。"为是严家夫妻养娇了这孩儿，到得大来，就便目中无人，天王也似的大了。却是为他有钱财使用，又好结识那一班惨刻狡猾、没天理的衙门中人，多只是奉承过去，那个敢与他一般见识？却又极好樗蒲[5]，搭着一班儿伙伴，多是高手的赌贼。那些人贪他是出钱施主，当面只是甜言蜜语，谄笑胁肩，赚他上手。他只道众人真心喜欢，且十分帮衬[6]，便放开心地，大胆呼卢[7]，把那黄白之物，无算的暗消了去。严公时常苦劝，却终久溺着一个爱字，三言两语，不听时也只索罢了。岂知家私有数，经不得十博九空。似此三年，渐渐凋耗。

严公原是积攒上头起家的，见了这般情况，未免有些肉痛。一日，有事出外，走过一个赌坊。只见数十来个人，团聚一处，在那里喧嚷。严公望见，走近前来伸头一看，却是那众人裹着他儿子讨赌钱。他儿子分说不得，你拖我扯，无计可施。严公看了，恐怕伤坏了他，心怀不忍。挨开众人，将身蔽了孩儿，对众人道："所欠钱物，老夫自当赔偿。众弟兄各自请回，明日到家下拜纳便是。"一头说，一手且扯了儿子，怒愤愤的投家里来。关上了门，采了他儿子头发，硬着心做势要打，却被他挣扎脱了。严公赶去，扯住不放，他掇转身来，望严公脸上只一拳，打个满天星，昏晕倒了。儿子也自慌张，只得将手扶时，元来打落了两个门牙，流血满胸，儿子晓得不好，且望外一溜走了。

严公半晌方醒，愤恨之极，道："我做了一世人家[8]，生这样逆子，荡了家私，又几乎害我性命，禽兽也不如了。还要留他则甚？"一径走到府里来。却值知府升堂，写着一张状子，将那打落牙齿为证，告了忤逆。知府准了状，当日退堂。老儿自且回去。

却有严公儿子平时最爱的相识，——一个外郎，叫做丘三，是个极狡黠奸诈的，那时见准了这状，急急出衙门，寻见了严公儿子，备说前事。严公儿子着忙，恳求计策解救。丘三故意作难。严公儿子道："适带得赌钱三两在此，权为使用，是必打点救我性命则个。"丘三又故意迟延了半晌道："今日晚了，明早府前相会，我自有话对你话。"严公儿子依言，各自散讫。

次早，俱到府前相会。严公儿子问："有何妙计？幸急救我。"丘三把手招他到一个幽僻去处，说道："你来，你来，对你说。"严公儿子便以耳接着丘三的口，等他讲话。只听得趷嗒一响，严公儿子大叫一声，疾忙掩耳，埋怨丘三道："我百般求你解救，如何倒咬落我的耳朵！却不怎地与你干休！"丘三冷笑道："你耳朵原来却怎地值钱！你家老儿牙齿直怎地不值钱！不要慌，如今却真对你说话。你慢些只说如此如此，便自没事。"严公儿子道："好计！虽然受些痛苦，却得干净了身子。"

随后府公升厅，严公儿子带到。知府问道："你如何这般不孝？只贪赌博（赙），怪父教诲，甚而打落了父亲门牙，有何理说？"严公儿子泣道："爷爷青天在上，念小的焉敢悖伦胡行？小的偶然出外，见赌坊中争闹，立定闲看。谁知小的父亲也走将来，便疑小的亦落赌场，采了小的回家痛打。小的吃打不过，不合伸起头来，父亲便将小的毒咬一口[9]，咬落耳朵。老人家齿不坚牢，一时性起，遂至坠落。岂有小的打落之理？望爷爷明镜照察。"知府教上去验看，果然是一只缺耳，齿痕尚新，上有凝血。信他言词是实，微微的笑道："这情是真，不必再问了。但看赌可疑，父齿复坏，责杖十板，赶出免拟。"

严公儿子喜得无恙，归家求告父母道："孩儿愿改从前过失，待奉二亲。官府已责罚过，任父亲发落。"老儿昨日一口气上，到府告官。过了一夜，又见儿子已受了官刑，只这一番说话，心肠已自软了。他老夫妻两个原是极溺爱这儿子的，想起道："当初受孕之时，梦中四句言语，说：'求来子，终没耳，添你丁，减你齿。'今日老儿落齿，儿子啮耳，正此验也。这也是天数，不必说了。"自此，那儿子当真守分，孝敬二亲，后来却得善终。这叫做改过自新，皇天必宥。

如今再说一个肆行不孝，到底不悛，明彰报应的。

某朝某府某县，有一人姓赵，排行第六，人多叫他做赵六老。家声清白，囊橐肥饶。夫妻两口，生下一子，方离乳哺，是他两人心头的气，身上的肉。未生下时，两人各处许下了偌多香愿[10]。只此一节上，已为这儿子费了无数钱财。不期三岁上出起痘来，两人终夜无寐，遍访名医，多方觅药，不论资财。只求得孩儿无恙，便杀了身己，也自甘心。两人忧疑惊恐，巴得到痘花回好，就是黑夜里得了明珠，也没得这般欢喜。看看调养得精神完固，也不知服了多少药料，吃了多少辛勤，坏了多少钱物。

殷殷抚养，到了六七岁，又要送他上学。延一个老成名师，择日叫他拜了先生。取个学名，唤做赵聪。先习了些《神童》《千家诗》，后习《大学》。两人又怕儿子辛苦了，又怕先生拘束他，生出病来，每日不上读得几句书便歇了。那赵聪也倒会体贴他夫妻两人的意思，常只是诈病佯疾，不进学堂。两人却是不敢违拗了他。那先生看了这些光景，口中不语，心下思量道："这真叫做禽犊之爱，适所以害之耳。养成于今日，后悔无及矣。"却只是冷眼傍观，任主人家措置。

过了半年三个月，忽又有人家来议亲。却是一家宦户人家，姓殷，老儿曾任太守，故了。赵六老却要扳高，央媒求了口帖，选了吉日，极浓重的下了一付谢允礼。自此聘下了殷家女子，逢时致时，逢节致节，往往来来，也不知费用了多少礼物。

韶光短浅，赵聪因为娇养，直挨到十四岁上才读完得经书，赵六老还道是他出人头地，欢喜无限。十五六岁，免不得教他试笔作文。六老此时为这儿子面上，家事已弄得七八了。没奈何，要儿子成就，情愿借贷延师，又重币延请一个饱学秀才，与他引导。每年束脩五十金，其外节仪与夫供给之盛，自不必说。那赵聪原是个极贪安宴，十日九不在书房里的，做先生倒落得吃自在饭，得了重资，省了气力。为此，就有那一班不成才、没廉耻的秀才，便要谋他馆谷。自有那有志向诚实的，往往却之不就。此之谓贤愚不等。话休絮烦，转眼间又过了一个年头，却值文宗考童生，六老也叫赵聪没张没致的前去赴考。又替他钻刺[11]、央人情，又枉自折了银子。

考事已过，六老又思量替儿子毕姻。却是手头委实有些窘迫了，又只得央中写契，借到某处银四百两。那中人叫做王三，是六老平时专托他做事的。似此借票，已写过了几纸，多只是他居间。其时在刘上户家[12]，借了四百银子，交与六老。便将银备办礼物，择日纳采[13]，订了婚期。过了两月，又近吉日，却又欠接亲之费。六老只得东挪西凑，寻了几件衣饰之类，往典铺中解了四十两银子[14]，却也不勾使用，只得又寻了王三，写一纸票，又往褚员外家借了六十金，方得发迎会亲。殷公子送妹子过门，赵六老极其殷勤谦让，吃了五七日筵席，各自散了。

小夫妻两口恩爱如山，在六老间壁一个小院子里居住，快活过日。殷家女子倒百般好，只有些儿毛病，专一恃贵自高，不把公婆看在眼里。且又十分悭吝，一文千贯，惯会唆那丈夫做些惨刻之事。若是殷家女子贤慧时，劝他丈夫学好，也不到得后来惹出这场大事了。

自古妻贤夫祸少，应知子孝父心宽。

这是后话。

却说那殷家嫁资丰富，约有三千金财物。殷氏收掌，没一些儿放空。赵六老供给儿媳，惟恐有甚不到处，反十分小心，儿媳两个倒嫌长嫌短的不象意[15]。光阴迅速，又早三年，赵老娘因害痰火病，起不得床，一发把这家事托与那媳妇掌管。殷氏承当了，供养公婆，初时也尚（当）象样，渐渐半年三个月，要茶不茶，要饭不饭。两人受淡不过，有时只得开口，勉强取讨得些，殷氏便发话道："有甚么大家事交割与我？却又要长要短！原把去自当不得！我也不情愿当这样吃苦差使，倒终日搅得不清净。"赵六老闻得，忍气吞声。实是没有甚么家计分授与他，如何好分说得？叹了口气，对妈妈说了。

妈妈是个积病之人，听了这些声响，又看了儿媳这一番怠慢光景，手中又十分窘迫，不比三年前了。且又索债盈门，箱笼中还剩得有些衣饰，把来偿利，已准过七八了。就还有几亩田产，也只好把与别人做利。赵妈妈也是受用过来的，今日穷了，休说是外人，嫡亲儿媳也受他这般冷淡。回头自思，怎得不恼？一气气得头昏眼花，饮食多绝了。儿媳两个也不到床前去看视一番，也不将些汤水调养病人，每日三餐，只是这几碗黄齑，好不苦恼！挨了半月，痰喘大发，呜呼哀哉，伏惟尚飨了[16]。儿媳两个免不得干号了几声，就走了过去。

赵六老跌脚捶胸，哭了一回，走到间壁去对儿子道："你娘今日死了，实在囊底无物，送终之具一无所备。你可念母子亲情，买口好棺木盛殓，后日择块坟地殡葬，也见得你一片孝心。"赵聪道："我那里有钱买棺？不要说是好棺木价重买不起，便是那轻敲杂树的[17]，也要二三两一具，叫我那得东西去买？前村李作头家，有一口轻敲些的在那里，何不去赊了来？明日再做理会。"六老噙着眼泪，怎敢再说？只得出门到李作头家去了。

且说赵聪走进来，对殷氏道："俺家老儿一发不知进退了，对我说要讨件好棺木盛殓老娘。我回说道：'休说好的，便是歹的，也要二三两一个。'我叫他且到李作头家赊了一具轻敲的来，明日还价。"殷氏便接口道："那个还价？"赵聪道："便是我们舍个头疼，替他胡乱还些罢。"殷氏怒道："你那里有钱来替别人买棺材？买与自家了不得？要买时，你自还钱，老娘却是没有。我又不曾受你爷娘一分好处，没事便兜揽这些来打搅人！松了一次，便有十次。还他十个没有，怕怎地！"赵聪顿口无言，道："娘子说得是，我则不还便了。"

随后，六老雇了两个人，抬了这具棺材到来，盛殓了妈妈。大家举哀了一场，将一杯水酒浇奠了，停枢在家。儿媳两个也不守灵，也不做什么盛羹饭，每日仍只是这几碗黄齑，夜间单留六老一人，冷清清的在灵前伴宿。六老有好气没好气，想了便哭。

过了两七[18]，李作头来讨棺银。六老道："去替我家小官人讨。"李作头依言，去对赵聪道："官人家赊了小人棺木，幸赐价银则个。"赵聪光着眼，啐了一声道："你莫不见鬼了？你眼又不瞎。前日是那个来你家赊棺材，便与那个讨，却如何来和我说。"李作头道："是你家老官来赊的。方才是他叫我来与官人讨。"赵聪道："休听他放屁！好没廉耻！他自有钱买棺材，如何图赖得人？你去时便去，莫要讨老爷怒发。"背叉着手，自进去了。李作头回来，将这段话对六老说知。六老纷纷泪落，忍不住哭起来。李作头劝住了道："赵老官不必如此。没有银子，便随分甚么东西准两件与小人罢了[19]。"赵六老只得进去，翻箱倒笼，寻得三件冬衣、一根银镟子把来准与李作头去了。

忽又过了七七四十九，赵六老原也有些不知进退，你看了买棺一事，随你怎么，也不可求他了，到得过了断七[20]，又忘了这段光景，重复对儿子道："我要和你娘寻块坟地，你可主张则个。"赵聪道："我晓得甚么主张！我又不是地理师[21]，那晓寻甚么地？就是寻时，难道有人家肯白送？依我说时，只好拣个日子，送去东村烧化了，也倒稳当。"六老听说，默然无言，眼中吊泪。赵聪也不再说，竟自去了。六老心下思量道："我妈妈做了一世富家之妻，岂知死后无葬身之所。罢，罢，这样逆子，求他则甚？再检箱中，看有些少物件，解当些来买地，并作殡葬之资。"六老又去开箱，翻前翻后，检得两套衣服，一只金钗，当得六两银子，将四两买了三分地，余二两唤了四个和尚，做些功果，雇了几个扛夫，抬出去殡葬了。六老喜得完事，且自归家，随缘度日。

倏忽间又是寒冬天道，六老身上寒冷，赊了一斤丝绵。无钱得还，只得将一件夏衣，对儿子道："一件衣服在此。你要，便买了；不要时，便当几钱与我。"赵聪道："冬天买夏衣，正是：那得闲钱补笊篱？放着这件衣服，日后怕不是我的？却买他！也不买，也不当。"六老道："既恁地时，便罢。"自收了衣服不题。

却说赵聪便来对殷氏说了，殷氏道："这却是你呆了。他见你不当时，一定便将去解铺中解了[22]，日后一定没了。你便将来，胡乱当他几钱，不怕没便宜。"赵聪依允，来对六老道："方才衣服，媳妇要看一看，或者当了也不可知。"六老道："任你将去不妨。若当时，只是七钱银子也罢。"赵聪将衣服与殷氏看了，殷氏道："你可将四钱去，说如此时便足了，要多时，回他便罢。"赵聪将银付与六老，六老那里敢嫌多少，欣然接了。赵聪便写一纸短押，上写限五月没，递与六老去了。六老看了短押，紫胀了面皮，把纸扯得粉碎，长叹一声道："生前作了罪过，故令亲子报应，天也！天也！"怨恨了一回。

过了一夜，次日起身梳洗，只见那作中的王三蓦地走将进来。六老心头吃了一跳，面如土色，正是：

入门休问荣枯事，观看容颜便得知。

王三施礼了，便开口道："六老莫怪惊动。便是褚家那六十两头，虽则年年清利，却则是些货钱准折，又还得不爽利。今年他家要连本利多楚[23]，小人却是无说话回他。六老遮莫做一番计较[24]，清楚了这一项，也省多少口舌，免得门头不清净。"六老叹口气道："当初要为这逆子做亲，负下了这几主重债，年年增利，囊橐一空。欲待在逆子处挪借来奉还褚家，争奈他两个丝毫不肯放空。便是老夫身衣口食，日常也不能如意，那得有钱来清楚这一项银？王兄幸作方便，善为我辞，宽限几时，感激非浅。"

王三变了面皮道："六老说那里话？我为褚家这主债上，馋唾多分说干了。你却不知他家上门上户，只来寻我中人，我却又不得了几许中人钱，没来由讨这样不自在吃。只是当初做差了事，没摆布。他家动不动要着人来坐催，你却还说这般懈话！就是你手头来不及时，当初原为你儿子做亲借的，便和你儿子挪借来还，有甚么不是处？我如今不好去回话，只坐在这里罢了。"六老听了这一篇话，眼泪汪汪，无言可答，虚心冷气的道："王兄见教极是。容老夫和这逆子计议便了。王兄暂请回步，来早定当报命。"王三道："是则是了，却是我转了背，不可就便放松。又不图你一碗儿茶，半钟儿酒，着甚来历？"摊手摊脚，也不作别，竟走出去了。

六老没极奈何，寻思道："若对赵聪说时，又怕受他冷淡；若不去说时，实是无路可通。老王说也倒是，或者当初是为他借的，他肯挪移也不可知。"要一步不要一步，走到赵聪处来。只见他每闹闹热热，炊烟盛举。六老问道："今日为甚事忙？"有人答道："殷家大公子到来，留住吃饭，故此忙。"六老垂首丧气，只得回身，肚里思量道："殷家公子在此留饭，我为父的也不值得带挈一带挈！且看他是如何。"停了一会，只见依旧搬将那平时这两碗黄糙饭来。六老看了，喉咙气塞，也吃不落。那日赵聪和殷公子吃了一日酒，六老不好去唐突，只得歇了。

次早，走将过去。回说赵聪未曾起身。六老呆呆的等了个把时辰，赵聪走出来道："清清早起[25]，有甚话说？"六老倒赔笑道："这时候也不早了。有一句紧要说话，只怕你不肯依我。"赵聪道："依得时便说，依不得时便不必说。有什么依不依！"六老半喓半嗫的道："日前你做亲时，曾借下了褚家六十两银子，年年清利。今年他家连本要还，我却怎地来得及？本钱料是不能勾，只好依旧上利。我实是手无一文，别样本也不该对你说，却是为你做亲借的，为此只得与你挪借些，还他利钱则个。"赵聪怫然变色，摊着手道："这却不是笑话！怎地说时，元来人家讨媳妇多是儿子自己出钱。等我去各处问一问看。是如此时，我还便了。"六老又道："不是说要你还。只是目前挪借些个。"赵聪道："有甚挪借不挪借？若是后日有得还时，他每也不是这般讨得紧了。昨日殷家阿舅有准盒礼银五钱在此，待我去问媳妇。肯时，将去做个东道，请请中人，再挨几时便是。"说罢，自进去了。六老想道："五钱银干什么事？况又去与媳妇商量，多分是水中捞月了。"

等了一会，不见赵聪出来，只得回去。却见王三已自坐在那里。六老欲待躲避，早被他一眼瞧见。王三迎着六老道："昨日所约如何？褚家又是三五替人我家来过了。"六老舍着羞脸说道："我家逆子，分毫不肯通融。本钱实是难处，只得再寻些货物，准过今年利钱，容老夫徐图，望乞方便。"一头说，一头不觉的把双膝屈了下去。王三歪转了头，一手扶六老，口里道："怎地是这样？既是有货物准得过时，且将去准了。做我不着，又回他过几时。"六老便走进去，开了箱子，将妈妈遗下这几件首饰衣服，并自己穿的这几件直身，检一个空，尽数将出来，递与王三。王三宽打料帐，约勾了二分起息十六两之数，连箱子将了去了。六老此后，身外更无一物。

　　话休絮烦。隔了两日，只见王三又来索取那刘家四百两银子的利钱，一发重大。六老手足无措，只得诡说道："已和我儿子借得两个元宝在此。待将去倾销一倾销，且请回步，来早拜还。"王三见六老是个诚实人，况也不怕他走了那里去，只得回家。六老想道："虽然哄了他去，这疖少不得要出脓，怎赖得过？"又走过来对赵聪道："今日王三又来索刘家的利钱，吾如今实是只有这一条性命了，你也可怜见我生身父母，救我一救。"赵聪道："没事又将这些说话来恐唬人，便有些得替还了不成？要死便死了，活在这里也没干。"六老听罢，扯住赵聪，号天号地的哭。赵聪奔脱了身，竟进去了。有人劝住了六老，且自回去。六老千思万想，若王三来时，怎生措置？人极计生，六老想了半日，忽然的道："有了，有了。除非如此如此。除了这一件，真便死也没干。"看看天色晚来，六老吃了些夜饭自睡。

　　却说赵聪夫妻两个，吃罢了夜饭，洗了脚手，吹灭了火去睡。赵聪却睡不稳，清眠在床。只听得房里有些脚步响，疑是有贼，却不做声。原来赵聪因有家资，时常防贼，做整备的。听了一会，又闻得门儿隐隐开响，渐渐有些悉窣之声，将近床边。赵聪只不做声，约莫来得切近，悄悄的床底下拾起平日藏下的一把斧头，趁着手势一劈，只听得扑地一响，望床前倒了。赵聪连忙爬起来，踏住身子，再加两斧，见寂然无声，知是已死。慌忙叫醒殷氏道："房里有贼，已砍死了。"

点起火来，恐怕外面还有伴贼，先叫破了地方邻舍，多有人走起来救护。只见墙门左侧，老大一个壁洞。已听见赵聪叫过："砍死了一个贼在房里。"一齐拥进来看，果然一个死尸，头劈做了两半。众人看了，有眼快的叫道："这却不是赵六老？"众人仔细齐来相了一回，多道："是也，是也。却为甚做贼，偷自家的东西？却被儿子杀了！好蹊跷作怪的事。"有的道："不是偷东西，敢是老没廉耻，要扒灰[26]，儿子愤恨，借这个贼名杀了。"那老成的道："不要胡嘈，六老平生不是这样人。"赵聪夫妻，实不知是什么缘故。饶你平时奸滑，到这时节不由你不呆了。一头假哭，一头分说道："实不知是我家老儿，只认是贼。为此，不问事由杀了。只看这墙洞，须知不是我故意的。"众人道："既是做贼来偷，你夜晚间不分皂白，怪你不得。只是事体重大，免不得报官。"哄了一夜，却好天明，众人押了赵聪到县前去。这里殷氏也心慌了，收拾了些财物，暗地到县里打点去使用。

那知县姓张，名晋，为人清廉正直，更兼聪察非常。那时升堂，见众人押这赵聪进来，问了缘故，差人相验了尸首。张晋道是："以子杀父，该问十恶重罪。"傍边走过一个承行孔目[27]，禀道："赵聪以子杀父，罪犯宜重。却实是贪夜拒盗，不知是父，又不宜坐大辟[28]。"那些地方里邻，也是一般说话。张晋由众人说，径提起笔来判道：

赵聪杀贼可恕，不孝当诛。子有余财，而使父贫为盗，不孝明矣，死何辞焉？

判毕，即将赵聪重责四十，上了死囚枷，押入牢里。众人谁敢开口？况赵聪那些不孝的光景，众人一向久慕，见张晋断得公明，尽皆心服。张晋又责令收赵聪家财，买棺殡殓了六老。殷氏纵有扑天的本事，敌国的家私，也没门路可通。只好多使用些银子，时常往监中看觑赵聪一番。不想进监多次，惹了牢瘟，不上一个月，死了。赵聪原是受享过来的，怎熬得囹圄之苦？殷氏既死，没人送饭，饿了三日，死在牢中。拖出牢洞，抛尸在千人坑里。这便是那不孝父母之报。

张晋更着将赵聪一应家财入官。那时刘上户、褚员外并六老平日的债主，多执了原契，禀了张晋，一一多派还了。其余所有，悉行入库。他两个刻剥了这一生，自己的父母也不能勾近他一文钱钞，思量积攒来传授子孙，为永远之计。谁知家私付之乌有，并自己也无葬身之所。要见天理昭彰，报应不爽。正是：

> 由来天网恢恢，何曾漏却阿谁。
>
> 王法还须推勘，神明料不差池。

（选自《拍案惊奇》）

[注释]

[1]"哀哀父母，生我劬劳。欲报之德，昊天罔极。"——由《诗经·小雅·蓼莪》中"哀哀父母，生我劬劳"和"欲报之德，昊天罔报"两句拼凑而成。意思是说父母生养抚育我历尽千辛万苦，如今父母已经去世，老天爷不施惠于我，使我想报达他们的恩德已没有机会。

[2]卧冰——指民间传说中晋代人王祥用体温使坚冰溶化为继母求鲤的故事。

[3]哭竹——民间传说三国时孟宗事母至孝，其老母喜吃竹笋，冬天笋不生长，孟宗就到竹林中哀哭求竹，笋忽然进出。

［4］扇枕温衾——指东汉人黄香孝顺老人，夏天为其扇凉枕席，冬日以体温焙热被褥的故事。衾，被子。

［5］樗（chū 出）蒱——盛行于汉魏时的一种赌博形式，后来泛指赌博。

［6］帮衬——帮助，帮忙。

［7］呼卢——卢、雉、犊、白都是樗蒱博具上的彩色，为贵采。故后来常称赌赙为"呼卢喝雉"，"呼卢"是"呼卢喝雉"之简化。

［8］做了一世人家——吴语方言中"做人家"的拆用，意思是说省吃俭用了一辈子。

［9］毒——猛烈。

［10］许香愿——迷信的人以供神拜佛求得愿望的实现。

［11］钻刺——意谓托人情，找门路，打探消息，极力钻营。

［12］上户——殷实富足人家。

［13］纳采——古代婚俗礼仪之一，系男家通过媒人向女家提亲，获许可后，男家带着彩礼去求婚。

［14］解（jiè 介）——押送，此处意思是抵押典当。

［15］不象意——不满意。

［16］呜呼哀哉，伏惟尚飨——伏惟，旧时以下对上陈述时表示尊敬的惯用辞。飨（xiǎng），祭献。旧时祭文一般以这两句为结语套话，这里的意思是"死了"。

［17］轻敲——指价值不高，不贵重的。

［18］两七——人死后十四天。

［19］随分（fèn 忿）——随便。

［20］断七——人死后第七七四十九天俗称"断七"，旧俗这一天要请僧人诵经超度亡魂。

［21］地理师——即风水先生。

［22］解铺——当铺。

［23］连本利多楚——意思是说，连本带利把帐结算清楚。

［24］遮莫——莫要。

［25］清清早起——一大清早。

［26］扒灰——公公和儿媳偷情。

[27] 孔目——原指档案目录，后作为掌管文书的官吏称谓。

[28] 大辟——古时极刑，有枭首、腰斩、剖腹、凿颠、镬烹、车裂、磔、焚等。

[鉴赏]

"从来父子是天伦，离暴何当逆自亲？为说慈乌能反哺，应教飞鸟骂伊人。"从这首入话诗，我们已经可以预料《赵六老舐犊丧残生》（《初刻拍案惊奇》卷十三）将要讲的是一个鞭笞忤逆，劝谕孝道的故事。随着作者从容不迫、章法井然的讲述，小说主人公赵六老夫妇含辛茹苦抚养儿子的情景、儿子赵聪长大成人后虐待父母的种种劣迹、赵六老被逼为"盗"惨死在儿子刀斧之下的血淋淋场面，一幕幕展现在我们眼前。果然，这里写的是关于不肖之子"肆行不孝，到底不悛，明彰报应"之事——一出触目惊心的儿子弑父的家庭悲剧。

然而，透过小说所揭示的明末市井生活和富有典型意义的人物形象，我们看到了更为深刻的社会内涵，它所表现的思想意义已超越了作者的创作意图，远不是"劝孝"二字所能概全的。这一点，作者凌濛初大概也始料不及。

凌濛初生活的时代，正值明代末世。当时，封建统治者横征暴敛、荒淫无度，社会极其黑暗。随着资本主义萌芽的产生，社会意识形态也发生了深刻变化，资本主义的社会道德观和价值观已悄悄渗入到人们的社会生活中，影响着人们的思想和行为规范，冲击着封建礼教纲常。资本主义因素的增长带来了新思想和经济活力，同时也带来了资本主义与生俱来的弊端，金钱社会的冷酷无情已在人们的社会生活中有明显反映，社会风气败坏，利欲横流、唯利是图、自私自利、巧取豪夺成为时兴的社会风尚。《赵六老舐犊丧残生》的深刻社会意义就在于，它通过发生在赵六老父子之间的一段悲剧故事，真实地反映了明末社会的时代特点，虽然作者的主观创作意图是惩戒人心、劝谕孝道，但客观上却揭露了封建末世腐朽黑暗的社会现实，作者在极力维护封建伦理道德的同时，对金钱利欲膨胀，人情淡泊，世情冷漠，道德沦丧，世风日下进行了无情的鞭笞。

我们看到，在小说"入话"和"正话"两段故事的描写中，作者为我们展示了一幅幅生动形象的明末市井生活图象。这里有赌坊聚赌，赌徒斗殴，百姓诉讼，知府升堂，家教馆学，应试考官；有纳采接亲，举哀丧葬，借贷典当，逼债躲帐等等，有些情景场面描绘得相当具体详尽。透过这一幅幅生活画面，再现了明末市民阶层的生活方式、生存状态、思想特征，以及社会民俗风情，也揭示了社会某些阴暗面。比如通过赵六老为偿还债务而倾家荡产，中人王三讨债封门坐等这一情节，反映了明代的借贷方式和高利盘剥的残酷；通过赵聪赴考时，赵六老为他托人情、走门子；赵聪被囚入死牢后，其妻殷氏暗地使银子打点等情节，官场的腐败、社会的黑暗亦可见一斑。

更主要的是，小说成功地塑造了赵聪这一利欲熏心、自私自利、不仁不义的小市侩形象，并通过这一典型形象揭示了明代封建末世和资本主义萌芽时期人性的异化，触及到了封建主义和资本主义两种社会意识形态，两种道德观念、价值取向尖锐冲突的社会问题，把明末社会道德的沦丧、世情的冷酷揭露得入骨三分。

赵聪的思想行为很容易使我们想到马克思的一段名言，他说，资本主义生产关系所到之处，把所有封建的、宗法的和淳朴的关系都一一破坏掉，"它使人与人之间除了赤条条的利害关系之外，除了冷酷无情的"现金交易"之外再也找不出什么别的联系了"，它把一切高尚、虔诚、道义、人性、温情一概淹没在利己主义的冰水之中。更尖锐地指出，"资产阶级撕破了家庭关系上面笼罩着的温情脉脉的纱幕，并把这种关系化成了单纯金钱的关系。"看看赵聪的为人和他与父亲之间的关系，体味一下赵六老悲剧故事中所蕴含的个中滋味，我们不能不惊叹马克思主义先哲们对问题的分析是何等深刻、透辟！赵聪其人舍亲舍义不舍财，为了一己私利，不惜虐待辛辛苦苦把他养大成人的二老双亲，母死不葬，父贫不养，最后终于亲手劈杀了生身之父，成了杀人犯。在他那里，什么礼义廉耻，仁爱孝道，父子人伦关系，统统被一个"钱"字淹没，荡然无存。如果说，赵聪对父母"要茶不茶，要饭不饭"，母亲死后拒付丧葬费等情节表现了一个逆子的丑行恶德的话，那么作品中赵六老把夏衣典当给赵聪的一段描写，则把赵聪的一幅唯利是图、冷酷无情的商人嘴脸活脱脱地呈现在我们面前。我们看到，做父亲的为了购置一斤御寒的丝绵，低声下气地请求儿子买下或收典自己的一件夏衣，这件事本身已经有悖人伦常理，而做儿子的不以为甚，反而对父亲说出更让人心冷齿寒的话来："这件衣服，日后怕不是我的？却买他！也不买，也不当。"除了自私自利和占有欲。从这话里看不到半点亲情。后来出于"胡乱当他几钱，不怕没便宜"的算计，赵聪又改变了不买不当的主意，拿走了父亲的夏衣，扔下了一纸不值几文的当票。这里，伦理道义、骨肉亲情、家庭温情，统统被抛入利己主义的冰水中，父子之间的关系变成了赤裸裸的现金交易关系。人物用自己的言行证明金钱至上、唯利是图、利己主义的道德观与价值观，已取代了以"孝"为核心的封建伦理观、价值观，成为他思想行为的主宰。赵六老父子间发生的悲剧已不是孤立的存在，它已超出了一个家庭的范围而具有了社会典型意义，赵聪也不仅仅是一般意义上的不肖之子，而是封建末世、资本主义萌芽时期产生的畸形儿，体现着产生他的那个历史时代的症结。于此，《赵六老舐犊丧残生》这部作品的积极社会意义也就不言自明了。

在《三言》《二拍》的世情类小说中，有不少像这篇小说一样，是以描写家庭伦理道德为题材的，宣扬封建孝道是这类作品的常见主题。"孝道"作为封建社会"三纲五常"的理论基石，作为一种传统的封建伦理观念、儒家基本道德规范，无疑是应当剔除的封建糟粕。凌濛初在《赵六老舐犊丧残生》这篇作品中，也无法超越他的阶级局限和时代局限，不免使小说带有封建说教的性质，并掺杂着一些因果报应的迷信色彩，我们今天在重视这部作品客观上起的积极作用和文化价值的同时，也应注意到这些封建性的糟粕是不可取的。

《赵六老舐犊丧残生》是"拟话本"小说，在艺术形式上，它继承了"话本"的特点，行文流畅，恰如说书人面对观众娓娓道来，故事有头有尾，情节曲折变化，结构严谨，语言通俗，亲切朴实，人物性格鲜明生动，个性突出，在细节描写和人物心理的刻画上，也是很成功的。

从小说的结构和叙述体制看，它具有非常典型的拟话本模式。在"正话"之前，先以一首内容与主题相关的七言诗开篇；紧接着是一段关于人生当以孝为重的议论文字，掰开揉碎地阐述父母养育儿女的辛劳和儿孙不孝是"败坏彝伦，灭绝天理"的道理；然后叙述了一段严公儿子犯忤逆罪，后因改过自新而得以善终的小故事。这样，由开卷诗、议论、故事三部分组成了"篇首"与"入话"，为引出下面讲述赵六老家逆子赵聪不孝，不知改悔，终得报应的"正话"故事做了足够的铺垫。"正话"故事讲完之后，又以一首六言诗点明主题，作为全篇的结尾。"入话"的三个部分、"正话"和结尾诗之间互相衔接，首尾相应，丝丝入扣，全篇结构布局非常严密、紧凑。这样的结构布局恰好适应了层层揭示主题和步步强化主题的需要。

在叙事方式上，这部小说保留了说书人在讲述故事时常采取的夹叙夹议的特点，在故事情节的进展中，作者有时直抒胸臆，直接出面加进几句对人物、事件的评议。可喜的是这种议论不像其他一些拟话本小说那样连篇累牍，令人生厌，而是点到为止，掌握得比较适度，因而既取得了使读者对故事情节和人物形象印象格外深刻的效果，又沟通了读者与作者的思想，使作品产生了如现场听书般的亲切感。

这篇作品叙事的另一个特点是有张有弛，详略有致，哪些地方该详写，哪些事情宜简略，详略到什么程度，都有一定章法。比如赵六老望子成龙，从儿子六岁开始直到十四五岁，一直重金延请老师教他，可是儿子却仰仗父母娇惯，顽劣逃学，这其间该有多少情节可说，但作者却仅用概括的语言陈述其意，不作细节描述。而讲到赵聪娶妻后如何忤逆不孝，赵六老夫妇如何忍气吞声艰难度日，却写得详细备至，十分细腻。又如故事情节之间时间跨度较大的地方，作者往往用"光阴荏苒，又早三年""倏忽间又是寒冬天道"，"话休絮烦"等一笔带过，使故事前后衔接，中间省去了许多笔墨。很清楚，无论详写或略述和怎样把握详略的尺度，作者都是从有利于揭示主题出发的。

《赵六老舐犊丧残生》的人物塑造很有特色。小说的"正话"和"入话"共讲了两个故事，其中的主要人物都写得有血有肉，很有声有色，可以说是相当成功的艺术形象。这些人物形象的特点首先表现在个性鲜明，同中有异。如"入话"故事中的严公和"正话"中的赵六老都是溺爱儿子的父亲，但从他们的言语、行动和处理事情的方式等等，明显地反映出两人性格的不同。严公看到儿子被赌徒们围住讨赌钱，虽然不忍看儿子挨打，一边用身体去遮挡，一边向讨赌帐的人说好话，但最终总还是发了脾气，"怒愤愤的投家里来"，并"关上门，采了他儿子头发，硬着心做势要打"；被儿子打掉门牙后，一气之下告了儿子忤逆罪，表现出"父威"尚存。而赵六老就不同了，他要比严公性格软弱得多，儿子年幼时他是甘心情愿做儿子的"奴隶"，儿子长大成人后，他是被逼得做儿子和儿媳的奴隶，在不肖之子面前，他只会唉声叹气，忍气吞声，哭泣流泪，不敢多言半句，最后终于死在儿子刀斧之下。

小说中的人物独白和对话也写得很出色，非常切合人物性格特征和各自的地位身分。人物一张口，便知其人其德。如李作头去向赵聪讨棺材钱，赵聪怒睁环眼，啐了一声道："你莫不见鬼了？你眼又不瞎。前日是那个来你家赊棺材，便与那个讨，却如何来和我说。"当知道是老爹让李作头来讨帐时，他更大为光火，张口便骂："休听他放屁！好没廉耻！他自有钱买棺材，如何图赖得人？你去时便去，莫要讨老爷怒发。"吼罢"背叉着手，自进去了"。几句话使一个无情无义的市井无赖形象昭然若揭。又如，赵聪和媳妇殷氏之间那一段关于买棺木的对话写得极妙，它把这两个人物的语气、神态、心理刻画得维妙维肖，如闻其声，如见其人。你看，赵聪拒付母亲的棺木费，对赵六老那样蛮横无礼，冷酷无情，而对媳妇却百般讨好，唯命是听。他先是把父亲贬损一通："俺家老儿一发不知进退了，对我说要讨件好棺木盛殓老娘。"然后显示自己如何顶撞了父亲："我回说道'休说好的，便是歹的，也要二三两一个。'"最后才说出"我们舍个头疼，替他胡乱还些"的意思来。但一听殷氏怒道："你那里有钱来替别人买棺材？买与自家了不得？要买时，你自己还钱，老娘却是没有。"并声称"松了一次，便有十次。还他十个没有，怕怎地！"他便顿口无言，赶紧表示："娘子说得是。我则不还便了。"此言既出，一个惧内的不孝之子历历如在目前，而殷氏这个飞扬跋扈、恃贵自傲、庸俗势利、悭吝刁悍的泼妇形象也被刻画得活灵活现。这一对夫妇的忤逆不孝是一致的，但作为儿子和儿媳，各自的表现形式又有所差别，从他们的对话明显地看出两个人的不同身分和在家庭中的地位。

善于揭示人物内心世界是这篇小说塑造人物的另一个特点。我们看到，有时作者是通过人物的内心独白剖示他们的心理活动的。如赵六老被讨债的王三逼得无路可走时，他的一段内心独白是这样写的：六老没极奈何，寻思道："若对赵聪说时，又怕受他冷淡；若不去说时，实是无路可通。老王说也倒是，或者当初是为他借的，他肯挪移也不可知。"它十分生动地表现了人物内心百般为难的矛盾心理。还有些地方，人物的心理活动是通过自己的语言和行动表现出来的。如，赵六老去向儿子借钱时，他是"要一步不要一步，走到赵聪处来"的；到了赵聪屋前，因赵聪还没起床，"六老呆呆的等了个把时辰"；等赵聪好不容易出来了，很不客气地问他有什么话说时，六老却连大气也不敢出，小心地陪着笑脸，试探着提出了挪借的事。赵六老迟缓的步履、呆呆的等待、小心的陪笑、试探的口吻，无一不透露出他内心的犹豫、尴尬和万般苦衷，写得十分真实。

总之，无论就其社会意义而言，还是就艺术形象的塑造、结构形式和叙述体制而言，《赵六老舐犊丧残生》这部小说都为我们提供了可资借鉴的东西，弥足珍贵。拟话本小说作为我国小说史上介于"说书体"和近代"小说化"小说之间一种过渡形态的小说样式，对今天的读者来说，有其不可替代的特殊审美价值，而《赵六老舐犊丧残生》正是拟话本小说中的佼佼者。

（甘海岚）

席方平[1]

清·蒲松龄

席方平，东安人[2]。其父名廉，性戆拙[3]，因与里中富室羊姓有隙[4]。羊先死；数年，廉病垂危，谓人曰："羊某今贿嘱冥使搒我矣[5]。"俄而身赤肿，号呼遂死。席惨怛不食[6]，曰："我父朴讷[7]，今见凌于强鬼；我将赴地下，代伸冤气耳。"自此不复言，时坐时立，状类痴，盖魂已离舍矣。

席觉初出门，莫知所往，但见路有行人，便问城邑。少选，入城。其父已收狱中。至狱门，遥见父卧檐下，似甚狼狈；举目见子，潸然涕流[8]。便谓："狱吏悉受贿嘱，日夜搒掠，胫股摧残甚矣！"席怒，大骂狱吏："父如有罪，自有王章，岂汝等死魅所能操耶！"遂出，抽笔为词。值城隍早衙，喊冤以投。羊惧，内外贿通，始出质理。城隍以所告无据，颇不直席[9]。席忿气无所复伸，冥行百余里，至郡，以官役私状，告之郡司[10]。迟至半月，始得质理。郡司扑席，仍批城隍覆案。席至邑，备受械梏[11]，惨冤不能自舒。城隍恐其再讼，遣役押送归家。役至门辞去。席不肯入，遁赴冥府，诉郡邑之酷贪。冥王立拘质对。二官密遣腹心，与席关说，许以千金。席不听。过数日，逆旅主人告曰："君负气已甚，官府求和而执不从，今闻于王前各有函进，恐事殆矣。"席以道路之口，犹未深信。俄有皂衣人唤入。升堂，见冥王有怒色，不容置词，命笞二十。席厉声问："小人何罪？"冥王漠若不闻。度受笞，喊曰："受笞允当，谁教我无钱耶！"冥王益怒，命置火床。两鬼捽席下[12]，见东墀有铁床[13]，炽火其下，床面通赤。鬼脱席衣，掬置其上，反复揉捺之。痛极，骨肉焦黑，苦不得死。约一时许，鬼曰："可矣。"遂扶起，促使下床着衣，犹幸跛而能行。复至堂上，冥王问："敢再讼乎？"席曰："大冤未伸，寸心不死，若言不讼，是欺王也。必讼！"又问："讼何词？"席曰："身所受者，皆言之耳。"冥王又怒，命以锯解其体。二鬼拉去，见立木，高八九尺许，有木板二，仰置其下，上下凝血模糊。方将就缚，忽堂上大呼"席某"，二鬼即复押回。冥王又问："尚敢讼否？"答云："必讼！"冥王命捉去速解。既下，鬼乃以二板夹席，缚木上。锯方下，觉顶脑渐辟，痛不可禁，顾亦忍而不号。闻鬼曰："壮哉此汉！"锯隆隆然寻至胸下。又闻一鬼云："此人大孝无辜，锯令稍偏，勿损其心。"遂觉锯锋曲折而下，其痛倍苦。俄顷，半身辟矣。板解，两身俱仆。鬼上堂大声以报。堂上传呼，令合身来见。二鬼即推令复合，曳使行。席觉锯缝一道，痛欲复裂，半步而仆。一鬼于腰间出丝带一条授之，曰："赠此以报汝孝。"受而束之，一身顿健，殊无少苦。遂升堂而伏。冥王复问如前，席恐再罹酷毒[14]，便答："不讼矣。"冥王立命送还阳界。隶率出北门，指示归途，反身遂去。

席念阴曹之暗昧尤甚于阳间，奈无路可达帝听；世传灌口二郎为帝勋戚[15]，其神聪明正直，诉之当有灵异。窃喜两隶已去，遂转身南向。奔驰间，有二人追至，曰："王疑汝不归，今果然矣。"捽回复见冥王。窃意冥王益怒，祸必更惨；而王殊无厉容，谓席曰："汝志诚孝。但汝父冤，我已为若雪之矣。今已往生富贵家，何用汝鸣呼为？今送汝归，予以千金之产、期颐之寿[16]，于愿足乎？"乃注籍中，嵌以巨印，使亲视之。席谢而下。鬼与俱出，至途，驱而骂曰："奸猾贼！频频反复，使人奔波欲死！再犯，当捉入大磨中，细细研之！"席张目叱曰："鬼子胡为者！我性耐刀锯，不耐挞楚。请返见王。王如令我自归，亦复何劳相送。"乃返奔。二鬼惧，温语劝回。席故蹇缓[17]，行数步，辄憩路侧[18]。鬼含怒不敢复言。

约半日，至一村，一门半开，鬼引与共坐；席便据门阈[19]。二鬼乘其不备，推入门中。惊定自视，身已生为婴儿。愤啼不乳，三日遂殇[20]，魂摇摇不忘灌口。约奔数十里，忽见羽葆来[21]，旛戟横路。越道避之，因犯卤簿[22]。为前马所执，絷送车前[23]。仰见车中一少年，丰仪瑰玮[24]。问席："何人？"席冤愤正无所出，且意是必巨官，或当能作威福[25]，因缅诉毒痛[26]。车中人命释其缚，使随车行。俄至一处，官府十余员，迎谒道左。车中人各有问讯，已而指席谓一官曰："此下方人，正欲往诉，宜即为之剖决。"席询之从者，始知车中即上帝殿下九王[27]，所嘱即二郎也。席视二郎，修躯多髯，不类世间所传。九王既去，席从二郎至一官廨[28]，则其父与羊姓并衙隶俱在。少顷，槛车中有囚人出[29]，则冥王及郡司、城隍也。当堂对勘席所言皆不妄[30]。三官战栗，状若伏鼠。二郎援笔立判。顷之，传下判语，令案中人共视之。判云："勘得冥王者，职膺王爵[31]，身受帝恩。自应贞洁以率臣僚，不当贪墨以速官谤[32]。而乃繁缨棨戟[33]，徒夸品秩之尊；羊狠狼贪，竟玷人臣之节。斧敲斤斫，妇子之皮骨皆空；鱼食鲸吞，蝼蚁之微生可悯[34]。当掬西江之水，为尔涤肠[35]；即烧东壁之床[36]，请君入瓮[37]。城隍、郡司，为小民父母之官，司上帝牛羊之牧[38]。虽则职居下列，而尽瘁者不辞折腰[39]；即或势逼大僚，而有志者亦应强项[40]。乃上下其鹰鸷之手[41]，既罔念夫民贫[42]；且飞扬其狙狯之奸[43]，更不嫌乎鬼瘦。惟受赃而枉法，真人面而兽心！是宜剔髓伐毛，暂罚冥死；所当脱皮换革，仍令胎生[44]。隶役者，既在鬼曹[45]，便非人类。只宜公门修行[46]，庶还落蓐之身[47]；何得苦海生波，益造弥天之孽？飞扬跋扈[48]，狗脸生六月之霜[49]；隳突叫号[50]，虎威断九衢之路[51]。肆淫威于冥界，咸知狱吏为尊；助酷虐于昏官，共以屠伯是惧[52]。当于法场之内，剁其四肢；更向汤镬之中[53]，捞其筋骨。羊某，富而不仁[54]，狡而多诈。金光盖地，因使阎摩殿上，尽是阴霾[55]；铜臭熏天[56]，遂教枉死城中[57]，全无日月。余腥犹能役鬼，大力直可通神。宜籍羊氏之家[58]，以赏席生之孝。即押赴东岳施行[59]。"又谓席廉："念汝子孝义，汝性良懦，可再赐阳寿三纪[60]。"因使两人送之归里。席乃抄其判词，途中父子共读之。既至家，席先苏；令家人启棺视父，僵尸犹冰，俟之终日，渐温而活。及索抄词，则已无矣。

自此，家日益丰，三年间，良沃遍野；而羊氏子孙微矣，楼阁田产，尽为席有。里人或有买其田者，夜梦神人叱之曰："此席家物，汝乌得有之！"初未深信；既而种作，则终年升斗无所获，于是复鬻归席[61]。席父九十余岁而卒。

异史氏曰[62]："人人言净土[63]，而不知生死隔世，意念都迷，且不知其所以来，又乌知其所以去；而况死而又死，生而复生者乎？忠孝志定，万劫不移[64]，异哉席生，何其伟也！"

（选自《聊斋志异》）

[注释]

[1]《席方平》——选自蒲松龄文言短篇小说集《聊斋志异》。蒲松龄（1640—1715），字留仙，一字剑臣，号柳泉居士。清代山东淄川人。家贫，勤学，少有文名，为施闰章、王士禛社等器重。屡试不第，七十一岁始成贡生。

以教塾为生。工诗文，有诗集六卷，文集四卷和一些戏曲、俚曲。新著小说集《聊斋志异》历二十年而成书，尤为著名。该书共四百三十一篇，分八卷，或分十六卷。多借鬼狐故事，以抒发对现实的不满，刻画社会的黑暗污浊，官场科举的腐败虚伪。有关爱情故事各篇，抨击不合理的婚姻制度，表达了自由恋爱的婚恋观。小说行笔细致委婉，曲折入胜，代表了我国文言小说发展的顶峰。

［2］东安——今河北省安次县。

［3］戆（gàng 杠）拙——鲁莽朴直。

［4］隙——嫌隙，仇怨。

［5］搒（pēng 抨）——鞭。

［6］惨怛（dá 达）——伤痛。

［7］讷（nè）——言语迟钝。

［8］潸（shān 珊）然——流泪貌。

［9］直——意动词，即认为……属于有理的一方。

［10］郡司——郡守。但明清已无郡，此盖指迷信传说中的州府城隍。

［11］梏（gù 固）——本指手铐，此处泛指刑罚。

［12］捽（zuó 昨）——揪。

［13］墀（chí 迟）——台阶，也指殿上的空地。

［14］罹（lí 离）——遭受。

［15］灌口二郎——民间传说中的二郎神杨戬，他是玉皇大帝的外甥。

［16］期颐——《礼记·曲礼》："百年曰期颐。"

［17］蹇（jiǎn 简）——行动迟缓。

［18］辄（zhé 辙）——每，总是。　憩（qi 气）——休息。

［19］门阈（yù）——门槛。

［20］殇（shāng 伤）——未成年而死。

［21］羽葆——用羽毛装饰的车盖。

［22］卤簿——皇帝或王公大臣出行时扈从的仪仗队。

［23］絷（zhí 直）——拘系，捆缚。

［24］瑰玮（guī wěi 归委）——美好。

［25］作威福——作威作福。《书·洪范》："惟辟作福，惟辟作威，惟辟

玉食，臣无有作福作威玉食。"指统治者专行赏罚，独揽威权。后以指妄自尊大，滥用权势。此处谓作主，作出专断。

[26] 缅（miǎn 免）——尽。

[27] 殿下——汉以来通称诸侯王为殿下。唐则称太子、皇太后、太后为殿下。

[28] 官廨（xiè 谢）——官署。

[29] 槛（jiàn 见）车——囚车。

[30] 对勘——对质，审问。

[31] 膺——担任。

[32] 速——招致。

[33] 繁（pán 盘）缨——诸侯之马腹带饰。　棨（qǐ 启）戟——有缯衣或油漆的木戟，用为官吏外出时前导的仪仗。

[34] "斧敲"四句——比喻敲榨勒索。斧、斤，俱砍木之铁器。刃横者曰斤，刃纵者曰斧。斫（zhuó 浊），砍削。蝼蚁，蝼蛄和蚂蚁，比喻弱小的生命。

[35] 湔（jiān 兼）——清洗。

[36] 东壁——星宿名，玄武七宿之一，四方似口。"东壁之床"与下文之"瓮"指同一刑具。

[37] 请君入瓮——唐武则天时，酷吏周兴犯罪，命另一酷吏来俊臣治之，来佯问周说："犯人不肯认罪，当用何法治之？"周说："容易，将他送入瓮中，拿火来烧。"来便令人烧好大瓮，对周说："上面让我治你的罪，请君入瓮吧！"周立时叩头伏罪。后世即以"请君入瓮"喻指作法自毙。

[38] 牛羊之牧——以对牛羊的放养比喻对百姓的管理。《逸周书·命训》："古之明王，奉此六者以牧万民，民用而不失。"

[39] 尽瘁——鞠躬尽瘁，意思是，为国事而尽心竭力。瘁（cuì 脆）：劳累。　折腰——本谓鞠躬行礼。《晋书·陶潜传》："潜为彭泽令，郡遣督邮至，县吏曰：'应束带见之。'潜叹曰：'吾不能为五斗米折腰，拳拳事乡里小人。'义熙二年，解印去。"这里引用是谨于职守的意思，与原意不同。

[40] 强项——性格刚强而不肯低首下人。据《后汉书·董宣传》，董宣为洛阳令，杀湖阳公主苍头。光武帝大怒，令小黄门挟持董宣，使叩头谢立。

宣两手据地，终不肯俯首。帝无奈，勅"强项令出"。

[41] 上下其鹰鸷之手——上下其手，指官吏互相勾结，违法作弊，颠倒黑白。鹰鸷（zhì 至），俱猛禽。

[42] 罔——不。

[43] 狙（jū 居）——猿类。 狯（kuài 快）——狡猾。

[44] 胎生——佛教分世界众生为四大类：胎生、卵生、湿生、化生。人和畜俱属胎生。

[45] 曹——古时分职治事的官署或部分。

[46] 公门——衙署。

[47] 庶——或许。蓐（rù 入）——草垫，此处指产蓐。

[48] 飞扬跋扈（hù 户）——本谓不循轨度，此处是骄横恣肆的意思。

[49] 六月之霜——据《淮南子》载，战国时邹衍本忠于燕惠王，反被人诬陷下狱，他仰天大哭，时值盛夏，天竟为之感动而下了霜。这里借以形容脸色的阴冷难看。

[50] 隳突叫号——柳宗元《捕蛇者说》："悍吏之来吾乡，叫嚣乎东西，隳突乎南北，哗然而骇者虽鸡狗不得宁焉。"隳（huī 灰）突，横行无忌。

[51] 九衢之路——四通八达的大道。

[52] 屠伯——据《汉书·严延年传》，严延年为河南太守，曾处决了大批囚犯，以致流血数里，时人称之为"屠伯"。

[53] 汤镬——古代酷刑，用以烹人。镬（huò）烹煮食物的炊具。

[54] 富而不仁——《孟子·滕文公上》："为富不仁矣，为仁不富矣。"

[55] 霾（mái 埋）——大风杂尘土而下。

[56] 铜臭——东汉崔烈以钱五百万买得司徒，问其子崔钧："吾居三公，于议者何如？"崔钧说："论者嫌其铜臭。"见《后汉书·崔寔传》。

[57] 枉死城——佛教传说屈死鬼居住之处。

[58] 籍——查抄没收。

[59] 东岳——即泰山。迷信传说以为泰山之神东岳大帝掌管阴刑罚。

[60] 纪——古以十二年为一纪。

[61] 鬻（yù 玉）——卖。

[62] 异史氏——作者自称。按，作者作《聊斋志异》，模仿《史记》体

例。司马迁曾任太史令，每于传尾发表评论，自称"太史公"。作者以为《聊斋志异》非正史，而是"异史"，故自称"异史氏"。

[63] 净土——即佛教所说的西方极乐世界，或称佛国、佛土。那里没有烦恼、灾难，没有垢染，清净安乐，故称"净土"。

[64] 万劫——无穷无尽的时间，佛家物质世界由形成到毁灭的一个过程为一劫。

[译文]

东安人席方平，他的父亲席廉性情鲁直朴拙，因而与乡里中的羊姓富户有了嫌隙。姓羊的先死；几年后，席廉患病，生命垂危之际，对家人说："姓羊的如今贿赂了阴曹的差役，让他鞭打我呢。"一会功夫，身子红肿起来，就号叫着死去了。席方平心中哀痛，食不下咽，说："我父亲为人老实，拙嘴笨腮，如今受到强鬼欺负，我将去阴间，替他伸冤。"从此不再说话，时而坐着，时而站着，模样像个傻子，就是魂已出壳了。

席方平自己觉得，才出家门时，不知道往哪儿去，但看见路上有行人，便向他们打听进城的路。走了一阵，进得城来，闻知父亲已被投入狱中。来到监狱门口，远远望见父亲躺在屋檐之下，样子非常狼狈，抬眼看见儿子，（禁不住）老泪纵横。就对儿子说："狱中官吏都受了姓羊的贿赂，被买通了，没日没夜地拷打我，我的腿骨都要打折了！"席方平非常愤怒，大骂狱吏："我父亲如真的有罪，自有王法，难道是你们这些死鬼所能（任意）操纵的吗？"（说着）就走出监狱，拿出笔来，写了状词。正碰上城隍坐早衙。席方平就去喊冤，把状纸投了进去。姓羊的心中害怕，便里里外外行贿，都买通了，才出面打官司。城隍认为所告之状缺乏根据，席方平很不在理。席方平怒气难伸，就在阴间走了一百多里，到了府里，把（下边）官吏衙役徇私舞弊的罪状告到了府城隍那里。迟迟地等了半个月，才开庭审理。（结果）府城隍将席方平责打了一顿，仍批回县城隍复审。席方平回到县里，受尽了各种刑罚，惨痛、冤枉，心不能平。城隍怕他再去告状，派衙役把他送回家去。到了家门口，衙役辞别而去，席方平不肯进家门，跑到了阴曹地府，（向阎罗王）诉说府县城隍的残酷、贪婪。阎罗王立即命人将有关人员抓来对质。府县城隍暗中派遣心腹找席方平说合，答应给他一千两银子。席方平不听这一套。过了几天，旅店掌柜告诉他说："您过于感情用事，官府找你求和，你还不答应，现在听说他们都有礼盒送到阎罗王那里去了，恐怕事情危险了。"席方平以为是道听途说，还不大相信。过一会，衙役传唤他进去，只见阎罗王升堂，面带怒色，不让他说话，就命打他二十板子。席方平厉声问道："小人有何罪?"阎罗王态度冷漠，好像没听见。席方平挨了板子，喊道："挨打活该，谁叫我没钱呢!"阎罗王更加恼怒，吩咐火床伺候。两个小鬼将他揪下殿去，只见东边地上有一铁床，下面烧着火，床面烧得通红。小鬼剥去他的衣服，把他抬到床上，反复按捺揉搓。他觉得疼痛之极，骨肉都烧焦变黑，而求死不能。大约过了一个时辰，小鬼说："行了。"就把他扶起来，下了床，穿上衣服，所幸的是，腿虽瘸了，但还能走。又来到堂上，阎罗王说："还敢再告状吗?"席方平说："我的血海冤仇未能伸张，方寸之心依然不死，如果我说不告状了，那是欺骗大王，一定还要告状!"又问他："你要告什么?"他说："我所经受的都要一一申诉。"阎罗王又大发脾气，命小鬼用锯锯开他的躯体。两个小鬼将他拉了去，见立着一根木桩，约有八九尺高，有两块木板平放在它的下面，自上至下凝结着血迹，模糊一片。小鬼将要捆他，忽然堂上大叫"席方平"，两小鬼就又将他押了回去，阎罗王又问他："还敢告状吗?"他回答说："一定要告!"（于是）阎罗王命小鬼将他抓去速速锯解。拉下去之后，小鬼就用两块木板夹住度方平，捆在木桩上。锯刚往下拉，他觉得脑袋被渐渐劈开，疼痛难忍，但他强忍着，就是不号叫。（这时）他听见小鬼说："真是条硬汉子!"锯声隆隆，即将拉到胸脯，又听见一个小鬼说："这人没有罪，还是个大孝子，咱们把锯稍微偏一点，别伤了他的心脏。"席方平就觉得锯条拐了个弯，拉了下去，感到加倍地痛苦。过了一会儿，半截身子被劈开了。板子一解开，两半身子都倒了下来。小鬼上堂大声报告了锯解情形。（只听）堂上传呼，让将席方平的两半身子合起来见阎罗王。两个小鬼就将他的两半身子推着又合在一起，拽着他前行。他觉得身上有一条锯缝，非常疼痛，似乎又要裂开，刚迈了半步，就倒了下去。一个小鬼从腰间取出一条丝带递给他，说："把这个送给你，算是你的一片孝心得到的善报。"他接过来，扎在身上，全身立时有了力气，一点痛苦也没有了。于是他上得堂去，俯伏在地。阎罗王像刚才那样又问了一遍，他怕再次遭受酷刑，就回答说："不告状了。"阎罗王立即命人送他回阳间。衙役领他出了北门，给他指了指回去的道，便转身走了。

席方平心想：这阴曹地府比阳世还要黑暗，怎奈没有渠道可以告到玉帝那里！世上传说灌口二郎是玉帝的功臣和亲戚，那位尊神聪明正直，要向他申诉，应当会有灵验。他看到两个衙役已经走了，心中暗喜，就转身向南方走去。正往前快奔，有两人追了上来，说："阎罗王怀疑你没回家，现在果然这样。"（说着）又将他抓回去见阎罗王。他心中猜想：阎罗王一定更加恼怒，自己必遭更惨的祸殃；可是，（没想到）阎罗王毫无严厉的表情，他对席方平说："你确实是一片孝心。但你父亲的冤案，我已经替他昭雪了。现在他已经投生到富贵人家去了，哪还用你喊冤呢？现在我送你回去，给你千金的产业，百岁的寿命，这样能满足你的愿望吗？"（说着）就记入簿册之中，盖上大印，让他亲自过目，席方平拜谢下殿，小鬼和他一起出来，到了路上，一边驱赶他走，一边骂他说："奸猾的贼徒！你一而再，再而三，反复无常，让人跟着你奔波劳碌，累得要死！如敢再犯，定当捉去投入大磨，细细研磨。"席方平瞪大眼睛叱骂他们说："鬼东西，你们算干什么的！我的脾气受得了刀锯，不耐烦鞭挞。请和我回去见阎罗王，如果王让我自己回去，又何必劳你们相送。"（说着）回过头就走。两个小鬼害怕了，用好话劝他回来。席方平故意放慢脚步，走几步，就在路旁歇歇。小鬼心怀恼怒，也不敢再发话。

大约走了半天光景，来到一个村子。有一家的门半开着。小鬼拉席方平一起坐下，席方平坐在了门槛上，两个小鬼乘其不备，把他推进门里。席方平先是一惊，等定下神来一看，自己已转生为婴儿。他心中愤怒，啼哭不止，不肯吃奶，三天就夭亡了。（这时）他心魂不定，却不忘去灌口告状。大约奔走了几十里，忽然一辆带有羽饰伞盖的车子迎面驰来，旛幢棨戟横满道路。他跨过道路躲避，却因而碰到了仪仗，被马前侍从抓住，捆绑起来，押送至车前。抬起头来一看，只见车中坐一少年，丰神仪表光采超群。（那少年）问席方平说："你是何人？"他正感到冤枉、愤恨无处宣泄，而且猜想这必是一员大官，说不定能替自己作主，于是将所受的苦楚一一叙述一遍。车中那位少年命侍从给他解开绳索，让他随车前行。一会儿功夫，来到一个地方，有十几位官员在路旁迎候、谒见。车中少年对他们逐一问了话，末了指着席方平对一位官员说："这是一个下方人，正要去告状，应当马上审理他的案子。"席方平向随从打听，才知道车中坐的是玉帝殿下九王，他所嘱咐的就是灌口二郎。席方平再去看二郎神，只见他高高的个子，胡须很多，不像世上传说的那个相貌。九王走后，他随同二郎神来到一个衙署，原来他父亲、姓羊的和衙役们都已经在那儿了。过了一会儿，有人从囚车中出来，原来是阎罗王及府县城隍。当堂对质、审问，席方平所说全无虚妄之词。三个官儿浑身打颤，样子就像缩伏地地上的老鼠。二郎神拿起笔来立即判决。过了一会儿，判决书传了下来，让当事人共同观看，判词说："查明：阎罗王职务高为王者，身受玉帝之恩宠，本当正身洁行，成为僚属的表率，不该贪赃枉法，招致对官府的怨谤。可是你繁缨棨戟，徒然以此夸耀官品的尊显；贪得无厌，玷污了人臣的节操。敲其骨，吸其髓，在你的压榨之下，妇女、儿童的皮骨都成空壳；如鱼食，如鲸吞，在你的盘剥之中，卑微小民的生命实属可怜。应当捧来西江之水为你洗涤肚肠；立即烧红火床，让你也尝尝酷刑的滋味。府县城隍做为父母官，是代玉帝来管理百姓的，虽然职小位卑，但若尽心办事，就该不辞辛劳；即使有大官以势相逼，若有志保民，也应当不向权势者低头。可是你们竟然不顾百姓的穷苦，耍弄鹰鸷般凶狠的手段巧取豪夺，更不嫌死鬼的精瘦，没有油水，而肆行猿猴般的奸狡，搜括无情，为了贪赃受贿而枉法害人，真是外长人面，胸怀兽心。这些官僚可以暂免死刑，但要剔除骨髓，刮去毛发，脱下人皮，换上兽革，让他们转世成为畜生。衙役们，既在阴曹地府，便不属于人类，（就你们来说，）只应当在官衙中多行善事，或者尚可转生为人；怎能在苦海中推波助澜，更造下弥天大孽？骄横恣肆，狗脸上带着阴冷的颜色；横行无忌，吵闹喧嚣，狐假虎威，垄断街市。在阴间滥施威风，人人都知道狱吏的森严可怖；在昏官前助纣为虐，都把你们看成望而生畏的屠伯。应当在法场上剁掉他们的四肢，再投入汤镬之中，加以烹煎。羊某人，富有而不讲仁义，诡计多端，凭着他那些臭钱，役使小鬼，买通阴官，弄得阎罗殿上、枉死城中暗无天日。应当抄没姓羊的家产，用来奖赏席方平的孝行。立即将有关人犯押送到东岳大帝处发落。”（宣读完判决书之后，）又对席廉说：“考虑到你的儿子孝顺，你生性善良而懦弱，可再赐给你三十六年的阳寿。”于是派了两个人送他们回故里。席方平还抄了判决书，路上父子二人又一起读了一遍。到家之后，席方平先苏醒过来；让家人开棺看他父亲，僵尸仍然冰冷，等了一整天，躯体才渐渐变温，活了过来。等席方平向父亲要所抄之判决书时，已经杳无踪影了。

从此，席家的家产越来越大，三年之间，到处都是他们的良田；而羊姓子孙却衰败了，楼阁田地都成了席家的。村里有人买了他们的田，夜里梦见神人喝斥他说：“这是席家的东西，你怎么能占有呢？”起初他还不太相信，后来播种、耕作，一年下来，连一升一斗也没收，于是又卖给了席家。席方平的父亲直活到九十多岁才死去。

异史氏说：“人人都谈论净土，而不知道生前和死后分属于阳世和阴世，彼此相隔，（在转换之间，）意识都模糊不清，怎么来的尚且不知道，又怎么知道到哪里去呢？更何况死后还会死，生了还会再转生呢。能够定志向尽忠尽孝，历经万劫都不改变，席方平多么与众不同，又多么伟大呀！"

[鉴赏]

蒲松龄是中国文学史上的一个旷世奇才，在文言小说趋于衰落的清代，以其生花之笔，远绍志怪、传奇之余韵，使文言小说这一古老的文学样式再现生机，重结硕果，矗立起空前未有的丰碑。蒲氏所著《聊斋志异》一书，笔之所及，无非牛鬼蛇神，花妖木怪，而意之所指，则尽是人情种种，世态般般。其中《席方平》就是借鬼神以影射人世的一篇佳作。

故事起因于席父与富户羊某生前的龃龉，而情节主要在阴世展开。席父与羊某过世之后，羊某以贿赂嘱使狱吏榜掠席父，以致"胫股摧残"。席闻知此事，便忿而魂赴地下，代父鸣冤。于是作品以席的申诉活动为线索，将一幅幅阴惨惨、血淋淋、触目惊心的丑恶画面推到读者面前。原来被世人想象为"净土"的阴曹地府，竟然由狱吏直至冥王，无人不受贿，无官不贪墨；层层司法机构，保护的是作奸犯科之徒，种种残酷刑罚，惩治的是善良无辜之辈，总之，是一个权钱交易和由此带来的是非颠倒，善恶易位的世界。对敢于反抗者，如席方平，他们采取软硬兼施的两手政策：一是毁形销骨的酷刑，一是挖空心思的利诱和欺诈。为了摧折其反抗之志，无所不用其极。《聊斋志异》虽曰："聊斋"，而从文中可以察觉，作者在"聊"《席方平》这一故事时，并无半点茶余饭后的闲情逸致，.有的只是难以抑制的义愤和怒火，这种义愤和怒火，当然不会是引发自作者自己编造的故事，而只能是引发自作者所目击的现实，《席方平》一文的写作则是借以发泄义愤和怒火的手段。可惜我们看不到作者有关这一方面的真实记载，只好以其同时代人方苞的《狱中杂记》来作为佐证了。方苞曾因受戴南山案牵连入狱，《狱中杂记》所记为其目睹亲历，据该文载，那里，罪犯入狱，生活安排，受刑轻重，以至处决时痛苦的大小，一决于行贿之多寡。重罪者出资可以保释在外，轻罪者无钱则械系囚室之中。审讯时，用刑轻重，依行贿多寡可分三等：出银三十两者，骨微伤；

出银多一倍者，仅伤皮肤；出银六倍者，当晚即步行如常。死刑犯处决时，买通刽子手，先刺心；未能随其意者，四肢尽解，心犹不死；而出千金之资者，甚至死刑亦可移之他人。真是有天无日，黑暗腐败到了极点。方苞所记，不过是管中窥豹，见其一斑。由此及彼，可以推想出那时整个司法系统，整个官僚机构，贪赃枉法的腐败情形。民谚云"衙门口，朝南开，有理无钱莫进来"，正是这一冷酷现实在人们心目中的反映。如此看来，《席方平》一文所反映的现实，殆非子虚乌有，只不过把它说成另一世界的事，韬其晦，隐其光，就不那么刺眼了。

作者笔下的席方平，是一个敢于向恶势力挑战的英雄，他面对的是掌握生杀予夺大权的腐败的阴司，身处的是一张由金钱与权力相结合，织成的密不透风的网，而他的无畏的英雄性格，正是在这样一个恶劣的环境中，在与强大敌人的战斗中一步步展现出来的。席方平继承了其父性格中"戆"的特点，要报仇，要伸冤，"大冤不伸"就"寸心不死"，虽受尽折磨，百折而不回。你看他，先诉之城隍，不受理便诉之府司；又被批回，复诉之冥王；冤仍未伸，竟想上达天廷。……如此层层上诉，层层受挫，而每上诉一次，便牵连一级官府，敌对力量也便成十倍成百倍地增强，到了冥王那里，和他为敌的已不是一个人，几个人或若干数量的人，而是阴世的整个官僚机构、权力系统，在它的面前，你只能处处碰壁，而难以逃脱它的樊篱。仿佛置身于如来佛的手心，任你十万八千里的筋斗，也只能落在原处。不仅如此，上诉每升一级，受到的打击也加重一层，到了冥府，打击直升级到令你粉身碎骨的地步。然而席方平九死未悔，犹一直上诉不已，曾无半点犹豫。"恩威并用"从来是统治者的两手策略，对这个"蒸不烂、煮不熟、捶不扁、炒不爆"的"铜豌豆"，"威"不济了，就动之以"恩"，甩出了"千金之产，期颐之寿"的诱饵，而席方平岿然不为所动。就这样，酷刑不能屈其心，钱财不能移其志，这条汉子可谓"戆"到家了。

但，我们还可以看到，在席方平的性格中有其父之"戆"，无其父之"拙"；有其父之"质"，无其父之"讷"。他能够义正辞严地责骂狱吏目无王章，又能够当廷讥刺冥王受贿枉法：他不讷。为避免"再罹酷毒"，他可以表示"不讼矣"；对于冥王的"施恩"，他也可以表示感谢与顺从，实则虚与委蛇而不改初衷：他不拙。当发现中计转生时，他"愤啼不乳，三日遂殇"，他又真是"戆"。可以说他的性格以戆直为主，而不乏机巧，作品突出了他性格的一个侧面，也显示了另一个侧面。

席方平的行为可谓悲壮之极，这种震撼人心的悲壮之举，其动因是什么呢？寻绎文意，我们发现，除了上述的个性因素之外，还有观念因素，在观念因素中，孝之作为动因不言自明。要说的是，席方平还在追求一种社会公正。而在他看来，社会公正的象征则是"王章"。当他看到父亲被"日夜捞掠"，以致"胫骨摧残"时，并非简单地感到狱吏狠毒，遂愤而与之拼命，而是大骂狱吏："父如有罪，自有王章，岂汝等死魅所能操耶！"你看，其时他虽怒火中烧，却是在和狱吏理论，他未必认为其父不能受刑，而是要求必须按"王章"办事。他屡屡上诉，诉的是"官役私状""郡邑之贪酷"，他是要讨得一个公道。俗话说："王子犯法，庶民同罪"，在旧时代，在尚未觉醒的群众心目中，公道来自王章，不分尊卑，不分贫富，不加干扰地施行王章，公道就在其中了。席方平的斗争，实际上是对于王章的纯洁性和尊严性的维护，在作者看来，这是"忠"的表现，所以称他"忠孝志定，万劫不移"。作者的评论也启示了我们：在席方平"何其伟也"的人格中，如同以上所述他的行为动因一样，既含有戆直、坚韧的个性因素，也包含有"忠""孝"等道德观念的理性因素。正是为孝父而复仇，为讨取公道而上诉，体现了他行为的价值取向；戆直的个性，坚韧不拔的意志，规定了他事迹的悲壮、惨烈。从席方平悲壮、惨烈的事迹中，读者还会不自觉地肃然感到一种令人振奋的"至大至刚"的"浩然之气"。那是一种为实现某种理想或维护某种原则而无所畏惧的气概，历史上许多志士仁人在是与非、荣与辱、公与私、屈服与反抗的抉择关头，常常自觉以这种"浩然之气"激励自己，以求实现道德上的自我完成，文天祥就是典型的例子。席方平没有那样高的思想境界与自觉，但他为一种原则而坚持斗争，蹈死不顾，不能不说在他的性格中有着以儒教为主体的我国传统文化的积淀（其中也包含了席方平的，也是作者的思想局限性）。

本文无疑是反映现实，揭露政治黑暗，抨击社会弊端的，然而作者却没有采用现实主义手法，而是借助荒诞无稽的描写，进行比况性的影射，这一方面折射了作者那个时代的政治气候，另一方面也显示出文言小说发展的进程。作者生活的时代，虽称"康熙盛世"，然满人入主中原未久，对汉人的反满情绪，极为敏感，在这种政治心理支配下，文网密织，大狱屡兴，人人自危，道路以目。作者作为一个有责任感而又明哲保身的作家，既要反映现实，又要加以矫饰，加之作者本来"雅爱搜神"，于是把笔尖由人世转向了阴间，但他并没有回到魏晋志怪的老路上去。魏晋志怪小说，文字简略，粗陈梗概，少有主题明确之作。至唐代传奇，文字则委婉曲折，描写细腻，而佳作多以志人为主。本文兼有魏晋志怪之奇，与唐代传奇描写之细，复以人世逻辑与为世俗所认可的阴世逻辑交织运用，形成了本文的艺术特色。

《席方平》的故事发展，层层递进，如波逐浪，密无间隙，读来若寻幽探险，曲曲折折，随处皆见奇境，而愈进愈奇，虽令人毛骨悚然，心为之颤，魂为之惊，而愈思前进，欲罢不能。作者对冥府对簿的描写，极尽辗转曲折之能事。席方平初见冥王，说了冤情，冥王"立拘质对"，完全是一副秉公执法的面目。公道似乎就在眼前，这使席心中充满希望和信任，虽旅店主人的告诫言之凿凿，席"犹未深信"。二次见冥王，情况发生了戏剧性的变化，冥王面带怒色，"不容置词，命笞二十"。旅店主人不幸而言中，孔方在起作用了，席当廷抗议，又招来了严酷的火刑、锯刑。但冥王态度的突变、酷刑的使用，尚不足奇，奇的是席方平第三次见冥王，席以为"祸必更惨"，读者也惴惴地准备观看还有什么更残酷的刑罚，谁知作者笔锋一转，一个出人意料的变化发生了：冥王"殊无厉容"，反以好言抚慰，许以"千金之产，期颐之寿"，还当场"注籍中，嵌以巨印，使亲视之"，以示不欺。好心的读者也许以为冥王此举是发了善心，抑或为了息事宁人而作了重大妥协。接着作者笔锋又一转，转出了一个更加匪夷所思的变化：在押送席方平归家途中，鬼使乘其不备，猛然一推，迫使其转生了。原来冥王的利诱和煞有介事的表演也只是一个骗术，生死轮回作为生命运符的规律（当然是根据佛教的说法），竟也被用作对付强项者的手段。如此情节在读者意想之外变幻莫测地发展，自然予人以新奇感，而新奇之余，静言思之，这种种变化，对一个老奸巨猾的官吏来说，又似乎是在情理之中。真正在逻辑上让人生疑的倒是锯解之刑，作者对此作了极为细致的描写，读之恍若亲见，令人惊讶，令人瞠目。锯解的整个过程，席方平竟能清醒地体察。开始他感觉到"头脑渐辟"，还听到锯声"隆隆"；锯行至胸下感到了锯锋绕过心脏，曲折而下。身体解做两片，又可以"推令复合"；束以鬼卒所赠丝带，竟然神奇地"一身顿健，殊无少苦"，真是奇之极，荒诞之极，也有趣之极。读者在惊恐和好奇中，一边读一边自问："这可能吗？""这合理吗？"而恍然悟到这一切是发生在阴间时，这种荒诞的描写便作为合理的事被接受了。因为在迷信传说中，鬼魂比起活人来，有很大的随意性、特异性，它可大可小，可聚可散，可以变幻形态，可以穿过障碍，等等、等等。就是说，在阴间，事物遵循的是另一种逻辑。两种逻辑的交错使用，使文章产生一种新而不造作牵强，奇而能令人理解的特殊效果。

最后谈一谈灌口二郎的判词。这篇讨伐贪污腐败的檄文，大义凛然，文词锋利，激愤之情溢于言表，表现出作者对狼贪鼠窃之辈的深恶痛绝，对荼毒小民之行的痛心疾首。这篇判词用骈文写成，骈文在叙事方面有其局限性，在抒情方面却有独特的效果。南齐孔稚珪的

《北山移义》，唐代骆宾王的《讨武曌檄》都是这方面的传世佳作。这首判词也和那些佳作一样，四六对句，音韵铿锵，给人以痛快淋漓、尽情尽意之感；骂尽天下赃官，有咬牙切齿、食肉寝皮之慨。作者对于人民的同情心，对于人民的爱心，在这里化为对丑恶现实的愤怒和斥骂，以此稍疏其胸中之块垒。

（阎敬之）

拾　翠[1]

上元汤汝亨[3]，今时之柳七也[4]。工于词，亦善诗赋，独至于文，则猝不能辨。当风檐寸晷中[5]，犹时构小令[6]，洎乎纳卷[7]，满纸饾饤[8]，绝无一语可取。以故年届三旬，青衿犹未上体[9]，日逐逐于童子试帖不为忧[10]，同人咸惜之。然其词名，噪乎左右，虽妇人小子，莫不挹其余芬[11]，似亦人生得意事。丙寅岁，小试又北[12]，兼亡其雌，独居无聊，乃赴丹徒某公召，流连多日，遂入籍而仍前不售，士林益加笑之。落拓之后，其词愈工，曾有《剪刀·临江仙》曰[13]：

“买自并州光似雪[14]，殷勤玉手擎将。丝丝缕缕吐吞忙。灯前轻放处，尺寸费思量。慢道春风如汝快[15]，秋来伴尽宵长。银釭影里燕低翔[16]。裁成犹有待，古塞莫飞霜。”

由是丹徒之士女，又复脍炙于口，传诵不休。

一日郊游，过邑绅孙姓，负郭巨家也[17]，以某公故，颇尽地主仪，盘桓至暮而后去。孙有笄女[18]，貌绝美，尤嗜词，偶得汤集，讽咏勿衰，时置一帙于绣筐，凡有所吟，悉和汤韵。虽切依刘之念[19]，而未稔为何许人[20]。女有贴身婢，拾翠其名，貌亦与女相伯仲，是日窥客，得识汤。见其丰神秀逸，虽中岁而美拟羊车[21]，因阴以语女。女遂思慕不置，竟以此致疾。女父母探知其意，俱嗤曰："汤生老大无成，将以曲子名家者[22]，何足以当雀屏之选[23]？"亟为之议婚于豪家，而绐诸婢[24]，使报女曰："郎即卷中人也。"翠识女心，果以汤告，病寻疗。既而知其非是，翠乃自咎曰："予误阿姑事，阿姑其谓我何。予必遂其志而后无憾！"

翠有外家居城中，其舅为邑诸生，因翠父鬻女作婢，斥绝之，音问不通，然翠犹能识其处。遂窃女词一卷，中夜潜出，奔外家。月色路暗，跋疐而前[25]，寸趾为之尽裂。至邑，门犹未辟，匿迹丛莽间，宵露沾濡，勿恤也。门启而入，物色而至舅家。适姥倚闾待莱佣，翠乃哭拜于地，伪言主人狂荡状，"将以予为小妻，不从则挞楚，予恐贻外家羞，故急而投姥"。言已，涕泗交下，悲不自胜。姥故怜翠，抚慰之煦煦焉[26]，亦流涕不止，携之入，谓曰："若父直畜产耳，累吾家一块肉狼狈至此，夫复何言？"有顷，舅亦自外来，翠起拜谒。舅诘之，得其故，乃奋然曰："汝值止十五缗耳，予虽单寒，贷田二亩，可以之毕事，奚忍以姊之遗体，为人画屏姬[27]？"翠复泣谢。舅乃与姥谋，暂贷于人，如其数，浼孙之近族，往赎券契。且明告"绅与衿等耳，辱吾甥，犹辱吾也；如不与，势必涉讼乃已！"某诺而往。时孙氏失翠，闻其舅在宫墙[28]，深以为虑。乃某至言之，始知翠在外家，乃大喜，慨然与之，无吝色。然在孙女已如失左右手矣。

翠居姥室，易侍儿妆，为贫家处子。姥与舅为择所适，翠私谓姥曰："儿命薄，不足以当金夫[29]；闻有汤某者，本上元人，贫而鳏，年仅而立[30]，或可婚"姥以翠言语舅。舅亦薄汤，而姑难其词。翠乃以一卷授舅曰："持此谒汤，事必有济。"舅及览，置斋中而他往。甫出，遭汤于途，二人故熟识，因拉之归。而翠适在书室，见客至，如娇鸟惊弓，翩然而逝，亦未暇审其为汤也。舅揖汤就坐，入而呼茶。汤见案头集，取而翻阅，开卷则《行香子》一阕，恍若为己作者。词曰：

> 窗外风清，窗里烟清，一炉香暂且消停。闲凭玉案，懒阅《金经》。看苏家髯、辛家幼、柳家卿[31]。掩卷思生，展卷春生，个中人忒煞关情。吴头楚尾[32]，徒仰芳名。待坐君床，捧君砚，与君赓[33]。

汤吟哦，手不停披，见集中誉己者什之三，和己者又什之五，其他盖寥寥焉。乃拍案大呼曰："女钟期固在此耶[34]！"因而目不瞬，腕不辍，口无停声。茗既至，而客诵如故。舅遂戏扑其肩曰："得意哉，吾兄也！"汤始惊顾而起，谓舅曰："仆生三十年，文字之知，固无一二，而巴人下里[35]，和者为多，然未有相爱若此者。愿得作者香名，庶他日可报知己。"舅取一览，即掷去曰："此闺中断编耳，兄何辱问？"汤不平其言，忿然曰："勿论其情，即此词与仆齐驱，当亦香奁之少游矣[36]。兄何大言欺人哉！"舅见汤意垂涎，乃坐而告曰："小甥女初学拈毫，妄有所作，弟已屡呵之，兄为大巫[37]，胡揄扬至此？"汤闻惊喜曰："吾兄宅相得人[38]，惜乎女也。若得门楣如我辈，不依然魏家之舒哉？"语盖亟于自荐。舅默然，徐曰："即令雄飞[39]，亦不过与君相埒；且小女子年才二八，对客犹憨跳，未可以任人井臼[40]。"语盖诮汤而阳拒之。言已，间以他说，不再齿。及汤知所见即其人，心益动摇，不克自主，遂托故辞去。翌日，径浼所契向舅求鸾胶[41]。舅本不欲，而虑拂翠意，惟谢曰："甥女出身寒贱，恐异日有弃捐之羞，勿敢诺。"汤又倩某公言之，婚乃谐。

阅两月，汤即纳采亲迎。既卜吉矣，翠忽谓姥曰："旧主人固可不使知，但阿姑素厚我，闻渠亦将于归，盍往视之。"姥以语舅，舅不许，姥争之力，始与姥偕往。时女以聘非所愿，抑郁勿舒，疾复作，辗转床蓐间，盖恒有泪痕焉。豪家亦既下聘择日，竟与汤暗同。翠至，闻其期，心甚喜。入谒主媪，以舅故，甚蒙优礼。及入闺闼，女见翠，低鬟蹙黛[42]，娇嗔者久之，甫曰："若舍我而去，何复来耶？"翠谢过。女逊姥坐，因诘翠近日何作，姥代答曰："近将事人，针黹亦大忙[43]。"女问婿家阿谁，姥笑曰："曲子汤相公，何堪垂问耶！"女艴然[44]，粉容顿异，向壁卧，不复言。又许时，姥将携翠归，翠曰："儿与阿姑尚未通片言，宜少留，俟吉期，姥来相迎，不已得绸缪旬日乎？"姥许之，竟先返。翠晚夕请女屏人，相与语。翠曰："姑亦知翠之来意乎？"女愀然。翠乃叹曰："翠因阿姑，此心碎矣。向侧闻阿姑言李易安、朱淑真事[45]，每为之泫然。窃意姑非没字碑[46]，可以随俗俯仰者。因见姑慕汤某，亟为怂恿其成，不意主人竟许豪家。豪故胸无滴墨者也，姑与为偶，保不为二古人之续乎？今来敬献良策，愿姑一言而决。"女闻翠言，意甚耸动，亟询之。翠曰："汤之落魄，与年齿之长，姑所知也。翠今之与缔姻，实系阿姑故。姑若思践前言，以图两美之合，翠愿以此姻让姑；倘辞长就少，辞啬就丰，翠请明日返，自往事之。惟姑裁处，翠无赘言。"女至此顿解翠意，知其以彼易此也，不胜感激，无复踌躇，毅然曰："若以好事让予，适如我愿。虽然，其如豪家何？"翠不答，女亦会意，知其以此易彼也，但为己所乐，坦然不疑，惟诘曰："相易固大佳，然计安出？"翠耳语数四，女乃喜动颜色。由是日处闺中，彼仿此之态度，此摹彼之声音，不数日，合同而化，习见者亦猝不能辨，人固莫测其意。

女疾既瘥，阃室欢然。浃旬，姥来迎翠，女绐之曰："翠侍我有年，近将嫁，衣饰不可后于人，我已代制，尚未竣工。俟佳期，媪薄暮来，则人与物皆可将去矣。"媪素近小利，喜而诺之，竟复归。舅虽怪之，究无如媪何。至日，女与翠故晏起。食余，尽逐婢媪，坐一小间中，相对整妆，务极华丽，均以垂珠遮娇面，衣无异彩，履少殊红，非迫视，罕能识别。日过晡[47]，始阖其户，而媪早蹒跚而来，入闺即语曰："老悖无知[48]，为若舅呕死矣。盍亟行。"翠命女立，而己坐，且肖女声谓媪曰："痴老姥亦大匆忙，谁误若家小娘子事耶?"因顾女曰："翠可从姥去。他日相思，不妨往视予。"乃指一巨箱示媪曰："以此赠若甥，慎勿憎其薄。"媪称谢。翠命婢舁之，同媪出。女亦尾之行，绝不回顾，亦不再入辞主媪。媪故以肩舆来，乘之遂往，人皆讶其恝然[49]。

翠既遣女，仍阖户兀坐，不见一人。未几而城市夕严，邑门早闭。豪家亦居城外，距孙只一水地，故亦及昏始行礼。吉时将届，女父母双来款户，翠料鱼钥已下[50]，往者莫追，欣然启入。女父母把袂话别，顿觉有异，乃骇然。盖前此整理衾具，举家若狂，婢妪匆匆，亦未暇留意，且女性执拗，父母恒听其自然，故闭户独居，无敢扰。及夫灯前觌面[51]，结帨施衿[52]，则赝鼎无能尽掩[53]，而春光泄矣[54]。女父大怒[55]，厉声责问。翠从容而言，情词慷慨，且云："自知有罪，待死于此，请即毕命主前，以报姑之大德。"语竟，出袖中短刃，即欲自刎。女父母皆惧，亟止之曰："若勿尔尔，待予熟筹。"正言间，而豪家人已至，箫鼓喧阗，门庭若市。孙因与妻谋，竟以翠代女嫁，以结此局，是无女而有女也。乃慰翠曰："贱妮子舍甘就苦，予不复齿，即以若为吾女，往适其家，慎勿忘我老夫妇，则幸矣。"言之凄然，翠亦垂泪而谢。孙严饬婢媪，并所亲，亦不与闻。翠竟拜别女父母，顶巾登舆。豪子御轮奠雁[56]，迎娶以归，终无人知其伪婚。翠貌既姝丽，性又幽闲，夫婿姑嫜，罔不亲爱；孙亦隐忍无言，待之如己出。

女至翠家，彩舆早迎门而俟，舅不及辨，促使登车。既至婿门，牵红巾入，汤故一面之识，莫判其孰珠孰玉。至夜定情，各有新诗，益憾相得之晚。晨起对操不律[57]，倡和勿辍，女益自庆得所天[58]，亦不以父母为念。三朝舅来视甥，女羞缩不出，汤强之。及至晤面，若不相识，舅骇曰："此非吾家阿翠！而谁也？"汤亦惊。女遂陈翠意，二人皆叹异。舅归，使访诸孙家，始知翠亦嫁去，乃皆秘其事，无敢宣。然翠虑汤贫，女或不安于室，托以旧婢，使人馈以金帛，且觇之[59]。婢妪还报曰："汤娘子与官人，如一对小书生，共案咿唔，了无倦色，案头积楮盈指[60]，互以彩毫挥之，挥已复哦，相对大笑，贫固非其所虑也。"翠知女意，心始安。

明年，汤携女归里，遭际制台高公[61]，为构升平乐府十种，以备大驾南巡。公酬以千金，且言于学使者，荐之入泮[62]。女家既裕，而翠家中衰，子以淫赌荡其产，患痨瘵而死。翠无所出，复归于孙。孙夫妻念女甚切，乃以翠为介绍，始与女晤。女因言于汤，娶翠以为副室，以酬其作合之美。女生子数人，翠生子一人。汤先卒，女与翠犹在。吾友邵次彭，作汤太母合传行于世。

外史氏曰：斯事有三奇：汤不以芹桂[63]为念，而独嗜乎残月晓风[64]，甘为士林非笑，一奇也；女不以华腴易心[65]，而愿适乎筚门圭窦[66]，甘为父母捐弃，二奇也；翠以女之心为心，遂以女之才为才，中宵逃窜，大费苦衷，炫玉求沽[67]，备极谲智！始亦不冀其成，卒乃适如所愿，宁武子之保卫君[68]，何以异此，是三奇也。虽然，以恒情论之，则必谓女为翠卖矣。何也？己处丰盈而使人甘淡泊，玉成人事者，顾如是乎？及观女与汤相得之乐，又安能不爽然自失耶？

（选自《萤窗异草》）

[注释]

[1] 拾翠——本篇选自清代长白浩歌子的文言短篇小说集《萤窗异草》二编卷二。今存《萤窗异草》的全本三编十二卷，共收作品一百三十八篇。

[2] 长白浩歌子——清乾隆年间的满族作家，《萤窗异草》的作者，真实姓名与生平不详。光绪二年梅鹤山人所写的《萤窗异草序》称："长白浩歌子，未悉为何时人，或称为尹六公子所著。"尹六公子是乾隆年间大学士尹继善的第六子，名庆兰，字似村，早年辞官家居，与袁枚等文人交往甚密。但梅鹤山人非作者同时代人，所记系据传闻，是否属实，尚待考证。

[3] 上元——清代的上元县治所在今南京市，辛亥革命后并入江宁县。

[4] 柳七——北宋著名词人，原名三变，后改名永，字耆卿，崇安（今属福建）人。因其排行第七，故世称柳七。为人放浪不羁，终身潦倒。所作词以慢词居多，长于刻画铺叙，情景交融，语言通俗，音律谐婉，在当时流传很广，对宋词的发展有一定贡献。

[5] 风檐寸晷——在科举考试的短暂局促时间中。风檐，透风的屋檐，指科举时代弊破低陋的考场。晷（guǐ，日影，引申为时光，寸晷指很短的时间。明周晖《金陵琐事·嘉靖末南场剩事》记张公赞赏解元郑维诚卷作得好，批云："我以半月精神思之不得，此子于风檐寸晷中得之，殆神助哉！"

[6] 小令——词的一种，指单片短小者。

[7] 洎（jǐ纪）——到，至。 纳——交。

[8] 饾饤（dòu dìng 豆定）——本形容食品堆叠的样子，后比喻罗列堆砌词藻。

[9] 青衿（jīn 今）——封建时代秀才所穿的衣服，后亦作秀才的代称。

[10] 童子试帖——童生应考秀才的试卷。

[11] 挹（yì 义）——取。

[12] 北——败北，失败。

[13] 《剪刀·临江仙》——剪刀是词的题目，临江仙是词牌名。一般书写惯例是词牌名在前，词目在后，此与之不同。

[14] 并州——古州名，辖区历代不同，唐宋时为今山西阳曲以南、文水以北的汾水中游地区，后改为太原府。其地以生产剪刀著称。

[15] 春风如汝快——春风像你剪刀一样锋利。意本唐贺知章《柳枝词》：

"不知细叶谁裁出，二月春风似剪刀。"

[16] 银釭（gāng 刚）——银制的油灯。 燕低翔——指剪刀挥动。

[17] 负郭——靠近城郭。负，背倚；郭，外城。

[18] 笄女——及笄之女。按古代礼仪，女孩不结发，到十五岁才把头发盘起，以簪贯之，表示已到成年可以出嫁。笄（jī 机），古时盘头发用的簪子。

[19] 依刘——刘指刘表，东汉末年人，荆州刺史，有八俊之名。三国时文人王粲曾依附于他。后常以依刘指依附有权势地位的人。这里指孙姓之女倾慕汤汝亨的才华而生依恋之意。

[20] 稔（rěn 忍）——熟悉。

[21] 羊车——用羊拉的小车，这里指代晋朝的美男子卫玠。《晋书·卫玠传》称："总角乘羊车入市，见者皆以为玉人。"

[22] 曲子——词的别称。

[23] 雀屏之选——隋末窦毅为女择婿，于门屏上画二孔雀，要求婚者箭射孔雀之目，中者方许婚。求婚者十余人，仅后至的李渊两箭各射中一目，窦毅就把女儿嫁给他。后来李渊称帝即唐高祖，窦女做了皇后。事见《旧唐书·高祖窦皇后传》。后用此典故指择婿。

[24] 绐（dài 代）——欺哄。

[25] 跋疐而前——跌跌撞撞地朝前走。跋疐（bá zhì 拔至），意均为跌倒。

[26] 煦煦（xù xù 序序）——和悦、慈爱的样子。

[27] 画屏姬——如画屏中女子，供人玩赏，指作妾，此承前句"将以予为小妻"而言。

[28] 宫墙——本义为房屋的围墙。《论语·子张》称："譬之宫墙，……夫子之墙数仞，不得其门而入，不见宗庙之美，百官之富。"后世因此称师门为宫墙。这里的意思是拾翠之舅为学中秀才。

[29] 金夫——语出《易·蒙》，后用来指多财而寡情的丈夫。这里着重说其富贵。

[30] 而立——三十岁。语出《论语·为政》："三十而立"。

[31] 苏家髯——指北宋文学家、词人苏轼，他以多髯著称。辛家幼——指南宋词人辛弃疾，辛字幼安。 柳家卿——指柳永，柳字耆卿。三者均为宋

代著名词人，孙之女借以称颂汤汝亨词可与之比并。

[32] 吴头楚尾——今江西省北部，春秋时为吴、楚两国接壤之地，因称之。这里不涉及江西，借指上元、丹徒一带。

[33] 赓（gēng 更）——唱和。

[34] 钟期——钟子期，春秋时楚国人，精于音律，遇俞伯牙鼓琴江边，洞晓其琴音中高山流水的意境。后成为知音的代表。

[35] 巴人下里——即"下里巴人"，楚中俗曲。宋玉《对楚王问》称："客有歌于郢中者，其始曰《下里》《巴人》，国中属而和者数千人。"与《阳春》《白雪》等高雅曲调相对称，后用来比喻粗俗的歌曲和文艺作品。

[36] 香奁——本指盛放脂粉、镜子等物的匣子，即梳妆匣，后引申为香艳之意。我国古代诗词有香奁体，以多绮罗脂粉之语为特征。　少游——北宋词人秦观（1049—1100），字少游，高邮（今属江苏）人。工诗词，为苏轼所赏识，是苏门四学士之一。词属婉约派，多写男女情爱，缠绵悱恻，亦有感伤身世之作。

[37] 大巫——此反用"小巫见大巫"之典，谓孙之女是小巫，汤是大巫，可理解为大家、大手笔的意思。

[38] 宅相得人——意为有才德显耀的外甥。《晋书·魏舒传》载，魏舒幼年丧亲，由外婆抚养，外婆家起造房舍，相宅者（看风水的）说盖这房可以使家中出个显贵的外甥。魏舒长大果然做了高官，在晋武帝时任司徒。后因用"宅相"为外甥之典。下文"魏家之舒"亦用此典。

[39] 雄飞——本指奋发有为，这里意为男子。语出《后汉书·赵典传》："大丈夫当雄飞，安能雌伏！"

[40] 井臼——打水舂米，操持家务，指作妻子，与"箕帚"义同。

[41] 鸾胶——传说海上凤麟洲仙人以凤喙麟角合熬成胶，能粘合弓弩断弦，故名续弦胶，后亦称鸾胶。多用于比喻男子丧妻后再娶。

[42] 蹙黛——皱着眉头。黛本为古代女子画眉的染料，这里指代眉。

[43] 针黹（zhǐ 止）——缝纫、刺绣等针线活。

[44] 艴（fú 扶）然——生气的样子。

[45] 李易安——宋代女词人李清照（1084—1151?），号易安居士，济南人。北宋灭亡后，与丈夫赵明诚流寓江南，后赵病死，她孤身一人，境遇孤

苦。后期所作词多悲叹身世，情调忧伤。　朱淑真——宋代女诗人，钱塘（今杭州）人。多才多艺而婚姻极不如意，抑郁而终。所作诗词，多幽怨感伤。

［46］没字碑——未刻碑文的石碑。碑通过碑文明确其纪念意义，无字，则任人说短长，比喻不通文墨没有主见的人。

［47］晡（bū）——申时，即午后三至五时。

［48］老悖（bèi 背）——老胡涂。悖，违背道理，错误。

［49］恝（jiá 荚）然——不经心，无动于衷。

［50］鱼钥——鱼形的门锁。古人以锁钥作鱼形，因鱼永不瞑目而取守护严密之义。

［51］觌（dí 敌）面——见面，当面。

［52］结帨施衿——穿戴嫁衣。帨（shuì 税），佩巾。结帨又称结缡（lí 离），古时嫁女的一种仪式，由母亲将帨结在女儿身上。《诗经·东山》称："亲结其缡，九十其仪。"

［53］赝鼎——《韩非子·说林》称："齐伐鲁，索谗鼎，鲁以其雁往。齐人曰：'雁也。'鲁人曰：'真也。'"谗鼎，鼎名。雁，同"赝"（yàn 燕），假的。后因以赝鼎指伪品、冒牌货。

［54］春光——杜甫《腊月》诗："侵陵雪色还萱草，漏泄春光有柳条。"后常借"春光"喻内情、秘密。

［55］恚（huì 汇）——愤怒，怨恨。

［56］奠雁——古代婚礼仪式之一，迎亲时婿至女家，以雁作见面礼，取雁配偶固定，寓一世相守，永不另娶之义。

［57］不律——笔的别称。二字的合音即为"笔"。

［58］所天——封建时代，受支配者称所凭恃依靠的人为"所天"，分别指君主、父亲和丈夫。这里指丈夫。

［59］觇（chān 搀）——窥视，暗中观看。

［60］楮（chǔ 楚）——一种落叶乔木，其树皮是造纸的原料，故古代亦用来称纸。

［61］制台——指总督。清代总督为地方最高长官，掌管一省或数省军政。

［62］入泮（pàn 判）——进入官府设的学校，成为生员（秀才）。泮指

泮宫，西周诸侯所设的学校。后来各朝地方官府办学，亦沿续此称。

[63] 芹桂——芹藻折桂，意为科举考试取得功名。芹藻语出《诗经·泮水》："思乐泮水，薄采其芹……思乐泮水，薄采其藻。"比喻贡士或有才学之士。古人常以折桂比喻科举及第。

[64] 残月晓风——指词。柳永《雨霖铃》词中有："今宵酒醒何处？杨柳岸，晓风残月。"

[65] 华脯——衣着华丽，食物丰美。脯，肉干。

[66] 荜门圭窦——穷人的住处。荜门，简陋的柴门；圭窦，低矮狭小的房门，上锐下方，形状如圭。

[67] 炫玉求沽——卖弄才华，求得赏识（买主）。指拾翠有意让汤汝亨看到词集，使其主动相求。沽，卖或买。

[68] 宁武子之保卫君——宁武子即春秋时卫国大夫宁俞。晋文公曾将卫国国君卫成公俘虏，宁俞始终不离卫成公，防止晋国毒害，并请鲁僖公等帮助，使卫成公得以复国。

[译文]

上元县书生汤汝亨，是当今柳永一流人物。精于填词，也善于写诗作赋，只是对于文章，则一时作不好。在参加科举考试的短促时间内还常作首短词，但等到交卷，卷面上堆砌拼凑，文章就没有一点可取了。所以年纪已经三十岁了，还没考上秀才，整天忙于考秀才的试卷，也不知忧愁，人们都为他婉惜。但他善于填词的名声，却轰动周围，即使是妇女小孩，也都对他的词津津乐道，这大概也是他人生得意之处。丙寅这一年，他赴考又没取上。妻子也死了，就应丹徒县某公的邀请去了丹徒，在那里流连多日，还与丹徒县的童生一起参加科考，仍没有考取，书生们更加瞧不起他。在贫困落拓中，他的词作得更好，曾有一首《临江仙·剪刀》词说：

买自并州光似雪，殷勤玉手擎将。丝丝缕缕吐吞忙。灯前轻放处，尺寸费思量。

慢道春风如汝快，秋来伴尽宵长。银钉影里燕低翔。裁成犹有待，古塞莫飞霜。

从此丹徒县的士人妇孺，也都对他的词津津乐道，传颂不休。

有一天他郊游，路过县里一个姓孙的富绅家。孙是城郊的豪富大家，因为看在邀请他来丹徒的某公分上，对他殷勤款待，尽了东道主的礼仪，他在那里盘桓到天黑才离去。孙有个刚成年的女儿，容貌非常美丽。特别喜欢词，偶然得到汤的词集，便吟咏不停口。连绣筐中都放一册。她自己作词，也都依和汤词的原韵。她虽然因喜爱汤的词而生终身相伴的念头，但是尚不知道汤究竟是怎样个人。她有个贴身丫鬟，名叫拾翠，容貌也和她长得差不多。这天偷看客人，得以认识汤，见他丰神秀逸，虽已到中年还像晋朝美男子卫玠一样美，就私下里告诉了她。她因此思慕不止，牵肠挂肚，竟因此得了病。小姐的父母了解到她的心意，都嗤笑说："汤生老大无成，只不过填词有点名气，怎么能够合乎我家择婿的条件！"急着为女儿与一豪富之家说定婚事，而哄骗丫鬟们，让告诉小姐说："新郎就是词集的作者。"拾翠深知小姐的心意，真的告诉说就是汤生，小姐的病不久就好了。不久得知新郎并非汤生，拾翠就自责说："我误了小姐的事，小姐将说我什么呢？我一定要满足她的意愿，才无愧憾！"

拾翠有外婆家住在城里，她舅舅是县里的秀才，因为拾翠的父亲把女儿卖作奴婢，舅舅斥骂其父而断绝来往，从此音信不通，但拾翠还能认识外婆家。于是偷拿了小姐作的一卷词半夜里悄悄跑出来，投奔外婆家。月色昏暗，道路模糊，跌跌撞撞地朝前走，脚都磨破碰破许多口子。到了县城，城门还没开，就隐藏行迹在草木丛中，全身都被夜间的露水打湿，也都不加顾惜。天亮门开后进到城里，寻找打听着来到舅舅家。正巧遇着外婆倚着门等卖菜的来，拾翠哭着在地下叩拜，编造了一些主人如何放纵狂荡的表现，说："还强要把我纳为妾，不答应就鞭打不止。我恐怕这样将给外婆家带来羞辱，所以急忙跑出来投奔外婆。"说完，鼻涕眼泪交接而下，悲痛得控制不了自己。外婆本来就怜爱拾翠，慈爱地抚慰着她，也流泪不止，带她进到房里，对她说："你爹简直是畜牲养的，把你卖为奴婢，带累我女儿亲生的孩子狼狈到这般地步，还说什么呢?"不一会，舅舅也从外边回来，拾翠起身拜见舅舅。舅舅问她，得知其故，就奋然而起说："卖你的价钱只不过十五缗钱，我虽然家产单薄清寒，只要卖二亩地，就可以用来办好这件事。怎么忍心让姐姐的孩子，作供人玩弄的姬妾!"拾翠又哭着表示感谢。舅舅就和外婆商量，向别人挪借，凑够了赎身的钱数，求孙家的族人，到孙家去赎卖身契，并且明确告诉说："乡绅和秀才身分是相等的，侮辱我的外甥女，就等于侮辱我!如果不退还卖身契，势必打官司才了事!"族人允诺而去。当时孙家不见了拾翠，听说她舅舅是个秀才，正恐不肯善罢甘休，等族人来到说起这件事，才知道拾翠在外婆家，才放下心来，痛快地把卖身契退还了，毫不刁难。但是在孙小姐，拾翠的离去，就像失掉左右手一样。

拾翠住在外婆家，改换丫鬟的装扮为贫家少女。外婆与舅舅为她物色找婆家，拾翠私下对外婆说："外孙女儿命薄，不足以配富贵的丈夫，听说有个姓汤的，本是上元县人，家境清贫，新近丧妻，年纪不过三十岁，也许可与婚配。"外婆把拾翠的话告诉舅舅。舅舅也看不起汤生，就故意说事情难办。拾翠就把一卷词稿给舅舅，说："拿这个去拜访汤生，事情一定能办成。"舅舅刚出门，半路上遇到汤生，二人本来就熟识，就拉他回到家中。拾翠恰巧在书房，见有人来，像小鸟听到弓声，飘飘然离去，也没有空闲识别来人就是汤生。舅舅拜请汤生坐下，自己入内招呼准备茶水。汤生看到案头上有本诗稿，就拿过来翻阅，打开就是一阕《行香子》词，好象是针对自己作的，词是这样说的:

窗外风清，窗里烟清，一炉香暂且消停。闲凭玉案，懒阅《金经》。看苏家髯、辛家幼、柳家卿。掩卷思生，展卷春生，个中人忒煞关情。吴头楚尾，徒仰芳名。待坐君床，捧君砚，与君赓。

汤生阅读吟诵，不停翻阅，见词集中的作品，称赞自己的占十分之三，步和自己原词的占十分之五，其他就寥寥无几了，就拍案大呼道："想不到像钟子期那样的女知音竟在这里啊!"因此盯着看词集，眼都不眨一眨，手不停的一页页翻过。口中不断的吟哦。茶已经送进来，客人还是照旧那样诵读。舅舅开玩笑地拍着他的肩头说："真得意呀，老兄！"汤生才吃惊地抬头看，站起来对舅舅说："我活了三十岁赏识我文字的，本来就没一二个，虽说是下里巴人这样俚俗之曲，相和者多，但也没有敬重喜爱像这样的。希望能知道这词集作者的芳名，以便日后有机会能报答这位知己。"舅舅拿过来看了一眼，就扔到旁边说："这不过是闺中散乱文字，何劳兄下顾垂问？"汤生对这种轻视的言辞很不平，不高兴地说："且不要说这分深情，光这词和我并驾齐趋，也应当比得过香艳缠绵的秦少游了。老兄怎么这样说大话轻觑人呢！"舅舅见汤生心意羡慕向往，就坐下来告诉说："这不过是小外甥女刚刚学握笔写字，大着胆试着填词，小弟已经多次呵斥她。老兄是名家大手笔，为什么称扬到这地步？"汤生听得，惊喜地说："老兄真有个好外甥女，只可惜是个女的。若能得个如我辈读书人的好女婿，老兄不也像魏舒那样得外甥的力？"话里话外急于推荐自己。舅舅默不作声，过一会才说："即使是个男的，也不过像你那样只能填填词而已。况且小姑娘才十六岁，对客人还毛毛草草不懂事，还不能胜任做别人的妻子操持家务。"话语中讥讽汤生而明白地表示拒绝。说完后，转了话题说别的，不再提此事。等到汤生知道刚才入书房见到的就是其人，更加动心，不能控制自己，就借故辞别离去。第二天，直接求朋友向舅舅提亲要续娶。舅舅本来不愿意，但怕违背了拾翠的意愿，只是辞谢说："外甥女出身寒微，恐怕日后有被遗弃的羞耻，不敢轻易应允。"汤生又请某公出面说合，婚事才定了下来。

过了两个月，汤生已经下了聘礼，即将来迎亲，好日子已经选定。拾翠忽然对外婆说："原来的主人固然不能让他知道我要结婚，但小姐素来厚待我，听说她也要出嫁了，何不前去看望看望她。"外婆跟舅舅说了，舅舅不答应，外婆努力说服争取，才同意让外婆和她一道去。当时小姐因为许婚的不是她所向往的意中人，心情抑郁不舒展，疾病重又发作，在床铺上翻来覆去，脸上始终有泪痕。豪家也已经下了聘礼选定日子，日子竟与汤生不约而同。拾翠来到，听说小姐的结婚日期，心里很高兴。入内拜见主母，因为舅舅的缘故，很受礼遇。等到进了闺房，小姐看见拾翠，低着头，皱着眉，脸上带着不满的神色，过了好长时间才说："你扔下我自己去了，为什么又来呢？"拾翠陪了不是。小姐请外婆坐下，就询问拾翠近日都忙些什么，外婆代替她回答说："不久要嫁人了，忙着做针线活赶嫁妆。"小姐问婿家是谁，外婆笑着说："就是那作曲子的汤相公，有什么值得问的！"小姐很不高兴，脸色都变了，翻身向床里躺着，不再说话。又过了一些时候，外婆要带拾翠回去，拾翠说："我和小姐还没说上一言半语，应当稍留一阵，等到了好日子，外婆再来接我，不就和小姐又能亲近些时日吗？"外婆答应了，就自己先回去。拾翠到了晚上让小姐把其他人都打发走，独自与她说些知心话。拾翠说："小姐也知道我这次来的用意吗？"小姐凄楚不乐。拾翠叹口气说："我拾翠为了小姐，这颗心都操碎了。原先在小姐身边，听小姐说起李清照、朱淑真的不幸遭遇，往往为她们感伤落泪。私下想小姐并非不通文墨没有主见，可以随波逐流，听凭他人摆布的人。因为看到小姐倾慕汤某，极力要促使成功，想不到主人竟把小姐许配给豪家。豪家之子本来就是大字不识一个的人，小姐与他为伴侣朝夕相守，能保证不成为李清照、朱淑真悲剧的继续吗？所以今天来诚心地奉献个好办法，希望小姐一句话定下来。"小姐听了拾翠的话，触及到她内心隐秘，情绪激动，急忙询问是什么良策。拾翠说："汤生的落魄不得志，和年岁较大，是小姐知道的。我今天所以与他缔结婚约，实在是为小姐的缘故。小姐若想实践前言，以图两位才美双全的人相结合，我情愿以这现成的婚姻让给小姐。倘若您嫌其年岁大而选择年轻的，嫌其清贫而选择富有的，那么我明天就要求回去，自己嫁给他。请小姐自己斟酌抉择，我不再多说什么。"小姐到这时才一下子明白了拾翠的用意，知道她是要拿汤生与豪家之子对换，非常感激，不再犹豫，毅然答道："若以这样的好事让给我，正合了我的心愿。虽然这样，对豪家该怎么办呢？"拾翠不回答，小姐也领会了她的意图，知道她是要以彼易此，但是自己情愿的，也就坦然不疑，仅仅追问："相对换固然很好，但用什么办法呢？"拾翠在她耳边说了半天，小姐便喜动颜色。从此两个人天天在闺房中，那个仿效这个举止姿态，这个摹拟那个的声音谈吐，不到几天，简直成了一个人，分不清彼此，常见的人也一时不能分辨，人们没有谁能猜出其用意。

小姐的病已经好了，全家都很高兴。过了十来天，外婆来接拾翠，小姐骗她说："拾翠侍候我好几年，现在要出嫁，衣服首饰不能比别人差，我已经替她制作，还没完工。等到临出嫁时，您老人家傍晚来，就可以连人带东西都接回去了。"外婆平素好贪点小便宜，很高兴地答应了，就又独自一个人回去了。舅舅虽然不满意这样做，到底不能对外婆怎么样。到了出嫁的日子，小姐和拾翠故意起得很晚，吃完饭，把丫鬟仆妇都赶出去，二人坐在里面一个小房间里，面对面地梳妆打扮，务求极其华丽，都以垂珠遮住娇美面容，衣服都穿得一模一样，没有一丝不同的式样色彩，鞋履也都是大红色的，没有一点不同，不是近前仔细看，很少有谁能把二人识别开。太阳西下，才关闭门户，外婆早已扭扭摆摆地赶来，一进闺房就说："我老胡涂不懂事，简直让你舅埋怨死了，赶快回去吧。"拾翠让小姐站在身旁，而自己坐着。并且学着小姐的声音对外婆说："小心眼的老人家也太匆忙，谁还能误了你家小娘子的事吗？"说完就看着小姐说："拾翠可跟你外婆回去。日后要是想念，不妨前去看望我。"便指着一个大箱子给外婆看说："拿这箱东西送给你外孙女，千万不要嫌弃它轻薄。"外婆口称感谢。拾翠就让丫鬟抬着，跟着外婆一同出来。小姐也跟在后面，一点也不回顾留恋，也不再入内辞别父母。外婆本来是坐着肩舆来的，小姐上了肩舆就走了，人们都很吃惊这假拾翠怎那么冷漠。

拾翠既把小姐打发走，仍然关着门独自坐着，一个人也不见。过不多时候天就黑了下来，县城晚上防范严密，城门早已关上。豪家也住在城外，距离孙家只一水之地，所以也是到天黑才迎亲行礼。吉时就要到了，小姐的父母一起来敲闺房的门。拾翠估计城门已锁上，走了的真小姐不能追回来了，便欣然开门请小姐父母进来。小姐的父母拉着拾翠的袖子和手臂说着离别的话，一时觉得有些差异，便非常吃惊。在这以前整备嫁妆，全家都像发疯一样，丫鬟仆妇忙忙碌碌，也没功夫留意，况且小姐生性执拗，父母一贯是随她心意，听其自然，所以小姐闭户独居，没有谁敢打扰。等到灯前对面相视，做母亲的亲自为女儿结佩巾加罩衣的时候，假冒的总要露出破绽，秘密便暴露了。小姐的父亲非常震怒，厉声责问。拾翠则从容不迫，慷慨陈辞，叙述事情的起因经过，并且说："我自知有罪，在这里等死，让我就在主人面前了结性命，来报小姐厚待我的大德！"说完，便抽出藏在衣袖中的短刀，就要自刎。小姐的父母都又惊又怕，急忙制止她说："你不要这样做，待我再仔细筹划。"正说之间，豪家迎亲的人已到了，箫鼓吹打之声震耳，门前像集市一样热闹。孙乡绅就和妻子商量，竟决定以拾翠代替小姐出嫁，来了结这种局面，这也算是失掉一个女儿又得到一个女儿。就安慰拾翠说："贱丫头舍甘就苦，我也不再顾念她。就认你作我的女儿，去嫁给豪家，能认真地不忘我老夫妇，就是万幸了。"说得很伤心，拾翠也流着眼泪表示感谢。孙乡绅还严厉地告诫在场的丫鬟仆妇，任何人不得透露半点风声，连亲戚们也都不让知道。拾翠就拜别了小姐的父母，蒙着盖头上了车。豪家之子亲自驾车，给岳家送雁作见面礼，迎娶新妇而归，豪家始终没人知道这是假冒的媳妇。拾翠容貌秀美，性情又温存稳重，丈夫公婆，没有不亲近爱重的。孙乡绅也把真相藏在肚中不说，看待拾翠像亲生的一样。

　　小姐既到了拾翠家，花轿早已在门前等候，舅舅来不及分辨，催着上轿。到了婿家，牵着红巾入内，汤生只见过拾翠一面，也不能区别真拾翠假拾翠谁珠谁玉。到夜间入洞房定情，各有新作的定情诗，互相爱慕投和，更加以相得之晚为憾。早晨起来，相对执笔，你唱我和没个休止，小姐更以得个称心的好丈夫为庆幸，也不太挂念父母。到了三朝，舅舅来看外甥女，小姐心虚羞涩畏缩不肯出来，汤生硬让她出来。等到见面，像不认识，舅舅吃惊地说："这不是我家的阿翠，可又是谁呢?"小姐于是述说拾翠成全之意,二人都惊叹称奇。舅舅回去后,到孙家打听,才知道拾翠也已嫁到豪家,就都为这件事保密,不敢宣扬。拾翠担心汤生清贫,怕小姐过惯富贵日子,未必能安于贫困,假托是照顾旧日的丫鬟,让人赠送些金银绸缎,并嘱去的人暗中察看。丫鬟仆妇回来禀报说:"汤娘子和汤官人,像一对小书生一样,同坐在书桌旁读诗书,全没有一点疲倦的颜色,案头上写好的诗文稿堆起来一指多厚,还各自挥笔来写,写完了相互吟诵,相对大笑,贫穷本来就不是他们所顾虑的。"拾翠知道小姐的意向,才安心了。

第二年,汤生带着小姐回到上元县,认识了总督高公,并得到其赏识,为高公谱写了升平乐府曲词十种,以备迎接皇帝南巡时用。高酬谢他一千两银子,并把他的情况向主持科举考试的官员说了,举荐他进学成了秀才。汤生小姐家既已富裕了,而拾翠嫁的豪家却衰败了,豪家之子因为嫖妓赌博断送了其家产,患肺病而死。拾翠没有生子女,又回到孙家。孙乡绅夫妇很想念小姐,就以拾翠为中介,得以和女儿见面。小姐就向汤生说,娶拾翠作侧室,来报答她作合成全的美意。后来小姐生了几个孩子,拾翠生了一个。汤生先去世,小姐和拾翠还在。我的朋友邵次彭,据其事写了《汤太母合传》,流传于世。

外史氏评论说:这件事有三大奇处:汤汝亨不以获取功名富贵为念,而单热衷于作"晓风残月"之类的词章,甘心受读书人的非议耻笑,是第一奇;孙小姐不以华服美食改变心肠,情愿嫁到贫寒之家,甘心被父母抛弃,这是第二奇;拾翠姑娘以孙小姐的心愿为心愿,于是便以小姐的才智为才智,半夜从孙家逃走,煞费苦心,用小姐的诗稿炫耀诗才求得了婚事的成功,计谋极其周详。开始还不抱太大希望,最终恰称心如意,春秋时宁武子保全卫成公,和这又有什么区别呢?这是第三奇。虽然如此,若以常情来论说,则一定要说小姐被拾翠骗卖了。为什么呢?自己处于丰衣足食的地位而使别人甘于清贫,真正成全别人的,能这样吗?等到看见小姐与汤生相得之乐,又怎么能够不若有所失呢?

[鉴赏]

　　这是一篇颇为优秀的文言短篇小说，通过汤汝亨、孙氏女、拾翠的爱情婚姻故事，肯定了不贪图富贵的纯真爱情，赞扬了拾翠热心成全他人的才智与品德，并在一定程度上反映了有才华的知识分子的不幸遭遇，在艺术上则追步《聊斋志异》，也取得相当的成就。

　　作者于篇末假托外史氏评论说"斯事有三奇"，可看作把握本篇的锁钥。其第一奇是说男主人公汤汝亨，"不以芹桂为念，而独嗜乎残月晓风，甘为士林非笑"。从篇中的描写看，汤是个才华横溢的读书人，特别长于填词，其词名"噪乎左右，虽妇人小子，莫不挹其余芬"，被誉为"今时之柳七"。说他不想考取功名，并非事实，在上元县，他"日逐逐于童子试帖"，到丹徒后，又入籍应试。他所参加的仅是最低一级科举考试，考中后不过进学成秀才，还要通过乡试成举人，会试、殿试成进士，才可能做官。汤汝亨词名籍籍，却不能博一领青衿，原因何在？作品写他"独至于文，则猝不能办"。又为什么能作词而不能作文？原来明清考试考的是八股文，内容上要求完全依据四书五经，代圣贤立言，形式上也有固定的格式，段落、字数都有既定的要求，是一种内容陈腐、形式僵化的文体，获取功名富贵的敲门砖。这种文体，需要的不是学问，不是才华，而是死记硬背，循规蹈矩，当权者正是借此来束缚读书人的头脑，使其按照统治阶级的意志亦步亦趋。而汤汝亨偏不热衷此道，考场上竟然也按照作词的路子作文，无怪乎被看成"满纸饾饤，绝无一语可取"，每每名落孙山，因此备受他人白眼。篇幅和重点所限，文中并未具体描写，却可从同产生于乾隆时期而以描写科举制度下形形色色读书人形象为特色的《儒林外史》中得到解释。该书中主持广东考场的周进，训斥要求面试其诗词的童生说："当今天子重文章，足下何须讲汉唐！像你做童生的人，只该用心做文章，那些杂览，学他做甚么！"另一个鲁编修也说：做好八股文，做甚么"都是一鞭一条痕，一掴一掌血"。其他的便"都是野狐禅，邪魔外道！"天子看重八股，考官由此荣身，其他文体自然被排斥。外史氏所说，就在于汤汝亨不为谋取功名改变初衷，去转而一心揣摩八股文，其对词的热爱和追求远胜对功名的向往，虽因之落魄困顿，却使他的词作跃上新高度。在当时的历史条件下，不为功名富贵所牢笼，一心从事自己所热爱的事业，还是有点超凡脱俗的反潮流精神的，所以作者才称奇。作品的中心是写爱情，却于男主人公的遭遇中，揭示了那个时代有才华的知识分子不被重视、四处碰壁的命运，对八股取士的科举制度有所非议，这是进步的，对今天的读者仍有启发意义。

外史氏所说的第二奇，在于孙氏女"不以华腴易心，而愿适乎筚门圭窦，甘为父母捐弃"。篇中的具体描写，则不仅体现对孙氏女的肯定，还涉及到不同的婚姻观及其不同结局。一种是封建主义的婚姻观，讲求的是门当户对，父母之命，媒妁之言，看重的是家族的利益，而不考虑当事人青年男女双方的意愿。与这种封建婚姻观相表里的封建婚姻制，延续了二千余年，拆散了不知多少对有情人，造成无数青年男女的悲剧。篇中的孙乡绅便是这样，明明知道女儿钟情于汤汝亨，却嫌汤贫穷落拓，门户不对，"何足以当雀屏之选"，急忙议婚于豪家。一种是青年男女从自身的幸福出发，渴望冲破礼教的束缚，打破父母包办的局面，在婚姻上掌握自己的命运，其婚姻是建立在爱情的基础上，着眼于自身的情意和选择，选择标准不囿于门当户对的教条，而注重对象本身才貌德等条件。孙氏女看中的正是汤汝亨的才华和品貌，志趣相投。初得汤的词集，便爱不释手，闻知其美拟羊车，"复思慕不置"，愿终身相伴。她是多情的，其心有所爱虽然已经违背了封建礼教规定的妇德，但她并不是大胆冲破礼教束缚，坚决反对封建婚姻的斗士。她先后两次卧病，"辗转床蓐间"，此固然见其痴情，但也表明她的软弱，如果不是丫鬟拾翠热情相助，委曲求全，免不了是悲剧结局。她的可贵之处在于，尊重自己的感情，惟取汤汝亨其人，而不问贫富贵贱等外在条件，虽为富家小姐，"不以华腴易心，而愿适乎筚门圭窦"。明末清初，描写婚姻爱情的小说盛行，白话中还形成才子佳人小说一派，那些作品中的佳人们，也多有看中穷书生的，但均寄希望于"非久居贫贱者"，都团圆于"金榜题名时"。而她真可说与汤志同道合，同样"不以芹桂为念"，摆脱了种种物欲，陶醉于精神的爱海之中。这在讲求门当户对的封建时代，确可称奇足贵；就是在今天，也值得某些专以挂靠大款为荣的女士比照回味。这便涉及不同婚姻的不同结局。小说写她因得拾翠帮助，逃避了父母选定的与豪家联姻，而冒名与意中人结合；拾翠为了成全她，也冒名归于豪家，后来豪家破败，汤"娶翠以为副室"。作者这样写，固然是给汤、孙"酬其作合之美"安排机会，却也说明，门当户对的婚姻，未必便美满，只看重家室门户，而忽视对象本身，家室时盛时衰，难保长久，再遇上败家子，何谈夫贵妇荣，怎能美满幸福！作者还有意地联系"李易安、朱淑真事"，李清照的不幸，不仅因丈夫早亡，还有金兵入侵，遭逢乱离的社会原因；朱淑真的悲剧，则完全是包办婚姻所造成的。周清原的小说集《西湖二集》卷十六《月下老错配本属前缘》即写其事，说她怀翰苑之才，有天仙之貌，却被舅父作主嫁给一个目不识丁丑陋残疾者，毫无共同语言和感情，终日愁怨，抱"缱绻司乃尔胡涂，赤绳子何其贸乱"的不平，抑郁而死。虽为小说家言，却有事实依据。本篇这样写，不仅表明与豪家的包办婚姻之不美满、不长久，并非个别偶然现象，而有历史的普遍性。而孙氏女这完全按自己意愿择定的婚姻，则是截然不同的另一种情况，二人如胶似漆，相敬相爱，"憾相得之晚。晨起对操不律，倡和勿辍"，"如一对小书生，共案呻唔，了无倦色，案头积楮盈指，互以彩毫挥之，挥已复哦，相对大笑，贫固非其所虑也。"虽在物质上是贫困的，而在精神上则是充实的，封建时代人们所向往的唱随之乐，在这里得到了充满诗情画意的表述，这其实是对自主婚姻的赞美和肯定。

第三奇在丫鬟拾翠，"以女之心为心，遂以女之才为才，中宵逃窜，大费苦衷，炫玉求沽，备极谲智"，多方成全，终于使孙氏女与汤汝亨完满结合，如愿以偿。小说以拾翠命篇，中心便是写其人其事。

这是一个红娘式的人物，聪慧，热情，肯于助人。她出身贫寒，被卖为婢，成为孙氏女的贴身丫鬟，因小姐待她宽厚，就备加关心体贴小姐，"以女之心为心"。眼见小姐对汤因爱其词而思其人，便介绍其所见情况。孙乡绅谎称许婚于汤，她急忙报知小姐，为之高兴。发现受骗后，为自己的误信误传自责，下定决心，"予必遂其志而后无憾!"为实现这一目标，她采取了三大步骤：一，半夜从孙家逃出，借助舅父，争得自由之身；二，以小姐的词集博得汤的好感，"炫玉求沽"，使其刻意相求，与己联姻；三、凭借与小姐容貌相仿，和恰巧同日出嫁，移花接木，使小姐冒己名与意中人结合。三个步骤均得实现，毫无差错，可见她"必遂其志"的许诺并非虚言。她对小姐表白："翠因阿姑，此心碎矣。"也是实情。小说没有写她如何谋划，自责自誓后紧接着便写其夜奔外家，这中间必有一段相当充分的准备。从她夜奔之前先已"窃女词一卷"，再见小姐时，和盘托出换嫁之谋，小姐问计，她"耳语数回"，及袖中藏刃，均可见她早有通盘的考虑，周密的计划，充分估计到可能发生的情况，和应采取的措施；从她必待小姐已进城，"料鱼钥已下，往者莫追"之时，才坦然见其父母，可见她计出万全，势在必成；从她在外婆、舅舅、小姐、乡绅等人面前的言谈举止，可见她准确地把握了相关人等的心态、矛盾纠葛。凡此种种，均足以说明她所具有的，不是搞点小动作，打个小算盘，应付小局面的小聪明，而是将一切运于掌股之上的大智。虽然如此，她的所作所为，也非轻而易举，以一十几岁的小女孩，昏夜奔波，宵露沾衣，寸趾尽裂，何况还可能有毒蛇猛兽、歹人暴徒，而毫无顾忌。特别是当计策得行，面对暴怒的乡绅，她已作了"毕命主前"的准备，如果不是乡绅权变，将计就计，她便真可能饮血钢刃，或者被绑送官府，遭受刑罚。可见与其大智相伴随的，是其大勇。综合其大智大勇，则体现"必遂其志"，成全他人好事的美德和自我牺牲精神，体现其对自主婚姻的肯定和支持。在明清诸多以婚姻爱情为题材的小说和戏剧中，往往要写婢女往来于男女主人公之间，成为不可或缺的角色。这毫不足怪，因为在禁绝任何男女间社交活动的封建时代，青年男女出于种种机缘而各有情意，没有身边人从中帮助勾通，便更难如愿，"心有灵犀"也要"一点通"。而且婢女地位卑微，受封建礼教的影响和束缚也轻些，出入相对自由些，不必如千金小姐那样"大门不出，二门不入"，亦可能胜任此责。作者正基于这一现实，塑造拾翠这一形象，并加以歌颂的。对于她的易嫁，外史氏的评论略有微词，提出"己处丰盈而使人甘淡泊，玉成人事者，顾如是乎"的疑问。通观全篇，其主旨不在写奴婢争自由，而是帮有情人成眷属；拾翠设谋的出发点，不是欲自己嫁豪家，而是使小姐遂心愿。她在小姐面前说得明明白白："汤之落魄，与年齿之长，姑所知也。翠今之缔姻，实系阿姑故。姑若思践前言，以图两美之合，翠愿以此姻让姑；倘辞长就少，辞啬就丰，翠请明日返，自往事之。惟姑裁处，翠无赘言。"并非诱人上当、损人利己的诡计，而是"必遂其志"、成人之美的阳谋。在小姐是"适如我愿"，思鱼得鱼，斯足矣，何言其他。

梅鹤山人序《萤窗异草》说："其书大旨，酷摹《聊斋》，新颖处骎骎乎升堂入室。"这个评价是恰当的。清代自《聊斋志异》之后，文言小说创作又掀起新的高潮，大体分为两派，其中一派便如本书，追步蒲松龄，多以情节曲折、描写细腻见长。从本篇看，"酷摹《聊斋》"的痕迹是明显的，不只在形式上效法《聊斋志异》每每于篇末附"异史氏曰"加以评论生发，而有"外史氏曰"三奇之说。而且其立意和形象描写，亦可见《青梅》《封三娘》《姊妹易嫁》等篇，而本篇也有"新颖处"，并非刻板模仿。本篇虽有虚构，但写如真事，属现实主义笔法，亦可说是用《聊斋》法，而以写实了。所谓的《聊斋》法，除去其内容上多写花妖狐魅，主要指其继承并发展了唐代传奇小说的特点，描写细腻铺张，情节曲折宛转，文辞优美华艳，形象生动逼真。与清代文言小说创作中以纪昀《阅微草堂笔记》为代表的另一派，追步六朝小说，尚质黜华，文字简括平实相对立。本篇全文四千余字，情节并不甚复杂，不过说孙氏女倾慕汤汝亨，因父母反对，不能如意，拾翠设计成全之。如由纪昀等笔法来写，最多不过千字，本篇不是拖沓拉杂，而是描摹渲染，绘声绘色。如写汤汝亨与拾翠两次相见，一次在孙家，拾翠"是日窥客，得识汤。见其丰神秀逸，虽中岁而美拟羊车，因阴以语女。"一次在舅家，舅拉汤至家，"而翠适在书室，见客至，如娇鸟惊弓，翩然而逝，亦未暇审其为汤也。"文字都不多，写得合情合理，上承下接，在情节发展中起重要作用，非浪掷笔墨。孙是富室巨家，故翠是窥客；舅是陋室浅宅，故二人遭遇。前者以翠观汤，上承小姐喜爱汤词，而未稔为何许人，拾翠关心小姐，故告其所见，使之更思慕不置；后者以汤视翠，上承翠有意炫玉求沽，与汤联姻，故汤见人及词后，心益动摇，不克自主，亟于自荐。从中可见作者文思之细密，表述之得当。第二次相见后是汤读《行香子》词后，与舅一段对话，写得也是惟妙惟肖，情态口吻毕见，值得称道。在汤于落魄困顿中，嗜词如命，得读佳作，又称扬于己，遂视为知音，不容稍许贬抑，复面见其人，便生爱慕之心，亟于自荐。在舅本不以词为然，与汤虽同为读书人，而汤屡考不中，对汤也颇鄙薄，但当不过甥女的恳求，故多所贬斥，而半推半就。原文稍长不录，读者可自参阅品味。试看另一段拾翠重返孙家的描写：

> 及入闺阁，女见翠，低鬟蹙黛，娇嗔者久之，甫曰："若舍我而去，何复来耶？"翠谢过。女逊姥坐，因诘翠近日何作，姥代答曰："近将事人，针黹亦大忙。"女问婿家阿谁，姥笑曰："曲子汤相公，何堪垂问耶！"女艴然，粉面顿异，向壁卧，不复言。

"低鬟蹙黛"是小姐病中之貌，与拾翠相处日久，名为主婢，关系密切，一旦不告而别，使其"如失左右手"，必有所怨怒，故见拾翠复来，先是带搭不理，脸上却写着"娇嗔"不满，半天才责怪说："若舍我而去，何复来耶？"小姐的身分，小姐的语调，活灵活现。拾翠之所为均因小姐，但非可于众人前表白，面对其埋怨，只能笼统"谢过"赔不是，稍为安定下来，便漫话家长，说到婿家，外婆称"曲子汤相公"，与前"将以曲子名家者，何足以当雀屏之选"相照应，在老妇人，未必能区别词与文的高下，不过拾人牙慧，反映拾翠之舅的观点。而言者无心，闻者有意，小姐得知竟是自己的意中人，在己向往而不可得，在人得而不为珍，更加深其失恋的痛苦，"粉容顿异"，形诸颜色，独品苦涩，思绪翻腾，心底话无从诉说，于是便"不复言"。这段叙写，既具体细微，又内蕴饱满，。有丰富的潜台词。作者很注重人物性格描写，不像有的小说单纯讲故事，仅把人物当作组织串连情节的工具，篇中不只三个主要人物，次要人物如孙乡绅、外婆、舅舅，虽着墨不多，但均各有性格。主要人物中，以作者着力刻画的拾翠形象尤为突出，在其身上是可看到如前所述《聊斋志异》中青梅、封三娘以及《西厢记》中红娘的影子，但又不能与之混淆，而有其鲜明的个性特点，其乐于助人成人之美，是通过说到做到，实践"必遂其志而无憾"的三大步骤表现出来，反映其大智大勇，耀人眼目，是红娘之后又一个成功的婢女形象，为中国古典小说人物画廊增色。其他诸如结构严谨，中心突出，详略得当，以及语言的简洁、准确、生动，虽为文言，有时能提炼生动的口语入篇，作到口吻毕肖，也值得称道。全篇是写拾翠作合成全汤汝亨与孙氏女婚事，先写汤，由汤词及孙，再引出拾翠，如剥笋抽丝。重点是写拾翠实行三计，具体描绘，用墨如泼，其他均围绕此而写，不浪用文字，惜墨如金。人物设置也是如此，具体写到六个主次要人物，缺一不可，其他如丹徒某公、拾翠之父，偶有涉及，也一笔带过，不枝不蔓。即如名姓，完整者仅汤汝亨一人，拾翠有名无姓，孙氏父女有姓无名，姥、舅、豪家无名无姓，节省到不能再省，笔者在翻译与赏析时，颇感费斟酌，但对读者，毫不会混淆。前后照应与语言运用方面例子，前有涉及，就不再举了。

（苗　壮）

孀妹殊遇[1]

明末，虞山刘氏[2]，世业儒，家虽落，名楣也[3]。兄弟守田庐。伯曰赓虞，邑诸生，品行修饬。仲曰肇周，则狡黠嗜利，不务恒业[4]。有妹曰三秀，慧而艳。生时，母梦紫气绕室[5]，醒有异香。六岁母死，父教之读，过目辄了了，捉笔作楷，秀逸独绝。

时里有黄亮功者，居任阳之大桥，素雄于财。亮更善居奇，崇祯间[6]，吴中水旱频仍，物价腾贵，藉之囷盈橐虚，家益富。亮貌温厚，而中多机诈，蓄资巨万，节缩常若寒士。年逾二十，始议娶妇，则丧夫而挟重赀者[7]。父曰："嫠也[8]。里多请婚者，何必是？"亮曰："我以车往，彼以贿迁，嫠何害[9]？"遂娶焉。妇姓陈，善操持，勤纺织，相夫二十年，其业因之愈炽。亮素闻三秀之美，适陈病瘵死[10]，乃挽郁某为媒，曰："果字我，聘仪惟命；冰上人亦当厚报耳[11]！"郁乃商之刘仲。仲曰："吾兄素迂阔，事必不谐。若能以二百金为聘，四十金酬我，我当曲为成之。"亮如命。仲遂乘间言于伯曰："妹年十四矣，凡求婚者，卜咸不合意[12]，良缘或自有在。顷郁某来，云大桥黄氏，拥资百万，宅第连云，婢仆数十辈，现以丧偶，乏内助，欲为我妹议姻。弟思此事得成，妹终身可以无虑。"伯默然。顷之，仲复言曰："事固有不可执者。忆我母弥留时，执妹手，顾父及我兄弟，言曰：'此女吾所爱，他日务嫁家之裕于我者，无与寒士。酸秀才能有几人自奋为妻孥福者？但愿其安享朝夕，不至碌碌井臼傍，我目瞑矣。'其言犹历历在耳。若今黄氏之富，罗绮盈箱，仓庾如栉[13]，母若在，必诺无疑矣。"伯顿作色曰："汝何言！我家虽贫，固儒也。岂贪富厚而以妹为贾人妻者[14]？且彼之先，陈氏奴也，本姓王，以背主而易为黄，居昆之石浦。乃祖名元甫，复归虞，家塘市。元母为某宦乳妪[15]，宦有田三千亩在虞，以妪故，委元课租，元自正犒外[16]，复蚀其十之三，诡言农欠，积久而成小康。乃父洪，尤凶暴。尝悦一佃女，乃假佃以金[17]，初不责偿，越三年权之，遂攫其女为妾[18]。不久爱弛，将转鬻[19]，女闻而缢。时某宦已死，子弟皆纨绔，不问生产，田皆分裂授他姓。洪欺宦无主，吞匿其半，自是大营宅地，居然为乡里富人，然里之衣冠士[20]，未尝与之接也。今亮之为人，固稍敛迹，然计升斗，权子母[21]，刻剥图利，亦足称黄之肖子[22]。且妹年十四，彼已四十余，年既不相若，门户又不相当，何可婚乎？"仲知言不能入，事遂寝。无何，伯幕游山左[23]，至维扬，见婚嫁者络绎，询其故，缘讹传朝命，有中使至江浙，采民女以充掖庭耳[24]。乃寄书于仲曰："此信至吴，亦必惊扰。然是讹言，万不可信，误妹终身事。"仲得书，喜曰："四十金入我囊矣！"因招郁曰："前议可成，然宜速为择吉。"遂覆书于伯，曰："兄书未至，事已遍传，通国不择人而婚嫁者，不下数百家。司里恐临期不克应命，预稽烟户[25]，欲将妹之年貌登册。不得已，仍诺黄请矣。然此番作合，非由人谋，幸勿以为弟罪。"伯得书，抚膺顿足，复作书让仲[26]。书未至而婚已成。

婚之夕，亮忽患眩晕，草草成礼。庙见时[27]，木主无故倒地，家人咸疑不详。逾年生一女，刘爱之甚，曰："此我掌上珍也。"因名珍珍。时有熊耳山人者，善推五行，言多奇中。适游虞山，刘延至家，使推珍命。山人曰："是命能富贵其夫，一生无蹇运[28]。"刘喜，乃以己造令推[29]。山人沉吟久之，拍案大叫曰："安所得是命而绐我哉[30]？女子坐台垣[31]，有执政王家气象，乡村妇安得有是？"问："命中有子否？"曰："有二，且生而即贵。"已而推亮，则摇首曰："此如病膈人[32]，馨香滋味，罗列满前，而欲啖不得，纵使腰缠十万，亦难享用一钱也。"问："何时得子？"又摇首曰："命中无子。"尔时，举座哄然，咸笑其妄。

然刘以星家言，每为嗣续虑。有张媪者，为刘乳妪，寡而无子，依于刘。刘尝私与语曰："痴老年半百，只一女，犹兀兀然朝夕持筹握算[33]，竟不思身后倚托者为谁也，将若何？"媪曰："俗有先取他姓子，养为己，兆而引之者，往往如所愿，盍试之？"刘点首。时刘伯兄有子三，季曰金印，始受读，温文俊雅，刘爱之，欲抚为义子，乃言于亮。亮以刘才敏心细，平时为亮筹画，无不中，久已奉若神明。刘即庸奴其夫[34]，亦不敢违颜色，因曰："喏。"乃治馔邀二刘[35]。时伯归里已五六年矣，而未尝一至黄所。刘恐其固却也，私遣张媪致书，大略言：妹非私奔，既归此家，前事宜姑含忍，兄妹之伦，义不可绝。今谨薄具杯酌，为戚里一申款洽[36]，念兄素怜妹，来则愈有光，不然，则是张其贱也，妹亦置颜无地矣。伯见书，不得已，乃偕仲往。始与亮相见。宴毕入辞，刘谓伯曰："珍将就学，苦无伴；金哥来此依我，与珍同塾，可乎？"伯曰："婴孩不能离母，且徐之。"仲闻，遽曰："我家七舍可来也。"刘未应，而仲即于次日携子往。

初，刘之为亮谋也，以伯品谊为乡里所重，故欲藉以修好，即为后日门户地；仲则其素所心鄙者，其子亦凡猥不足数[37]。而亮见伯落落难合[38]，不如仲之易笼络，因反怂恿之，遂留焉。七性暴戾，比长而横益甚。尝戏珍，珍怒，白于刘，刘挞之。遂宿之外舍，食亦不令同席，任其去来。七乃日逐群恶少游，虎而翼矣。

无何，刘字珍于直塘钱氏[39]。钱籍娄东，徙于虞。翁年五十余，仅一子，美秀而文。尝侍其母出观竞渡，邻舫则刘与珍也。两家通问，知里居近接，乃各过船。款语甚洽。钱母归，语翁曰："黄氏妇固倩丽，其女则尤娴雅淑婉也。"翁遂请婚。刘亦以亲见故，遂许焉。七忽怒詈曰[40]："父曾嘱我勿游荡，姑将以珍字我也，故抚我；今乃背约别字，将焉置我？"刘闻，怒甚，邀仲呼七而痛笞之，且诘以珍字汝何据，七无以应。因谓仲曰："七第欲我娶妇耳，然直言亦何害，乃敢以横语突激哉？"爰以百金为七婚娶[41]，复置庄房一所令居，且以己之瘠田三十亩界之[42]。曰："刘产仍归刘氏，愿汝守之，若荡废，无入我门矣。"七好博，未逾年，而田屋尽售，妻无所依，自溺死。仲亦恶其无赖也，屏弗子[43]。七遂寄身博场。钱生则游娄庠，出赘于黄[44]。刘爱珍及婿，一应衣服之需，盘飧之奉[45]，倍极丰美。既弥月，生奉父命告归，课举业[46]。刘慰留不获，始饮饯焉。时七为败类，苦饥寒，常仰给于刘。一日，适遇珍，七曰："珍娣，向问尔几时招婿，辄怒骂，前日，衣蓝衫[47]，冠方巾者谁耶[48]？"珍不答。又曰："娣夫归矣，娣寂寞否？"珍怒，遂入。及晚，珍于寝所觉有异，急出呼父曰："房中似有贼！"亮率仆妇持梃入，搜至床下得一足，痛击之，贼大号，视之，七也。刘忿极，以剪搅其股，流血盈地，缚而闭之室。厥明，仲闻而至，欲投之河。刘不可，令仲锢于家。甫一日，仲妻复阴脱之。自是，七遂欲甘心于黄矣。

黄年及周甲，而嗜利益甚，催租索逋[49]，事必亲历，碌碌城乡，日无刻暇。一日晨起，持簿书，将至刘寝，忽扑地，家人急扶至寝处，日未中而气绝矣。亮死，刘痛哭成礼。既殓[50]，七自外至，突入穗帐[51]，凭棺呼爹，为号泣状。既而呼刘曰："娘，取斩衰来[52]！"刘曰："死者无子，安用衰？"七曰："我固子也。"刘厉声曰："汝自姓刘，与黄何涉？"七曰："幼而抚我，长而室我，田畴畀我，虽非亲生，亦是义子。今黄乏嗣，婿外人，能独享此乎？"刘曰："汝今何欲？"七大言欲分遗赀。刘怒甚，令仆妇之有力者缚诸庭，自取臼杵，痛击数十，曰："此我分汝之赀也！"七初出恶言，继以不胜楚，号呼求免，遂释之。七出，且走且誓，曰："必有以报！"刘乃集童仆，人给钲一具[53]，戒以每日晚，即持此分布四野，伺有所闻，当即相应。无何，果有盗自檐而下，刘急令媪启小门，于宅后鸣钲。四处钲声齐起，盗遂惊逸，家人咸相庆。刘曰："未也。"乃更坎室之行道为阱；穴壁数处，中贮石灰末，而承以风车。数日后，复有盗数十，舣舟屋后之水门[54]。夜将半，各明火执仗，斩门而入，将及内寝，前导者遇坎即陷，余盗知有备，方仓皇间，壁穴中灰末骤飞，尽眯贼目，乃各弃械窜。烛之，落陷者，七也。跣足散发，皂衣墨面，形同鬼魅。刘曰："我固知此兽所为。俟天明，当鸣之官。"珍曰："鸣官恐伤舅氏心，不若纵之。"刘乃驱使出。自是，里中无七之迹矣。刘连被惊扰，心常恐。因谓珍曰："盗犹可御，纵火奈何？我当先安死者。"即葬亮于泖湖之祖茔。事竣，谓婿曰："此不可居，我将依汝。"于是，先举什器，运至直塘。遣珍归，以一册付之，曰："除汝房中物，余俱在此册：囊米二百余斛[55]，每贮银二锭，须亲检收；大小衣箱六十有四，各有银若干；柜三十七，或贮银，或贮钱，皆有号可稽。汝先发,我将踵至也。"乃佣工百人,连运数日。既毕,刘复遍召乡里贫户,饫以酒肉[56],尽焚其积年债券。且开仓廪,人给米二斗,麦半之,棉花五斤,菽五升[57]。众罗拜曰:"夫人施恩,遍及我等。将何以报?"刘曰:"报何敢言,第有积粟二千余石,诸君能为我运至直塘否?"众曰:"惟命。"时值岁饥,乡间富室囤谷,每为贫民攘夺,刘反得而用之。不三日,而运已尽。时刘本欲即赴直塘,视历连日不宜迁徙,三日后乃吉。越二日,夜将半而难作矣。

先是,明总戎李成栋[58],既降我朝,统兵南下,过辄残破,所掳妇女十余艘,为嘉定乡民所焚,死与逸各半。成栋责兵弁,务掠吴姝以偿所失。旋奉命征粤,乃嘱其弟侍母居松江,令麾下某统兵守之。某有泛卒[59],七党也。当七受杖而逃,即走松投卒,得近某将。因言:"任阳黄氏,尝党逆,家私千万,虎噬乡里,得数百人剿之,既除民害,且实军饷。"某乃令裨将[60],率众由刘河,经昆山,至七浦塘而进。是晚,刘方与张媪封楼房,处细事,待旦而发。忽闻门外炮声轰然,响震屋瓦,李兵破扉四入。而启廪,廪空;搜房,房洗,遍索无一物,裨将恚甚[61]。俄见众拥刘至,注视久之,曰:"赖有此,不然,何以复主帅?"众以劳而无获,怒七之诳,即杀七。纵火烧黄居,掠近村数十家,遂掳刘去,张媪从焉。珍闻变,惊绝,终日长号。钱翁令子赴松探耗,途次,即闻成栋以粤东叛降永历,亲属被收,所掠妇女,悉于南京安置。生遂邀刘仲,偕往江宁,觅至一都统署,见有遵奉令条:"凡逆栋所掳妇女,俱备亲人具领。"钱喜甚。方欲投诉,适有武弁自内出,钱揖而告之故。弁曰:"我本以吴人投旗,与汝岂无乡谊?"乃携钱手至静处,语之曰:"王爷固有是令[62],但司其事者,为黑都统,非阿堵物不可[63]。"钱问所欲,则曰:"视年貌以定多寡,美而少者,必需百金。"钱以所持不足，遂偕仲归。珍曰："诚得我母，金何足惜？"遂以千金，促生复往。钱至，即觅所识弁，且许事成后，另酬五十金。弁以诸妇女，系掌家婆二太所管，每百两，例予十金。曰："可。"弁即取刘之年貌籍贯去。久之，出谓钱曰："无其人也。"钱皇遽曰："余已访确，何乃无之？"弁曰："我亦欲得金尔，岂给尔者？适据二太言，三百余人中，遍询竟无有，得无误耶？"仲曰："事已至此，果否乞查一确据，当有以报。"弁踌躇间，曰："得之矣。"疾趋入。有顷，袖一册至，谓二人曰："此确据也。"钱阅至末页，果有黄刘氏，及从媪张氏，而朱圈标其上，傍注："选入王府。"如是者，共有四名。弁曰："如何？我不尔诳。"钱神呆僵立，仲亦无如何也。嗒然反虞[64]，拟筹别策。乃不数日而刘书至。

初，刘被掳至松，李母见而悦之，曰："此必宦家女，姑以母事我，行将送汝还也。"未几，成栋叛，家属皆槛送京师，一应婢仆，悉置南京，俱听本旗发遣[65]，刘亦挂名籍中，为黑都统承管。妇女三百余，初至江宁，席棚露宿，几不欲生。越日，而满州太太至，盖王府中总管老妪也。年已七十余，发白如雪，鬓簪花朵，衣履皆男子式，善汉语，滑稽多智[66]。至则都统以下，皆跪迎之。掌家婆二太上前叩首，恭引至棚。妪先作汉语曰："诸娣妹无恐，我来作降福符官耳[67]！特不知谁真有福者。"乃侧身入队，择当意者，拽裾使行[68]，令至别所排列，共三十余人。妪上下睨视[69]，指曰："彼太长，此略短，甲似肥，乙较瘦。"乃去其半。令留者至前，谛视发、肤、掌、臂，复隔衣扪其乳，十又去七，仅存其五。乃列坐待茶，殷勤问讯，审其音而耳属焉[70]。一妇声微窳[71]，复去之。旋起立，语四妇曰："无动，我欲一观履式。"因以指量其履，戏语曰："无乃唐突，然不尔，则不见真才耳。"徐向一妇微笑曰："塞楞，塞楞！"塞楞者，满语。盖言"最好"。其妇即刘是也。因顾二太，作满语曰："雅海沁兀律罕。"言渠婢[72]，令随去可也。俄拥四妇登舆，进王府。刘持张媪痛哭曰："入此，万无见珍时，我命亦不久矣！"至暮，王宴，命四妇侍酒。满妪诚之曰："至王前，宜各叩首俯伏，命起乃起，慎毋哭泣，致王怒也。"而已，三妇如所言，刘独倚左柱，向壁侧立，而额光煜煜，时与灯烛光相射，目泪睫，晕微红，如晓花含露。王见甚异，问何籍，不应；问年几何，又不应；问有夫否，刘忽大恸，曰："我民间寡妇，为李兵所掳，以恋恋于一女，故不遽死。今至此，已矣，盍速杀我？我良家女，决不肯为奴婢。"声呖呖如娇莺啭树。俄以首触柱，硔然有声[73]，满妪抱持之。刘且踊且号，鬟髻尽解，发长委地，光黑如漆。王怜之，命妪引去，嘱善护持，勿令悲损。妪遂引刘入己寝以安之。朝夕进参饮糜粥，糖霜果品满几案。刘勺粒不入口，坐卧惟泣。张媪忧之，私语满妪曰："刘之悲毁，痛念其女耳。前在松江，传闻李兵复扰直塘一带，及今三旬无耗，若得通一音以慰其念，饮食或可少进也。"满妪为启于王。王曰："速令作书，当命疾足往探耳。"妪告刘，刘乃修书寄珍。首言："我生不辰，叠罹险难，河干一送，岂意竟为长别。"中言："七兽肆毒，唆掳往松，方幸李母仁慈，生还有日，不料挂名眷籍，忽又送入掖庭[74]。所以不即死者，诚欲得汝一音，以瞑我目。"又云："直塘一带，是否亦遭焚掠？或七兽未遂所欲，致汝家为破巢之卵，亦未可知。我书得达，急盼归鸿[75]。"末言："茕茕嫠妇[76]，现已密制裋衣[77]，洁身自守，倘罹横暴，愿投清风之崖[78]，汝尚自爱，弗我念云。"珍接书，且读且泣。方与钱生议覆，而刘仲适至。反复阅书，作咄嗟状[79]，谓珍曰："汝母亦太拗矣。王非他，乃入关时从龙第一功臣也。下江南，降弘光[80]，平两浙，以懿亲典枢务，功高威重。

但得为王婢，亦足安乐半生，何必峻拂其意。回书宜劝其遇事婉从。设使激发雷霆，恐我与若俱无噍类耳[81]。”珍覆书，始慰以无恙，后云：“母生儿亦生，母死儿亦死。”情殊依恋，而恰无激劝语。仲乃私致书，盛言“王功盖寰宇，得侍为幸”。又云“妹固女中智士，小谅宜所不为[82]，矧绎昔年熊耳山人之言[83]，或者事有前定”。末则告以“房毁无归，婿家究是外人，难以倚托，不如自发根枝，使余等亦叨庇荫[84]。乃于书尾署伯名，而己附之。先是，刘知王为发书，心颇感之，已日进粥糜。及回书至，知珍无恙，色为之喜。继阅两兄书，沉吟之久，忽愠曰：“此非伯兄言，乃刘二所为耳，岂四十金未满渠愿，以故又欲卖我乎？”趣张媪火之[85]。

无何，王妃忽喇氏薨京邸[86]。讣至，设位中堂。按国制，本旗妇女，灶下者例合哭临[87]，在外则穿素而已。满妪语媪，媪以告刘。刘曰：“业啖此间饭[88]，曷敢不遵大典？”乃缟衣练裙而出[89]。王适遇之于中霤[90]，淡冶若仙，飘目时，光恰两射。王曰：“此非触柱求死者乎？何亦雅素乃尔！”因语满妪：“以刘骨相不凡，当善视，无与群婢为伍。”自是，满妪侍刘愈谨，启事辄跪。未几，王赐刘满汉衣服各一箱。越日，又赐参十斤，东珠百颗[91]。刘若弗闻。旋又赐首饰一箧，宫扇二柄[92]，荷包、帕各四件[93]，金银锭各一盘。满妪跪告：“此皆王爷所赐，意良重。”又曰：“王赐，宜叩谢。”刘惟偃卧，俱置不省。是夜，王命刘侍寝。刘乃大号曰：“果也！将婢妾我也。我虽妇耳，生长良家，岂有罪而输为城旦者[94]，任彼朝朝暮暮耶？”王闻即已。满妪殊讶之，私谓张媪曰：“刘自入府以来，王待之者，恩礼亦已备至。无论馈食沃盥等事[95]，俱不令值。且又赏给稠叠，实为非常异数[96]。王尚无子，今忽喇氏薨，群婢中亦无宠幸者，而独注意于刘，此大福将至时也，乃刘尚有不豫色者，何哉？"媪曰："刘性高抗，居家喜南面坐，诸婢仆屏息听指挥惟谨；今一旦欲其卑躬屈膝，辱充下陈[97]，宜其宁死不愿也。"满妪微会意，乘间语王。王遂以金凤花冠[98]、一品命服为赐[99]。既宣命，张媪低语刘："王今尊礼至此，宜若可从。"时刘虽仍不言，而手受冠服，颜色甚和。满妪从屏隙中，窥知其隐，即宣言："朝廷定例，凡正室不孕，而侧室有子者，奏闻后，即册立为妃[100]。今服止一品夫人耳，或尚有贵于此者。"至夜，王以御赐金莲蜡炬，导刘入寝。刘顾妪，谓："独忘拜谢天恩乎？"王即命移炬中堂。王中立，刘立其后之左偏，齐行九叩礼。至寝，刘徐御冠、易补服[101]，向王三拜三叩起。王见其知大体，有淑嫔风[102]，喜极，几无复平时威重。是夕，刘侍寝。次日，王赏满妪钱六十缗[103]。妪率阖府男妇三百余，叩贺刘。刘出白金四百两酻犒之，众皆感悦。

有貂珰二[104]：陈某，刘某，系故明宦者，年皆七十余矣。王以二监给刘，听使令。刘乃作书，饬令赍赴虞山[105]，以慰珍。曰："汝母受王恩礼，此身已不及自持矣。特念汝父生前，初无一语忤我，以故覆水之势难成[106]，而故剑之思弥切[107]。今为之计，莫如访立本宗，授以半产，继宗祧而绵血食[108]，既尽生者之心，即安死者之魄。善体我意，是诚望汝。来监乃先朝内臣，同日归旗者，须加礼款，使知汝非寒俭家儿也。东珠十颗，可为甥孙帽饰；京样手镯一副，俾汝佩之[109]，如见我耳。"书发，二监未至，钱生先偕刘氏伯仲，赴江宁探信。适王以浙西民叛，奉旨往抚，三人得径入王府。刘见之，涕泣不能发声，得刘仲慰劝，始渐破涕为欢。既而满妪奉茶至，皆跪进，称舅爷、姑爷。时刘伯犹未知改节事，见妹盛饰华服，及颐指气使处，心甚疑之，私以问仲。仲曰："妹已处于王宫，又何疑？"伯大恚，作书绝妹，拂衣竟归。仲阅书，笑曰："腐儒语耳，何可令妹见？"遂火之。既而钱将告归，刘私语之曰："我欲玉成汝名，汝入京，姑勿见我。且我行踪，南北亦尚未定。为语珍，探的后，音书频寄可也。"钱遂归。仲独盘桓府中，结刘监为宗人，共处值房。

　　未几，王自浙归，仲上谒，得司府中出纳册。俄王内召还京，途次济宁，而刘病气逆，登舆辄呕。王橄中丞召医诊视[110]，或言湿阻，或云水土不服，各拟方进奉。刘阅未毕，即碎而谩骂。以王未解吴俗语，乃强起拥被坐，牵王袖于卧所，附耳曰："我病妊耳，群奴皆用利导之剂，岂欲以之杀我耶？"王闻大喜。越数日，刘体果安，乃就道。抵京陛见，回奏一二军国事后，上问王："年已四十，何尚无子？"对曰："臣在江南，纳本旗妇刘，现有身。"上喜曰："男也，则亟告宗人府以闻[111]。"未几，刘果生男。上闻，赐人参、果品等物。太后复赐洗儿钱百万[112]，例册刘氏为某王妃。适遇皇太后万寿，刘遵例，统率福晋等[113]，入宫庆贺。太后见刘，问曰："闻某王妻美，此其是乎？"又问年几何矣，刘以三十有五对。太后曰："如二十许人耳！"更问何籍，及进身始末。刘以实对。曰："不意民间乃有此妇。"翌日，又赐锦缎百端、糖果八盒、黄金四十锭、玉带一围。

　　时朝廷新开科举，命王监阅国学录科试牍[114]。刘得遍视诸卷，则其婿钱生与焉。钱以拔萃生[115]，入京肄业，因遵刘诫，不入见。刘乃语王曰："顷见诸生录科卷，内有钱姓，名沈塈者，我婿也。"王不语，及榜发，而钱已以经魁获隽[116]。明年，复成进士，选部曹[117]，始因公诣王第，王即延入中堂，令刘出见。刘服黄锦袍，垂紫貂皮，银鼠帕首，珠额翠翘[118]，皂靴款步，喜形于色，谓钱曰："我思珍久，近已为之置宅一区，汝归，可速挈眷来。仲兄现患消渴[119]，恐不测，汝当偕之还。"

钱遂偕仲行，半途仲死，护榇归[120]，即携珍至都。刘年四十，复生一子。尝为汉装，安车紫盖[121]，女从百余，过珍寓，欢宴累日。一日，谓钱曰："我昨梦处故居，簿书文券积几案，宛如黄氏盛时，觉而戚然。我前以立后嘱汝，今得之否？"钱曰："黄自塘市迁任阳之大桥，三世单传，别无支派。其先自虞而昆，复自昆而虞，系皆无考，故虽遍访以示求后意，竟无应者。"刘闻怅然。姑出金钱．遗纪纲赴泖[122]，为黄修墓道，且拟置田供岁祀。至则墓木已刊，四望平畴野水，黄兆域无由别识。盖兵燹之余[123]，已毁其墓为河道矣。仆乃封土三抔[124]，藉以覆命。时珍已举三子，刘嘱以次甥嗣黄，俟其长成，即于遗址营第，奉黄祀，珍诺之。乃不二年，而钱次子死；更命其季，季又殇，黄遂无嗣。刘后安富尊荣，又二十年薨，时岁已周甲。

康熙癸丑，张媪以年老南归，为述其颠末如此。曩余客金阊[125]。尝于残书铺中得是事藁本，前后百纸．草率多伪，标面曰：《过墟志感》，首篇即载任阳事，后半类日纪，而无撰人名。近阅《纪载汇篇》[126]，知曾采辑，则直目为《过墟志》，并有墅西逸叟序。然系琉璃厂排版，刷以牟利者，仅赏新奇，一过即已，故其篇虽较藁本为约[127]，而亦未遑寣裁。余以其非见闻所习也，因特芟繁就简[128]，且别其目为《孀妹殊遇》。其间虽尽有点窜，而无失本真，将广其传，遂复镌入是录云[129]。

（选自《墨余录》）

[注释]

[1]《孀妹殊遇》——本文选自《墨余录》卷五。原题《过墟志感》，作者墅西逸叟，真实姓名及生平事迹均不详。原文为单本刊引，有作于康熙十五年（1676）的自序，作者当是明末清初人。后毛祥麟加以改写，并易为今题。毛祥麟，号对山，晚清上海人，学者，小说家。性恬淡，不乐仕进，闭户读

书。著有《史乘探珠》《诗话闲评》《亦可屋吟草》《墨余录》等。《墨余录》为文言短篇小说集，十六卷。有同治九年自序。本文即收入该书。姝（shū书），美女。媚姝殊遇，意思是一个美丽寡妇的不寻常遭遇。

［2］虞山——山名，在今江苏常熟县西北。古称海隅山，又称天目山。相传西周时虞仲曾居于此，故名。这里代称当时的苏州府常熟县。

［3］楣（méi眉）——门框上的横木，也叫门楣。这里代指门第。

［4］伯、仲句——古时兄弟排列以伯（或孟）、仲、叔、季为序，犹今之所谓老大、老二、老三、老四。　诸生——明清时经省各级考试录取入府、州、县学者。亦称生员。此处指秀才。　黠（xiá暇）——狡猾。

［5］紫气——古代以为紫气乃祥瑞之气，多附会为帝王、圣贤或宝物出现的先兆。

［6］崇祯——明思宗朱由检的年号，共十七年（1628—1644）。

［7］赀（zī姿）——通"资"。

［8］嫠（lí梨）——寡妇。

［9］"我以"二句——《诗·卫风·氓》："以尔车来，以我贿迁。"此处借用而改变原句及原意。贿，资财，这里指嫁妆。

［10］瘵（zhài寨）——肺病。

［11］冰人——《晋书·贾纮传》："孝廉令狐策梦立冰上，与冰下人语。纮曰：'冰上为阳，冰下为阴，阴阳事也。士如归妻，迨冰未泮（按，此二句为《诗·邶风·匏有苦叶》中的诗句），婚姻事也。君在冰上与冰下人语，为阳阴语，媒介事也。君当为人作媒，冰泮（融化）而婚成。'"称媒人为冰人或冰上人。

［12］卜——选择。

［13］仓庾（yǔ雨）——粮仓。庾，露天的积谷处。　栉（zhì至）——梳篦的总称。

［14］贾（gǔ古）——商人。

［15］乳妪——奶妈，乳娘。

［16］犒（kào靠）——慰劳。这里是报酬的意思。

［17］假佃以金——用金钱代其佃租。

［18］攫（jué决）——夺取。

［19］鬻（yù 玉）——卖。

［20］衣冠士——指士大夫、官绅。

［21］子母——本钱与利息。

［22］肖（xiào 笑）——似。

［23］山左——旧称山东省为山左，因在太行山之左，故云。维扬——旧时江苏省扬州府的别称。

［24］掖庭——宫中旁舍，妃嫔居住的地方。

［25］烟户——人烟户口。为古代户籍的总称。

［26］让——责。

［27］庙见——古婚礼，妇到夫家，次日天明，始见公婆、若公婆已死，则于三月后到家庙中参拜，称庙见。

［28］蹇（jiǎn 简）——困苦。

［29］造——旧时星命术士称人的生辰干支曰造。

［30］绐（dài 代）——欺哄。

［31］台垣——台，三台，星名；垣，星位。按，三台星位于紫微宫帝座前，故旧时用以比喻三公。

［32］病膈——《素问·气厥论》：“膀胱移热于小肠，膈肠不便，上为口糜。”按，此谓由积热而致上下不通，引起便秘和口腔糜烂。

［33］兀兀（wù 勿）——勤勉不止的样子。筹算——古时以刻有数字的竹筹计算，谓之筹算。

［34］庸——通“佣”。

［35］馔（zhuàn 撰）——食物，饭食。

［36］申——表明，表达。

［37］凡猥——凡庸猥琐。

［38］落落——孤独的样子。

［39］直塘——镇名，在今江苏太仓县西北，西接常熟县界。明时当属虞山。

［40］詈（lì 利）——骂。

［41］爰——于是。

［42］奁（lián 连）。——嫁妆。　畀（bì 必）——给予。

［43］屏（bǐng 饼）——排除。

［44］出赘——犹"入赘"。旧时指男子到女家就婚，成为女家的一员。

［45］飧（sūn 孙）——晚饭。这里泛指饮食。

［46］课——旧时按照规定的内容和份量教授或学习。　举业——举子业。指科举时代专为应试的学业。

［47］衣（yì）——穿。　蓝衫——旧时儒生所穿的服装。

［48］冠（guàn 贯）——戴。　方巾——明代有秀才以上功名的人所戴的方形软帽。

［49］逋（bū）——拖欠。

［50］殓（liàn 练）——给死者穿着入棺。

［51］穗帐——设在枢前或灵前的帐幕。

［52］斩衰（cuī 催）——旧时五种丧服中最重的一种。用粗麻布制成的丧服，左右和下边不缝。子、未嫁女对父母，媳对公婆，承重孙对祖父母，妻对夫，都服斩衰。

［53］钲（zhēng 争）——锣。

［54］舣（yǐ 以）——船拢岸。

［55］斛（hú 胡）——量器名，也为容量单位。古以十斗为一斛，南宋末年改为五斗一斛。

［56］饫（yǔ 雨）——饱。

［57］菽（shū 叔）——豆。

［58］总戎——清人称各省提督下所辖的总兵为总戎。　李成栋——辽阳人。初为明总兵，守徐州。清顺治间，多铎率兵南征，成栋以所部降，乃随清兵进击南明，累官至两广总督。以与人争功，复叛清归降南明桂王朱由榔。后兵败坠水死。下文"永历"，即桂王年号。

［59］汛——明清称军队防守之地为汛地。

［60］裨（pí 皮）将——副将。

［61］恚（huì 会）——发怒，怨恨。

［62］王爷——指豫亲王多铎。多铎为清太祖努尔哈赤第十五子，多尔衮的同母弟。顺治元年，随多尔衮入关，参与镇压李自成农民起义军。又南下攻取扬州、南京，灭南明弘光王朝。

［63］阿堵物——据《世说新语·规箴》，王夷甫为人清高，从来不说"钱"字。其妻命婢以钱绕床，夷甫晨起，见钱挡路，叫婢女道："举却阿堵物！"（拿掉这个东西）。阿堵，晋人方言，犹言"这个"。后遂以"阿堵物"代指钱。

［64］嗒（tà 踏）然——沮丧的样子。

［65］旗——满清的军队组织。努尔哈赤先创立正黄、正白、正红、正蓝四旗，又增立镶黄、镶白、镶红、镶蓝四旗，共八旗。以后皇太极又编蒙古、汉军各八旗，共二十四旗。

［66］滑（gǔ 古）稽——圆滑自如。

［67］符——古代朝廷用以传达命令、调兵遣将的凭证。

［68］裾（jù 具）——大襟。

［69］睨（nì 逆）——斜视。

［70］耳属（zhǔ 主）——倾听。

［71］瘘（yǔ 雨）——粗劣，此为粗哑。

［72］渠——他（她）。

［73］硁（kēng 坑）——击石声。

［74］掖庭——皇宫中的旁舍，为宫嫔所居之所。

［75］鸿——书信。鸿，本意为雁。汉时苏武出使匈奴，被留，牧羊北海之滨。后匈奴与汉和亲，汉求苏武，匈奴诡言已死。汉使亦诡言武帝射上林苑中，得北来雁，雁足系帛书，言苏在某泽中，单于乃遣苏武归汉。后遂以鸿雁代指书信。

［76］茕（qióng 穷）茕——孤零的样子。

［77］袜衣——疑为"袜衣"之误。"袜（mò 莫），始丧之服。

［78］清风之崖——指清风岭。岭在浙江嵊县北。上多枫木，因名青枫岭。宋末临海民妻王氏为元兵所掠，过此岭时，啮指写诗石上，投崖而死。后人因易名为清风岭。

［79］咄嗟（duō juē 多撅）——原意为呼吸之间，此处意为责备、感叹。

［80］弘光——南明福王朱由崧的年号，这里即代指朱由崧。

［81］噍（jiào 轿）类——活人。

［82］小谅——小的诚信。据《论语·宪问》，子贡问孔子，齐桓公杀了

公子纠，管仲不能死难，又反而去辅佐桓公，这样算不得仁吧？孔子说，管仲辅佐桓公，称霸天下，功劳很大，百姓们到现在还得到他的好处，"岂若匹夫匹妇之为谅也，自经于沟渎而莫之知也？"（他难道能像普通百姓那样守着小信小节，在山沟中自杀而没人知道吗？）

[83] 矧（shěn 审）——况且。　绎——推究。

[84] 叨（tāo 涛）——忝。谦词。　庇荫——覆盖，保护。

[85] 趣（cù 醋）——催促。

[86] 薨（hōng 轰）——古称天子死曰崩，诸侯及同等地位的人死曰薨。

[87] 灶下者——即灶下养，对厨工的蔑称。

[88] 啖（dàn 淡）——吃。

[89] 缟（gǎo 稿）——白色生绢。　练——白色熟绢。

[90] 中霤（liù 六）——室中央。

[91] 东珠——指松花江下游及其支流所产的珍珠，匀圆莹白，清代王公冠顶饰之。

[92] 宫扇——有二义，一指宫廷仪仗用的扇子；一指按照宫中式样制作的扇子。此指后者。

[93] 帕——佩巾。

[94] 输为城旦——送往边疆去做城旦。城旦，秦汉时刑名。服此刑者，昼伺寇，夜筑城。此处取其意而用之，非真为城旦。

[95] 馈（kuì 溃）食——祭祀鬼神，以牲、黍稷为祭品进献，谓之馈食。沃盥（guàn 灌）——以水浇手而洗。

[96] 异数——特殊的礼遇。

[97] 下陈——古代宫中陈列礼品、站立侯从姬侍之处，位于堂下，因称下陈。亦泛指姬妾。统治者用剥削掠夺所得的财物、婢妾充实府库后宫，炫耀权势，称为充下陈。

[98] 花冠——用花采装饰起来的冠状饰物。

[99] 命服——古代帝王按等级赐给臣下的制服。

[100] 册——封爵的策命，古代帝王封立太子、皇后、王妃或诸王的命令。

[101] 补服——古代官服的前胸及后背缀有用金线或彩丝绣成的图像徽

识，故官服称补服，亦称补子。命妇受封，亦得用补子。

[102] 淑嫔——淑媛、九嫔，俱宫中女官名。

[103] 缗（mín 民）——成串的钱。每缗一千文。

[104] 貂珰——貂尾和金蝉，汉代中常侍冠上的饰物。此以代指宦官。

[105] 赍（jī 鸡）——携带。

[106] 覆水之势——相传汉朱买臣贫困时，其妻自求离异，后买臣为会稽太守，前妻求复合，买臣取盆泼水于地，意为覆水难收，夫妻既已离异，亦如此水，难以再合。

[107] 故剑之思——传说楚王命莫邪铸双剑，剑成。留下雄剑，而以雌剑献楚王，雌剑在匣中常常悲鸣。后以喻对故人的殷切思念。

[108] 宗祧（tiāo 条）——宗庙。　血食——古代杀牲取血，用以祭祀，故名。

[109] 俾（bǐ 比）——使。

[110] 檄（xí 习）——古代官方用于征召、晓喻、申讨等的文书。此处作动词用。　中丞——明清巡抚也称中丞。

[111] 宗人府——明清官署名，掌管王室亲族的事务。

[112] 洗儿钱——旧俗，婴儿生后三日或满月，为婴儿洗身，亲朋都来祝贺，此时赐赠的钱曰洗儿钱。

[113] 福晋——满语。清代亲王、世子、郡王之妻称福晋。

[114] 国学——国子监，隋唐以后的国家最高学府。

[115] 拔萃生——即拔贡，由地方于生员中选优保送中央。

[116] 经魁——明清科举考试分五级取士，每科乡试及会试前五名，即于五经中各取第一名，称五经魁首或经魁。

[117] 部曹——中央各部长官曰尚书。尚书之下分司办事的官员统称部曹。

[118] 翠翘——妇女头饰。似翠鸟尾之长毛。

[119] 消渴——糖尿病。

[120] 榇（chèn 衬）——棺。

[121] 安车——老年人或妇女乘坐的车子。　紫盖——紫色的华盖。华盖为古代帝王、贵官所用的伞盖。紫色，表示高贵。

［122］纪纲——统领仆隶之人，亦泛指仆人。

［123］燹（xiǎn 险）——火。多指兵乱中纵火焚烧。

［124］抔（póu）——以双手捧物。这里用作名词。

［125］余——指作者毛祥麟。

［126］《纪载汇编》——晚清人辑，收在《申报馆丛书·掌故类》中。

［127］薰本——应为稾本。稾（gǎo 搞），同"稿"。

［128］芟（shān 山）——除草。引申为删除。

［129］镌（juān 捐）——刻。　是录——指《墨余录》。

[译文]

明朝末年，虞山有一家姓刘的，世代都是读书人，（如今）家道虽然中落，（可）仍算得上是名门上户。兄弟俩守着田地房产过活。老大唤做赓虞，是县里的秀才，品行端正；老二唤做肇周，却狡猾贪利，不务正业；有个妹妹唤做三秀，聪慧而美艳。生她时，母亲梦见房屋四周紫气弥漫，醒来只觉异香扑鼻。在她六岁那年，母亲去世了。父亲教她读书，过目成诵；提笔作书，秀美超群。其时，近处有一个叫黄亮功的，住在任阳的大桥那里，一向以财大气粗闻名。这人又善于囤积居奇。崇祯年间，吴地水旱灾害不断发生，物价飞涨，黄就趁机在粮多时贱价囤积，粮缺时高价卖出，（就这样）家里越来越殷富。黄外貌温和忠厚，而内心却藏着许多机巧诈伪，家里积蓄了万贯资财，平日却节衣缩食，仿佛是个贫寒之士。都二十多岁了，他才考虑要娶媳妇，要娶的是一个死了丈夫而广有资财的女人。他父亲说："她是个寡妇啊！邻里间有多少人家想跟咱攀亲，干么一定要这个呢？"黄说："我去车子接，她带财产来，寡妇有什么不好？"就这样把那女人娶过来。那个女人姓陈，善于操持家务，勤于纺织，帮助丈夫料理生活，二十年来，黄的家业因为她而越发红火起来。黄平素听说过三秀长得很美，恰好陈氏害肺病死了，就央一个姓郁的去做媒，他对郁某说："她果然肯嫁我的话，聘礼多少，由他们说了算。媒人嘛，当然也会重重酬谢。"郁某就去找刘老二商量，刘老二说："我哥一向迂阔，这事一定办不成。（不过）假如能拿二百两银子做聘礼，再拿四十两酬谢我，我就会想方设法玉成此事。"黄答应了他的要求，刘老二就找了个机会对老大说："妹妹已经十四了，凡是来求婚的，选来选去都不合她的意，说不定自有良缘在那里。（这不）刚刚郁某来说，大桥黄家，拥有百万家产，住着高楼深院，使唤着几十个奴仆丫头，现在因为妻子死了，缺乏内助，想向咱妹妹求婚。我想此事如能办成，妹妹终身可以无忧无虑。"老大默然不语。过一会，老二又说："有些事确实不能断言，想起母亲在弥留之际，拉着妹妹的手，看着父亲和咱们兄弟二人说：'这闺女我最疼爱不过，将来一定要嫁一个比咱们富裕的人家，别嫁与贫寒的读书人，那些酸秀才有几个人能自己奋发有为给妻子带来幸福的？但愿她能安乐度日，不至于在水井米白旁忙碌不已，我死也瞑目了。'母亲的话好像还清清楚楚地响在耳畔。像现在黄家这样有钱，绫罗绸缎满箱满柜，粮仓一个挨着一个，母亲如果在世定然允婚无疑。"老大顿时变了脸色，说："你说的什么话！我们家虽然穷，到底是读书人。岂能贪图富有而把妹妹嫁给商人做妻子？况且他们的先辈是陈家的家奴，本姓王，因为背叛了主子，才改姓黄。他家先住在昆山的石浦。他祖父名唤元甫，又（带领家人）回到虞山，在塘市安了家。元甫的母亲是一名官员的乳娘，这家在虞山有三千亩田地，看在乳娘的情分上，委托元甫替他们收租。元甫在正当的劳务报酬之外，又吞蚀了田租的十分之三，而假说是粮食欠收。（这样）积之既久，成了小康之家。他父亲黄洪更加凶恶强暴，曾经因喜欢一个佃户的女儿，借银子给这个佃户，起初不要求偿还，过了三年一算帐，就把他女儿夺来做了小老婆。过了不久，不再爱她了，又要把她转卖，这女人听说以后就上吊了。此时那名官员已经死了，下辈都是些纨绔子弟，不过问生产之事，田地都一块一块分送给了别人，黄洪看这家无主可欺，便隐瞒侵吞了他们一半田产。自此大规模地营造房产，居然成了乡里之间的富人，但邻里中有身分的人都不曾与他交往过。如今黄亮功的为人，固然稍稍收敛些恶迹，但是（在粮食经营上）一升一斗斤斤计较，放高利贷在利息多寡上权衡轻重。盘剥他人以图重利，也足称得上是黄家的好儿子了！再说，妹妹年仅十四，他已四十有余，年纪既不相近，门户又不相当，怎能结为婚姻呢？"老二知道自己的话他听不进去，事情也就搁起来了。没过多久，刘老大到山东去做幕宾，走到扬州，看到娶媳妇嫁闺女的络绎不绝，一打听原因，原来是谣传南明朝廷有命，派太监到江浙一带选择民女以充实宫闱。于是他写信给老二说："这个谎信传到吴地，也必然引起惊扰。但这是谣言，万万不可相信，以致误了妹妹的终身大事。"老二收到信，高兴地说："四十两银子进我兜里了。"于是把郁某找来，说："前时商量过的那件事能够办成，不过应当快点选定良辰吉日。"（接着）就写封信给老大说："兄长的信还没到，消息已经到处传遍了。不选择合适的对象就结婚的，不下数百家。里长恐怕事到临头应付不了差事，预先查了户口，想把妹妹的年纪、相貌登上簿册。不得已，还是答应了黄家的请求。但这次作合成的婚姻，不是出自人的谋划，希望兄长不要以为是为弟的过错。"老大收到了信，捶胸顿足，又写信责备老二。（可是）信还没到，那里婚事已经办成了。

举行婚礼之夜，黄亮功忽然觉得头晕目眩，（只好）草草地完成了仪式。三月后举行庙见礼，公婆的灵牌无故倒地，黄家的人都心生疑惑，以为是不祥之兆。结婚一年后，生了一个女儿，刘三秀十分宠爱她，说："这是我掌上的珍宝啊。"于是取名珍珍。那时有一个号称熊耳山人的，善于推算五行，说的话大多出奇地应验，恰好云游到了虞山，三秀就把他请到家里，让他给珍珍算命。山人说："根据这个命相，她能使其夫君升官发财，一生不受困苦。"三秀听了高兴，就把自己的生辰八字告诉他，让他也给自己算一算。山人沉吟了好半天，（忽然）拍案大叫道："怎么得到了这种命而又来哄骗我呢？一个女子的星相竟在三台星的位置上，有执掌国政的王家气象，一个农村妇女怎么会有这种命呢？"三秀问她："我命中有儿子吗？"回答说："有两个，而且一出生就是贵人。"过一会又给黄亮功算命，山人摇着头说："你这命好比患了膈病的人，香喷喷的有滋有味的饭菜摆满了你的面前，可是你想吃却吃不成，纵然你腰缠十万贯，连一文钱你也难以享用。"黄问他："什么时候能够得儿子?"他又摇摇头说："你命中没有儿子。"这时在座的人都哄哄然笑那山人说话荒唐。然而三秀觉得话出自星相家之口，（总是事出有因，所以）每每为无后嗣忧虑。有个张妈妈，是三秀的乳娘，死了男人，又没儿子，就跟着三秀过日子。三秀曾私下跟她说："这个傻老汉年已半百，就只有这一个女儿，他还一天到晚忙个不停地扒拉那算盘子，竟然不想想身后靠谁来支撑这个家业，你说怎么办呢?"张妈妈说："民间有个俗法，就是先把别人的儿子领来，当做自己的儿子抚养，这样引上一引，往往能够如愿以偿，你何不试一试?"三秀点点头。那时，三秀她大哥有三个儿子，最小的名唤金印，刚开始从师学习，生得斯文而俊美，三秀喜欢他，想把他领来当作义子抚养，就把这想法告诉了黄亮功。黄因为三秀脑子快，心又细，平时替他筹划个什么事，没有不成功的，（所以）久已把她当做神明来看待。三秀就是把他当成佣人奴才使唤，他也不敢违抗，就说："好吧。"于是置办了酒菜，邀请二刘。其时刘老大返回已经五六年了，可从未去过黄家，三秀怕他坚持不肯来，私下命张妈妈给他送去一封信，大意说：妹妹我并非私奔，既然嫁到这家，过去的事也就隐忍下去算了，兄妹之间的骨肉之情总不能断呀。现在我们备了点酒菜，在亲戚乡邻面前表示一下亲切融洽，我想兄长素来疼爱妹妹，如果能来，妹妹的脸上更有光彩；如果不来，就更让人觉得妹妹下贱，妹妹也没脸见人了。刘老大见信，不得已，就和老二一起去了，这才首次与黄亮功相见。饮宴已毕，说起话来，三秀对老大说："珍珍就要上学了，苦于没有伴，让金哥到我这里来，和珍珍同塾读书，成吗?"老大说："小孩子离不开母亲，暂且缓一缓吧。"老二一听，马上就说："我家小七子可以来。"三秀没答，可是第二天刘老二就带着孩子来了。

开始，三秀是为黄亮功打算，因为刘老大的品德受到乡亲们敬重，所以想借此和他搞好关系，也就是为了日后黄家能有些脸面；而老二则是她心中素来所鄙视的，他的儿子也是冥顽猥琐，不值一提。但是黄见刘老大孤高自傲，难以交结，不像老二那样容易笼络，于是反而怂恿三秀同意，结果就把刘老二的儿子留下了。小七子生性凶暴而乖张。等到长大了，却更加凶横。他曾经调戏珍珍，珍珍生气，告诉了三秀。三秀打了他一顿，就让他住在外面房舍里，吃饭也不让他同桌，来去随他的便。小七子每天和一帮不三不四的年轻人一起鬼混，（简直是）如虎添翼了。

　　没过多久，三秀把珍珍许给了直塘钱家。钱家祖籍娄东，（后来）迁居到虞山的。钱翁年纪五十开外，只有一个儿子，生得秀美而文雅。曾经陪他母亲出去观看龙舟竞渡。三秀和珍珍（恰好）就在邻近一条船上。两家互相搭话问讯，得知住处接近，就彼此过船谈话，谈得很亲切，很融洽。钱母回家后，对钱翁说："黄家女人固然很美，她的闺女却更加文静大方、美丽柔婉。"钱翁（听了）就（派人）去向黄家求婚。三秀因为亲眼见过（钱家孩子）的缘故，也就一口答应下来。小七子（听说了）忽然怒骂道："父亲曾经嘱咐我不要东游西荡，姑姑将要把珍珍许配我，所以才抚养我；而今却背弃前约，把珍珍另许了他人，将把我置于何地呢？"三秀听了，大为恼怒，就把刘老二请来，把小七子叫来，当面抽他一顿，并且质问他："你说我把珍珍许了你，有什么凭证？"小七子无话可答。三秀于是对刘老二说："小七子只不过想让我给他娶媳妇罢了，可是直说有什么不好呢？竟敢以恶言恶语来唐突我，激怒我。"于是拿出一百两银子给小七子娶了一房媳妇，又置买了一所庄院叫他居住，并且把自己的三十亩陪嫁田也给了他，说："刘家的田产仍然归还刘家，希望你能守着它，如果放荡无羁，把田产荒废掉了，就别再登我的门。"小七子好赌博，没过一年，田地房产全部卖完，妻子无依无靠，投水自尽了。刘老二也嫌他无赖，不承认他这个儿子。小七子（从此）就泡在赌场里。钱生先到老家娄东去了一趟，然后入赘到黄家来。三秀疼爱珍珍和女婿，成亲时所需要的服饰及酒宴，都备办得极丰富嘉美。满了一月之后，钱生奉父母之命告别岳家回去，修习学业，准备参加科举考试。三秀殷勤挽留，留不住，才为他设宴饯行。那时，小七子是个败类，受着饥寒之苦，常常仰仗三秀接济他。一天，正好碰上珍珍，小七子说："珍姐，早先问你几时招女婿，你常常生气骂人；前日，那个身穿蓝衫、头戴方巾的是谁呀？"珍珍不回答。小七子又说："姐夫回去了，姐姐寂寞吗？"珍珍很生气，就进屋去了。到了晚上，珍珍在卧房里感到有些异常，急忙跑出去叫父亲，说："房中好像有贼！"黄率领男女仆人拿着棍棒进了屋子。搜查到了床下，发现一只脚，便使劲敲打，贼疼得大声号叫。大家（把他拉出）一看，原来是小七子。三秀恼极了，拿着剪子朝他腿上直戳，血流满地。（然后又）把他捆起来，关在一个屋子里。第二天，刘老二听说就来了，想把他扔到河里，三秀不让，让老二把他拘禁在家里。刚过了一天，老二的妻子偷偷把他放了。从此，小七子就一心要报复黄家来出这口气。黄亮功年已花甲，却更加贪利，催租讨债，事事都要亲自出马，在城乡之间奔跑忙碌，一天到晚，一会也不歇着。一天早晨起来，拿着帐本将要到三秀的卧房里去，忽然倒在地上，家人急忙把他扶到卧室，没到中午就断气了。黄死了，三秀痛哭一场，尽了丧夫之礼。入殓之后，小七子从外边进来，突然走入穗帐抚着棺材直喊爹，做出号哭的样子。过一会，又喊三秀道："娘，拿斩衰来！"三秀说："死者无子，哪用着斩衰呢？"小七子说："我本来就是他的儿子嘛。"三秀声色俱厉地说："你姓你的刘，和我们姓黄的何干？"，小七子说："我小的时候，你们抚养我，长大了，给我娶媳妇，又给了我田地，虽然不是亲生，也是义子。如今黄家没有后嗣，女婿那是外人，怎能独享这份产业？"三秀说："你现在想干什么？"小七子大言不惭地说要分遗产。三秀气极，让有力气的男女仆人把他捆在院子里，自己拿着捣米棒狠狠地打了他几十下，说："这就是我分给你的财产！"小七子开始还恶言恶语，接下去受不了痛楚，就喊叫求饶，三秀也就放了他。小七子从黄家走出，一边走一边发誓说："此仇必报！"三秀就把仆人都召集在一起，每人发给一面锣，嘱告他们每天晚上都要拿着锣分布四方，小心守候着，一旦听到有什么动静，当即互相以锣声相应。没过多久，果然有盗贼从房檐上跳下，三秀急忙让张妈妈打开小门，在住宅后面敲起锣来。四处锣声一齐响起，盗贼心中惊恐，就逃窜而去，家人都互相庆幸。三秀说："还没完。"于是（命人）把房屋之间的甬路挖成陷阱；在几处墙上挖了洞，里边存放着石灰末，洞里接上风车。数日之后，又有几十个盗贼，把船停靠在房后的水门，快到半夜的时候，都点着火把，拿着家伙，破门而入，快走到内室的时候，在前面领路的遇到了坎窨，立即陷了进去。其余的盗贼发现有了防备，正在慌张，墙洞里的石灰末骤然飞来，盗贼的眼睛都被眯住了，便各自丢下武器，逃之夭夭了。（这时）拿灯一照，掉在陷阱里的原来是小七子。（只见他）光着脚，披散着头发，穿一身黑衣，脸也涂成黑的，样子就和鬼似的。三秀说："我本来就知道是这个禽兽干的。等天明了就去报告官府。"珍珍说："报官恐怕会伤舅舅的心，不如放了他。"三秀就把他赶了出去。从此以后，乡里之中再也不见小七子的踪影。三秀接连受到惊扰，心里常常害怕。于是对珍珍说："盗窃还可以抵御，要放火可怎么办？我得先把死者安排好。"就把黄葬在泖湖的祖坟里。事情办完后，对女婿说："这里住不得了，我得跟你们去。"于是先把一些日常生活用具运到直塘，打发珍珍回去，将一个簿册交给她，说："除了你房中的东西，别的都登在这个册子里：袋装大米二百多斛，每袋中藏有白银二锭，须亲自验收；大小衣箱共六十四只，每只箱里各藏有白银若干；柜子共三十七个，有的藏有银子，有的藏有钱，都有编号可查。你先出发，我随后就到。于是她雇了上百名工人，一连运了几天。运完之后，三秀把乡里之间的贫寒人家都叫来，又是酒，又是肉，让他们饱吃了一顿，（然后）把多年积存的债券都（当众）焚毁。并且打开粮仓，每人发给二斗粮，其中一半是麦子，还有棉花五斤，豆子五升。大伙儿围着三秀下拜说："夫人行好，我们都受到了恩惠，怎么报答你才是呢？"三秀说："怎么敢说让乡亲们报答呢？不过我有两千多石陈粮，不知你们能替我运到直塘不能？"大伙儿说："你就吩咐吧。"那时正是饥荒之年，乡里有钱之家囤积的粮食，每每被穷人抢夺。三秀呢，反而利用了这些穷人。不到三天，粮食就运完了。当时三秀本想即刻到直塘去，（可是）一翻日历，连日不宜迁徙，三天后才有个吉日。（哪想到）过了两天，快到半夜的时候，大难临头了。

在这之前，明朝的总兵李成栋降清之后，率领军队南下，所过之处，常被他摧残破坏，虏来的妇女有十几船，被嘉定的乡民放火焚烧，一半被烧死，一半逃掉了。李成栋责成他的兵将一定要抢来吴地的美女，以弥补所受的损失。不久，奉命征讨广东，就嘱咐他弟弟陪伴母亲住在松江，命部下某将率兵防守。某将有一个守卒，是小七子的同伙。当小七子挨了棍棒后，就逃到松江投奔这个守卒，从而得与某将接近。就乘机对他说："任阳姓黄的曾经和叛逆勾结，家有万贯资财，欺压乡邻，如果派几百个人加以剿灭，既能为民除害，又能得到丰足的军饷。"某将乃命副将率领士兵由刘河经昆山，到了七浦塘，向前进发。这天晚上，三秀正和张妈妈封上楼房门，处理一些琐碎的事，准备到天亮就出发。忽然听见门外炮声轰鸣，房上的瓦都被震动了，（接着）李成栋的士兵破门而入。打开仓库，仓库中空空如也，搜查房子，房子里一无所有。到处都搜索遍了，什么也没有得到。副将生气极了。少时看见众兵丁将三秀押了过来，直着眼睛看了三秀半天，说："幸亏还有这个，不然，怎么向主帅交差呢？"士兵们觉得白辛苦一趟，一无所获，把怒气都撒在小七子身上，说他骗人，就把他给杀了，然后放火烧了黄家的房舍，又抢劫了近处村子里的几十户人家。（撤的时候）就把三秀虏去，张妈妈也随着。珍珍听说出了事，吓坏了，一天到晚号哭不已。钱翁命儿子去松江打听消息。半路上就听说李成栋又背叛清廷，归降了南明桂王，献上了粤东的地盘，他的亲属都被拘捕，他所抢来的妇女都在南京安置。钱生就邀了刘老二，一同去到江宁，找到一个都统衙门，见贴有告示："凡逆贼李成栋所抢劫之妇女，一律准亲属陈述情状，予以认领。"钱生看了，很高兴，正准备投诉，恰好有一个武官从里边走出来，钱生上前施礼，说明原委。那武官说："我本是吴地人，投军旗下，能和你没有乡情吗？"于是拉住钱生的手到一个僻静所在，告诉他说："王爷固然有这个命令，但管这个事的是黑教统（要办成事）非花钱不可。"钱生问他要多少钱，军官说："要看年龄和容貌来定。漂亮而又年轻的，一定得一百两银子。"钱生因为带的银子不够，就和刘老二一块回去了。珍珍说："只要能救得母亲回来，银子还在乎什么。"于是拿一千两银子给钱生，催他再去。钱生再次来到南京，就找着认识的那个军官，并且答应事成之后，另外酬谢他五十两银子。军官又说，那些妇女归掌家婆二太所管，每一百两银子，照例要另给她十两。钱生说："可以。"军官就拿了所开具的三秀的年龄、相貌和籍贯进去了。过了好半天，出来对钱生说："没这个人。"钱生急了，说："我已经问清楚了，怎会没有呢？"军官说："我也想得银子，岂能骗你！刚才据二太说，三百多人中都问遍了，竟然没有，莫非弄错了？"刘老二说："事情已到了这一步，求你给查出个确实的凭证，会报答你的。"军官踌躇了一会，（忽然）说："想起了。"说着急忙走了进去。过了一会儿，带出一个册子，对两人说："这就是确实的凭证。"钱生（接过来），从头看到最后一页，果然有黄刘氏及随从乳娘张氏，可是在名字上面标着红圈，旁边注有"选入王府"字样。像这样的一共有四名。军官说："怎么样？我没骗你吧？"钱生神情呆滞地站在那里，刘老二也无可奈何。二人沮丧地返回虞山，打算另想法子。谁知没过几天，接到三秀一封信。

原来，三秀被抢到松江，李成栋的母亲看见了，很喜欢她，说："这一定是官宦人家的女子，暂且在这儿伺候我，把我当做你的母亲，用不多久就送你回去。"没过几天，李成栋叛清，家属都用囚车送到京城。所有的奴婢仆人一律安置在南京，听候本旗处理，三秀也在名册之中，归黑都统接管，三百多名妇女，刚到江宁，搭上席棚露宿，几乎都不想活了。过了一天，满洲太太到了，这是王府中的总管老妈妈，已经七十多岁了，满头白发，鬓上插着花朵，衣服和鞋子都是男式的，善于说汉语，圆滑而聪明。她一到，都统以下的都跪着迎接。管家婆二太上前叩头，恭恭敬敬将她领到棚中。老妈妈先操着汉语说："姐妹们不要害怕，我是来传达降福令的官儿，只是不知谁是真有福份的。"（说着）就侧着身子走进妇女群中，挑选合意的，拉着大襟让她们跟着走到另外一个地方排队，一共三十多人。老妈妈从上到下斜着眼睛细看，指着说："那个太高，这个稍矮，甲好像胖了点，乙比较瘦。"（这样）就去掉了一半。让留下的人走上前来，仔细察看她们的头发、皮肤、手掌、手臂，又隔着衣服摸了摸乳房，十停又去掉七停，仅剩下五个人了。就让她们坐成一排，命人上茶，（然后）问这问那，倾听着分辨她们的声音。一个女人声音稍粗，又把她刷掉了。接着站起来对剩下的四个女人说："别动，我要看看你们的鞋子大小。"于是用指头量量她们的鞋，开玩笑说："（这样）未免有点唐突无礼，可是不这样，就发现不了真才。"（量完之后）徐徐向一个女人微笑着说："塞楞，塞楞！"塞楞，是满洲话，意思是"最好"。这个女人就是三秀。（老妈妈）于是看着二太说："雅海沁兀律罕。"意思是"她的婢女可以让随着去"。过一会，簇拥着四个女人乘车进入王府。三秀拉着张妈妈痛哭说："进了这个地方，永远也见不到珍珍了，我也活不了多久了。"到了晚上，王爷饮宴，命四个女人陪酒。满洲老妈妈告诫她们说："到了王爷面前都应当叩头，俯伏在地，让起才起，千万不要哭泣，以免引起王爷发怒。"过了一会，另外那三个女人都照吩咐的去做，唯有三秀靠着左边柱子，侧着身子向壁而立，额头上的光亮不时与灯光闪闪相射，睫毛上挂着泪花，脸色微呈红晕，有如清晨含着露水的花朵。王爷见了，甚为惊异。问她家住哪里，不回答；问她多大年纪，也不回答；问她有丈夫没有，三秀忽然大放悲声，说："我是民间的寡妇，被李成栋的军队所虏掠，因为心中挂念独生女儿，所以没有马上去寻死，如今到了这里，算是完了，干么不快快杀了我呀！我是清白人家的女子，决不能给人当奴婢。"（说话时）语声清脆，仿佛黄莺在树上婉转娇啼。一会儿又用头碰柱子，碰的咣咣响，满洲老妈妈过去抱着护着。三秀一边跺脚一边哭泣，鬟髻都披散开来，长发一直拖到地上，像漆一样乌黑光亮。王爷心疼她，命老妈妈把她领去，并嘱咐要好好照顾，别让她过于悲恸，伤损了身子。老妈妈就把三秀领到自己卧室里，安置下来。早晚送来参汤、稀粥，白糖、果品摆满了桌子。三秀一勺一粒也不肯入口，坐着也好，躺着也好，只是一个劲儿地哭泣。张妈妈发了愁，私下对满洲老妈妈说："三秀这样悲伤，都是因为过分思念女儿。前时在松江，听人传说李成栋的军队又到直塘一带骚扰，可是至今三个月了，一点信也没有，如果能通一点音信，使她从中得些安慰，或许还能稍微吃点东西。"满洲老妈妈替她启禀王爷，王爷说："快快叫她写信，我会派人骑快马前去探听。"老妈妈告诉了三秀，三秀就写信给珍珍。开头说："我生不逢时，屡遭险隙和灾难，（上次）我到河边送你，哪知竟成了永别。"中间说："小七子这个禽兽，逞其恶毒之心，唆使他人将我抢到松江。所好的是李成栋之母心地慈善，我正在庆幸自己有生还之日，不料名字又挂在李家眷属的册子上，忽然被送入王府。我所以没有当时就自尽，实在是想得到你的一个消息，使我死而瞑目。"又说："直塘一带是否也遭到烧杀抢掠？或者是小七子这个禽兽没能满足他的愿望，要使你们家成为破巢之卵，也很难说，接到我的信，要速速回音，这是我急切盼望的。"最后说："作为一个寡妇，孤单一身，我已暗中缝制好丧衣，以保持贞洁。倘若受到暴力侵犯，我愿投清风崖而死。希望你自己珍重，不必挂念我。"珍珍接到信，边读边哭。正和钱生商量如何回信，刘老二恰好来了，把信反复读了几遍，显出嗔怪而又感叹的样子，对珍珍说："你母亲也太执拗了。王爷不是别人，是随皇上入关的第一功臣。拿下江宁，逼使福王投降，平定两浙，以皇亲的身份执掌国政，功劳既高，威名又重。只要能当上王爷的奴婢，也够享半辈子的安乐了，干么楞要违抗他的意旨呢？回信时应当劝她遇事温婉服从。假如引起王爷大发雷霆，恐怕我和你们谁也活不成。"珍珍写了封回信，先安慰她说，这里没发生什么事，后面说："母亲活着，女儿也活着；母亲要死了，女儿也去死。"信中充满依恋之情，却恰恰没有激励或劝解的话。刘老二又私自给三秀写信，夸张地说"王爷功盖天下，能够服侍他是幸运的。"又说："妹妹本是女子中的智者，应当不拘小节，何况推究起早年熊耳山人所说的话，可能事情早已注定。"末了又告诉她："房屋已毁坏，无家可归，女婿家究竟是外人，难以依靠，不如自己生根发枝，让我们也能蒙受恩惠。"在信的末尾署上老大的名字，而把自己的名字附在后面。在接到回信之前，三秀得知王爷替她发了信，心中很受感动，已经每天喝些稀粥了。等接到了回信，知道珍珍没出事，面上有了喜色。接着读了两位兄长的信，沉吟了半天，忽然生气说："这不是大哥的话，是刘老二干的。难道四十两银子还没能使他满意，因此要再卖我一次吗？"说着催张妈妈把信烧掉。没过多久，王妃忽喇氏在京城王府中去世。讣告传来，在中堂设立了灵位。按照清朝的制度，本旗的妇女，在内府干活的，照例都应当到灵位前哭拜，在外边的只穿白色孝服。满洲老妈妈告诉张妈妈，张妈妈又告诉了三秀。三秀说："已经吃了这里的饭，哪还敢不遵从人家办埋丧事的规矩呢？"于是穿上白色丝制衣裙出来了。王爷正好在屋子中央碰到她，见她淡雅冶艳，有若仙女，眼睛一瞥，恰好四目相对，王爷说："这不是那个头碰柱子要寻死的吗？怎么也如此素雅？"于是对满洲老妈妈说："此女骨相很不一般，应当好好照顾，不要和一般奴婢们同等看待。"自此，满洲老妈妈服侍三秀更加小心，向她回话常常要跪着。没多久，王爷赐给三秀满汉衣服各一箱。过了一天，又赐人参十斤，东珠百颗。三秀就像没听说这事，随即又赐给一匣子首饰，两柄官扇，还有荷包、佩巾各四件，金银锭各一盘。满洲老妈妈跪下禀告道："这都是王爷赐给的，用意深长。"又说："王爷赏赐，应当叩谢。"三秀只管躺着，一概不理。这天夜里，王爷命三秀陪他睡觉，三秀大哭道："果然如此！把我当成婢妾了。我是遭难的妇女，生长在清白人家，难道有罪要罚苦役，就可以早晚任其所为吗？"王爷听她这样说，也就算了。满洲老妈妈十分惊讶，私下对张妈妈说："黄刘氏进府以来，王爷对待她，恩德礼貌可以说到了顶了。无论是进献祭品，服侍梳洗，都不让她干，而且又频频赏赐，这样的礼遇，实在非同一般。可是黄刘氏仍然不高兴，这是为什么呢?"张妈妈说:"三秀生来自尊心强，平日在家里，喜欢面南而坐，像皇上一样，一班奴婢仆人大气也不敢出，小心听她指派;如今一旦要她卑躬屈膝，忍着羞辱与奴婢们为伍，难怪她宁死不从了。"满洲老妈妈稍微明白点意思，找个机会告诉了王爷。王爷就赐给她金凤花冠和一品夫人的命服。王爷宣布之后，张妈妈低声对三秀说:"王爷如今对你的尊重和礼遇到了这种地步，该依他了。"那时，三秀虽然不说话，却用手接过冠服，脸色很是温和。满洲老妈妈从屏风缝隙中看透了她的心思，就宣称:"按照朝廷定下的规矩，凡是正妻不育，而偏房生子的，奏知皇上后，就可以封为王妃。现在还只是一品夫人的服饰，说不定还有比这更高贵的呢。"到了晚上，王爷用御赐蜡烛引三秀进入卧室。三秀看着满洲老妈妈说:"难道忘了要拜谢天恩吗?"王爷(听了,)就命人把蜡烛移至中堂。王爷站在中间，三秀站在他的后边偏左，一起行了九叩礼。到就寝的时候，三秀缓缓摘掉凤冠，换下官服，向王爷三拜三叩，然后起来。王爷见她懂得大礼，有淑媛九嫔的风度，高兴极了，几乎不再有平时的威严庄重。这天晚上，三秀就与王爷同床。第二天，王爷赏了满洲老妈妈六十串钱。第二天，老妈妈率领合府男女仆役三百余名给三秀叩头贺喜。三秀拿出四百两银子供他们饮宴之用，作为犒赏，众人都感激喜悦。

有两个宦官:陈某、刘某，原是前明的太监，都已经七十多岁了。王爷把他们派给三秀，供她使唤。三秀就写了一封信，命他们带往虞山以安慰珍珍。信中说:

"你母亲受到王爷的恩宠礼遇，已经难以守节了。只是想起你父亲生前从未说过一句顶撞我的话，因此，虽然是覆水难收，而对故夫的怀念更加殷切。今天考虑起来，不如寻找一个本家子弟，立为后嗣，分给他一半家产，使黄家宗庙的祭享能够绵延下去，既尽了生者的心意，也安抚了死者的魂灵。你要善于体察我的心意，这是诚心指望于你的。派去的两人是先朝的太监，同时归附旗下的，要以礼款待，使他们知道你不是贫寒之家的孩子。东珠十颗，可作外孙帽上的饰物；京样手镯一付，给你佩戴，（看见它们）如同看见我一样。"

两个太监带着书信出发还没到虞山，钱生已先陪着刘氏兄弟去江宁探听消息去了。正好王爷因为浙西发生百姓叛乱，奉旨前往剿抚，三个人能径直进入王府。三秀看见他们，泣不成声。亏得刘老二安慰劝解，才渐渐止住了泪，变得高兴起来。过了一会，满洲老妈妈捧上茶来，一一跪着献上，口称舅爷、姑爷。那时，刘老大还不知妹妹改节的事，看见妹妹衣饰华贵，对下人任意指使，态度高傲，心中疑惑，便私下去问老二。老二说："妹妹已经待在王宫里，你还疑惑什么？"老大大为怨愤，便写了一信和妹妹决绝，一甩衣服，竟自回家去了。老二看了他写的信，笑着说："迂腐儒生之论罢了，怎么能让妹妹看呢？"就把信烧掉了。又过一阵，钱生将要告别回去，三秀私下告诉他说："我打算帮助你成名，你进京暂且不要去见我。况且我的行踪，是南是北还没定下，替我告诉珍珍，把我的消息打听清楚，经常写信来就行了。"钱生就回去了。刘老二独自逗留在王府里，与那个姓刘的太监认为同宗，一起住在值班房里。

不久，王爷从浙西回来。刘老二上前谒见，得到了掌管王府中出纳银钱财物帐册的差事。又没过多久，王爷被朝廷召还京城，中途在济宁停留，三秀这时身子不舒服，只觉气往上逆行，一上车就要呕吐。王爷命巡抚叫医生来诊断，有的说是湿气阻隔，有的说是水土不服，各自拟了方子献上。三秀还没看完就把方子撕得粉碎，谩骂起来。因为王爷不懂吴地土话，三秀勉强起来拥着被子坐着，拉着王爷的袖子到卧处，附耳对他说："我这是怀孕的反应，这些奴才们都用的是泄泻通导的药，莫非想要害我？"王爷听了，非常高兴。过了几天，三秀身子果然安宁下来，就上路了。到了京城，王爷去朝见皇上，回奏了几件军国大事后，皇上问王爷："你已经四十了，怎么还没有儿子？"王爷回答说："臣在江南娶了本旗的女人刘氏，现已有身孕。"皇上高兴地说："如果是男孩，就速速告诉宗人府，转奏给朕。"没过很久，三秀果然生了一个男孩。皇上听说了，赏赐了人参、果品等物，太后又赏了百万洗儿钱，依例册封三秀为某王妃。恰好遇到皇太后的寿诞，三秀遵照常规率领福晋们入宫庆贺。太后看见三秀，问道："听说某王的妻子很美，这个就是吗？"又问年纪多大了，三秀回答说，三十有五了。太后说："就像是二十来岁的人。"又问她籍贯哪里及嫁给王爷的前前后后，三秀都根据实情回答。（太后听了）说："没想到民间有这样的女人。"次日，又赐给一百匹锦缎，八盒糖果，四十锭黄金，一条玉带。

那时，朝廷刚实行科举选士，命王爷掌管有关国子监生员试卷审阅事宜。（因此）三秀能够看到所有的卷子，发现女婿钱生的卷子也在里面。钱生是以拔贡的资格进京学习的，因为遵照三秀的嘱咐，没到王府去见她。三秀（既然见了他的卷子）就对王爷说："适才见生员们的试卷，其中有个姓钱名沈垫的，乃是我的女婿。"王爷当时并未说话。等到一发榜，钱生名列榜首，中了经魁。第二年，又中了进士，被任命为部里曹司，（这时）才因公事到王府去。王爷就把他请入中堂，让三秀出来和他相见。三秀穿戴着黄色锦袍，紫貂皮袄，银鼠缠头，镶珠抹额，翠翘头饰，足着皂靴，缓步而行，面露喜悦之色。对钱生说："我思念珍珍很久了，近来已经给她置买了一处宅子，你回去可以快点把家眷带来。二哥现在患糖尿病，恐有不测，你应当带他回去。"钱生于是带着刘老二出发了。中途刘老二病死，钱生就把灵柩护送回去。随即带着珍珍来到京都。三秀四十岁时，又生了一个儿子。她曾着汉人服装，乘着上有紫色伞盖的安车，跟着百余名女仆，到珍珍的寓所来，一连几天饮宴作乐。一天，对钱生说："昨天晚上，我梦见自己住在原来的宅子里，桌上摆满了帐簿、文书、契券，像黄家日子红火的时候一样，醒来以后，心里很难过。我前时嘱托你给黄家立一个后嗣，现在找到了没有？"钱生说："黄家自塘市迁到任阳的大桥，三世单传，没有别的旁支。他们的先辈自虞山去到昆山，又自昆山回到虞山，世系都无从考查，所以虽然到处访察，表示为黄家立后嗣的意思，竟然无人应承。"三秀听了，怅然若失。只好拿了些钱，派仆人去泖湖给黄修墓，还打算买块茔地，以供岁时祭祀。仆人到了泖湖，墓地的树木已被砍伐，四外望去，只见平平的田畴上点着一些积水，黄的坟墓已无法辨认，因为战乱之后，他的坟墓已经被毁，成了河道了。仆人就封上三捧土，以便回去好有个交代。那时，珍珍已经生了三个儿子，三秀嘱咐她就用外孙立为黄的后嗣，等他长大了，就在黄家的遗址营造宅院，接续黄家的香烟。珍珍答应了。可是不到两年，钱家的二儿子死了；又立小的为黄家后嗣。小的又夭折了，黄家终于绝了后。三秀后来安然过着富贵荣华的生活，又过了二十年死去，死时已六十岁了。

康熙十二年，张妈妈因为年纪老了，回到南方来，把三秀的事原原本本说了一遍，如上所记。前时我（毛祥麟）客居金阊，曾在旧书店中得到了这个故事的稿本，从头到尾有一百页，文字粗糙错误很多，标题是：《过墟志感》。第一篇记的是任阳的事，后一半像日记，也没署作者姓名。近日读《纪载汇编》，得知这部丛书选入了这个故事，干脆题作《过墟志》，并且有墅西逸叟写的序言。但它是琉璃厂排版印刷的，目的是为了营利，仅仅因为故事新奇，可借欣赏，读过去也就算了，所以，文字虽较原稿简约一些，但也没来得及剪裁。我觉得这个故事不是习闻常见的，于是特意芟繁就简，而且把题目改成《孀姝殊遇》。其中尽管有改动之处，却不失本来面目。为了能使其广为流传，后来就刻印在这部《墨余录》中。

[鉴赏]

这篇作品写的是明清之际，江南农村妇女刘三秀经历了种种不幸与磨难，最后竟然登上了王妃宝座的传奇性故事。故事虽然写的是刘三秀个人的生活际遇，但它所涉及的方方面面以及从中透露出的一鳞半爪的政治、军事动态，也反映了那个时代的历史概貌。

从作品的内容推断，故事发生的背景，大约是李自成攻克北京，朱明后裔在江南建立了南明小朝廷，苟延残喘；与此同时，吴三桂开门揖盗，清兵乘机入关，在北方剿灭农民起义军，并移师南下，追歼朱明残余武装，扑灭黄宗羲、张煌言等领导的江南抗清义举，最后廓清了宇内，建立了满清王朝。从对刘三秀的生活史的叙写中，可以看出，在那个王朝兴替、民族征服的血与火的年代，江南的哀哀蒸民，承受了多么巨大的痛苦。按作品的显示，造成人民巨大痛苦的原因有三：一是"水旱频仍，物价腾贵"，而为富不仁如黄亮功辈借机"囤盈枭虚"，牟取暴利，"催租索逋"，残酷逼勒。二是南明统治者不思励精图治，卧薪尝胆，以恢复中原，而以长江天堑为可恃，效南宋之偏安一隅，肆其物欲，夸其荣华，在大敌当前，势如累卵的情况下，竟然中使四出，在江浙各地"采民女以充掖庭"。刘老大出于书生的迂阔，好心的推想，南明统治者必不至于如此荒唐，然不幸而确是事实。据《清鉴》所记，当时，"中史四出搜巷，凡有女之家，黄纸贴额，持之而去"。以致于"闾阎骚然"，百姓家惶恐不安，于是正像刘老大所见的那样，"婚嫁者络绎"。南明统治者所做的混帐事很多，反映在作品里的仅此一端，然亦足见其昏庸与扰民的程度。三是清兵南下，凶如豺虎，烧杀抢掠，"过辄残破"。作品中所写到的"纵火焚黄居，掠近村数十家"，不过其罪恶之九牛一毛。（作者为避文网，将清兵的肆虐移之于汉奸李成栋，但读者有谁能将此看作孤立事件而不作由此及彼的推想呢？）旧时代，妇女本来就处于社会的底层，在战乱年代，她们更要承受加倍的痛苦。据作品所述，仅汉奸李成栋就"所虏妇女十余艘"，不料，"为嘉定乡民所焚，死与逸各半"，他不甘心，又命令部下再次虏掠吴地美女"以偿所失"。关于此事，作品所记不过寥寥数语，实际上它带给妇女和民家的灾难该是多么深重啊！后来清军主师多铎下令释放被虏妇女，命家属认领。（这当然是为了收买人心）说是认领，实则须拿银子去赎买，试想，又是天灾，又是人祸，谁家还能有许多银子？与此同时，多铎乘便从这些美女中精选了几名最出色的留供自己享用。一纸堂皇的文告实掩盖不了太多的卑鄙与贪婪。这样一场空前的战乱，其结果是什么呢？一方面是满洲贵族入主中原，四海之滨，莫非我土，率土之滨，莫非我臣。财富和权力无限地膨大，于是挥金如土，穷奢极侈，如作品所写到的，豫亲王多铎得了儿子，单是洗儿钱，太后就赏了百万。太后寿辰，三秀以王妃身分入宫庆贺，太后一高兴，"又赐锦缎百端，糖果八盒，黄金四十锭，玉带一围"。即此二端，便可推想其余。另一方面是经过战火和浩劫后的百姓们的惨况，作品没有对此作直接描写，却有一段关于黄亮功墓地的文字值得玩味，是这样写的："至则墓木已刊，四望平畴野水，黄兆域无由别识。盖兵燹之余，已毁其墓为河道矣。"请看，死人的坟墓都破坏到这等程度，以至于"无由别识"，活人呢？不是早就十室九空了吗？弦外之音，不言自明。

在这样一个大破坏、大烧杀、大抢掠的疯狂时代，刘三秀虽然出身"名楣"，嫁到一个有钱人家里，但她也免不了要经受种种磨难与不幸。首先遇到的是一个畸形的婚姻。十四岁的三秀，一个黄花幼女被骗卖给四十多岁的黄亮功为继室，这样的婚姻，本已谈不上美满和幸福，而十多年后，黄亮功死去了，刚三十出头的三秀，便开始守寡，景况自然更是凄凉。寡妇门前，加上天灾人祸，三秀又守着偌大一个家业，是非就越发多了。刘老二父子对黄家财产心存觊觎，于是发生了闹丧争服、潜身闺房、引盗入室等一系列事件，终于连三秀也被抢掠去了。和那个时代的众多妇女一样，刘三秀的命运是不幸的，但面对厄运，她勇敢地起而抗争了，她一次次跨越险滩，闯过难关，最后在山穷水尽的时候，突然出现了柳暗花明，由一个饱经磨难的农村寡妇，一跃登上了王妃的宝座，成为人上之人，从此过上了安富尊荣的贵族生活。在成千累万的妇女挣扎于命运之神的掌心，或遭蹂躏，或转沟壑，或为婢妾，或沦娼门的时候，三秀却一枝独挺，拔出于污泥之中，成为灼灼其华的一颗明星，在某种意义上说，她是那个时代的巾帼强人。

和命运进行顽强的抗争，是三秀生活史的突出特点。由抗争到胜利的过程，表现了她取得成功的如下几个因素：精明、强悍、美丽。如果说还有什么别的，那就是作品着意要强调的：非凡的命相，或者说机缘。也许是欲扬先抑吧，作品开始写三秀简直像一只任人宰割的羔羊。拿一个豆蔻年华的"慧而美"的少女去配一个四十多岁的老鳏夫，只这一层已经是太残忍了。何况三秀出身于书香门第的"名楣"，黄亮功则是仆役之后的暴发户，其人品、名声均为人所不齿。让三秀嫁给他，真是对于美的亵渎，用一句俗话说，是"一枝鲜花插在牛粪上"。读者有理由担心三秀的婚后生活将产生种种龃龉，情感上将出现汹涌波涛，凄苦与眼泪将会与她常年作伴。然而不，三秀到了黄家，由于她的"才敏心细"，协助黄亮功进行经营，亿则屡中，很快在黄家取得了主宰的地位，黄亮功将她"奉若神明"，连一句话也不敢顶撞她，甚至三秀将他当"庸奴"来吆喝，他"亦不敢违颜色"。家中的奴仆更不用说了，在她面前大气都不敢出，她俨然成了黄家的"女皇"。这样，她用自我尊严的满足弥补了婚姻上的缺憾，在黄家安然生活了十几年。麻烦来了，她方寸不乱，为对付不成器的侄子刘小七，她恩威并用，有勇有谋，一次次挫败了他的种种骚扰。饥荒之年，贫民为了活命，每每铤而走险，攘夺富室囤谷，三秀却豁然大度，主动施舍，结果是化干戈为玉帛，反使村民感恩戴德，为她所用。就这样，凭着她的强悍和精明，常能化险为夷。但是清兵南下是一场民族征服的战争，势如雷霆万钧，泰山压顶，所过之处，玉石俱焚，凭三秀如何一个锦心，如何一个灵窍，也难躲过这场灾难，她被虏了。她被虏是因为她美丽，和众多美女一样，在战乱的年代，是美丽给她们招致了厄运。而匪夷所思的是，在她的精明、强悍都无济于事的时候，美丽又成为三秀的守护神。是美丽，也许还有她的异相（或者说机缘）使她因祸得福，获得了她连做梦也不会想到的尊贵。自三秀被选入王府，一个互相征服的过程便开始了：三秀以她的美丽与自尊，多铎则以他的富贵与温存。闹酒是一节极好看的文字。未至宴前，满姬先告诫四个美女："至王前，宜各叩首俯伏，命起乃起，慎毋哭泣，致王怒也。"这是反衬一笔,到了王爷面前,其他三个妇女都服服贴贴,遵命唯谨,唯独三秀桀骜不驯,不但不叩首,不侍酒,反而大哭大闹。如此放肆,目无尊者,照说该"致王怒"了,而且得是雷霆大怒,后果不堪设想,读者也会为她捏一把汗的。出人意料的是,多铎不但没有发怒,反而心疼起三秀来,于是"命姬引去,嘱善护持,勿令悲损。"这是为什么?因为他被三秀的美丽征服了,王爷的威严也丢到九霄云外去了。自古文人对美女的形容费尽了心思,但只有《西厢记》中"宜嗔宜喜"四字最为贴切。如果只是高兴时好看,不高兴时就难看了,那还说不上真正的美,必须在不高兴时甚至发怒时仍然显出美来,方可以说是真美。三秀属于后者,特别应当指出的是作品对三秀在夜宴上的种种描写,俱是从多铎的眼中、耳中、心中写出。他首先看到的是三秀"独倚左柱,向壁侧立",一副倔强的身姿;而后看到她"额光煜煜,时与灯光相射",一副高傲的神态;再看时,"目泪睫,晕微红,如晓花含露"。俨然是一株"宜嗔宜喜"的名花!心中升起的异样感受使他燃不起怒火,只是平静地向她问话;三秀呢,却在"大恸"中慨然陈词,声泪俱下。多铎是在听她说话,然更多地却是在感受她那"如娇莺啭树"的呖呖之声。三秀又进一步撒起泼来,"且踊且哭",可说是放肆极了,一点体统也没有了,但是这位叱咤风云的将军看着她"以首触柱",看着她鬟髻尽解,发长委地,光黑如漆竟然"英雄气短",未敢以一语相责,而在"王怜之"三字背后,那急切之态,无措之状,不是如在目前吗?总之,多铎被蓦然出现在眼前的这一奇特的无可名状的美征服了。此时的三秀,似乎是西施、王嫱的躯体,充溢着荆轲、蔺相如的刚烈。倔强、自尊的性格,屈辱、悲恸的心情,视死如归的勇气与国色天香的美貌竟然浑然一体地结合起来。多铎前此所见的美女,哪一个不是温婉顺从?哪一个不是含羞带怯?何曾见过一个明艳如花,光洁似玉而浑身带刺的刘三秀?所以他感到"甚异",而愈是"甚异",愈是难得,也弥觉珍贵,愈是要得到她——这当是多铎那时的合乎逻辑的心理反应。也许正是由于机缘所致，使三秀在患难中有幸碰到了多铎。多铎，作为皇太极的儿子，顺治的叔父，毕竟不是简单的一介武夫，而是一个真正的"善淫"者，他懂得，对刘三秀这样的娇贵之花，不能以强暴的手段去摧残她，只能像收伏明朝降将那样待之以礼，去赢得她的心，才能完整地得到她，占有她，享用她。当他知道金银财宝动不了她的心，就耐下心来摸索着从三秀情感上、性格上寻找突破口，他找到了，这就是：一、三秀作为一个经历过不美满婚姻的青年寡妇，唯一的感情寄托就是她的女儿珍珍，在兵荒马乱的年代，在自己身罹患难的时候，她最担心的是女儿也会遭到不幸，因此十分挂念她。二、三秀以自己出身"名楣"自矜，在黄家又以精明能干取得唯我独尊的"女皇"地位，这使她极为自尊，任何一点对她的歧视、鄙视，任何一点屈辱的感觉都会使她受不了。针对第一点，多铎命"疾足"给三秀送信，探听珍珍的消息，这一着使她"心颇感之"，不再拒绝进餐，甚至为王妃忽喇氏的丧事穿上了素服。针对第二点，多铎"以金凤花冠、一品命服为赐"，这一着大大满足了这个刚强女人的争荣夸耀之心，她的精神防线彻底崩溃，她被征服了。两个人由互相征服到结为夫妇，似已为三秀的奋斗史、成功史做了圆满的总结，而在作品结尾又交代一笔：三秀安富尊荣二十余载，以王妃终老。这表明三秀从多铎那里赢得的是真正的牢固的爱情，而非贵族阶级惯有的朝秦暮楚式的情欲冲动，对三秀来说可称得上是"殊遇"之尤。这一笔为三秀的成功再抹上一层光彩。三秀是一个强者，尤其是封建时代妇女中的强者。看到她的辉煌成功，那些在灾难和不幸面前只知道惶恐与哭泣的弱女子真应当愧死。

然而，刘三秀又是一个矛盾的人物，以上所评述的是她的一个侧面，她还有另一个侧面。三秀出身于书香门第，和两位兄长一样，受到了良好的家庭教育，但从思想到性格，三秀和他们都不相像，似乎兼有着他们各自的某一个侧面。刘老大和刘老二为人处世也截然不同。刘老大"品行修饬"，固执着读书人的清高自负，绝不与黄家这样的暴发户交往，这固然是因为瞧不起他们的出身，更是因为鄙视深恶他们"刻剥图利"的行为。三秀出嫁以后许多年，他还坚持不与黄家来往；三秀让他的儿子金哥与珍珍同读，更被他一口拒绝。在南京得知三秀改节，一怒之下，"作书绝妹，拂衣竟归"。刘老大何以绝情到如此地步？作为一个儒生，我们可以从他的思想观念中找出两种原因：第一，三秀夫死改嫁，失去妇女贞节；第二，身事夷酋，丧失了民族大义。有此二者，刘家的清誉和门楣都被玷污了。刘老二就不同了，他"狡黠嗜利"。由于"嗜利"，他可以将亲妹妹骗卖给黄家；由于"嗜利"，他暗中谋划将儿子做黄家的女婿、由于"嗜利"，他写信怂恿妹妹改节，由于"嗜利"，他盘桓王府，甚至与太监联宗。总之，他是一个唯利是图，不顾廉耻的刘家孽子。三秀有着大哥的倔强，但比他实际，比他灵活；她像二哥一样好利，却不像他那样猥琐，那样不顾廉耻。且看，黄亮功的为人她当然是知道的，但她嫁到黄家以后，并没劝他稍加敛抑，而是用自己的敏才细心帮他"筹划"，成了他的"贤内助"。对于乡邻，她表现的十分大度，又是酒肉相享，又是焚却债券，又是开仓放粮，但都是出于利己的动机，以此换来了安全，博得了感激，买来了劳力，真正是"吃小亏占大便宜"，从好利的本质来说，三秀和黄亮功、刘老二并无不同，不同的是她表现是似乎不是损人利己，而是既利人也利己，可以说她是一个开明的，也是高明的求利者。三秀在王府中表现的刚烈之气，撼天动地，连多铎也被震慑了。这种刚烈之气，除了个性因素之外，是什么思想作为它的支柱呢？三秀出身"名楣"，知书达礼，妇女的贞操，民族的大义，她不会不懂，在与珍珍的信中，她用了清风岭的典故，说明她不但有这种观念，而且曾想到过维护这些观念而去赴死。但是，其后的事实证明，作为她的思想支柱的主要是另外的东西，即个人的自尊和虚荣。当她被逼去为王爷侍酒的时候，她怒声抗议道："我良家女，决不肯为奴婢。"而后张媪的话为此作了注脚："刘性高抗，居家喜南面坐，诸婢仆屏息听指挥惟谨，今一旦欲其卑躬屈膝，辱充下陈，宜其宁死不愿也。"这就是说，她本是"良家女"，让她做奴婢的事，她是不干的；过去她是"南面坐"，去指挥别人，如今要她"卑躬屈膝，辱充下陈"她是"宁死不愿"的。于是多铎"以金凤花冠、一品命服为赐"，这一下可不同了，不但不把她当奴婢，而且一步登天，成了一品夫人，自尊，虚荣得到了大大的满足，于是她的思想防线冰消瓦解，什么贞操、什么大义，都置诸脑后，"手受冠服"，而且"颜色甚和"了。当刘氏伯仲以为她在难中，专程来探望她时，她已经"盛饰华服"，在那里"颐使气指"起来，不是很得意，很自矜吗？当她四十岁时，身着汉服，"安车紫盖，女从百余"，招摇过市，到女儿寓所去"欢宴累日"，不是很觉排场，很觉安然吗？哪里还有贞操和大义的影子呢？（当然，三秀出身农村，未必能够知道多铎就是杀害史可法、血洗扬州城的头号刽子手，但她总该知道她这位王爷因何爵高位显，自己身着旗装意味着什么吧？）诚然，冲破贞操观念去寻求个人幸福，表现了可贵的勇气，可以看做是女性的觉醒；而身事异族，置民族大义于不顾，却是千年万代永属可鄙的行为。作为故事的尾声，写了三秀向钱生问起为黄氏立后的事及派人为黄亮功修墓的事，这看起来未免滑稽可笑，既已背叛了故夫，另嫁别人，夫复何言？还要以此对他做点补偿吗？但也透露出三秀内心中隐藏着些微的不安而需要做点事来自慰。人的内心世界就是这样复杂。

综上所述，可以看出刘三秀不是一个单色的人物，一方面她是一个强者，尤其是妇女中的强者，她为争取个人幸福，维护个人尊严而进行斗争的精神，令人钦佩，她取得的辉煌成功更令人艳羡，她在封建社会里是一个少有的带有某些人格觉醒味的妇女典型。另一方面，她积极参与盘剥，忘掉了本民族苦难而献身异族，即使从今天的观念出发，也不能不说这是道德上的缺陷。

这篇作品在艺术上最具特色的，莫过于以拗笔行文。人们从文学作品中看到的美丽总是与温柔相结合，而这篇作品偏以美丽与强悍集于三秀一身。开头说她"慧而美"，却不说如何美。当我们读到"刘忿极，以剪搠其（刘小七）股，流血盈地"，读到"刘怒甚，令仆妇之有力者缚诸庭，自取臼杵痛击数十"时，我们几乎忘了这是一个美女做的事。甚至会在想象中勾画出一个泼妇的丑像。而行文到了闹酒一段，同是一个刘三秀，在写她的泼辣的同时，只轻轻几笔，穿插其间，一个独具特色的绝代佳人便跃然纸上，不只是"王见甚异"，读者亦当为之瞠目。人物似乎是在不谐调中放出了异彩，这便是拗笔造成的效果。作品写三秀的美丽又是大处落墨。要知道从写作意图来看，写三秀的美丽纯粹是给多铎看的，三秀的美丽被多铎看见了，命运也从此改变了。设若在闹酒之前，左一笔写她沉鱼落雁，右一笔写她闭月羞花，是何目的？有何作用？再说，三秀的美丽，读者既已司空见惯，到了闹酒一段，又来写她的美丽，即使多铎见了"甚异"，而对于读者来说，已成了"婆婆嘴"式的饶舌，尽管故事可以有同样的结局，而艺术效果却大异其趣了。拗笔行文还表现在三秀与多铎的对比映照上，英雄与美人的结合一向被传为佳话，英雄嘛，得是"力拔山兮气盖世"，美人呢，则是翩翩舞，轻轻歌，款款语：一刚一柔，刚柔相济。三秀与多铎则是另一种形式的组合。在酒宴之上，三秀，一个千娇百媚的女子，竟然又哭又闹，大撒其野，直闹得天翻地覆，仍不罢休；多铎，一个叱咤风云的三军主帅，却恬静自若，温言抚慰。在这里，刚柔颠倒，乾坤易位。这样的倒转对比，又是一种不谐调，而这种不谐调也发出了异样的光辉。其他如黄亮功与三秀这一对老夫少妻，刘氏伯仲性格之大相径庭，淑女的珍珍与无赖的刘小七同塾攻书等，皆是不谐调，而恰恰是这种种的不谐调演出了锦团也似好看的戏文。

巧设伏线为作品的又一特色。三秀生有异相是作品埋下的伏笔，它虽不免为故事笼上一层迷信的宿命色彩，然而，作为草蛇灰线，它使情节前后映照，而且隐隐然为情节的发展提供一种理解，使读者渐次地觉得恍然若悟，避免了冗长感、散漫感，而增加了神秘感。首先是三秀生时"母梦紫色绕室，醒有异香"，悬念从此开始，鉴于中国古代文史中常用的手法，读者不难揣想到三秀必是大富大贵之命。然而她却嫁给了农村暴发户黄亮功。这是怎么回事？结婚之夕，黄亮功"忽患眩晕"，"庙见时，木主无故倒地"，看来黄家不配有三秀这样一个媳妇，可是木已成舟，又能怎样呢？熊耳山人的推算命相将悬念推向了极端，根据他的推算，三秀、珍珍和黄亮功各有不同的归宿，而与现实皆大相凿枘，看来将来必有一个极大的变化，后来怎样呢？黄亮功因劳累过度而暴卒，且终于无后；三秀被虏，因祸得福，成了王妃，所生二子皆为贵公子；珍珍之夫钱生先中经魁，后成进士，选了部曹，——应验若神。这样一条伏线使读者读而思，思而悟。诸多的不谐调，诸多的荒唐不经，贯穿着一个似若可解的逻辑。你不必相信这种逻辑，却不能不赞许作品中这种精巧的艺术构思。

最后说两句关于作品标题的话，当做本文的结束。原作题为《过墟志感》，取韩愈《圬者王承福传》中的文意，意思是过旧墟而有感，把它记了下来，所表达的显然是一个前明遗老的家国之叹。改作题为《孀姝殊遇》，所表达的是对一个汉族的寡妇有幸成为满族征服者的王妃感到艳羡。两个标题代表两种不同的思想倾向。若哪位读者肯对此作一番考证和研究，相信他会从中找到趣味的。

（阎敬之）

玉儿小传

清·王　韬

　　玉儿，逸其姓[1]，北方小家女。其母亦具有姿色，出入京师贵人邸中，与某贵人尤昵。妊及期，梦贵人来，手授一玉孩，洁白无瑕，置其怀，冷若冰雪，惊而寤，越日而产女也，字之曰玉儿。及长，眉目如画，双颊若晕朝霞，顾身矫捷同飞燕。母固绳妓[2]，以绝技鸣北方。玉儿遂继其业，技特工，更出母上，然非其心之所好也。性好书史，颇识字。以坊间唱本令曲师按谱教之[3]，因是解填词，偶作小令，音调凄婉，出自天籁[4]。汪太史冶秋识其母，一日偶观玉儿演诸技毕，侍立于侧，举字义询，依依出肘下，柔曼堪怜。太史叹曰："此秋水芙蕖[5]，岂风尘中物哉！"嘱其母善视之，早为之所。

　　当宣庙中[6]，京师人物辐辏[7]，百货充牣[8]，都卢缘橦之技[9]，阗集街市[10]。时玉儿年已十四五，益妩媚，远近称色艺双绝者，无出玉儿右。每当绮陌春暖[11]，广场草平，两竿对植，竿首各有孔，贯彩索十余丈，横亘如虹，高出檐际，玉儿敛手而登，凌波微步[12]，且却且前，极婀娜欹侧之态[13]；少焉往来腾踔[14]，若履平地，惊鸿游龙[15]，莫可方喻；俄而蹑空颠坠[16]，则以双钩勾索[17]，掷身倒悬，复翘一足，体摆荡如流苏；久之，纤腰反折，捩其颈[18]，昂首出胯下，如环无端，蓦翻身，则仍一足立索上，合掌效南海童子膜拜，已乃翩然下。旁及舞刀杖角抵诸戏[19]，靡不精妙。竟，神色自若，低鬟弹袖[20]，嫣然一娇女子，弱不胜衣，柔如无骨，临风绰约，如在画图。观者骈肩累趾[21]，骇目醉心，公孙之舞剑器[22]，谈娘之人压场圆[23]，殆无以过[24]，由是名噪一时，公卿燕会，争招致之。虽缚裤登场，靓妆纠酒[25]，而雅自矜重[26]，不屑与龌龊群婢伍。慕色者思欲一亲芗泽[27]，饵以重金[28]，不顾也。因此京师诸贵人咸知玉儿貌美而性烈，技污而行贞，或敬之，或怜之，或有为之欷歔叹息者，虽时招其登堂演艺，入座侑觞[29]，相戒弗敢犯。

某相国第六公子涎其美，必欲得之，凡珠玉纨绮之属可以博玉儿欢者[30]，畀钜万计[31]，顾稍稍狎近，辄面赪引避[32]，入以游语[33]，则俯其首，泪莹莹承睫。旁观咸讶之，察其父母，固极钟爱，珍之若掌珠。公子貌故寝[34]，性尤暴戾，以玉儿之落落难合也，愈欲得之，乃使左右讽其家人，许位出诸姬上，且为置田宅，若姻娅往还不禁[35]。父母既动于利，复怵相国势，乘间商之女，怫然曰[36]："耶娘不欲儿活耶!"反覆谕以利害，掉头不答，退而哭泣终夜，目尽肿。公子知之，亦无如何，然或演技，招之即赴，未尝梗亲命。转喉车子之歌，反腰静婉之舞，见者辄为之魂失也。

吴门徐孝廉莲士[37]，汪太史高足弟子也，美丰姿，风度翩翩，素有玉界尺之誉，时以应南宫试，客京师，屡从太史后观玉儿搬演诸戏剧，击节叹赏；又以玉儿纤腰细趾，弱质伶伶，而顾屡蹈奇险，怜惜之心，形于颜色。玉儿于俦人广众中[38]，独目注徐孝廉，久之，亦渐稔孝廉新赋悼亡[39]，缁衣素带[40]，是日为太史生辰，易吉服[41]，玉儿前捧觞为太史寿，并釂生[42]。太史命生还饮玉儿酒，玉儿亦不辞，引杯遽尽。太史戏谓玉儿曰："子固余绛帷中女弟子也[43]，与徐孝廉允称双绝，盈盈竞秀，玉树琼枝，差堪仿佛。孝廉尚作待阙之鸳鸯，今岁春宫高捷[44]，余当为执柯[45]，以云骈迎致[46]，作一对璧人[47]，何如？"玉儿红潮上颊，不作一语，置杯竟去。此虽一时戏语，而孝廉与玉儿固已目成心许之矣。

公子微有所闻，大不怿[48]。有为公子谋者，曰："非行巧取豪夺之计，恐为他人先。"公子乃径呼其父母来，盛气谓之曰："唉，若靳此钱树子何为者[49]！若女老不嫁则已；嫁则畴不知我所爱[50]，孰敢蹈死近禁脔[51]！若何为者！"父母不得已，乃潜谋醉以酒，俾遂公子意[52]。当喁喁商度时[53]，已为玉儿窃听得之，顾佯若不知，举止从容如平日。翌晨[54]，公子大张筵召宾客，玉儿随父母入府奏技。酒半，庭中累方几数十，母升颠仰卧，两足承小梯，梯高几及梁，女弛外服，著退红窄袖袄，猱捷缘梯上，蜿蜒升降，如蚁穿九曲珠[55]，备极诸险，梯岌岌动欲堕，座客皆起立，舌挢神悚[56]，目不少瞬。公子怜之，招手使下。玉儿忽距梯大声曰："诸贵人幸听儿一言：儿所以含垢蒙耻，习此贱役，为养亲计耳。公子非儿耦[57]，徒倚势凌逼人，至生我者忍徇奸谋[58]，欲强劫儿身。儿何生为！"言讫[59]，泪交颐堕，自脱簪珥缠臂金[60]，铿然掷阶石，继于胸前出物一裹，手自启之，曰："此公子前后所赐，儿岂贪此琐琐者！今还公子，所以明儿志也！"向堂上撒之，堕公子旁，则明珠千百琲也[61]。突袖出匕首，刺喉，跃空倒坠。众号呼奔救，则已横尸庭除[62]，血污狼藉，面如生，目炯炯犹视，玉碎香销，顷刻间耳。众齐太息泣下，交口唾詈其父母[63]，逐之出都。都人士闻玉儿死状，莫不叹且惜。徐莲士孝廉为赋《殉玉行》，竟不赴春闱，束装遽返。公子嗒焉丧魄[64]，数月不敢出门。

初，公子有妹与玉儿稔，玉儿至，必诣闺阃[65]，倚幌剪灯，凭阑望月，时时自诉心曲，无所讳匿[66]。尝戒其兄曰："玉儿艳如桃李，洁若雪霜，妹私叩其志，坚不可夺，兄顾欲风尘畜之，失奇女子矣。"弗听。至是自屏后出，抚尸哭之恸，一病凡不起。

玉儿有女弟曰金儿[67]，亦后起之秀也，貌虽亚于其姊，而艺相埒，鬻技于江浙间[68]，艳帜既张，香名颇噪，所赢金钱足自给。旋值赭寇之乱[69]，为土著所劫，橐无余资[70]，转徙流离于吴乡，不得已，仍理旧业，藉糊口。一日，适遇徐莲士孝廉过而见之，惊为玉儿复生，询之，得其实，乃以重金置为箧室，曰："吾以续旧缘而弥夙憾也[71]。"宠之专房。暇则课以诗词，琅琅上口，颇有慧心。一夕，盗至，排闼直入，阖室惊惶，咸避匿。孝廉窜伏床下。女谓孝廉曰："勿惧，观儿刌刃此辈[72]，使无噍类[73]！"操刀杖隐身门后，有闯入者，斫之，首立殊。盗哄于中庭，曰："若诚健儿好身手，当至此决斗，勿匿暗陬算人[74]。"金儿应声出。盗见是女子，意颇轻之，群奔金儿。金儿纵横挥霍，突厉无前，顷之，或伤，或殒[75]，或颠，群盗数十人，无一存者。明晨报官请验。官以其杀盗颇多，亟请金儿出见[76]。及见，乃一旖旎风流女子也[77]，意殊弗信。金儿笑指庭中石曰："度此当有数百斤，儿请举之，何如？"揎袖掇置当胸，随起随落，如宜僚之弄丸[78]，观者皆骇叹为神力，于是始知金儿之能，固不让其姊玉儿也。

逸史氏曰："'妾是庶人，不乐宋王！'《列女传》载韩节妇诗也[79]。玉儿一弱女子，托业卑且贱，使稍依违，则'见金夫不有躬'矣。乃志洁行芳，皭然不滓[80]，守贞不字[81]，矢死靡他，谓非污泥中一朵青莲花哉！昔欧阳公撰《五代史》[82]，以王凝妻断臂旅舍与《冯道传》相缀属[83]，明须眉之不巾帼若；

而纨绔公子亦逊闺阁之能观人于微，岂真天地灵秀之气，独钟于妇人乎！至玉儿已为妇人女子中所罕见，而复有同母所生之金儿与之争奇竞美，语云：'醴泉无源，芝草无根[84]。'余于此益信为不谬也。呜呼！玉儿传矣！"

（选自《淞隐漫录》）

[注释]

[1] 逸——隐遁。这里是失传的意思。

[2] 绳妓——杂技中走绳的女艺人。

[3] 坊间——古时私家刻印书籍的地方。

[4] 天籁——大自然的声音。这里指不雕琢、很自然的意思。籁（lài 赖），古代的一种箫，后泛指声音。

[5] 芙蕖（qú 渠）——荷花。

[6] 宣庙——指清代的爱新觉罗·旻（mín 民）宁，即清宣宗。庙，旧时指皇帝死后在太庙立室奉祀并追尊以祖宗的名号，称庙号，略称庙。

[7] 辐辏（fù còu 富凑）——辐，车轮中连接辋和轴的直条；辏，车辐聚集于中心。比喻人多，集聚一处。

[8] 充牣（rèn 刃）——满足，充足。

[9] 都卢缘橦——杂技的一种，即登高、爬竿。古代南海一带，有都卢国，人善爬高，后都卢成为一种杂技。橦（chuáng 床），缘橦，爬竿。此词在这里泛指杂技。

[10] 阗（tián 田）——充满。

[11] 绮（qǐ 起）陌——华美的街市。

[12] 凌波微步——形容步履轻捷，脚步像走在水波上一样。

[13] 欹侧——左右倾倒。欹（qī 期），倾倒的意思。

[14] 腾踔——上下跳动。腾，跳起。踔（chuō 戳），践踏。

[15] 惊鸿游龙——比喻女子体态的轻盈。

[16] 俄——不久，一会儿。 躡（niè 聂）——踩空。

[17] 双钩——此为双脚。

[18] 捩（liè 列）——扭转。

[19] 角抵——秦汉时的一种杂技表演，大约与现在的摔跤相似。

[20] 軃（duǒ 朵）——下垂。

[21] 骈肩累趾——肩膀相并，脚趾相踩，形容人多。骈（pián 便），并列的意思。趾（zhǐ 只）脚趾。

[22] 公孙之舞剑器——公孙大娘的剑器之舞。公孙，唐代著名的舞蹈家公孙大娘。剑器，唐代的一种武舞的名称。

[23] 谈娘——谈容娘，也称踏谣娘。踏谣，南北朝的一种舞蹈节目，其内容可参考唐崔令钦的《教坊记》。当时很受人欢迎。唐常非月的《咏谈容娘》中有"马围行处匝，人压看场圆"，写出了看歌舞时观众之多。

[24] 殆（dài 怠）——大概，恐怕。

[25] 靓（jìng 敬）妆——妍妆美丽的妆饰。

[26] 矜（jīn 今）重——端庄稳重。

[27] 芗泽——同"香泽"，香气。芗（xiāng 乡），指五谷的香气或紫苏之类的香草。

[28] 餂（tiǎn 舔）——诱取。

[29] 侑觞（yòu shāng 柚伤）——劝酒。

[30] 纨绮之属——有美丽花纹的丝绸织品一类的东西。纨（wán 丸），细绢，细致洁白的薄绸。绮（qǐ 起），有花纹的丝织品。属，一类。

[31] 畀（bì 币）——给予。

[32] 赪（chēng 称）——赤色。

[33] 游语——开玩笑的话。

[34] 貌固寝——相貌本来就丑陋。貌寝，相貌丑陋。

[35] 姻娅——有婚姻关系的亲戚。娅（yà 亚），姊妹之夫相互的称谓，似"连襟"。

[36] 怫然——生气、发怒的样子。怫（bó 搏），通"勃"。

[37] 孝廉——汉代选举官吏的两种科目的名称。指有孝行而且廉洁的人士，合称孝廉。后来人们把举人也称为孝廉。

[38] 俦（chóu 仇）——伴侣，同辈。俦人广众有如稠人广众。

[39] 稔（rěn 忍）——熟悉，知道。

[40] 缁衣素带——穿着黑衣扎着白腰带。缁（zī 资），黑色；素，白色。

［41］易——换。　吉服——喜庆日子穿的礼服。

［42］醮生——向生敬酒。醮（jiào 轿），喝干杯中的酒。

［43］绛帷——红色帐帷，作为师长或讲座的代称。

［44］春宫高捷——科举考试高中。春宫，在这里同春闱。唐宋礼部考试，在春季举行，所以称为春闱。闱（wéi 唯），旧称考试的地方。捷，报捷，这里指考试录取。

［45］执柯——给人介绍婚姻，也作"伐柯""作伐"。

［46］軿（píng 平）——古代贵族妇女所乘的带有帷幕的车。軿迎，用轿车迎娶。

［47］璧人——玉人，仪容美好的人。璧，玉器名。

［48］怿（yì 译）——喜悦。

［49］靳（jìn 进）——吝惜。

［50］畴（chóu 绸）——谁。

［51］脔（luán 峦）——肉，切成块的肉。

［52］俾（bǐ 比）——使。

［53］喁喁（yú 余）——低声细语。

［54］翌（yì 异）——第二天，明天。

［55］蚁穿九曲——蚂蚁穿过内孔曲折的珠子。比喻动作蜿蜒艰难。

［56］舌挢——咋舌，翘起舌头，形容惊讶和害怕的样子。挢（jiǎo 矫），翘。

［57］耦（ǒu 偶）——与"偶"通，配偶。

［58］忍徇——忍从屈心。徇（xùn 逊），屈从的意思。

［59］讫（qì 气）——终了，完毕。

［60］簪珥缠臂金——妇女的首饰。簪（zān 糌），用来固定头发的首饰。珥（ěr 耳），女子的珠玉耳饰。缠臂金，镯子。

［61］琲（bèi 倍）——成串的珠子。

［62］庭除——庭前，阶下；庭院。

［63］詈（lì 利）——骂，责骂。

［64］嗒（tà 榻）焉——心境空虚。

［65］诣闺闼——到闺房。诣（yì 意）前往，去到。闺，女子的卧室。闼

（ta 榻），门内。

[66] 讳匿（huì nì 会溺）——隐瞒遮避。匿，隐藏，躲避。

[67] 女弟——妹妹。

[68] 鬻（yù 育）技——卖艺。

[69] 旋值——正当。旋，随后；值，逢着。 赭寇之乱——贼寇作乱。古代囚犯穿赤褐色衣服，故以"赭衣"为罪人代称。此"赭寇之乱"系指太平天国起义。

[70] 橐（tuǒ 坨）——袋子。

[71] 夙憾——旧有的憾事。夙（sù 速），旧常。

[72] 刓（tuán 团）——割，截断。

[73] 噍类——指能饮食的动物。噍（jiào 轿），咬、嚼的意思。

[74] 陬（zōu 邹）——角落。

[75] 殒（yǔn 允）——死亡。

[76] 亟（jí 急）——急，迫切。

[77] 旖旎（yǐ nǐ 椅你）——本为旌旗随风飘扬的样子，引申为柔美的样子。

[78] 宣僚——春秋时代宋国一人名。

[79]《列女传》——书名，汉朝刘向撰写，共七卷，记古代妇女事迹一百零四则，内容多为宣扬封建礼教。 韩节妇——韩凭之妻何氏。《列女传》载，宋康王霸占了大夫韩凭的妻子何氏，韩凭自杀，何氏也坠台身死。

[80] 皭然不滓——洁白不受污染。皭（jiào 较），洁白、干净。滓（zǐ子），液体里面下沉的杂质，引申为污黑。

[81] 守贞不字——谨守女子贞操，不嫁他人。字，旧时称女子许嫁为字，如待字闺中。

[82] 欧阳公——即欧阳修，唐宋八大散文家之一。

[83] 王凝妻——《新五代史》载：虢（guó 国）州司户参军王凝死于任所，其妻李氏携子背回丈夫遗骸，路过开封，旅馆主人不让住，牵着她的手臂叫她出去。李氏悲痛地向他陈述道："我是妇女，不能守节，而这个手怎能被人牵执呢？不可以因为一只手被人牵了而沾污了我的全身！"就拿起斧头砍断了自己的手臂。《冯道传》——书名，《新五代史》有载。叙述冯道于唐末作

藩镇参军，后又在唐、晋、汉、周四朝为臣，又屈从依附于契丹。欧阳修把他的故事放在王凝妻后，并慨叹"士不自爱，其身而忍耻以偷生者，闻李氏之风宜少知愧"，并斥责了冯道之流的无耻。这里所说的"李氏之风"，讲的就是王凝妻断臂洁身的事。

[84] 醴泉无源，芝草无根——比喻人的成就不必有所依凭，主要在于自己努力。典出三国吴虞翻《与弟书》。其中说："杨雄之才，非出孔氏之门，芝草无根，醴泉无源。"醴泉，甘美的泉水。

[译文]

玉儿，姓已经失传了，是北方小户人家的女儿。她的母亲也有些姿色，经常出入于京师的一些贵人家中，与某个贵人还特别相好。她怀孕到临产的时候，一天梦见那个贵人来到她家，手拿一个玉娃娃交给她。那玉娃娃洁白无瑕，放到她的怀里，凉冰冰，像冰雪一样，她被惊醒了，第二天生下一个女孩，给她起名字叫玉儿。到她长大时，眉目好像画的一般，两个脸颊像泛着霞光，身体像飞燕一样娇捷。她的母亲本来就是个走绳索的杂技演员，以她超人的绝技响名于北方。玉儿于是继承了她母亲的事业，技术特别精良，超出于她的母亲。但这不是她心里真正的喜好。她生性喜好的是读书，也认得一些字。她拿着民间书坊里出版的一些唱本叫曲师按曲谱教她，因此懂得了填词。她偶尔作一两首小令，音调凄凉哀婉，好像是出自大自然的一种声音。太史汪冶秋认识她的母亲，一天偶然看玉儿在表演各种技艺之后，玉儿侍立在他的旁边，拿着一些字向他询问，依依地挨着他的胳膊肘，柔美轻曼，令人怜爱。太史叹息地说："这是秋水芙蓉，哪里是风尘中的人物呢！"嘱咐她的母亲要好好照看她，早早地给她找一个合适的郎君。

清宣宗年间，京师地方人口稠密，百货充足，登高爬竿一类的杂技艺术聚满街头。当时玉儿年纪已有十四五岁了，长得更加妩媚动人，远远近近称得上色艺双绝的人，没有一个比她更好。每当华美的街市上春风和暖，广场上绿草平铺的时候，两根竹竿相对着树立起来，竹竿头上各自有孔，孔中横穿上彩色的绳索，有十余丈长，像彩虹横亘在空中，比屋檐还要高出一截。玉儿缩手攀登上去，像洛川女神微步走在波浪上一样，时退时进，极尽轻盈柔美、左倾右斜的美态；一会儿上下跳跃，仿佛走在平地上一样，惊起的鸿雁、跃起的游龙也不能与她相比；一会儿又像踩空了似的从空中坠了下来，立即又用双脚勾住了绳索，将身子犹如抛掷一般地倒挂着，再翘起一只脚，使身子像流苏一样来回摇荡。这样过了很久，又把纤腰反折上去扭转脖颈，把头从胯下钻出来，身体像一个没有端头的圆环一样。突然一翻身，就又只一脚站在绳索上。合起手掌来仿效南海童子膜拜的样子，然后飘然而下。其他如舞刀弄杖、角力摔跤等节目，没有一个不是精采巧妙的。每一个节目表演下来，她都神情自如，脸色不改，低下云鬟，垂下衣袖，仍然是一个美丽姣好的女子，身体娇弱得似乎撑不起衣裳，肢体柔软得就像没有骨头一样，临风站立在那里，姿态柔美，就像画中的人物一样。观看的人肩膀相并，脚趾相踩，惊骇了眼目，沉醉了心灵。公孙大娘的舞剑，谈容娘演出时人压圆场的盛况，怕也不能超过她，由此，玉儿名噪一时，公卿大夫们举行宴会，相争着邀请她前去表演。她虽然穿着紧身的演出裤登场，化着妍妆劝酒，但她很是自珍自重，端庄秀雅，不屑于与那些低三下四献媚取宠的奴婢为伍。喜爱她的人想亲近她，用重金引诱她，她看也不看一眼。因此，京师的达官贵人都知道玉儿的容貌美丽而性情刚烈，她的技艺虽低贱但行为却十分高洁。有的敬重她，有的怜惜她，还有为她的身世歔欷感叹，他们虽时时招她到家中表演技艺，到宴席上入座陪酒，却都互相告诫着不要侵犯她的人身。

某宰相的第六个公子垂涎于她的美丽，决心想把她弄到手，凡是珠玉丝绸一类能够博取玉儿欢欣的东西，送了不下万计，但只要对她稍稍地有所接近，她就红着脸儿躲开，讲些开玩笑的话给她听，她就低下头，莹莹的泪滴挂在睫毛上。旁观的人都很惊讶。了解她的父母，对她极其钟爱，像掌上明珠一般珍爱她。这位公子的相貌本来就长得丑，性情尤其残暴凶狠，他因玉儿难于接近，就越发地想要得到她，于是派左右去劝告她的家人，答应娶过去之后把她的位置放在各姬妾之上，并且给她另买田地和住宅，假若她的父母或有姻亲关系的人来往，也不加禁止，可以自由出入。她的父母一方面为这些利益所打动，又惧怕宰相家的权势，就找机会和女儿商量，玉儿气愤地说："爹妈不想叫孩儿活了吗？"父母把利害关系反复讲给她听，她掉头不理，回到自己屋里终夜啼哭，把眼睛都哭肿了。公子知道这种情况之后，也没有什么办法，但是如果叫她去表演杂技，一叫就去，不曾违抗过父母的命令。用婉啭的歌喉唱着《车子》之歌，舒展柔软的腰肢跳着柔美优雅的舞蹈，看见的人都为她失魂落魄。

苏州举人徐莲士，是汪太史的得意门生，丰姿美好，风度翩翩，平素就有"玉界尺"的美誉，当时因为应礼部的考试，客居在京师，多次站在太史的身边观看玉儿扮演的各种节目，非常陶醉赞叹；又因为玉儿腰纤腿细，体瘦质弱，而常常身历奇险，做出一些惊险的动作，怜惜之心，在脸上表露出来。玉儿在稠人广众之中，独独地注目着徐举人，日子久了，也渐渐了解到徐举人新近死了妻子，所以身穿黑色衣服，腰系白色腰带。这一天因为是汪太史的生辰，才换上了礼服。在宴席上玉儿上前捧酒为太史祝寿，并且也向徐举人敬酒。太史叫徐莲士也敬玉儿的酒，玉儿也不推辞，端起酒杯，一口喝了下去。太史开玩笑地对玉儿说："你本来是我课堂中的一个女弟子，与徐孝廉可以称作双绝，仪态都是那么美好，像玉树琼枝一样，不差上下。班配无比。孝廉正值丧妻，是一只待阙的鸳鸯，今年春试高中之后，我当做你们的媒人，用花轿把你迎娶过来，作成一对玉人，怎么样？"玉儿的脸上涌起了红潮，没说一句话，放下杯子就走了。这虽然是一时的玩笑话，但徐孝廉与玉儿都已经眼里同意心里相许了。

宰相的六公子略略的有所耳闻，极大的不高兴。有帮他出谋划策的人说："如果不用巧取豪夺的办法，恐怕被别人抢了先。"公子就径直叫来了玉儿的父母，盛气凌人地对他们说："喂，你们舍不得这棵摇钱树到底为什么！你们的女儿假如老不出嫁倒也算了，要出嫁，那谁还不知她是我的心上人，谁敢不怕死动我的这块胳肉！你们想干什么！"玉儿的父母不得已，就悄悄商量着用酒把女儿灌醉，来满足公子的愿望。当他们小声商量的时候，已经被玉儿暗中听到了，但她却假装不知道，行为从容得和平常日子一个样。第二天早晨，公子大摆酒宴招待宾客，玉儿随着父母进府献艺。酒宴吃到一半的时候，相府庭院中选摆起了方桌几十张，玉儿母亲爬到最高处仰面躺着，两只脚托蹬着小梯子，梯子高得差不多接近屋梁了。玉儿脱去了外衣，只穿着退了红色的窄袖小袄，猿猴一样地缘着梯子爬上去，忽左忽右忽上忽下，像蚂蚁穿行在内部凿孔的九曲珠中，做出各种极其惊险的动作。梯子高而摇晃几乎就要倒下来，在座的宾客都站了起来，张嘴翘舌，眼睛也不敢稍微眨动。公子怜惜她，招手叫她下来。玉儿忽然双脚离开梯子坐在梯上大声说道："诸位贵人请听我说一句话：我所以忍羞含垢，从事这种低贱的行业，为的是奉养双亲二老的缘故。公子并不是我的夫婿，仅仅是倚仗着势力凌逼于人，至使生养我的父母被迫屈从依照了他的奸计，想强行劫走我。我活着还干什么！"说完，泪水横流，抛洒如珠。她自己脱下簪环金镯，钉钉铛铛地扔到阶石上，随后又从胸前掏出一个小包，用手把它打开，说："这是公子前前后后送给我的，我哪是那种贪图琐屑小利的人！今天还给公子，用来表明我的心志！"说完往厅堂上一撒，散落在公子的身旁。原来是千百串的明珠。她又突然从袖子里抽出一把匕首，刺进喉头，从空中跌落下来。大家呼喊着跑上前来抢救，但她已经横尸在大厅之上了，血流满地，而面孔还像生前一样，双目炯炯地好像看着人一样。玉碎香消，就在顷刻之间啊。众人一齐叹息不止，潸然泪下，七嘴八舌地唾骂她的父母，把他们赶出了京城。京师的人听到了玉儿惨死的状况，没有不感叹和惋惜的。徐孝廉莲士为她作了《殒玉行》，还竟然没有前去参加礼部的会试，收拾好行装急忙回南方去了。宰相的六公子蔫嗒嗒地丧魂落魄，几个月不敢出门。

起初，六公子有个妹妹与玉儿相熟，玉儿每到她家，必然要到她的闺房里去坐一坐，靠着窗帘剪灯长谈，倚着栏杆举头望月，时不时地说一些心中的隐秘，毫无一点掩饰和隐藏的。这个妹妹经常劝诫她的哥哥说："玉儿的姿色虽然艳如桃李，但心迹洁如雪霜，我私下里询问她的志向，那真可说是坚不可夺。哥哥，你如果一定要风尘中把她纳为姬妾，那就要失去一个奇女子了。"公子不听。到出事后，她从屏风后跑出来，抚尸痛哭，一病不起。

玉儿有个妹妹叫金儿，也是个后起之秀，容貌虽然稍逊于她的姐姐，但技艺相差无几，在江浙一带卖艺，美丽的面容犹如锦旗高标在人们的心目中，香名很是响亮，可说名噪一时。所获得的金钱足够自己的开销。当时正赶上太平天国起事，她被当地人抢劫，袋中已没了多余的钱财，辗转迁徙，流落到了吴乡，没办法，仍旧操起了旧业，借以糊口。一天，正好遇到徐莲士孝廉从旁边经过，看见了她，惊讶得以为是玉儿复生了。问她，才得知实情，原来是玉儿的同胞姊妹，就用重金买来纳为小妾，说："我以这个方式来续上旧缘，弥补多日的遗憾。"金儿获得专房之宠。徐孝廉没事就教她诗词，金儿都念得琅琅上口，很有一颗颖悟之心。一天晚上，来了一伙强盗，破门直入，全家惊恐不已，都躲藏了起来。徐孝廉躲到了床下，像刺猬趴伏着一般。金儿对徐孝廉说："不要怕，看我来收拾他们，让他们没有能够活着出去的！"拿着刀棍藏在门后，有闯进来的，就用刀砍，贼人的脑袋立刻就滚落下来。强盗们在院子里哄吵着说："你若是个真正有本事的好样的，就应当在院子里来公开决斗，别躲在角落里暗算人。"金儿应声就出来了。盗贼见是个女子，心中很是轻视她，一伙儿向金儿扑来。金儿纵横挥舞着武器，猛烈冲撞，无所抵挡。一会儿，盗贼们有的伤，有的死，有的被打翻在地，一伙盗贼几十个人，没有一个幸存的。第二天早晨把事情报告官府请求查验。官府因她杀的强盗很多，极力地请金儿出来见面。等到见面，看到原来是一个柔美风流的女子，心中很是不信。金儿笑着指了指院子中的一个石臼说："估计这个石臼应当有个几百斤，我请求让我把它举起来，怎么样？"说着挽起袖子，把石白提到胸前，随起随落，像宋人宜僚耍弄泥丸一般。看的人都惊骇不已，惊叹她真是神力。从此才知道金儿的能力，原来也不差于她的姐姐玉儿。

逸史氏说："'妾是平头百姓，不足以使宋王取乐！'这是《列女传》中所记载的韩凭之妻誓死不从宋康王的诗句。玉儿，一个弱女子，托身于一种又卑又贱的事业，假使她稍稍地犹豫一下，就会'见金钱没有不为它折腰'的。但是她志气高洁，洁白得不受一点沾污，谨守贞操不随嫁他人，誓不肯嫁倚权仗势的恶公子，难道不能说是污泥中的一朵青莲花吗？从前欧阳修撰《新五代史》时，将王凝妻李氏在旅舍因人拉她胳膊就将自己的胳膊砍掉的事与《冯道传》相连，说明一个须眉男子不如一个巾帼女流；而那位相国的纨绔公子也不如他妹妹那个闺阁女子善从细微之处观察人的能力。难道说天地的灵秀之气真的独独钟爱女性吗？至于玉儿已经是妇女中之罕见，而又有一个同母所生的妹妹金儿与她争奇竞美。人们说：'甜美的泉水没有源头，灵芝之草没有根须。'我在这姐妹俩的故事中更加相信它不是谬误的了。啊！玉儿的故事一定会长远地流传下去。"

[鉴赏]

《玉儿小传》是清代作家王韬《淞隐漫录》中颇为优秀的一篇作品。它描写杂技艺人玉儿、金儿两姐妹的高超技艺、美貌人品和刚烈性格，给读者留下了深刻的印象。

小说先写玉儿的故事。玉儿出生卖艺世家，母亲是一位杂技艺人，且因绝技而"鸣北方"。因妊期梦贵人授玉孩于怀，故产女取名玉儿。玉儿貌美艺高，身手不凡，技艺"更出母上"。远近色艺双绝的，"无出玉儿右"。但这并不为玉儿所喜，她"性好书史"，常常学着作些诗词，表述一个沦落江湖的女儿家的纯真和凄婉心迹。这说明她是一个有一定文学素养和人生追求的人物，与一般女艺人的色艺双卖的人生态度有天壤之别。可是时运不济，她终究也只是一个女艺人，虽以她的庄重博得了一些人士的敬重，但仍然摆脱不了权势者的欺凌，被相国六公子看中，企图藏于金屋，以便时时赏玩。但玉儿另有所爱。她偷偷地爱上了新近丧妻的孝廉徐莲士，徐莲士也很敬慕她。但一介书生的徐莲士终究不敌当朝相国的六公子，在相国公子的威逼利诱下，玉儿父母终于"既动于利，复怵相国势"而出卖了亲生的女儿。割舍所爱、为人姬妾、做人玩物的命运在等待着这个漂泊江湖的女孩儿。面对这种情况，玉儿一面与父母抗争，一面强装笑容，"转喉车子之歌，反腰静婉之舞"以应承堂会。在相国公子的进一步威逼之下，玉儿在一次筵宴上，当着众位宾客，大揭公子诡计，并将六公子平日所赠饰物珠宝当众掷撒于地，且在痛骂揭露的畅快淋漓之中，在众人听得聚精会神之时，从所登的高索之上旬然坠地，陈尸于大庭广众之前，以一个豆蔻少女的香消玉殒，来控诉相国公子的荒淫倚势，博取了广大舆论的同情。

小说又写了金儿的故事。金儿是玉儿的妹妹，也是一个色艺双绝的艺人。在浪迹江湖的时候，巧遇了徐莲士。因相貌与玉儿酷似，使徐"惊为玉儿复生"而被纳入家中，获得了"专房之宠"。金儿与玉儿，不仅色艺相似，聪慧颖敏也十分相同，对诗词文章也"颇有慧心"，更得徐莲士的喜爱，常常课以诗词，金儿也敏于领悟。金儿比玉儿略有不同的是，她有一身藏于柔美顺从中的高强武艺。在一次盗贼入室抢劫行凶的时候，在全家人惶恐避匿的当口，她以一个少女的身躯，敌挡了一群凶蛮的强盗匪徒，将这伙强人杀得一个不留，不仅保全了自己的身家性命，而且为地方除掉了一大祸患。

小说在思想方面的最大特点是通过对玉、金两儿人品、技艺、性格、能力的描写，表现作者对下层妇女人格美的热情歌颂。

玉儿和金儿性格中可称为人格美的东西，就是那种勇于面对死亡、以生命保全气节的刚烈之气和不畏强暴、敢于斗争、敢于胜利的勇敢、信心和能力。

刚烈之气是玉、金两儿的共同人格特征，只是她们又显现出各自不同的特点罢了。玉儿的刚烈表现为捍卫自身尊严的勇气，金儿的刚烈表现为面对强暴的无畏精神。

具体的说，玉儿的刚烈表现为她的殉志赴死。她是那样的沉着从容，视死如归。中国文学女性形象中，以身殉"志"的可说不少，够得上刚烈的也有很多，如将自身与财物同时怒沉江底的杜十娘就是一例。但若与杜十娘相比，玉儿的刚烈似又比之多一层壮色。即十娘是被逼应变，她的赴死是临时产生的激愤之举。所以当我们看到杜十娘的与箱共沉时，产生更多的是悲愤哀惋，而当我们看到玉儿的赴死时，产生得更多的就是惊赞了。她的死完全是有意在先，胸竹早成。她知道父母"乘间商之"之时，先虽"怫然而日"，后则"掉头不答"，最后是"哭泣终夜"，以至"目尽肿"。虽然这样，但遇有演艺之事，还是"招之即赴"，不梗亲命，而且表演认真，"蜿蜒升降，如蚁穿九曲珠"，做她应做的一切。对公子和父母相约之事，只是"佯装不知，举止从容如平日"。看得出这种无声之举中饱和着巨大的悲愤。那是一种潜藏的激流，冰下的岩浆；是力的集聚、恨的暗藏；是一种势的积攒、动的准备，也是遭千百年压抑的中国妇女为捍卫自身独立与尊严而生出的一种智慧。只要想想这个豆蔻少女的这一心计，人们就要唏嘘感叹了。更何况在那"备极诸险"的表演之中，在及梁高梯的岌岌欲坠之时，说出的那一番晓志明意的慷慨言语，做出的那一番弃财抛物的激烈举动，然后当众自刺，陈尸厅堂，以一个柔弱的千金之体，控诉豪强暴虐的霸占之势，以一个香消玉殒的少女之身，换取自己白玉无瑕的高洁之志。宁为玉碎，不愿瓦全，以一死来捍卫自己的无上尊严。这不由得不令人叹息：壮哉玉儿！壮哉中国之刚烈女性！壮哉中国的女性之刚烈！

金儿的刚烈则表现为对强暴者的无畏精神、拼搏勇气和战而胜之、攻而破之的自信，比起玉儿的以死殉志的凄婉来，又多了一些强劲和力度。小说对金儿的描写明显地比玉儿简约得多，但只看盗贼入户后对她的百十字的描写，这一特征便跃然纸上了。它是这样描写的：当强人夜入，全家慌怵时，金儿所说的是："勿惧，观儿刲刃此辈，使无嚏类!"于是操刀持杖,隐于门后,"有闯入者,斫之"。当强人要她"勿匿暗眦算人"时,她便应声而出。强人欺她是一女子,"群奔"于她,她却"纵横挥霍,突厉无前",使贼人"或伤,或殒,或颠",至使"群盗数十人,无一存者"。这一番奔突砍杀,表现出金儿十分的武艺和以一己的力量捍卫身家安全的实力。这比起玉儿的以身殉志来,又多了一层力的刚毅,表现出一种巾帼的英气。

小说所以题名《玉儿小传》,但又写了玉、金两儿的故事,写她们的相貌酷似、技艺双佳、性格相近,是有其用意的。这用意,从姐妹相同性格中的不同来看,旨在取性格不同侧面来相互补充,达于作者对旧时底层妇女的这种崇高人格的全面追求和热情歌颂。由此可见,在这两个人物的身上,作者唱出的是同一首赞歌。而这两位女子的性格的结合,正好形成了"刚烈"一词的完整意义:节烈和刚毅。我以为,这也是作者刻画金、玉两个人物的用心之一。

的确,刚烈是玉、金两儿性格的共同特征,不过,她们又有其性格的另一方面,即柔曼多情,聪慧颖秀。她们色艺双绝,誉满地方。她们——尤其是玉儿——志洁行芳,业贱(这是封建士大夫的看法)心高。好读书史,并从师习文,偶作小令,而且"音调凄婉",具有天然本色。那"凄婉"之韵,大概就是对自家身世的哀叹吧。那天然本色,也许就是她质朴品格的表现。总之,她像一朵荷花,虽出自污泥而质高体芬。她登场演艺时,色艺令人倾倒,妍妆陪酒时,却另有一番矜重,使人不敢随意冒犯。这在旧时艺人中,实为难能可贵。她技艺高强,演艺时,或如猿猱攀援,或像力士角斗,似力有千钧。但卸下装来,却娇柔妩媚,弱不胜衣,柔若无骨。更令人怜爱的,是每当六公子稍稍狎近,"辄面赪引避",如遇邪语,就"泪莹莹承睫",令人产生无限的爱慕与同情。她是这样的柔弱堪怜,可是到了捍卫自己志行的时候,她又是那样的从容绝决,所以可以说,她的性格是刚柔结合,相辅相成,以柔为表,以刚为里,在柔弱的外表下隐藏着一颗刚烈的心志,以刚烈的心志护卫着她柔弱的身体,刚柔结合构成了玉儿性格的全貌。

　　金儿的性格也是刚柔结合，这只要看看她与徐莲士的婚后生活和对入户盗贼的勇猛态度就一目了然了。她能获徐莲士的专房之宠，主要因与其姐完全相似的女性之美。她学习诗词歌赋时也似其姐一样"琅琅上口，颇有慧心"，这一个江湖少女的柔美颖慧便在这几十字的描写中跃然纸上，使人确实产生出一种爱慕之心。加之以在强人面前的拼杀勇斗。这两方面特征又构成了一个典型的"刚柔结合"。可以说，金儿是玉儿精神在另一少女身上的延续，是玉儿灵魂的复活。写金儿即写玉儿。玉儿精神不死。这是作者塑造人物时奇绝高妙的一笔。

　　小说在艺术上的最大特点是极具"聊斋"特色的神异性。这首先表现在描写人物技艺的精湛上。那种精湛已经达到了一种超人力的水平。关于人物技艺的描写，是《玉儿小传》的重要内容，其最突出的，一是春日广场的绳技表演，二是玉儿死前的登梯技艺，三是金儿的抗贼举臼。这三处描写中关于人物的技艺，都堪称奇绝，大相同于《聊斋志异》中的《口技》和《晚霞》。如对春日广场的绳技表演，给人一种非人力所为的感觉。看那"高出檐标"的绳索，"横亘如虹"，而玉儿却"敛手而登，凌波微步，且却且前"。步履是那样从容轻盈，身姿是那样"婀娜欹侧"，这哪里是艺人在表演杂技？这分明是仙女在空中起舞！在这样凌空的表演中，她不仅姿态优美，而且技艺卓绝，她"往来腾踔，若履平地"，宛如"惊鸿游龙"。她时而"蹑空"，时而"颠坠"，一会儿"以双钩勾索，掷身倒悬"，一会儿又"复翘一足，体摆荡如流苏"。之后又"纤腰反折，掭其颈，昂首出胯下，如环无端"，蓦然间又翻身向上，一足立于索上，如南海童子般合掌，然后"翩然下"绳。这一番绳上技艺，有如《聊斋志异》中《晚霞》的脱胎，给人以一种非人力所能达到的感觉，造成一种神异的色彩。

　　作为神异性的第二个特点是情节的巧合性。金儿和玉儿竟是那样的相似，不仅面貌相似到使徐莲士"惊为玉儿复生"，而且技艺又都是那样精湛，性格又是那样的相近。一个人和另一个人能相同到这样的程度，就又有了些奇异的色彩了：何况金儿的出现是在玉儿赴死之后。这样的安排情节、设置人物，真使人有一种玉儿复生的感觉，使人感到金儿就是玉儿。这种前生后世的手法，正是《聊斋志异》惯用的技巧，无疑，它也使这篇小说产生出《聊斋志异》一般的神异特色。王韬与蒲松龄相去二百多年，经历、身世又那样的不同，晚于蒲公二百多年的、仕途亨达的王韬先生要继聊斋笔法写《淞隐漫录》的原因，恐怕与这神异性有关吧。当然，神异性是华夏民族文艺审美具传统性的特征之一，中国小说，几乎就是从神异性开始的。

作为神异性的第三个特点是人物性格的特异性，也就是那令人惊赞和嘘叹的刚烈、从容和勇敢。那都是非同寻常的，非一般人所能做到的。玉儿的心计，非一般女子所常有，玉儿的当众控诉，也不是一般女子所能为，特别是当众的自刺，简直叫人惊心动魄。而金儿的沉稳和勇、力，更是具有一种神异的色彩，不是一般凡俗人物所能具有的。

小说作者王韬，生活在清代中期和末叶。这一时期的小说，描写邪狭和黑幕的不少，像《玉儿小传》这样的作品，真可谓草中之珠，沙中之金。这除了王韬的个人生活经历之外——王韬"才大学博，倜傥有奇气"，且"多交海内名士"，又与英、日均有学术文化交流活动，因而"遍历各国"，还曾谋划过响应太平天国运动——还有一点值得提的，就是因这^种经历决定的他的女性观。有人评说，王韬笔下女性人物多有脂粉气，其实不然。单以这篇小说的两个女主人公而言，即可见出他对刚烈女性的推崇，更不要说他笔下的王秀文、周喜子、李韵兰、程楞仙等一大批勇于与恶势力斗争的奇女子形象了。这些，都反映出他女性观念的一个重要方面，说明他不完全把女性当作玩物，当成弱者；而主张女性有自己的独立人格，有自尊自强的能力。文中所写的两位女性，都聪慧美好，亦刚亦柔，能以力自保，以死自卫，真是可歌可泣。相反，相国六公子仗势倚财，欺柔凌弱，则成为作者抨击的对象，即使那位被正面描写的徐孝廉也是只会舞文弄墨，礼仪酬酢，但无有缚鸡之力。当强人入户之时，也只会"猬伏床下"，不敢出头。要不是娶了金儿这偏房小妾，他还不定落个什么结果！

不过，话又说回来，王韬终究是个封建官场中人物，数千年的封建社会影响，不会不在他身上留下烙印痕迹的。细读小说，仍可觉出他的一些士大夫品味，如对杂技艺术的看法，每以"贱业"相称，对杂技艺人的看法，也常有当物欣赏的眼光，如"秋水芙蕖"一类的赞美，都是对于大家闺秀面前所不能出口的。尤其是"逸史氏"的结语，虽是对两位女主人公的进一步肯定，但所选用的典故却都是封建节女烈妇，以这样的例子来对玉儿姐妹加以比附，多少流露了一些士大夫阶级的兴味，所以，小说中也不免有一些封建阶级的审美情趣。

但无论怎么说，《玉儿小传》是一篇好作品，它的人物、故事、语言都堪称上乘，所以，鲁迅在《中国小说史略》中盛赞王韬作品"其笔致又纯为《聊斋》者流，一时传布颇广远。"

（张丽婉）

图书在版编目（CIP）数据

十大世情小说／吕智敏主编 . —北京：中国和平出版社，2014.9
（名家赏析历代短篇小说系列）
ISBN 978 – 7 – 5137 – 0836 – 4

Ⅰ.①十… Ⅱ.①吕… Ⅲ.①短篇小说 – 小说集 – 中国
Ⅳ.①I24

中国版本图书馆 CIP 数据核字（2014）第 200412 号

十大世情小说

吕智敏　主编

出 版 人：肖　斌
责任编辑：刘浩冰
装帧设计：周　晓
责任印制：石亚茹

出版发行：**中国和平出版社**
发 行 部：010 – 82093806
网　　址：www. hpbook. com
经　　销：新华书店
印　　刷：北京华正印刷有限公司
社　　址：北京市海淀区花园路甲 13 号院 7 号楼 10 层（100088）

开　　本：660 毫米×940 毫米　1/16
印　　张：18.25
字　　数：250 千字
版　　次：2014 年 12 月北京第 1 版　2014 年 12 月北京第 1 次印刷

ISBN 978 – 7 – 5137 – 0836 – 4　　　　　　　　　　　　定价：32. 80 元